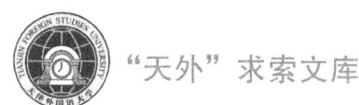

"天外"求索文库

【比较文学研究学术丛书】

丛书主编　张晓希

Studies on the Western Literature

西方文学论稿

黎跃进 ◎著

中央编译出版社
Central Compilation & Translation Press

图书在版编目(CIP)数据

西方文学论稿/黎跃进 著.
—北京：中央编译出版社，2014.12
(比较文学研究学术丛书)
ISBN 978-7-5117-2423-6

Ⅰ.①西…
Ⅱ.①黎…
Ⅲ.①外国文学－文学研究
Ⅳ.①I106

中国版本图书馆 CIP 数据核字(2014)第 291639 号

西方文学论稿

出 版 人：	刘明清
责任编辑：	邓　彤
责任印制：	尹　珺
出版发行：	中央编译出版社
地　　址：	北京西城区车公庄大街乙5号鸿儒大厦B座(100044)
电　　话：	(010)52612345(总编室)　　(010)52612339(编辑室)
	(010)52612316(发行部)　　(010)52612315(网络销售)
	(010)52612346(馆配部)　　(010)66509618(读者服务部)
传　　真：	(010)66515838
经　　销：	全国新华书店
印　　刷：	北京京华虎彩印刷有限公司
开　　本：	787毫米×1092毫米　1/16
字　　数：	253千字
印　　张：	21.75
版　　次：	2014年12月第1版第1次印刷
定　　价：	65.00元

网　　址：	www.cctphome.com	邮　箱：	cctp@cctphome.com
新浪微博：	@中央编译出版社	微　信：	中央编译出版社(ID:cctphome)

本社常年法律顾问：北京市吴栾赵阎律师事务所律师　闫军　梁勤
凡有印装质量问题，本社负责调换。电话：010-66509618

"求索"文库·天外50周年校庆系列

天外"求索"文库编委会

主　任：修　刚
副主任：王铭玉
编　委：余　江　刘宏伟

绪论　西方文学的文化潜质

文学是文化的缩影。文学内蕴着民族文化的精神，文化也在一定程度上制约着文学的发展和品格，什么样的文化就有什么样的文学。理解了文学背后的文化精神，有助于文学的理解。西方文学的文化潜质，主要体现在三个方面：希腊感情、基督精神和科学知性。

一、希腊感情

古希腊文化是西方文化的源头，深深影响西方的文学。

所谓"希腊感情"是指古希腊人的感情模式。简单说，希腊感情就是天真好奇、蓬勃向上、热爱现实、向往光明、追求幸福的童年时期的感情。这是一种极具感性色彩的感情，在深层次上体现了文明初期古希腊人原始欲望的潜在冲动与外现。

具体表现在几个方面：

第一，古希腊人有命运的观念，但没有世界末日的思想；他们敬爱神，但没有演变成死后进入天堂，今生受苦、来世享福的宗教意识。他们被现实生活的魅力所吸引，在他们看来，享受现实生活是神的恩赐。因而他们追求自然美景，追求物质享受以及文学艺术的赏心悦目，并由衷地感到愉快和幸福。对于死后的世界，他们感到厌恶。

第二，古希腊人在物质生产和战争训练中看到人的价值，对人自身有着浓厚的兴趣，首先表现在对人体美的欣赏。古希腊的奥林匹克运动会，运动者都是赤身裸体，展示人体的三角肌；古希腊很多城邦都有评选美女的选美活动，当选者感到非常荣幸和自豪；每次祭神典礼站在最前排的是公认为英俊健美的青年；斯巴达妇女的寝室里，挂着神话中美男子的画幅，以求生个漂亮的孩子。

古希腊的裸体雕塑，至今是珍贵的艺术宝品。断臂维纳斯一直被西方学者视为古希腊雕塑的典范。雕像以其转折有致的身姿，显示了女性丰腴、典雅、专注、宁静的美，而那种坦荡、自尊的神态又洋溢着人性的尊严。19世纪俄国作家屠格涅夫说雕像包含的社会内容，比法国大革命的《人权宣言》"更不容怀疑"。一直到现在还显示其生命力，因为她集中体现了人类的理想——人应该是美的、幸福的。

希腊有一则神话：智慧女神雅典娜在一次诸神聚集的宴席上，吹奏她新近发明的一种二重笛，诸神欣赏其美妙悦耳的笛音，但嘲笑女神吹奏时鼓起的腮巴。雅典娜偷偷地对着泉水映照吹笛时的姿仪，看到了吹笛时香腮鼓隆的丑颜，而把笛子远远地甩向大地，并发誓，如谁再用这种乐器，将立即受到诅咒。为了美，雅典娜如此对待自己的发明。神话是希腊人的创造，从中体现的是希腊人对美的态度。

第三，古希腊人追求爱欲、财富和荣誉，但爱欲是第一位的。"不和金苹果"的神话讲述的特洛亚战争起因，也预示着古希腊人的价值观念：满足情欲似乎比获得财富、荣誉、权力等更重要。这足见情欲对人的无穷驱动力。10年的特洛亚战争，归根结底是为了一个象征情欲的海伦，这在很多民族文化里都是不可思议的，但这恰恰体现了古希腊民族放纵原欲的世俗人本意识。

与追逐海伦的帕里斯相仿，在神界，天神宙斯就是一个放纵情欲的典型。他不仅有7个妻子，还不时地追求天上的女神和人间的女子。他曾为得到亚细亚的少女欧罗巴而变成一头牛，哄骗她骑在自己的背上，把她诱至欧洲土地后使其委身于他；他追求伊娥被赫拉发现，为了掩饰自己对赫拉的不忠，把伊娥变成了一头牛。古希腊神话中的众英雄，除了赫拉克勒斯之外，差不多都是被"享乐女神"牵着鼻子走的人。阿伽门农、阿喀琉斯会不顾一切争夺女奴；即使是意志坚定的赫拉克勒斯，也在征服了娥利卡斯之后，禁不住情欲的逼攻，悄悄地带回自己喜爱的女人。这些故事带有原始社会一夫多妻制的痕迹，但其间蕴含的性爱观却透出了文化的韵味。情欲的放纵是古希腊文学对"人"的一种理解，并成为西方文学与文化的一种传统与突出特征。

第四，古希腊人不仅崇拜人的外形美、追求情欲的满足，还注重人的价值、才能的发挥和个性的发展。人是衡量事物的尺度，万物都渗透着人的精神和力量，人的一切受到充分的肯定、尊敬和赞美。

神话和戏剧中的普罗米修斯从来都是按照自己的意志决定自己的行动，还敢于违抗天帝宙斯的意志，有很强的叛逆精神、自由意志和主体意识，表达了古希腊人在自然面前的理想和激情。

稍晚一些时候的古希腊悲剧中，"命运"观念较之早期的神话愈显强烈，其内涵也显得更为丰富。因为，随着人类自我意识的日渐觉醒，人既感到了自然之主人和社会之主人的骄傲，同时又感受到除自然异己力量之外的社会异己力量的束缚，因而英雄们总是因"命运"的重负而深感行动的艰难，但又从不放弃行动，敢于反抗"命运"的捉弄。在《俄狄浦斯王》中，俄狄浦斯强烈的行动意识，表明了人的主体性上升到了一个自觉意识的高度。尽管他的结局说明，反抗"命运"的过程正是走向命运圈套的过程，这种悖谬现象隐喻了人类抗争的悲剧性命运。但是，正是这种困兽犹斗的抗争意识，体现了个体生命的无穷追求与"命运"的不断惩罚之间的矛盾，这些构成希腊式的悲剧精神，其中高扬着人的主体意识和自由意志。

如果说，普罗米修斯和俄狄浦斯表征的是作为群体的人在自然和社会面前的行动意识和自由意志的话，那么，荷马史诗中的阿喀琉斯则集中体现了个人与群体呈分离状态的个体本位意识和自由观念。

阿喀琉斯是决定希腊联军生死存亡的主将。他骁勇善战，热爱自己的民族，但是，当个人荣誉和尊严受到侵犯时，他会放弃一切去维护荣誉与尊严。年轻时，神谕说他有两种命运：走上战场，他会功勋卓著，成为大英雄，但又将早早地战死沙场；安居家中过平常人的生活，他将默默无闻却寿比南山,儿孙满堂。阿喀琉斯坚定地选择了前者,走上战场,成为战功赫赫的大英雄。在他的头脑中,与其默默无闻而长寿,不如轰轰烈烈,以短暂的生命去换取永恒的荣誉。在战场上,当主帅阿伽门农扬言要抢走他心爱的女奴时,他一怒之下,退出战场,还要母亲(海神的女儿忒提斯)到奥林匹斯山请求宙斯让希腊军打败,致使希腊联军损兵折将,溃不成军,而他则熟视无睹。阿喀琉斯愤怒的实质,是他的荣誉和尊严受到了侵犯,有损于他这个"大英雄"的形象。其实,为了个人荣誉和尊严而舍生忘死、敢于冒险的行为特征和价值取向,是古希腊两大史诗中绝大多数神和英雄们所共有的。个人的财产、权力、爱情的拥有都是个人荣誉的体现。荣誉维系着个人生命的价值与意义。因此,神和英雄们对个人荣誉的崇尚,表现了古希腊人对个体生命价值的执着追求和对现世人生意义的充分肯定,其中又体现了对个体生命意志与欲望的放纵。

古希腊的神不是庄严得令人恐惧的神灵,是高度人格化的神。他们和人一样,有七情六欲,有人的喜怒哀乐、希望追求,都是多种性格元素的组合。众神之父宙斯,有着魁梧的身躯、有力的双臂和威严的面孔,他有时冷酷凶狠、专横独断(如对普罗米修斯),有时公允正直、通情达理。当女儿阿弗洛狄忒扑到他怀里哭泣时,他会笑呵呵地说:"是谁把我的宝贝欺负成这个样子?"这时他又是一位饶有情味的父亲。古希腊人把宙斯当作一个至高无上的权威者来歌颂的同时,又在他身上加进许多人的特性,使之像一个血肉丰满的人。其他的神也一样,生性妒忌的赫拉,有时也显得宽厚;豪爽的阿波罗有时也为小事而报复。

在古希腊神话中,人并不永远是神的谦卑奴隶,有时与神发生争斗,人还能战胜神。有一则神话说,米尼西亚国王的儿子伊达斯在赛车中取胜,赢得了美丽的马尔帕莎公主。归途中,他们在一座神庙中过夜,不料黎明时马尔帕莎被英勇的阿波罗抢走。伊达斯赶上阿波罗,大声叫嚷:"放下女郎,阿波罗,否则你会后悔,虽然你是一个神。"阿波罗毫不相让,双方动起手来。正在这时宙斯来了,他裁定由马尔帕莎自己选择。

马尔帕莎毫不犹豫地选择了伊达斯，她爱的是人间英雄。像这样神败于人的情形，在神话中不少，特洛亚战争中连战神也敌不过古希腊英雄。

将希腊的感情模式与同是人类"童年"时期的殷商青铜文化、古埃及金字塔文化和印度神话比较一下，就更能说明问题。

李泽厚在《美的历程》中论述："以饕餮为代表的青铜器纹饰具有肯定自身、保护社会、'协上下'、'承天休'的祯祥意义。那末，饕餮究竟是什么呢？这迄今尚无定论。唯一可以肯定的是，它是兽面纹。……各式各样的饕餮纹样及以它为主体的整个青铜器其他纹饰和造型，特征都在突出这种指向一种无限深渊的原始力量，突出在这种神秘威吓面前的畏怖、恐惧、残酷和凶狠。你看那些著名的商鼎和周初鼎，你看那个兽面大钺，你看那满身布满了的雷纹，你看那与饕餮纠缠在一起的夔龙夔凤，你看那各种变异了的、并不存在于现实世界的各种动物形象，……它们呈现给你的感受是一种神秘的威力和狞厉的美。它们之所以具有威吓神秘的力量，不在于这些怪异动物形象本身有如何的威力，而在于以这些怪异形象为象征符号，指向了某种似乎是超世间的权威神力的观念；它们之所以美，不在于这些形象如何具有装饰风味等等，而在于以这些怪异形象的雄健线条，深沉凸出的铸造刻饰，恰到好处地体现了一种无限的、原始的、还不能用概念语言来表达的原始宗教的情感、观念和理想，配上那沉着、坚实、稳定的器物造型，极为成功地反映了'有虔秉钺，如火烈烈'（《诗·商颂》）进入文明时代所必经的那个血与火的野蛮年代。"① 古代埃及的金字塔是法老的陵墓，用一块块数吨重的巨石垒成②，以52°的斜面直插天际，在广袤的沙漠里拔地而起，既具有法老是神，其灵魂沿塔级升入天庭的宗教意义，视觉上也给人一种威严震慑的效果。古代印度神话中的神，为显示其威力和奇功，在外形上也异于常

---

① 李泽厚：《美的历程》，文物出版社1981年版，第36—37页。
② 规模最大的胡夫金字塔，高146.5米，塔基呈正方形，每边长约230多米，周长约1公里。全塔用230多万块大、小不等的巨石砌成，总体积250万立方米。平均每块石头重2.5吨，最重的一块约160吨。

人体态,如梵天的四面、湿婆的第三只眼睛、毗湿奴的四只手臂等,都让人产生惊异、敬畏和神秘之感。

总之,希腊感情无论是作为群体的人在自然与社会面前表现出的行动意识、自由观念和主体精神,还是作为个体的人所表现出的个体意志和情欲,它在古希腊文学中是被充分展现,而并不像希伯来文学与文化那样将其视为"原罪"或"原恶"后加以贬抑。因此,从文化的层面看,古希腊文学的深层激荡着人的原始欲望自由外现的强烈渴望,蕴藉着人的生命力要求充分实现的心理驱动力。正是在这种意义上,古希腊人可称之为"正常的儿童",古希腊文学的文化内质呈"神——原欲——人"三位一体的结构框架,较之其他民族的文学与文化,它体现的是一种世俗人本意识,其人性取向是原欲。①

二、基督精神

基督精神指欧洲中世纪基督教的精神。在漫长的中世纪,以"神"为本的基督精神取代以"人"为本的希腊感情,上帝、耶稣取代宙斯、朱比特,信仰和忏悔取代冒险与享乐,来世取代现世,圣·奥古斯丁取代荷马,基督教占统治地位,至今基督教是西方的主要宗教。

基督精神的主要要点是:忍让、博爱、克制、赎罪,以获永生。

基督精神对于希腊感情来说是一种逆向运动。人的追求和向往总有来自自然的、社会的阻力,在古希腊人那里形成了命运的观念。但接触到来自东方的基督教后很快形成严密完整的宗教体系。从哲学本体论上看,基督教是一种颠倒的世界观,从人生观和社会观看,它具有消极性。人们对其消极性往往夸大,认为它扼杀人性。

基督教作为西方文化的灵魂,作为西方文化不可或缺的内核之一,假如它果真像有人所讲的那样,对人性只有扼杀、制约的一面而没有人文性,那是不可思议的。从文化与人的层面看,基督教文化是一种重来

---

① 蒋承勇:《西方文学"人"的母题研究》,人民出版社2005年版,第37页。

世、重灵魂、群体本位的理性型文化，这种"理性"尽管与宗教信仰结合后有人文性的缺失，却并不意味着整个地反人文、反人性。

我们思考问题不要过于简单，至少我们还要考虑下列几点：

第一、基督教文化也是人的本质力量的对象化，是人自身本质的一种外化。

基督教文化观念中，作为上帝之创造物的人，其生命之源在上帝那里；他必须时时想到自己有负于上帝，自己的一切苦痛与罪恶皆出于对上帝的不敬；他只有站在上帝面前才能看清自己灵魂的丑恶与肮脏。显然，基督教文化中表现了人对自身恶的一种自觉，恶成为人性认识的一种逻辑预设。这种对恶的自觉，在根本意义上决定了基督教文化在精神内质上有别于古希腊—罗马文化。希伯来人强调人对上帝的服从，尊重精神与灵魂，主张人的理性抑制原始欲望，轻视人的现世生命价值与意义，重来世天国的幸福与永恒。显然，这是一种重灵魂、重来世、群体本位的理性型文化。当然，这里的"理性"由于包含了宗教信仰的内容，或者说理智与信仰相结合，而且，在一定意义上，是理智服务于信仰，为引导人走向信仰世界服务，因此，这种"理性"有人文失落乃至非理性的成分，因而，相对于古希腊—罗马的世俗理性，可称之为"宗教理性"。但相对于人性之原欲的侧面，它依然是人的本质力量的对象化，是人自身本质的一种外化。

第二、从基督教产生的过程看，它是西方文化的必经阶段。

希腊人是耽于逸乐、机智敏捷、喜欢冒险、善于经营、对一切欲望都毫无顾忌的人。这种民族性格早就引起本民族先哲们的隐忧，从柏拉图、亚里士多德直到伊壁鸠鲁，都从不同的角度主张有节制地享乐，试图寻找理智、道德和伦理的社会规范，探索比欲望满足更高一级的精神生活。然而希腊国家终于被他们鄙视的罗马人所灭亡了。

古罗马是一个耕牧民族，具有上古农民与牧民的勤劳、勇敢、粗鄙和愚昧的性格特点，他们凭藉自己的军事技术和社会团结创造了横跨欧、亚、非三大洲的罗马大帝国。武力与政治上的辉煌业绩，严格的法律，集权的政府，牺牲与实践精神，对社会与国家完美的追求，都不意味着文化的繁荣。他们在征服了希腊后，却在文化上为被征服者所征服，成了古希腊文化的直接继承者。希腊诸神几乎都成了罗马神，但却大都改了名字。

到了公元3世纪，贵族社会的脓疮溃烂，内忧外患同时袭来。军队视金钱报酬之多寡决定推戴或杀害皇帝以出售帝国，边境防御削弱，日耳曼人从北方、波斯人从东方大举入侵，战争和疫病减少了罗马帝国人口的三分之一，赋税的增加与财源的骤减造成财政崩溃，文化颓毁，道德荡然，贵族们沉浸在物质欲望的享乐之中。而物欲的极致是厌烦。对现实世界的绝望迫使人们到虚幻的世界中去寻找希望；对物欲生活的厌腻导致对精神生活的追求，一度辉煌灿烂的希腊精神走向了自己的反面。

徐葆耕先生论述道："这是人性的失落，但又是人类自身追求至善至美的一次努力，表现了人不满足于物欲和情欲，他（她）们要追求更高的精神生活。一种与希腊感情迥然不同的学说在这个多灾多难的世纪里出现了，这就是普罗提诺的'新柏拉图主义'。"①

且不说这种"理性"原本吸纳了古希腊—罗马文化的理性内容，并用之于解释以上帝为本原的自然世界，单就古罗马灭亡和基督教胜利的历史事实看，它对以破坏力和"恶"的形式出现的人的原始欲望是有制约作用的。这种制约让人从善、求善，追求灵魂与精神的充实与富裕，调和本能欲求与现实可能、个人需要与社会制约、个性张扬与道德规范、肉体与灵魂等等的矛盾冲突，这对人的生存与发展有正效应。因而，从现实层面看是合人的生命原则、合人性的，因而是具有人文性的，是一种不同于古希腊—罗马的人本主义，即宗教人本主义。因此，从价值的层面看，基督教同样有合人性的一面。

第三、基督教文化作为一种信仰体系而存在，是一种不可或缺的价值体系。

---

① 徐葆耕：《西方文学：心灵的历史》，清华大学出版社1990年版，第43页。

宗教信仰作为对人的一种超现实的、非物质的审视或终极性关怀，乃人之为人的本性之所求。人是理性的动物，其理性特征除了思维、知性能力外，除了引导人去解决当下的生存问题之外，还要思考自身存在的意义、价值和终极归属等问题。信仰是人所特有的精神生活，无论东方还是西方，无论古代还是现代，这种信仰需要都是人的生活区别于动物生活的本质特征。

不过，这种信仰究竟拥有什么样的具体内容和方式，古今中外却有不同。中国人不曾有过西方那样的基督教形式的信仰体系，但在中国传统文化中依然有它的"终极关怀"，只不过这种"终极关怀"既不是对外在的彼岸世界的关怀，也不是一定要通过极端的禁欲主义方式来实现，而是在一种主客合一，物我不二的整体直观中，也就是内在超越中对天地人一体的永恒追求。在此明显体现了中国文化不同于西方文化那种主客二分的思维方式以及由此导致经验世界和超验世界、现象世界与本体世界二分的结果。就此而言，中国文化是非宗教性的。但不能由此说，中国文化是一种无信仰的文化。信仰是人类特有的一种生存方式，或者如马克思所说，是人类把握世界的一种特有方式。它给人以生存的勇气和未来的希望，永远为人类所需要、所拥有。

对西方独特的文化传统来说，对希望的追求就是信仰，而信仰的必然表达方式很重要的一种就是基督教。因而，基督教作为一种宗教文明，在西方的现实和未来中将永远是一种不可或缺的价值体系。

第四、在西方文学中，包括歌德、托尔斯泰这些以思想家闻名的大作家，经过一生的探索，最终还是找到"天国的真理"。这不能简单地用"世界观的局限"说明一切，背后还有许多东西值得我们去探究。

三、科学知性

到了近代，欧洲的科学发展走在世界的前面，科学的发展，对人们的世界观、思维方式和行为准则都产生了影响。

文艺复兴运动的兴起，就是以"人的发现"和"世界的发现"为其背景，之后的启蒙时代，科学技术的发展为启蒙作家提供了"理性"的武器。19世纪的实验科学和生物科学给自然主义的影响更是人人皆知。到了20世纪，以相对论、量子力学等为代表的理论在基础科学前沿的不断突破，以电子计算机为代表的一大批尖端技术的迅速发展，还有生命科学，遗传科学，心理学的发展，使得现代形态的科学在当今文化中占据着重要的地位。这对20世纪的西方文学产生巨大影响：

其一、科学昌明所形成的西方文化心理中讲求实际的态度，促使文学注重实用性。现代西方"新闻文学"、"非虚构小说"的发展说明了这一点。

其二、科学高速发展所造成的现代生活习惯的快节奏和紧张感，使文学的表现简练，注重效果。尽可能地缩短文字表现造成的距离，以最经济、最集中的具象达到目的。象征主义、表现主义、超现实主义诸流派的作品就是如此。现代主义的"表现"，就是省却了现实主义文学还原生活表象的"再现"环节，以在作家与读者间尽快达成沟通。从海明威的"冰山原则"，库切的创作风格中都能体会到这种文学的发展趋势。

其三、科学的深入发展形成的深化、精细的文化眼光，使得现代西方文学由外向内发展，以人物内在世界的深入开掘代替外在环境的详尽描绘。20世纪西方文学"向内转"的倾向异常突出，"心潮文学"形成汹涌之势，意识流小说的盛行是最好的体现。

其四、科学范畴、概念的大量增殖，使人们思维抽象化的程度提高。20世纪西方文学的主题往往具有超越题材、形象的抽象意义，具有普通的哲理内涵。海明威《老人与海》的主题不能理解为"描写渔夫生活的艰难"，小说中的桑提亚哥形象超越了渔夫的职业获得现代人的普遍意义。荒诞派戏剧《等待戈多》中的两个流浪汉也不能等同于19世纪现实主义文学中的流浪汉。

总观西方文学，"人"是西方文学的主旋律，而且这个"人"是真正独立的、个体的"人"。由希腊的"人"发端，经过中世纪的曲折，再经过文艺复兴的再发掘，强调个人奋斗、个性解放成为西方文学的基本主题。从古希腊神话史人格化的神，到文艺复兴对人性觉醒的礼赞，再到现代主义对人性失落的哀悼，都可以看到人的主题。

而且，西方文学中人的主旋律总是在灵与肉、罪与罚、自由与原则、人性与魔性的交战中表现出来。针对社会和自然，人是文学中的独立主体；在个人的内在世界，人在文学中又有两个对立的世界，个性解放和博爱的束缚，自由的追求和原则的限制，往往是这两个世界交战的导火线。遵循灵的指令，必将导致肉的煎熬，听从魔的召唤又会导致人的恐慌，正是在这种无法解脱的矛盾中，人获得了有血有肉的表现。

正由于这种罪与罚的惩戒，西方文学的悲剧气氛特别浓重、宏大。古希腊神话中主人公无可逃脱的悲剧命运，小说，戏剧主人公也无法脱逃。不像我们的精卫遇难，还能化鸟填海；窦娥屈杀，也能血溅三丈；关公被害，还能降魂复仇。因此，有人认为中国没有真正的悲剧。

目 录

绪论　西方文学的文化潜质 …………………………………… 1

上编　思潮流派论

第一章　人文主义文学思潮 …………………………………… 3
　　第一节　人文主义与中世纪文学和文化 ………………………… 3
　　第二节　欧洲文艺复兴时期文学的讽刺 ………………………… 23

第二章　巴罗克文学 …………………………………………… 34
　　第一节　巴罗克研究小史 ………………………………………… 34
　　第二节　巴罗克思潮产生的社会文化成因 ……………………… 41
　　第三节　巴罗克的文学成就 ……………………………………… 47

第三章　欧洲启蒙主义文学思潮 ……………………………… 63
　　第一节　思潮辨析：必然与偶然的统一 ………………………… 63
　　第二节　启蒙主义文学与欧洲近代文学思潮 …………………… 74
　　第三节　科学技术：启蒙主义文学的温床 ……………………… 82
　　第四节　东方文化：寻觅中的理想 ……………………………… 85
　　第五节　哲理色彩：时代精神的折光 …………………………… 89

第四章　后现代主义文学 ……………………………………… 92
　　第一节　后现代主义文学的精神基础 …………………………… 92
　　第二节　后现代主义文学的纵向发展 …………………………… 94

第三节　后现代主义文学的思想特质 …………………………… 98
　　第四节　后现代主义文学的艺术表现特色 ……………………… 101
第五章　荒诞派戏剧 …………………………………………………… 104
　　第一节　荒诞派戏剧的产生和发展 ……………………………… 104
　　第二节　荒诞派戏剧的基本特征 ………………………………… 108
　　第三节　《等待戈多》：荒诞派戏剧的经典 …………………… 115
第六章　浪漫主义视域中的美国现代文学 …………………………… 123
　　第一节　蛰居于现实主义之下的浪漫主义 ……………………… 123
　　第二节　浪漫主义的第二次大繁荣 ……………………………… 126
　　第三节　探索自我本质的浪漫主义 ……………………………… 133
第七章　后殖民主义理论 ……………………………………………… 137
　　第一节　后殖民主义理论的产生与发展 ………………………… 137
　　第二节　后殖民主义的原创性理论 ……………………………… 140
　　第三节　后殖民理论的价值把握 ………………………………… 148
第八章　当代文化研究及其研究范式 ………………………………… 152
　　第一节　文化研究与伯明翰学派 ………………………………… 152
　　第二节　作为思潮的"文化研究" ……………………………… 156
　　第三节　文化研究的研究范式 …………………………………… 159

下编　作家作品论

第一章　莎士比亚悲剧与《哈姆莱特》 ……………………………… 169
　　第一节　美学范畴的"悲剧" …………………………………… 169
　　第二节　为什么由"喜"而"悲" ……………………………… 171
　　第三节　人性的自省：莎士比亚悲剧的实质 …………………… 175
　　第四节　《哈姆莱特》的多维识读 ……………………………… 179

第二章 《奥瑟罗》的悲剧成因与对比艺术 …… 195
第一节 悲剧成因：内外视角的考察 …… 195
第二节 对比艺术：悲剧效果的强化 …… 198

第三章 《摩尔·弗兰德斯》：形象及其塑造 …… 204
第一节 "她是一位把我们全都吸引住了的女主人公" …… 204
第二节 "人物至上小说的一个范例" …… 207
第三节 "它可以与伟大的英国小说并列" …… 211

第四章 《阿尔赛娜·吉约》：婉约凄清的人生悲歌 …… 215
第一节 小说题词和吉约为何自杀 …… 215
第二节 这里省略了什么 …… 218
第三节 省略号、迷魂阵和夫人 …… 222

第五章 《乡村》：布宁描绘的阴暗俄国 …… 226
第一节 阴暗、痛苦的世界 …… 226
第二节 揭示阴暗现实的根源 …… 228
第三节 真实的艺术形象 …… 230

第六章 《静静的顿河》：奔腾顿河的悲壮史诗 …… 233
第一节 肖洛霍夫的创作特点 …… 233
第二节 《静静的顿河》：哥萨克的悲壮命运 …… 237
第三节 葛利高里悲剧的文化内涵 …… 240

第七章 奥尼尔："做一个容纳一切方法的熔炉" …… 245
第一节 奥尼尔的创作历程 …… 245
第二节 代表作与创作方法的多样性 …… 247
第三节 悲剧观及其美学思想 …… 252

第八章 艾略特：诗化的理性与理性的诗化 …… 256
第一节 作为文学评论家的艾略特 …… 256
第二节 前期诗作：现代世界的感知 …… 260

第三节　后期诗作：现代世界的拯救 ………………………… 264
第九章　福克纳：双重意义的悲剧与主观性表达 ………………… 268
　　第一节　精心构筑"约克纳帕塔法世系" ……………………… 268
　　第二节　基于人性的双重否定 …………………………………… 272
　　第三节　表现性文学：艺术表现的探索 ………………………… 277

附录："西方文学"部分书目 ………………………………………… 280
后　　记 ……………………………………………………………… 327

上编　思潮流派论

第一章 人文主义文学思潮

人文主义文学是近代欧洲的第一个文学思潮,也是欧洲近代文学辉煌的开篇。14—17世纪初,欧洲新兴资产阶级打着"回到希腊罗马去"的旗号,声称要将中世纪湮没的古典文化"复兴"起来,其实质是借古代文化建立起新的价值体系——即以人为中心的世俗文化:以"人"为中心的世界观反对以"神"为中心的世界观;以人性反对神性;以人权反对神权;以个性解放反对禁欲主义;以理性反对蒙昧主义。然而,中世纪的文化和文学与人文主义文学的关系不是简单的对立和反驳,作为时间上前后相续的两种文学,它们既有斗争冲突的一面,也有继承发展的一面。

第一节 人文主义与中世纪文学和文化

由于国内学界研究得不够和习惯思维模式的局限,我们总是把文艺复兴和人文主义看作是一场革命,把它看成是与中世纪的一次"彻底的决裂"。认为中世纪是一个黑暗的世纪,文艺复兴是在废墟上的对古典文明的复兴。究竟怎么看这个问题?

一、中世纪不是黑暗和废墟

美国学者哈斯金斯(Charles H. Has Kins)在《12世纪的文艺复兴》书中认为:文艺复兴时期的人文主义者是以热心于古典著作的学习为标

榜的。但是在 12 世纪时人们对古典的认识和鉴赏已很普遍，由此他得出结论："在中世纪文艺复兴和 15 世纪文艺复兴之间没有真正的中断。"①也就是不存在什么实质的区别。

人文主义不是突然到来的，它是在吸收前人（包括中世纪）的优秀成果的基础上进行创造的结果。但有一种观点否定中世纪，把中世纪看成一片黑暗，这种观点源远流长。彼特拉克等人文主义者持这种观点，布克哈特的《意大利文艺复兴时期的文化》（1860）强化了这种观点，影响至今没有消除。

中世纪是欧洲社会发展史上的一个重要阶段。封建社会的产生标志社会的进步。中世纪黑暗论的一个重要论据是，日耳曼人入侵意大利后，毁灭了古罗马的灿烂文明。这与历史真相有距离。中世纪不是一潭死水，始终处于停滞状态。日耳曼人侵占意大利，的确使大批华丽的建筑毁于战火，大量的文献埋没散佚，许多精良的工艺永久失传。但伦巴德人（最后进入意大利的蛮族）和其他蛮族摧毁了罗马的大地产制，改善了奴隶和隶农的生活，促进了奴隶制的灭亡和封建生产关系产生，这是历史的进步。从中世纪和古罗马的关系看，至少可以看到：

第一，由于当时的蛮族比较落后，还不具备更高的文明来代替罗马的文明。因此，为了统治意大利，他们赞同和仿效罗马文明，罗马文化没有完全消亡，它影响着生活在意大利土地上的民族。

第二，中世纪从古罗马继承了拉丁语和拉丁文学。中世纪学者对拉丁语法的研究和对维吉尔、奥维德、西塞罗的著作的阅读从未中断。拉丁语对西欧多国语言和文学的发展都有不同程度的影响。

第三，中世纪从古罗马继承了许多古老的城镇。罗马、比萨、热那亚、里昂、马赛、科隆、伦敦都是罗马人的遗产。这些城镇保留了许多

---

① ［美］查尔斯·霍默·哈斯金斯：《12 世纪文艺复兴》，夏继果译，上海人民出版社 2005 年版，第 5 页。

罗马时代的手工业和商业管理、手工业团体及一系列公共和私人建筑。为中世纪新型城市的兴起创造了条件。

第四，中世纪从古罗马继承了罗马法。中世纪的城市兴起后，伴随着商业活动的扩大，曾出现了一股研究罗马法的热潮。这种法学研究完全是非宗教的，对市民思想的世俗化起了重要作用，因为罗马法的本质是理性的。

总之，中世纪不是建筑在一片废墟或荒芜沙漠之上，它不仅有继承，还有重大发展，在一些领域取得古代前所未有的成就：大学、银行、议会制度、哥特式建筑和市民文学都诞生于中世纪。中世纪的城市经济的作用远远大于古代。

自11世纪以后，欧洲的各种知识在迅速增长，并进一步系统化和专门化，到13世纪又按照各自的特点，发展为神学、罗马法、宗教法规、医学、数学、天文学、占星学、逻辑学、语法学和修辞学。它们在后来虽有变化和补充，但一直是文艺复兴时代教育的主流。

二、中古欧洲文学的成就与价值

中古欧洲文学，指公元476年西罗马帝国灭亡至13世纪末、14世纪初文艺复兴运动前的欧洲文学。对这近千年欧洲文学的评价，学界往往以"黑暗的时代"、"长期处于落后愚昧的状态"①来概括。有论者用比喻描述中古欧洲文学：欧洲文学到罗马时代已开始走下坡路，辉煌的史诗和卓越的悲剧已经成了历史的、永远的记忆。而4世纪到10世纪的文艺发展情况可以想象为一个人从光明的大路走下漫长隧道的情景。斜坡上还有丝丝微光，到了隧道就什么也看不见了，比黑暗更黑暗的黑暗，比冰雪更冰冷的阴森以及无理性的盲瞽的心情直透入心灵深处，似乎连呼吸都要停止。一直到走完了这条隧道，才又慢慢恢复了光明和清醒。

---

① 匡兴、陈惇：《外国文学》（上），北京大学出版社1987年版，第43页。

这样对中古欧洲文学的描绘，表明了论者对中古欧洲文学成就的认识。还有论者虽不是如此评价，却在与中古亚非文学的比较中明确表明："中古时期，居于世纪前列的是亚非文学。"①

对中古欧洲文学成就作低调处理的论者常用的论据有二：

其一，在民族大迁移时期高度发展的古希腊罗马文化遭到破坏，文化发展的继承性被割断。这点可从马克思主义经典作家的著作中找到论据。恩格斯曾说："中世纪是从粗野的原始状态发展而来的。它把古代文明、古代哲学、政治和法律一扫而光，以便一切都从头做起。它从没落了的世界承受下来的唯一事物就是基督教的一些残破不全而且失掉文明的城市。"②

其二，基督教教会的残酷统治和对进步文化的摧残。本来源于受压迫者期待救世主的基督教被统治者利用后成为统治人民的工具，南下蛮族继承了古罗马的基督教又将其服务于封建统治，在中世纪教会成为封建统治的支柱。"中世纪的一切学术、教育都是为宗教服务的。……把哲学、科学都置于宗教之下，说哲学是'神学'的婢女，科学是'宗教的奴仆'。一切真理都集聚在《圣经》上，除此以外就没有可研究的东西。最可笑的是，他们在哲学上讨论的问题有：'针尖上能容纳多少天使？''啤酒盐水是否可用于洗礼？''老鼠吃了圣餐会怎样？'他们把天文学用于计算复活节祭典举行的日期，把几何学用于建筑大教堂，他们学辩证是为了打击异教徒，学音乐是为了唱圣歌。他们把数学上的数字都看为有象征意义的：'一'代表唯一的神；'二'是代表耶稣基督，因为他兼有神性和人性二重性格；'三'象征神的三种面貌（圣父、圣子、圣灵）；'四'象征四福音书等。"③ 在政治上的统治，教会也扮演了不光彩的角

---

① 一十四院校：《外国文学史》（1），吉林人民出版社1980年版，第191页。
② 恩格斯：《德国农民战争》，《马克思恩格斯全集》（第7卷），人民出版社1959年版，第400页。
③ 石璞：《欧美文学史》（上），四川人民出版社1983年版，第114页。

色,"在整个中古时期,教会、世俗封建权利沆瀣一气,对于广大人民与有异教思想的人们,进行肉体摧残和精神奴役。它们对异教徒、行吟诗人、作家和学者的迫害,罄竹难书,令人发指。宗教裁判所利用的火刑柱、刑讯室、焚葬场使成千上万的人遭到折磨、虐杀,使丰富的民间文学遭到破坏。"① 一本教科书结论式地写道:"总之,反动教会权势很大,野蛮地镇压一切异端,残忍地摧残一切进步文化,这是使中世纪文学发展缓慢,成就不大的主要原因。"②

这样,人类童年时期的天真的古代文学没有得到继承,更谈不上发展;进步的当代人民文学也受到摧残和破坏。因而中世纪欧洲文学横向比不上"居世纪前列"的亚非文学;纵向比较,"中世纪文学艺术较之古希腊和以后的文艺复兴时期的文学艺术都显得异常逊色","中古文学前不及古代,后不及近代。"③

针对上面的观点,有论者提出不同看法,他们对中古欧洲文学的地位、成就、特征进行分析和研究,得出不同于笼统地斥之为"黑暗",似乎更符合实际的结论。

在一篇题为《对评价欧洲中古文学的几点异议》④的论文中,论者与上述观念针锋相对进行立论。针对"文学传统割断"论,论者引证了恩格斯的另一段"语录":"这种非历史的观点也表现在历史领域中。在这里,反对中世纪残余的斗争限制了人们的视野。中世纪的巨大进步——欧洲文化领域的扩大,在那里一个挨着一个形成的富有生命力的大民族,以及14和15世纪的巨大的技术进步,这一切都没有被人看到。"⑤ 从而指出"文学传统割断论"的推论错误,正是"这种只顾其一,不顾其二,

---

① 王忠祥:《外国文学教程》(上),湖南教育出版社1985年版,第83页。
② 湖南师大外国文学教研室:《简明外国文学教程》,湖南大学出版社1986年版,第31页。
③ 朱韵彬:《世界文学史纲》,武汉大学出版社1990年版,第36页。
④ 张增坤:《对评价欧洲中古文学的几点异议》,《外国文学评论》1996年第3期。
⑤ 《马克思恩格斯选集》(第4卷),人民出版社1972年版,第225页。

偏执一端的引证，导致了以偏概全的结论。把欧洲中古初期的社会特点当成了整个中世纪的全貌。"① 文章还以"欧洲中古文学较之古代逊色吗？"设问，分析了历史上意大利的人文主义都出于政治上的需要和民族主义的感情色彩，他们贬损中世纪而抬高古代文化的片面认知；也论述了中古欧洲的骑士文学、英雄史诗和城市文学在欧洲文学史上的价值和贡献，还特别强调了当时人们誉之为"天下第一奇书"，却一直被学界忽视的《马可·波罗游记》的意义，进而得出结论："总之，欧洲中古文学无论就其体裁的多样性和作品的数量，还是就其内容的意义以及对后世文学的影响而言，较之欧洲古代文学都不能说是异常逊色的。"②

究竟怎样认识和评价中古欧洲文学的价值和意义？

在观念上，要坚持全面、历史的观点，在当时的社会、文化背景中多方面加以审察，再把中古欧洲文学成果摆在文学发展长河中检视。

第一，中古欧洲文学是多种文化融合的结果，有着独特的丰富性。中古欧洲文化的主体，当然是基督教文化。基督教是在东方犹太教的基础上于公元初年产生于罗马统治下的西亚。但在西罗马灭亡前基督教的发展过程中，基督教吸收了大量古代希腊文化的内容。"基督教文化的本质精神说到底就是灵魂对现实世界的超越，就是那种空灵幽邃的唯灵主义。这种唯灵主义最初以朴素直观的形式表现在希腊民间神秘祭（奥尔弗斯教的）的轮回转世说中，然后在毕达哥拉斯、苏格拉底和柏拉图的哲学中得到理论上的提炼和表述，并通过斐洛的隐喻神学和普罗提诺的神秘主义最终汇入基督教，成为一套严密的、系统化的宗教形而上学体系。"③ 基督教文化是东方文化与希腊哲学融合的产物。

日耳曼人南下，又为中世纪欧洲文化带来了新的因素。基督教文化作为一种高位文化，最终同化了蛮族文化，但日耳曼民族本身的文化对

---

① 张增坤：《对评价欧洲中古文学的几点异议》，《外国文学评论》1996 年第 3 期。
② 张增坤：《对评价欧洲中古文学的几点异议》，《外国文学评论》1996 年第 3 期。
③ 赵林：《西方宗教文化》，湖南文艺出版社 1997 年版，第 180 页。

基督教文化形成冲击，也对原来的基督教文化作了某些改变。"他们的本性（好动）、生活态度（自立、尊敬妇女）和想象力（创造神秘事物）的一些基本特征却对西方人的生活和思想产生了直接而持久的影响。"①

中古欧洲的文学，实际上是在多种文化融合的基础上而产生的一种新型文化。正是这种新型文化，使得欧洲成为一个统一的整体。中古欧洲文学就是在这种新文化中产生和发展的，因而它不可能是单一色调，而是异彩纷呈，既有教会文学的玄秘，也有市民文学的世俗；既有骑士传奇的浪漫虚构，也有英雄史诗的史实叙述；既有赞美诗、祷告词中的神性追求，也有普罗旺斯情歌的人欲向往。

与中古欧洲文学的丰富性相关的是文学地域的扩展。"从地理范围讲，欧洲中古文学已扩大到希腊、罗马以外的全欧洲，打破了希腊—罗马一枝独秀的局面，孕育出蓬蓬勃勃的满园春色。"②

第二，中古欧洲的英雄史诗、城市文学、骑士文学的价值固不待言，即使教会文学，也要从实际出发作出具体分析，不要从概念出发以"宣扬教义"、"麻痹人民"的结论而简单否定。有论者从人性的发展和完善的哲学高度来看待中古欧洲基督教文化及其文化、文学的影响，认为："基督精神对文学的渗入，是人欲的升华与压抑的交互作用，是对异文化接受与反抗的双向历史，它充满着一种相激相荡、相融相汇的博大的痛苦。……神取代人，'灵'取代'肉'，是人性的压抑，但同时又是人性的升华；是人性的失落，同时又是人性的寻觅。人类向着自身的高级阶段所作的尝试和努力，其追求的目标是虚幻的，但虚幻之中又包含着某种实在的渴望和道德伦理内容。"③

从人类发展的历史看中古欧洲基督教文化和教会文学的盛行，自有其内在的必然性。希腊文化以人的欲望满足为根本，耽于逸乐，机智敏

---

① 罗德·霍顿：《欧洲文学背景》，人民文学出版社1992年版，第273页。
② 张增坤：《对评价欧洲中古文学的几点异议》，《外国文学评论》1996年第3期。
③ 徐葆耕：《西方文学：心灵的历史》，清华大学出版社1990年版，第39—46页。

捷。这种人本文化发展到古罗马，更向奢华腐化的方向发展。尤其到了罗马后期，享乐之风日甚一日。黑格尔曾经写道："各行省数目之增加，造成了罗马人民财富之聚敛，腐化情形随而发作。奢靡淫逸之风习从亚细亚吹入了罗马。"① 在罗马帝国时期，享乐蜕变成一种变态情欲的疯狂发泄，沉湎于物质财富和变态情欲的罗马贵族没有理想、没有信仰。尽管有西塞罗之类的卓识者提出警告，但罗马人欲罢不能，伴随着灵魂痛悔的是进一步的肉欲放纵，以更加肆无忌惮的狂乱来填补空虚和麻木的灵魂。物极必反，物欲的极致必然导致精神的追求。人之所以为人，本质上在于精神的追求，在于对动物欲望的升华。基督教文化作为对古罗马后期的享乐纵欲的反拨应时而获得发展，"这是人性的失落，但又是人类自身追求至善至美的一次努力，表现了人不满足于物欲和情欲，他们要追求更高的精神生活。"②

从人类文化遗产的整体来看，中古欧洲的基督教文化、教会文学与古希腊罗马文化、文学形成异质互补，也正是在这样的意义上，中古基督教文化作为欧洲文化的另一个源头，远远流布于欧洲近现代文化与文学之中。

对于教会文学的神秘幻想、梦幻象征等特征的理解，也要将其摆在当时特定的社会文化环境中来考察。当时蛮族入侵，罗马崩溃，社会陷入混乱，到处充斥暴力和堕落，"在这样一个世界里，宗教只有通过它的超自然威望和对抗蛮族的肉体暴力的精神威力所激起的敬畏，才能得以保持其势力。……只有在基督教的神话世界里——在对圣徒以及他们的圣物和奇迹的崇拜中——才能实现基督教信仰和伦理向西方新兴民族的蛮族传统极为重要的渗透。"③

当然，事物的发展总有一个"度"，真理再向前迈进就是谬误。中世

---

① 黑格尔：《历史哲学》，商务印书馆1986年版，第491页。
② 徐葆耕：《西方文学：心灵的历史》，清华大学出版社1990年版，第39—46页。
③ 克·道森：《宗教与西方文化的兴起》，四川人民出版社1989年版，第26—28页。

纪基督教文化的发展到过分的进步，又会激起人们由抽象精神的追求回归到人的欲望实现，因而有了后来的文艺复兴运动。

第三，中古欧洲文学不仅是西方文学发展史上的一个环节，而且对后世文学产生了深远的影响。尤其是在叙事文学方面的成就，对近代欧洲文学产生了巨大的影响。有论者认为："从总体上说，欧洲中世纪的长篇叙事作品在艺术形式的系统化或体系方面的努力比希腊罗马时代更为自觉和突出。"[1] 中古欧洲叙事文学的艺术成就主要表现在：故事情节由驳杂而趋于简约；剪裁布局由史传编年史体而变为凝练集中的片断化；结构安排技巧的自觉运用等诸多方面。中古欧洲骑士叙事诗是欧洲近代小说的滥觞，这是即使对中古欧洲文学持保守态度的论者也不能不肯定的事实。如一本认为中古欧洲文学"长期处于愚昧落后状态"的教科书中谈到骑士叙事诗时写道："它的人物、情节和环境，虽然都是虚构的，甚至是离奇的，但这类作品以一两个主人公的经历为线索来组织长篇故事的结构方式，以及注意人物外形与心理描写等艺术方法，奠定了欧洲长篇小说发展的基础。西文的'小说'（Roman）一词就是从 Rom ante（长篇叙事诗）发展而来。"[2]

总之，对欧洲中古文学的深入研究还是一个需要努力的领域。随着单一的"阶级—社会"批评模式的突破和文化研究的深入，对中古欧洲文学的研究也会走向深入，对中古欧洲文学成就的评价将来也许还会有争论，但应该会更加趋于客观和科学。

三、人文主义与中世纪文化的联系

历史上的"文艺复兴"与中世纪并不是一个界线分明的历史时期，与中世纪的中后期有长时期的交替。在政治、经济、文化、宗教各方面

---

[1] 刘建军：《欧洲中世纪叙事文学的形式特征》，《外国文学评论》1994年第3期。
[2] 匡兴、陈惇：《外国文学》（上），北京大学出版社1987年版，第54页。

都可以看到两者的联系，人文主义与中世纪文化在继承中有发展。

（一）政治方面。文艺复兴时期意大利的城市共和国曾被普遍认为是当时政治生活中的新因素。事实上，早在12世纪，由于教皇英诺森三世推行神权与世俗政权分离的政策，意大利中部和北部就产生了城市共和国。应该说，城市共和国的出现，远未从根本上改变意大利政体结构的面貌。具有讽刺意味的是，文艺复兴时期城市工商阶级中多数人向往的政治制度并不是共和制，而是君主制。马基雅维里的以君主为中心的政治学说，莎士比亚历史剧中的政治倾向说明了这一普遍倾向。包括佛罗伦萨在内的许多城市共和国在15世纪末又演变为君主制统治。英国和法国作为文艺复兴的后果都是君主制确立。

（二）经济方面。在文艺复兴时期，中世纪后期的经济基本特点在一定程度上仍然保留着：基督教会的神权，封建贵族与君主制度，以"庄园制"为基础的农村经济，地中海沿岸的商业经济等等。当然，随着商业的繁荣，城市经济的比重在增加，但这并不意味着以商业和手工加工业为特色的城市经济占主导地位，相反，在一定条件下，城市经济还部分地向农村封建经济转化。就是当时经济最发达的意大利，"到15世纪，意大利商人……宁愿把赚到的资金购置土地以便从农业中得到可靠的收入，而不愿再拿这些资金冒险远航和在外国投资。"① 这是当时封建政治制度的国家性质所决定的。

（三）精神文化方面。文艺复兴的不少内容都是中世纪基督教文化内在成分的延续与发展。（1）"人文主义"（Humanism）的名称来自"人文学科"（语法学、逻辑学、修辞学等）的学习。但至迟从13世纪起，"人文学科"就是许多修道院学校、大学和神学院的基础课程。不仅在风气比较开放的意大利如此，在经院哲学的重要堡垒巴黎大学、牛津大学也相继开设了人文学科，或独立设有人文学院。（2）刺激文艺复兴的重要

---

① 葛兰西：《狱中札记》，人民出版社1983年版，第241页。

因素——对古典文化思想的翻译研究，也早在12世纪，因克吕尼教团的修道院长彼·维尼拉比利的提倡而开始着手进行。（3）人文主义者反对宗教迷信的有力武器理性，也早就由中世纪神学家安瑟伦和阿伯拉尔在创立"新神学"时提出来作为维护信仰的方法，"信仰要求理性"是他们的格言。（4）对"人本"的关注。从12世纪起，随着医学的进步，借中世纪的"小宇宙"理论，被注入关于人体生理结构考察的新内容，恢复了人的自然属性。有论者论述道："这个重新被赋予肉体的人，于是整个地投入了人性情爱的发现。……这是12世纪最伟大的成果之一。"① 有一位12世纪的修道院长在著作《神谕书》中绘制一张插图：把健美的人体安排在画面即宇宙的中央，安排在上帝的眷顾与修女们仰慕的目光之中。（5）人文主义者的身份与思想的矛盾。人文主义者与教会有着密切的关系。首先他们都是基督教徒，即使不信仰罗马天主教，或信仰路德教、加尔文教或英国国教，许多人还在教会供职，有的受罗马教廷雇佣，有的是修士、神父、主教甚至教皇。彼特拉克、拉伯雷、伊斯拉莫、摩尔等都有教职。

人文主义者与基督教文化的这种难以割舍的联系及其基督教文化氛围，不能不影响到人文主义者的思想。这往往表现为"巨匠"们身上的双重性。但丁固不必说，彼特拉克也一方面强调人"认识自我"的必要性和迫切性，要求了解"人的天性，人生的目的以及人们的来处和归宿，"另一方面又公开声言"我的心灵的最深处是与基督在一起的"；拉伯雷在《巨人传》中指名道姓地嘲讽攻击巴黎大学索邦神学院的经院哲学家，一边把一所修道院当作"理想国"；马基雅维里既认为人应该有自由意志，因为上帝并不无所不在，同时又要求有德行的君主必须虔信上帝。类似的情况还可以举出很多。这仅用"反宗教、反神学"之类简单笼统的标签很难说明问题。

---

① 雅克·勒戈夫：《中世纪的知识分子》，张弘译，商务印书馆1996年版，第51页。

四、人文主义文学与中世纪文学的联系

中世纪文学一般分为四种类型。其中的市民文学（城市文学）与人文主义文学的渊源联系自不待言。骑士文学（骑士传奇，骑士抒情诗）作为世俗的封建文学，对人性欲望的表现与人文主义文学也有直接的联系。即使教会文学，我们也不能否认与人文主义文学的联系。因为教会文学本身不是铁板一块，随着社会的发展和教会世俗化，各种"异端"兴起，产生不同教派或不同倾向的纷争，在这过程中逐步形成了弘扬基督教文学积极因素的进步文学，与后来的人文主义文学有着精神的联系。

这里举一个诗歌流派和一个人物为例。

（一）诗歌流派——"哥利亚德"诗人。哥利亚德诗人是 12 至 13 世纪教会文学中的颇有意思的现象。有人将其译为"流浪诗人"、"行吟诗人"、"浪游学者"。他们有一定的组织体系，虚构了一个"哥利亚斯"的人作为创立者和保护神。"哥利亚斯社团"在 10 世纪已经出现。主要活动在法国和德国西部。这些"游方诗人"有些是自由自在的修道士，有些则是没有教职的教士，更多的是些步行来回于家及大学或大学与大学之间的学生。他们常在途中的客栈逗留，沉迷于醇酒和女人，不按教会常规学习知识。他们做诗、谱曲，卖诗卖唱，有的放弃教会前程，有的以笔和嘴奉献自己的诗才博得主教赏识而维持生计。他们用拉丁文创作，流行很广，颇有影响。他们的诗作嘲笑神父的罪恶，讽刺宗教仪式，宣扬爱情和生活的享受。如一首《浪游诗人的自白》，表达愿为美女和酒而死的情怀：

> 一、内心翻滚着
> 　　凶猛的愤怒，
> 　　在我灵魂的痛苦深渊中，
> 　　倾听我的宣言，
> 　　彻头彻尾地，

我是一个轻浮的人，
　　恰像枯萎的叶子，
　　随风飘散。

二、然而我决不能忍受
　　清醒与悲伤，
　　我爱嘲弄，而且发现
　　欢愉远比蜂蜜甜美。
　　维纳斯所嘱咐的
　　乃一特出的欢乐，
　　绝不在罪恶的心中，
　　建造她的居所。

三、我在宽广的路上阔步，
　　年轻而毫不懊悔，
　　我以邪恶裹身，
　　忘怀一切德行。
　　对一切欢乐的贪婪，
　　更胜于进入天堂，
　　因我内中的灵魂已死，
　　不如拯救我的肉体更好。

四、我祈求你的原谅，善良的上帝，
　　明辨的佼佼者，
　　然而我的这种死亡是甜蜜的，
　　最美味的毒药。
　　因一位少女的美丽，

我遭到了深切的刺伤，
她可望而不可即，啊，
难道心也不能碰撞？

五、生于火中，
你不会惹火焚身？
当贞洁回绝时，
你愿到帕维亚来？
帕维亚，这儿的美人，
以纤指画出青春，
她的双眸撩人春意，
芳唇令人销魂。

六、带希波吕托斯来，
在帕维亚宴请他；
早晨将不再
发现希波吕托斯。
在帕维亚没有一条路，
不把你导向淫欲，
在它簇拥的高楼间，
亦无一属于贞洁。

七、因我心耽乐于此：
当大限来临时，
让我死在酒店，
以大量的酒杯摆在我边，
天使们俯视着，

愉快地对我歌唱：

愿上帝赐给这酒鬼以安详。

在哥利亚德诗人的诗作中，包括了一切青年人的论题：春天、爱情、夸耀得手的勾引，微妙的猥亵，初恋的甜蜜，失恋的伤感等等。有一首诗以学生的身份，商议将读书延后，要求爱情假期；一首诗中以女孩的口吻用"先生，您在做什么？来跟我玩吧！"打扰一个学者的工作；另一首则以少女的口气歌唱妇女的不忠；很多作品歌颂赌博和饮酒的乐趣；有些攻击教会的财产占有；有的篡改圣歌。

这一具有异教色彩的诗歌流派一直活跃，到1250年逐渐衰退。1285年教会的一次会议公布：任何教士创作或吟唱淫荡或不虔敬的歌曲，一定失去教职和特权。逐渐该派失势。但由于他们的创作为与正统教会文学的异调，其精神在地下秘密传递，一直达到文艺复兴。

2. 一个人物——阿伯拉尔。阿伯拉尔是12世纪的大学者，巴黎大学的创始人之一。他曾潜心研究神学，他的生活经历和思想观念对人文主义文学产生巨大影响。

阿伯拉尔爱好知识的探求，怀着摧毁偶像的强烈愿望从乡下来到巴黎，与当时巴黎声望最高的学者威廉冲突，当时他风度翩翩，能言善辩，又恃才自负。在课堂上与老师威廉争论，最终被迫离开巴黎，但以他的活力、幽默和渊博学识吸引了一大批青年人，成为他的学生。后来他在巴黎圣母院的回廊授课，受到学生的热烈欢迎，至少有12个国家的学生听他的课，他的讲课笔记广为传抄。他完全可以以他的成就、才干和名声升任大主教。但后来出现了他与爱洛绮丝的恋爱，导致一场凄艳动人的悲剧。

阿伯拉尔和爱洛绮丝的恋爱成为千古佳话。他听同事说大教堂主事弗尔贝有一个17岁的侄女，学识渊博又美丽非凡。爱洛绮丝也早就知道这位自负的当代大学者。阿伯拉尔设法成为爱洛绮丝的教师，很快在师生之间燃起爱情的烈火。后来遭到叔父的干预，阿伯拉尔被阉割，成为一个不是男人的男人。但两人在精神上依然深深相恋。阿伯拉尔继续他的研究，传播"新神学"，爱洛绮丝成为修道院院长。他们写了不少互诉真情、感人泣下的书函。

在他的"新神学"中，渗透一种追根溯源的理性精神。他提出"信仰必须建立在人类理智的基础之上"。在他的名著《论神的独一与三位一体》里，他赞同神的独一，但认为神有三个身位：他的力量是第一身位；他的智慧为第二身位；他的仁慈和爱心为第三身位。他这里对上帝不只是强调他的"力"，人们不只是盲目地服从，"智慧"、"爱"都是神的本质特征，这与正统教会的蒙昧主义、残酷的裁判所针锋相对。

阿伯拉尔也留下不少文学作品，他有记叙自己经历的《我的哀伤史》。曾以"颂诗"、"挽歌"的宗教诗形式，表达自己的情感体验的诗作。他的一篇《悲悼》，形式上是大卫哀悼约拿单的挽歌，但读者能听出弦外之音：

> 若能与你共墓穴，
> 赴死也情愿。
> 世间珍奇与异宝，
> 岂能与之相比并？
> 若你消殒我苟活，
> 与死也无异；
> 半个灵魂半口气，
> 做鬼也残缺！
> 我弃竖琴不再弹，
> 为止苦调与长叹！
> ……

这种强烈的爱和激越的情感，与彼特拉克《歌集》中对劳拉爱情的表达，与《十日谈》中伊斯梦达的情感有何差异？

不仅中世纪文学的个案与人文主义文学有着内在的联系,综合地看,人文主义文学的主题、题材体式和艺术手法都对中世纪文学有继承的一面,当然是一种革新和发展的继承。

从主题看,中世纪文学表现有三大突出的主题——爱情、冒险和宗教。

爱情最初是对圣母玛丽亚的宗教热忱,以后渐渐推广为对女性的尊敬、崇拜。在骑士制度里,骑士把对女性的爱慕、尊崇,并愿为之献身作为骑士的精神道德。作为第一个在历史上出现的性爱形式的骑士之爱,在骑士抒情诗和传奇中被讴歌,此后,恋爱主题盛行欧洲。人文主义文学继承了这一传统,极力描写和讴歌真挚的男女之爱。人文主义文学突破了中世纪爱情偏重象征和哲理性的精神之爱,热烈坦然地描绘赞美女性人体美,歌颂现世的男欢女爱。

冒险主题也是骑士文学的基本主题,主要颂扬骑士的冒险游侠行为,骑士为了国家君主和基督教,为了个人的荣誉尊严,出征或复仇。在冒险过程中表现他们的侠义、执著、除暴安良的品格。这样的主题对人文主义文学影响很大。意大利人文主义作家阿里奥斯托(1474—1533)的《疯狂的罗兰》以冒险和爱情作为主题,只是在这一主题下反映意大利的现实。西班牙的塞万提斯在这一主题影响下创作了《堂吉诃德》,但作者改造了这一主题,把对骑士冒险业绩的颂扬变为对骑士行为的批判,并寄托其人文主义理想。

中世纪文学的宗教主题是对上帝、耶稣、圣母、圣徒的歌颂礼拜,宣扬宗教道德伦理,但在文艺复兴时期,宗教主题经过人文主义作家的改造,获得时代感和人情味,产生了新的意义。意大利人文主义作家塔索的叙事长诗《被解放了的耶路撒冷》,以十字军东征为背景,描写和歌颂了基督教骑士浴血奋战,夺取圣城的丰功伟业。但诗人从人文主义思想出发,讴歌了爱情对基督教的胜利,赞美现实生活。莎士比亚的后期创作,表现出向宗教道德的回归,呼唤人性中的宽容、博爱。

从题材看。中世纪的文学题材为人文主义文学开辟了领地。亚瑟王与圆桌骑士的故事题材，想象奇特丰富，情节曲折惊险，为后来的文学提供了生动的故事材料。14世纪出现英语诗作《高文爵士和绿衣武士》，后来有人改为散文体的《亚瑟王之死》，16世纪的斯宾塞的《仙后》也是采用这一题材。

《十日谈》、《坎特伯雷故事集》有不少篇章来自中世纪文学的题材，莎士比亚的不少剧作源于中世纪，《威尼斯商人》三条情节线索有两个取自中世纪的短篇故事。

从体裁看。中世纪的民间文学显示其勃勃生机，创立了许多新样式。十四行诗是以彼特拉克作为首创者，实际上是对中世纪民间歌谣的整理和定型。中古的传奇，其以人物游历为线索的结构方式和人物性格的刻画，无疑为《巨人传》、《堂吉诃德》所继承，成为近代长篇小说的摇篮。

从艺术表现看。艺术表现的特征一般把中世纪文学概之为"梦幻象征"，而人文主义的写实与之对立。其实现实主义的文学观念在中世纪一直以暗流形式而存在。9世纪的神学家厄里根纳（810—877）是中世纪第一个从哲学上肯定现实美的人，他认为现实世界是一切知识的根源，彼岸生活是不可知的，唯有此岸生活就在眼前，所以认识只有面对现实；而且上帝是寓于万象之中，所以认识现实也就是认识上帝。11世纪的阿伯拉尔提出文艺必须面对现实，自然和生活。通过观察、感受，上升为情感才能描绘周围的世界。他认为：生活的实例往往比千言万语的说教更有力量，它能激发或缓和人类的激情。他与爱洛绮丝的书信集和他的《哀伤史》，就是对现实爱情的记录。

还有中世纪的讽喻色彩深刻影响了人文主义文学的讽刺、幽默特色。讽喻特色主要表现在寓言、短篇故事、讽刺诗歌、道德剧、傻子剧、笑剧等文学形式里。最初它是用来进行道德教谕，后来发展为市民文学的主要特色，用来揭露和讽刺封建统治与教会，鞭挞封建伦理道德。人文主义作家乔叟、伊斯拉谟、卜迦丘、拉伯雷、莎士比亚、塞万提斯都表现出幽默讽刺的特点。

总之，欧洲中世纪文学与人文主义文学有着千丝万缕的内在联系。人文主义文学不仅吸取了古希腊罗马文学的丰富营养，也在对中世纪文学的扬弃中加以发展。

五、人文主义对中世纪文化的发展

上面强调了人文主义与中世纪文学文化、文学的联系。但我们又要避免另一片面：把人文主义与中世纪文化的联系过于夸张，而无视人文主义所蕴含的新的内容。文艺复兴运动毕竟是在新的历史文化条件下发生的。因而，即使是同一问题、同一范畴，人文主义者也在中世纪文化的基础上程度不等地注入了新的内容。

这些新的内容，表现在很多方面，如：

（一）在对中世纪经院哲学论题的重复之中，逐渐引入了希腊和古典时期的思想材料，旧的经文分别按照希腊罗马时代的各派哲学观点进行了不同的解释，并导致对古希腊原著的钻研。

（二）中世纪的人们不是不了解古典著作，而是不能从当时真实的历史环境出发来理解这些作品。虽然他们知道亚里士多德，但只是从他们角度加以理解。而人文主义者才真正发现了古代人，把亚里士多德送回到他们时代，使他置身于他所处的世界中，自然也发现了当代的人。

（三）中世纪的大神学家托马斯·阿奎那提出"双重真理"说，他认为神学和哲学有区别，"哲学的对象是'理性真理'"，神学的对象是"启示真理"。而任何真理的最终客体和源泉是统一的上帝。人文主义哲学家布鲁诺把"双重真理"发展为"自然真理"和"信仰真理"的对立，承认世界的统一和矛盾运动。

（四）经院哲学内部新柏拉图主义和亚里士多德主义的论争，预示了对中世纪传统的偏离。15世纪中叶佛罗伦萨柏拉图学院的建立及其随后的广泛影响，反映了人文主义传播的潮流，标志自托马斯·阿奎那以来正统的亚里士多德主义神学的失势。

（五）理性内涵的演变。中世纪的安瑟伦和阿伯拉尔以建立在理性基础上的信仰构筑"新神学"时，他们所说的"理性"主要是指三段论式的逻辑。以后由于奥古斯丁和托马斯·阿奎那的学说流行，"新神学"被淹没。到邓斯·司各脱（1270—1308）重新挑起意志与理性何者为优的论争。文艺复兴时期，费奇诺受到柏拉图主义的影响，在"智慧宗教"的概念下，把理性同灵魂结合起来，形成人与上帝之间的单一环节。之后的波纳齐进一步论说：人的理性与纯粹智慧不同，不能脱离肉体，因为人的理性若缺乏感觉映象就无法活动。由此可以看到，理性已开始摆脱信仰的纠葛，突破抽象理念的局限，肯定理性是人性的属性之一。虽然是同一范畴，其内涵和外延都有了新时代的人文主义色彩。

（六）"人"的研究和文学表现。在中世纪，人的自身，作为宇宙的有机构成，已引起学者的关注和兴趣。但到了文艺复兴，从彼特拉克呼吁重视人自身的研究开始，越来越深入。15世纪以后，在意大利，巴黎、伦敦的各大学开设课程研究人文学，更为重要的是，人们确立了以"人"为中心的思维方式。宗教信仰、神学戒律还保留着，但人们在学习人文学科时首先考虑的是如何靠自己的才华与智慧获得名声，荣誉和实际利益，而不再苦心焦虑要摆脱罪恶的血肉之躯以飞升天国。

人文主义重新发现的"人"，具有更现实更深刻的意义。"人"不再只是医生治疗与解剖的客体，而且是同上帝、神相区别的"类存在物"，这是人的类的意识的恢复，说明作为整个族类的人对异化宗教的摆脱（作为个体有自己的宗教信仰）。还经过演进和发展，达到了"类本质"——即普通的人的理想的意义。尽管这种"类本质"是"人"的神话，但比"上帝"的神话无疑是一种进步。

人文主义文学中对教会僧侣的腐化行径的揭露与嘲笑，对教皇神权的不满与攻击，对世俗物欲的肯定与赞美，应该说不是新的东西。中世纪的城市文学，骑士文学、哥利亚德派诗歌等早有表现。而最能体现人文主义文学的真正价值，还是对完整的人的执著与憧憬。莎士比亚的创作之所以是人文主义文学的最高成就，正是由于他全面地展示了完整的人。

第二节　欧洲文艺复兴时期文学的讽刺

讽刺文学早在古希腊就已经出现。随着原始社会的解体，进入奴隶社会。一方面社会发展了，另一方面随着私有制的产生而出现大量不合理的社会现象。生活实践锻炼了人们对善恶美丑的辨识能力。在欧洲文学史上第一批抒情诗中就出现了最早的讽刺诗歌。阿里喀罗科斯（公元前714—676年）是当时最著名的讽刺诗人。差不多同时，来自奴隶阶层的伊索，在散文领域运用讽刺，创作了《伊索寓言》。在后来的戏剧，尤其是喜剧中，讽刺更被广泛运用。被恩格斯称为"有强烈倾向的诗人"阿里斯托芬，以夸张的漫画方式，表面看似荒诞的戏剧情节，深刻地嘲笑了现实中的丑恶。古希腊末期的米南德，虽然避开社会政治，但继承了阿里斯托芬的传统，对社会风习的嘲讽非常有力。古罗马文学作为古希腊文学的模仿和继承，讽刺精神在普劳图斯的喜剧，朱文纳尔的诗作和琉善的散文中得到继承和发展。

漫长的中世纪，教会统治着一切，人的自由受到束缚，禁欲主义、蒙昧主义禁锢着人们。讽刺文学被视为异端，逐出文坛正宗。随着资本主义因素的增长，欧洲14世纪进入文艺复兴时代。新兴资产阶级以其蓬勃的朝气，昂扬的斗志，独占世界的雄心，开创着自己的未来。他们要挣脱中世纪各种锁链的束缚，要求个性解放，追求现世幸福，在复兴古代文化的旗帜下，建立起以人文主义为核心内容的思想文化体系。当时的人文主义作家或呐喊冲锋，或巩固保卫先驱的成果，积极投入这场"人类从来没有经历过的最伟大的、进步的变革"，写下了欧洲近代文学的序章。

一、讽刺文学兴盛原因探析

在这样的文学传统和历史背景下产生发展的人文主义文学，讽刺成为一个鲜明、突出的特征。人文主义作家都在不同程度上运用讽刺手法，在作品中创造了众多的讽刺形象，留下了一系列讽刺名著：意大利卜迦丘的《十日谈》、亚里奥斯托的讽刺诗；德国赖希林等等人编撰的《蒙昧书简》、埃拉斯莫斯的《愚蠢颂》；法国拉伯雷的《巨人传》、杜贝莱的讽刺诗、蒙田的讽刺散文《随笔集》；西班牙维迦的戏剧，塞万提斯的《堂吉诃德》；英国乔叟的《坎特伯雷故事集》、莎士比亚的早期喜剧、本·琼生的世俗讽刺喜剧等。它们都在笑声中"将那无价值的撕破给人看"（鲁迅语），让人们明辨事物假丑恶的本质，坚定追求真善美的信念。

讽刺为什么会成为文艺复兴时期文学的突出特点？

首先，历史发展的需要。文艺复兴是对中世纪的反动，经过漫长的千余年的历史，中世纪对人性的压抑和摧残，阻碍着历史的发展。"历史不断前进，经过许多阶级才把陈旧的生活方式送进坟墓。世界历史形式的最后一个阶段就是喜剧。"① 文艺复兴时期人文主义者所进行的就是要把中世纪这种"陈旧的生活方式送进坟墓"，文艺复兴时期的作家们也就是要这部历史喜剧展示出来。而讽刺作为喜剧（广义的喜剧）的一种表现形式，最富于战斗力。它以破坏和否定旧的东西、丑的东西为直接目的，给对象以沉重的打击。这正与新兴资产阶级要摧毁中世纪的神权统治、发展资本主义的政治要求相一致。在文学领域内，讽刺作为一种武器被人文主义作家广泛使用。

其次，人性觉醒、个性发展的需要。有人描述："在中世纪，人类意识的两个方面——内心自省外界观察都一样——一直在一层共同的纱幕

---

① 马克思：《〈黑格尔法哲学批判〉导言》（1843年底—1844年1月）。《马克思恩格斯选集》（第1卷），人民出版社1972年版，第5页。

之下，处于睡眠或者半醒状态。这层纱幕是由信仰、幻想和幼稚的偏见织成的，透过它向外看，世界和历史都罩上一层奇怪的色彩。人类只是作为一个种族、民族、党派、家族或社团的一员——只是通过某些一般的范畴而意识到自己。"① 而文艺复兴时期，随着一系列的地理发现、科学技术发明，资本主义因素的增长，人们发现凭自己的聪明才智，可以认识客观世界，把握自己的命运。于是中世纪那层纱幕烟消云散，人们在客观世界的认识中，认识了自我。他们冷眼俯视世界发生的一切，成为一时之风尚。文艺复兴的先驱——意大利的佛罗伦萨就以"目光锐利、口舌刻薄"著称。产生于这一时期的文学，讽刺自然成为一个突出特色。

再次，适应市民审美趣味的需要。在政治思想上，伦理观念上，文艺复兴时期的人们都努力从中世纪神的钳制下摆脱出来。与之相适应，在文学领域内一系列的文学观念也发生了变化：由上帝的天国走向凡尘俗世；由《圣经》故事的演绎转向民间传说的描述；缪斯女神的竖琴变成了市井民女的歌喉，活泼粗俗代替了庄重典雅。市民阶层要求有他们自己的文学，他们要笑、要骂。人文主义的作家们自觉地意识到读者的审美要求和心理，不再像中世纪的作家那样，板着面孔说话，而是直接与读者对话，讲述自己的遭遇、见闻和感受，努力以自己的诚心换取读者的理解和共鸣。

最后，继承了古典文学的讽刺传统，尤其是直接继承了中世纪市民文学的讽刺特色。文艺复兴时期，不少作家运用民间题材进行创作。乔叟就是通过翻译法国民间讽刺作品《玫瑰传奇》走上诗歌创作道路的；卜迦丘的《十日谈》中，不少故事是对街头巷尾传诵的故事整理加工而成。他们从民间文学对教会的无情嘲讽中汲取了讽刺艺术的精华。

综上所述，文艺复兴时期的欧洲文学，讽刺是一个非常鲜明突出的

---

① 雅各布·布克哈特：《意大利文艺复兴时期的文化》，何新译，商务印书馆1979年版，第125页。

特征。这一现象的产生，不是偶然的，既有深刻的社会历史根源，也有文学发展自身规律所起的作用。

二、规律：揭示矛盾与夸张特点

从欧洲文艺复兴时期文学的讽刺中，我们可以看到一个基本规律：讽刺封建教会，往往显示其自身的矛盾；讽刺封建制度，往往夸张其某一特点。这是由讽刺对象本身的特点决定的。

伪善——是封建教会的本质特征。封建教会造了一个上帝，编了一套违背客观规律、人性发展的谎言。经过一千多年的发展，早期基督教那种虔诚的理论日趋荒谬，教职人员腐败荒淫，各种教会组织横行无忌。而这一切都以虔诚、仁慈、庄严、神圣的面目出现。"丑陋想使人家觉得它不丑陋，这样丑陋就用它愚蠢的妄想，失算的企图、引起我们发笑……当丑陋企图在为美好时，丑陋的东西才是可笑的。"文艺复兴的早期作品，大多以揭露批判教会罪恶为基本主题，塑造了一大批可笑的主教、神父、院长、教士形象。《十日谈》和《巨人传》是这一类作品的代表作。

《十日谈》中"杨诺劝教"的故事，对罗马教廷的内幕作了深刻的揭示。教廷表面上是"神圣的"，实则是"容纳一切罪恶的大熔炉"。卜迦丘用幽默戏谑且又严肃的笔触，展示了一幕幕闹哄哄的笑剧：歹徒成圣徒，焦炭变圣物，女院长头顶男人的裤衩斥骂小修女偷情，神父化作天使去"慰问"信女。拉伯雷以尖刻的笔法，描述教皇统治下世界的混乱及教会经典的荒谬。他笔下的教皇岛，简直是个人间地狱。

禁欲主义是中世纪教会用来奴化人的主要理论，它把人引向来世天国，放弃现世享受，摧残人性的发展。文艺复兴的作家反其道，以极大的热情歌颂现世生活的欢乐，表现人性的解放。《坎特伯雷故事集》中喊出了"爱情何尝是罪恶"。而那些教职人员，嘴上禁欲，实则纵欲，黑袍掩盖着贪欲。人文主义作家在弹奏人性颂歌的同时，抓住神职人员的伪装予以尖锐的嘲讽。《十日谈》的作者指责他们"没有一个不是只想用叫器、用威胁排除别人,好独吞他们心目中的一块肥肉。他们谴责人们心目中的淫念,是为了把这班罪徒从女人身边吓跑,那娘儿们就好归他们自己享用"。

腐败——是文艺复兴时代欧洲封建制度下的社会面貌。纷争割据、战争频繁、捐税繁重,加上贪官污吏的盘剥,人民流离失所、痛苦不堪。严格的封建等级制、残酷混乱的司法制、野蛮落后的封建陋习,都是束缚人们的桎梏。面对着新兴的资本主义经济和势力,死守着自给自足的庄园经济和封建传统,极力挽回颓势。《巨人传》、《堂吉诃德》和莎士比亚的剧作都在比较广阔的社会背景里展示了这要一幅衰败、阴暗的历史图画。人文主义作家对封建社会的讽刺,往往采用漫画手法,扩展某一特点,使人进入可笑的境地,获得讽刺效果。

对封建政体的讽刺,在文艺复兴时期文学的讽刺中,集中表现在对"父母官"的讽刺上。那些"父母官"庸碌无能,耀武扬威、贪污受贿、鱼肉百姓。他们的言行充满笑料。他们的灵魂隐藏着罪恶。《堂吉诃德》中两个学驴叫的市镇委员的故事令人啼笑皆非。而这两位唯一本事是学驴叫的委员居然迁升为市长。这种讽刺真是入木三分。很多作品对这些卑琐无能的"父母官"进行了讽刺,同时对那些草菅人命,丧失人性的官老爷也进行了猛烈的鞭挞。《巨人传》中对"穿皮袍的猫"的描写是触目惊心的。拉伯雷把大权在握的法官画成一只挂着袋子的猫,袋子是接受贿赂用的,还长着扁平的鼻子,又长又利的爪子,"他们巧取豪夺,弱肉强食,无恶不作。它们不分善恶,不是把人吊死,便是把人烧死,不然就五马分尸,斩首示众,严刑拷打,关闭监禁,欺压折磨"。这里,作者着意地刻画了封建司法官僚狰狞的面目。

此外,文艺复兴时期的作家花了不少笔墨去对那些残暴专制、侵略扩张、昏庸无道、荒淫无耻的国王,进行尖锐的讽刺。但由于当时资产阶级尚处于筑巢酿蜜的时期,需要王权保护,所以还不能从根本上提出推翻王权的纲领。人文主义作家只是从人性出发，讽刺昏君，赞颂明主。

总之，伪善的封建教会和腐败的封建制度是文艺复兴时期作品讽刺的主要对象。尤其是对封建教会的嘲讽，虽然人文主义作家往往还披着宗教的外衣，保留着上帝的权威，但对教会的整个思想体系，现行宗教的虚伪本质，从主教到教士的作为，玄妙繁琐的经院哲学和仪式礼俗，都加以全面的嘲讽。与对封建制度的讽刺相比，它是更深层次的讽刺。由于时代、社会的原因，对封建制度的讽刺或严肃得过分，演成悲剧，缺乏讽刺效果，或夸张突兀，甚至失之滑稽。

三、真实：人文主义文学讽刺的基石

"讽刺的生命是真实。"这是鲁迅总结了斯威夫特、果戈理等欧洲讽刺大师的经验，结合自己的讽刺创作实践而提出的科学论断。讽刺有它特殊的针对性，它必须有群众基础。只有讽刺对象是真实的存在，人们才能把握它，嘲笑它，获得讽刺的威力。

欧洲文艺复兴时期的文学，是现实主义文学发展的标志。如实地描写现实生活画面，已成为这一时期文学的风尚。这为文艺复兴时期讽刺文学的发展具备了条件。也可以反过来说，以真实为特质的讽刺文学，促进了当时现实主义文学的繁荣。人文主义作家往往在作品中或作品的前言、后记、献词之类的文字中表明他们的作品是写实的，并阐述他们写实的文学观。塞万提斯提出"要作品完美，全靠逼真摹仿"（《堂吉诃德》序）。人文主义作家自觉按照这些原则，揭露嘲讽各种丑恶现象，使作品具有强大的生命力和战斗力。正因为如此，讽刺作品的出现，总是遭到讽刺对象的歪曲和攻击。《巨人传》出版，遭到"某些猪狗脸、阴险恶毒的人"凶恶的谩骂。《堂吉诃德》第一部出版，有人对作者进行人身攻击。这些实例从反面证明了真实的讽刺的威力。

讽刺需要客观写实，这是毫无疑义的。然而，我们阅读文艺复兴时期的讽刺作品，会遇到这样一个问题：读《十日谈》、《坎特伯雷故事集》

中的客观真实,比较好理解。作品中充满着现实生活的画面,有真实的细节、逼真的肖像和细致的心理刻画。但像《巨人传》所描写的巨人世界,为寻找神瓶的经历见闻,无疑是高度夸张的;《堂吉诃德》中主人公疯疯癫癫的性格,他的各种冒险活动,无疑也是作家的主观虚构。说它们真实似乎不太好理解。而且,就审美效果看,后两部作品的讽刺意味比前两部更为强烈浓郁。

讽刺要求真实、客观,因为只有真实地描摹对象,才能达到讽刺的目的;但讽刺往往与夸张结合在一起,甚至可以说夸张后更突出讽刺,讽刺也往往凝结着作家的主观情感,只有他对丑恶有着强烈的憎恨才运用讽刺。那么,怎样理解讽刺作品中的真实与夸张、客观与主观的关系?

我国现代作家夏衍在30年代写过一个讽刺剧本《赛金花》,借历史讽刺"奴才群像",有人说剧本写得不真实,夏衍就此著文作答:"对于真实性的问题,当我计划这作品的时候,曾在东京出版的一本杂志上面读过一篇江盛弥氏论讽刺文学的文章,他以为决定讽刺文学之艺术价值的客观的真实性,应该有三个主要的条件,就是:第一,讥刺不应局限于私人的怨恨,而一定要有一定阶级之舆论的拥护;第二,讽刺不单单突出部分的弱点,而一定要深入对象的本质;第三,讽刺的支持者应该是在历史的新的登场者的舆论。我同意这种见解,而朴素地引出一个结论,就是:只要立脚在现实矛盾的发展相对应的一个现实根据上面,那么即使在方法上得了夸张、空想、拟态、乃至浪漫架空的手法,在效果上依旧可以对观众给以真实的感动。"① 这段文字把讽刺的真实与夸张的关系讲得非常透彻。联结真实和夸张的关键,就是"立脚在和现实矛盾的发展相对应的一个现实根据上面"。《巨人传》的作者以夸张的笔墨,一方面描绘人文主义的"巨人",他们不仅身躯硕大,力大无穷,英勇无比,而且精神充实、视野开阔、不懈追求;另一方面描写封建统治者的

---

① 夏衍:《历史与讽喻》,《夏衍七十年文选》,上海文艺出版社1996年版,第274页。

极端昏庸卑鄙，荒淫无耻、凶狠毒辣。这些描写都经过作者放大镜的映照，但夸张的仅是生活的外形，而时代的本质——人文主义者的勃勃生气，封建教会的虚伪、封建统治开始瓦解，却清晰地展现出来。这种夸张，突出了时代的本质方面，对非本质方面予以舍弃，使生活的本质真实更加明朗突出。从这个意义上说，夸张不是与真实构成一对矛盾，倒是达到真实的一种手段，因此，夸张对于以真实为生命的讽刺，具有特殊的价值。

从欧洲文艺复兴时期讽刺文学的实例和后人的论述中，我们似乎可以这样认识：讽刺对客观写实要求很高，同时它又最富于主观情感，它往往以夸张来写真实，往往以作家心灵的折光来映照现实。

四、爽朗的笑：人文主义文学讽刺的共同风貌

人文主义作家沐浴着近代黎明的霞光，充满着昂扬奋发的朝气，以乐观的心情，充沛的精力破坏中世纪确立的秩序，清扫昨天的垃圾。他们的这种"破坏"，就像鲁迅先生所比喻的那样，不是"盗寇式的破坏"，也不是"奴才式的破坏"，而是"革新的破坏者，因为他们内心有着理想的光。"① 这理想之光是文艺复兴时期讽刺作品的基调。

欧洲文艺复兴经历了三百多年时间，产生于不同时期的讽刺作品具有不同的讽刺特色。加上这些讽刺作品产生在不同的民族土壤，作家的政治倾向、个性气质、创作作品的具体目的、体裁等不同，讽刺作品的风格差异很显然。这里就几部讽刺名著，略作管窥。

先从纵线看。大体上可以以 16 世纪中叶为界，把文艺复兴时期文学中的讽刺分为前后两个时期。前一时期的代表性作品是《十日谈》、《坎特伯雷故事集》和《巨人传》。这个时期里人文主义者的主要任务是挑战、呐喊、冲锋陷阵，因而他们的作品充满战斗性讽刺，尖锐而有气势。

---

① 鲁迅：《坟·再论雷峰塔的倒掉》，《鲁迅全集》，人民文学出版社 2005 年版，第 204 页。

后一时期的代表作是《堂吉诃德》、莎士比亚和本·琼生的一些讽刺喜剧，这时期主要是捍卫巩固先驱们的成果，对过去的一切做进一步的检验。因而讽刺中往往融入更加冷静的探索，深刻而显得凝重。同样写男女恋情，《十日谈》为讽刺中世纪的禁欲主义，往往是写男女偷情，表现出纵欲倾向，并且有意用粗俗的字眼；而莎士比亚剧作中的恋爱，往往着眼于纯洁的感情，对阻碍美好爱情的东西——虚荣、伪善、财富、门第等加以无情的嘲讽。

再从横面看。所谓横面，即把每部作品当成一个独立的个体来考察。《巨人传》是文艺复兴时期讽刺意味极强的作品。它以夸张漫画的手法，丑化讽刺对象的某些本质特点，尖锐泼辣、嬉笑怒骂、淋漓尽致。《巨人传》讽刺的一个重要特征就是论辩性，进击性。往往由一点引申开去，夸张突出，加以尖刻的嘲讽，配以大量的史实考证，增加论辩力量；大量的列举、排比，显得洒脱利落，有如掷出的利剑。如讽刺教会的贪婪：

> 治疗三种消瘦病，无故消瘦，憔悴消瘦，骨瘦如柴。治疗办法，不用沐浴、不用斯塔比埃斯牛奶，不用脱毛药、抹油膏，也不用任何药品，只消叫他做三个月修士就行了。

作者以煞有介事进行考证的口吻，列举三种依常理最为难治的消瘦，而只需做三个月修士就能治好。真是入木三分。

与《巨人传》相比，《十日谈》和《坎特伯雷故事集》的讽刺是描述性的。随着情节的进展，人物的前后矛盾暴露无遗，虚伪的面目昭然若揭，以此达到讽刺的目的。它们不像《巨人传》那样咄咄逼人，显得温和婉转，但却生动有力。两部作品中都有对所谓"圣物"、"奇迹"的讽刺，但都不像《巨人传》作鞭辟入里的议论，而是演进成一个完整的故事：神职人员怎样天花乱坠向信徒演说，以假充真，骗取信任，人们暗中把"圣物"换掉，他们又怎样灵机一动，胡乱伪造，头头是道。

把《十日谈》和《坎特伯雷故事集》再作比较，我们会看到前者融进了意大利南国人的热情和机警，后者渗透着英国人的拘谨和保守。这也许与作者的经历、倾向及作品的体裁有关：一个是共和政体的外交官，一个是王家财产的管理人；一个是刚刚兴起流行的市井小说，一个是传统的典雅高尚的诗歌体裁。表现在讽刺上，《十日谈》在温和中透出明朗和机智，《坎特伯雷故事集》在婉转中显得含蓄而幽默。《十日谈》中写"智"的故事占绝大多数，通篇就像一个智者讲述各种智人：恋人以智躲开各种障碍，弱者凭智慧战胜强者，正义靠智慧战胜邪恶。在聪明机智的笑声中，嘲讽愚弄丑陋卑污。《坎特伯雷故事集》的讽刺特色集中表现在《总引》中，不是重锤响鼓，而是一笔带过。往往通过生动典型的细节，以轻描淡写的口吻，运用比喻、说明式的附着语等，飘过一丝袅袅余音，让人回味体会，在这种体味中认清对象的本质，取得含蓄的讽刺意味。《总引》中对一女修道院长、法庭差役、赦罪僧、律师、医生等的描写都表现出这种幽默含蓄的讽刺。①

《堂吉诃德》和莎士比亚剧作中的讽刺是更高层次的讽刺。它们对传统讽刺的突破表现在三个方面：第一、展开广阔的社会面，对社会的政治、经济、文化、风习中不合理的现象进行全面的讽刺。第二，把讽刺与性格刻画结合起来，而且讽刺手法的运用使性格生动丰满、复杂多向。既是喜剧角色，又有悲剧色彩；让人嘲笑，又令人同情。堂吉诃德、夏洛克、福斯塔夫都是这种具有讽刺品格的形象。第三，把讽刺的现实性与历史发展的趋向性统一起来。既有具体的、明确的针对性，又站在历史发展的高度来审视现实。堂吉诃德，明确的讽刺意图是针对泛滥的骑士小说，但小说中堂吉诃德在资本主义兴起的时代，凭他的瘦马长枪去恢复衰败的骑士道，处处碰壁而执迷不悟。对他的嘲讽就有更深一层的历史含义——历史是向前发展的，谁要拖住它，只会留下历史的笑柄。读

---

① 李赋宁：《乔叟的含蓄讽刺》，《文汇报》1962年5月30日。

《巨人传》、《十日谈》，我们可以感受到作品中讽刺的巨大现实意义，但总嫌单薄。读《堂吉诃德》和莎士比亚的剧作，其讽刺给人一种历史的厚度感。

欧洲文艺复兴时期文学的讽刺，在爽朗乐观的基调下，又呈现出不同的姿势神情。《十日谈》机智、《坎特伯雷故事集》含蓄、《巨人传》辛辣、《堂吉诃德》深沉。它们一起汇入文艺复兴的多重奏，叩击着人类近代历史的大门。

第二章 巴罗克文学

巴罗克（Baroqae，也译作"巴洛克"）是欧洲16世纪末至18世纪初出现在建筑、雕塑、绘画、音乐、舞蹈、戏剧和文学领域的文艺思潮。它的盛期经历了整个17世纪。但长期不为学界重视，甚至被否定，直到19世纪后半期才逐渐正视它，20世纪才有比较深入的研究。

第一节 巴罗克研究小史

巴罗克很长时期是作为一种艺术风格看待。Baroqae的原文据说来自中世纪拉丁语的baroco或西班牙语的barroec，意指不规则的椭圆形珍珠。后引申出畸形、怪诞的含义。17、18世纪意大利的讽刺文学中称其为"古怪可笑的奇想"，法国古典主义者给它的定义是：古怪的、浮夸的、可笑的、不自然的。狄德罗在《百科全书》中解释为"古怪和夸张"，认为是对文艺复兴艺术风格的一种反动。直到1840年，瑞士艺术史家J.簿卡特虽然把"巴罗克"当作艺术史的概念运用，但仍持贬义，认为是"文艺复兴的堕落"。

1888年瑞士艺术史家沃尔弗林提出了新的看法，他在专著《文艺复兴与巴罗克》中看到巴罗克与文艺复兴的连续性，认为巴罗克不仅不是文艺复兴的堕落，相反是文艺复兴创造精神的继续。而且肯定它是具有自身特点的独立的艺术风格。他在1915年发表的《艺术史的基本概念》

中把文艺复兴的古典主义（人文主义）和巴罗克作为两种主要文艺风格进行比较。

之后，西方学界接受沃尔弗林的理论，并从不同角度加以深入研究。首先是德国学界反应强烈。20世纪初德国的表现主义者重新感受到巴罗克的存在和产生巴罗克的时代。青年学者施特利希于1916年发表《17世纪的抒情风格》，探讨表现主义和巴罗克两个时代诗风的亲缘性。他还编选了三本《巴罗克诗集》相继出版。接下来一大批学者以极大的热情和精力投入巴罗克研究，对巴罗克作出新的理解和阐释。据说，在德国，巴罗克中心图书馆是德国五大图书馆之一；德国哥廷根大学文学系设有专门的巴罗克藏书馆。

法国历史学家塔皮耶也在一战后长期从事巴罗克研究。1957年发表的《巴罗克和古典主义》，从社会学角度揭示巴罗克产生的历史条件。著名批评家雷蒙也在1955年发表《巴罗克和诗的复兴》，产生很大影响。

英美学者也对巴罗克展开研究。美国著名文学评论家韦勒克在1945年发表《文学研究中的巴罗克概念》，对巴罗克概念的演变和各国的研究成果作了全面的梳理。H. 爱德华的博士论文《德、法、英研究中的巴罗克概念》在艺术、历史、哲学的背景中，讨论巴罗克文学的演变；R. 哈尔的《对巴罗克主题的思考》，全面探讨巴罗克的主要特征：奢华、扭曲、戏剧性、物质性、矛盾修辞法等。据有人统计，到20世纪70年代，研究巴罗克的英文著作达到200多种。

"巴罗克"在我国长期遭到冷遇。20世纪90年代之前，我国对"巴罗克"思潮基本上持否定态度。杨周翰主编的《欧洲文学史》没有出现"巴罗克"这个概念，但论述欧洲各国"巴罗克"文学现象时，几乎都是否定性评述，如"意大利逐渐丧失了它在欧洲文化中的重要地位，文学衰落了，'马里诺派'诗歌泛滥一时，这是一种堆砌典故、雕琢辞藻的贵族形式主义作品。"① 英国的诗歌"内容晦涩难解,以意象奇幻取胜,反映了当时一部分人对于文艺复兴时期人文主义理想失去信心。"② 西班牙"贵族绮丽派文学在文坛上盛极一时,……这个诗派轻视人民群众,提倡为'高雅人士写作',作品堆砌夸张的辞藻,充满隐喻和难解的词句。"③ 1986年7月杨周翰先生在全国高等院校外国文学教学研究会讲习班作题为《巴罗克的涵义、表现和应用》的讲演,认为"巴罗克作为一种情感,一种心态,一种精神状态或一种思想意识,主要表现为:一、忧郁、沮丧;二、悲哀、怜悯、同情;三、幻觉;四、放纵;五、神秘主义。"④

80年代初国内翻译出版苏联学者阿尔泰莫诺夫、萨玛林等著的《十七世纪外国文学史》,当时影响很大。书中对巴洛克有一个总体评述:"西欧艺术与文学中的巴罗柯体是由封建制度的危机所引起的。即将退出历史舞台的阶级,总是制造出一种病态的和残缺不全的生活哲学,这是历史上的惯例。悲观主义和绝望是垂死阶级的思潮,这种思潮在艺术中具有特殊的美学形式。骇人听闻的事物和灾祸惨状吸引着诗人、艺术家和雕刻家。宗教的狂热(卡尔德隆的《对十字架的崇拜》)代替了文艺复兴时代人文主义者所特有的对宗教的怀疑态度。上帝变成了残酷无情的力量,而有关人类在这个威严的力量面前束手无策的主题便成为巴罗柯体的惯用主题了。这个主题所写的有以极端混乱和特殊的支离破碎的形式表现的悲剧性的沮丧感情……所以巴罗柯体的文学变成了一种特殊的麻醉剂,它引导人们走向不可能实现的幻想和梦境的世界中去。"⑤ 当时中国的意识形态氛围和对国外研究成果缺乏了解,这样的观点被学界普遍接受,许多80、90年代的教科书中对巴洛克的评价皆源出于此。

---

① 杨周翰、吴达元、赵萝蕤:《欧洲文学史》,人民文学出版社1964年版,第190页。
② 杨周翰、吴达元、赵萝蕤:《欧洲文学史》,人民文学出版社1964年版,第218页。
③ 杨周翰、吴达元、赵萝毅:《欧洲文学史》,人民文学出版社1964年版,第224页。
④ 杨周翰:《巴罗克的涵义、表现和应用》,《国外文学》1987年第1期。
⑤ [苏]阿尔泰莫诺夫、萨玛林等:《十七世纪外国文学史》,田培民等译,上海译文出版社1981年版,第7—8页。

柳鸣九等主编的《法国文学史》也未明确提及"巴洛克"概念，但在对"贵族沙龙文学"代表作家评价时，也基本上持否定立场，如评价伏瓦蒂尔："他以写纤巧的情诗和谐媚的书信出名，文风装腔作势，正投合了贵族男女粉饰其丑恶关系的需要。"谈及杜尔非写了近20年的冗长"膨胀"的五大卷六十册的长篇田园体小说《阿丝特蕾》时说："内容极为无聊，……正反映了因长期内战和社会变乱而破产的贵族留恋往昔安逸生活的心理。"认为斯居戴利的历史小说中所谓的"文雅"语言"不伦不类"，描写"散漫"、"冗长"，令人"无法卒读"。①

一本《外国文学史》教材提到"巴罗克"，称之为"贵族形式主义文学"，说是"内容空虚，文字晦涩，专事雕琢辞藻，堆砌典故，不过是没落的贵族的回光返照。"②该教材的修订版对巴罗克的产生发展作了简略介绍，其评价是："巴罗克风格文学惯用的主题是宗教的狂热，人类在上帝的残酷威严面前无能为力；惯用极端混乱、支离破碎的形式，表现悲剧性的沮丧，用夸张、雕琢的辞藻，谜语式的语汇来玩弄风雅。"③

20世纪90年代以来，随着国外有关资料的译介和多元文化语境形成，巴罗克渐成学术热点。在1990年，有三篇论文引人注目，对"巴罗克"提出与80年代不一样的观点。它们是冯寿农的《艺苑上的奇葩——巴洛克艺术：从建筑到文学——关于法国巴洛克文学》；费震建的《论巴罗克美学及其历史地位》；樊锦鑫的《巴罗克：欧洲文学史断代概念的新课题》。几篇论文都借鉴国外相关研究成果，主要从正面探讨巴罗克的意义和价值。冯文虽然重点论述法国巴罗克文学，但也对作为欧洲文艺思潮的巴罗克有所论析："它没有形成一个像古典主义那样明显的学派，没

---

① 柳鸣九、郑克鲁、张英伦主编：《法国文学史》（上），人民文学出版社1979年版，第152—154页。
② 朱维之、黄晋凯、赵澧主编：《外国文学史》（欧美卷），中国人民大学出版社1980年版，第108页。
③ 朱维之、赵澧、崔宝衡主编：《外国文学史》（欧美卷），南开大学出版社1994年版，第112页。

有学术组织，没有发表宣言，更没有统一的文学理论纲领，它只是散落在那个时代许多作品中共同的艺术现象。这些艺术现象形成一股潜在的文艺思潮，它表现一种脱离常轨，冲破旧框框，与当时盛行的审美观偏离的艺术精神，它意味着一种违抗规则、寻求创作自由、不断创新的理想，一种回归大自然、敌视现实，讴歌野蛮状态和原始的纯洁的偏爱。总之，它的文学观和创作原则都是与古典主义的理性和规则相颉颃的。巴洛克文学揭橥了文学的自由主义或无政府主义。"①费文从欧洲美学史的维度，充分肯定巴罗克的历史地位："巴罗克美学在西方美学史上占有十分重要的地位。它是欧洲十七世纪同新古典主义美学并存、并与之相对峙的一个令人瞩目的美学流派。严格地说，它同文艺复兴美学、新古典主义美学一样都属于艺术学美学。巴罗克美学上承文艺复兴美学、下接近现代美学的作用，它在人类'艺术地掌握世界'发展历史上的作用，它指导艺术自身复归、使艺术真正成为艺术的作用，远远超过了新古典主义美学。"②樊文将巴罗克文学摆在欧洲文学发展的整体中认识其文学史意义，认为巴罗克文学以"认识自我"为主体性原则，在欧洲文学"主体性原则"和"客体性原则"二元文化精神交替发展的演进脉络中，巴罗克文学是连接文艺复兴文学和新古典主义的重要阶段。从而得出结论："巴罗克在文学上和历史上的地位进而在文学史上的地位应该得到恢复，作为文学史的断代概念是应该成立的。"③

对巴罗克文学艺术做出比较系统的研究，而且充分肯定其意义和价值的中国学者是叶廷芳。他写作了与巴罗克相关的系列论文，如《巴罗克的命运》、《西方现代文艺中的巴罗克基因》，《悖谬作为审美》、《论怪

---

① 冯寿农：《艺苑上的奇葩——巴洛克艺术：从建筑到文学——关于法国巴洛克文学》，《外国文学研究》1990年第1期。
② 费震建：《论巴罗克美学及其历史地位》，《人文杂志》1990年第3期。
③ 樊锦鑫：《巴罗克：欧洲文学史断代概念的新课题》，《长沙水电师院学报》1990年第4期。

诞之美》、《野性的艺术——巴洛克》等，为巴罗克"正名立碑"，他认为巴罗克是西方重要的文化现象，是一个艺术史概念，也是一种风格的名称，属于诗学和美学范畴。他从哲学观、人生观、宗教观、艺术观等不同视角探讨巴洛罗克的时代精神和文化意蕴，认为巴罗克产生的哲学前提是"世界常动不宁，一切尘世生活变化不定是它的基本经验"和"二元对立的平衡观"；人生观基础是人生如梦、寻找感性世界；在宗教层面，巴罗克与宗教改革后的天主教立场相关；艺术理论上是反亚里士多德的现实反映论、表现方法重想象尤其是奇想。在《巴罗克的命运》开篇写道："与'怪'的美学特征相联系的巴罗克，曾是欧洲近代文学艺术史上一个重要现象，从16世纪末至18世纪前期，至少存在了一个半世纪，而它的盛期经历了整个17世纪；不仅表现于建筑、雕塑、绘画等造型艺术领域，而且见之于文学、戏剧、音乐、舞蹈乃至家庭陈设等门类。这是一股不可抗拒的现代力量的精神涌动，一股巨大的文艺思潮，一种广泛的审美风尚。它与强大的古典主义相对峙，共同雄踞了一个时代。"①叶廷芳不仅肯定巴罗克的历史意义和审美价值，还从对20世纪现代主义文艺影响的层面，论述巴罗克的根本性特质，他写道："巴罗克艺术何以有这样强大的生命力和魅力，在被冷落和湮没两个世纪之久，依然能重新崛起，参与本世纪文学艺术各个领域的伟大变革运动，给它们注入新的活力和生机，以致成了现代艺术之'根'？答案恐怕是：它忠实于生命和自然。"② 叶廷芳的这些观点和论文，后来收录在著作《不圆的珍珠》（人民文学出版社，2008）和《美学操练》（北京大学出版社，2012）当中。

新世纪以来，中国学界对巴罗克的研究渐趋深入。一批介绍、鉴赏西方巴罗克艺术的著作出版，如邵亮的《巴罗克艺术》（河北教育出版

---

① 叶廷芳：《巴罗克的命运》，《文艺研究》1997年4期。
② 叶廷芳：《西方现代文艺中的巴罗克基因》，《文艺研究》2000年第3期。

社,2003)、张石森、岳鑫的《巴洛克与洛可可艺术》(远方出版社,2006)、马慧元的《写意巴洛克》(三联书店,2010)、杨超的《巴洛克与罗可可的浮华时代》(陕西人民美术出版社,2011)等。这些著作虽然不是深入的学术研究,但对巴罗克文艺的普及具有积极意义。一批高校文学专业的"外国文学"教科书,也都涉及巴洛克这一文艺思潮,如朱维之、赵沨、崔宝衡等主编《外国文学史》(欧美卷,第3版),修正与补充了1980年版中对巴洛克的评述,从总体上对巴洛克文学进行了评价,指出:"巴洛克文学的情况非常复杂。有各种各样的巴洛克,他们的思想倾向并不一致,只是作为一种风格流行一时,许多作家受其影响。"又对重点作家作品作了较中肯的评析,认为:"巴洛克文学的影响很广,十七世纪最杰出的法、英大作家如高乃依、拉辛、弥尔顿、马维尔等人的作品也有巴洛克的痕迹。"[①]聂珍钊主编的《外国文学史》认为"作为文学史上的一种潮流,巴洛克文学的表现相当复杂。"[②] 王立新主编的《外国文学史》将"巴洛克文学"立目介绍,认为"巴洛克式文风表现相当复杂,遍及诗歌、小说、戏剧,形态多种多样。……巴洛克文学影响很广,17世纪最杰出的英、法作家如弥尔顿、高乃依、拉辛等人的作品都带有巴罗克痕迹。"[③]

2000年以来出版的国别文学史,也从各国特定的文化语境出发,对巴罗克文学作出介绍和探讨。如陈众议的《西班牙文学黄金世纪研究》(译林出版社,2007)、张彤的《法国文学简史》(上海外语教育出版社,2000)、沈石岩的《西班牙文学史》(北京大学出版社,2006)、安书祉的《德国文学史》(译林出版社,2006)、朱龙华的《意大利文学》(上海社会科学院出版社,2004)等。近年学术期刊发表了百余篇有关巴罗克文

---

① 朱维之、赵沨、崔宝衡等主编:《外国文学史》(欧美卷),南开大学出版社,2004年第三版,2007年重印,第101—102页。
② 聂珍钊主编:《外国文学史》(二),华中师范大学出版社2010年版,第3页。
③ 王立新主编:《外国文学史》(欧美卷),高等教育出版社2013年版,第113页。

学艺术的研究论文。还有一批青年学者，以巴罗克文艺为研究对象，撰写硕士或博士论文。① 这些研究成果从不同角度对巴罗克的概念，巴洛克文艺思潮的文化渊源、社会背景、形成发展、思想内涵、艺术特征、美学价值、代表作家、后世影响等各个方面都有比较深入的探讨。

第二节　巴罗克思潮产生的社会文化成因

为什么在17世纪会盛行巴罗克思潮？"巴罗克看起来是一种艺术风格和美学风范，但作为文艺复兴以后出现的一种新现象，显然有其深刻的、复杂的历史社会背景。十六七世纪是人文主义在欧洲普遍觉醒的世纪，随着宗教改革运动的发生，自然科学和人文科学领域的一系列论争，传统的价值观念发生动摇，这必然在人们的思想上引起震动。某种意义上可以说，巴罗克的出现，是动荡时代人的精神颤动的产物，也可以说，巴罗克的美学革命是时代新旧观念的转换在文学艺术上的反映。"② 巴罗克思潮产生的历史文化成因可以从几个方面理解：

---

① 如南方的《约翰·邓恩诗歌中的非个人化张力》（河北师范大学大学2003年的硕士论文）、李晖的《情感和运动不惜任何代价——再看巴洛克艺术》（安徽师范大学2004年的硕士论文）、池慧敏的《巴洛克艺术与欧洲园林》（北京林业大学2006年的硕士论文）、闻卓的《鲁本斯的巴洛克风格——兼论巴洛克精神在现代派文学中的体现》（东北师范大学大学2006年的硕士论文）、薛爱兰的《安德鲁·马维尔诗歌中的巴洛克张力》（西南大学2007年的硕士论文）、刘立军的《约翰·但恩诗歌中的批判现实主义》（河北师范大学2007年的硕士论文）、李雷的《巴洛克时代的巴洛克文学》（兰州大学2008年的硕士论文）、张宇的《巴洛克概念的界定与通转问题》（黑龙江大学2008年的硕士论文）、白陈英的《约翰·但恩爱情诗中的宗教情怀》（重庆大学2008年的硕士论文）、屈薇的《玄学诗歌中的巴洛克身体研究》（西南大学2010年的硕士论文）、王金秋的《小说〈铁皮鼓〉中的巴洛克文学痕迹》（内蒙古大学2010年的硕士论文）、金琼的《十七纪欧洲巴洛克文学张力研究》（暨南大学2010年的博士论文）等。
② 叶廷芳：《巴罗克的命运》，《文艺研究》1997年第4期。

一、反宗教改革运动的作用

16世纪的宗教改革在德国、瑞士、法国、英国、尼德兰和北欧诸国的发展和传播,给天主教会以沉重打击。为了重新确立并巩固自身的地位,遏制宗教改革力量的蓬勃发展,罗马教会采取了一些措施,对外进行对新教宗教改革运动的抵制和镇压,对内则积极发动了"罗马教会的宗教改革"运动。作为反宗教改革,罗马天主教会主要采取两个措施,一是成立耶稣会;二是召开特兰托会议,旨在捍卫新教力量冲击下节节败退的天主教会,及从内部革除天主教会的弊端,肃清腐败等种种丑恶现象,以提高天主教会机体的免疫力。

耶稣会由西班牙人伊格纳修·罗耀拉(1491—1556)创立,其宗旨是反对宗教改革,保卫教皇和传播天主教。罗耀拉曾是宫廷侍从,参加过战争,以勇敢暴躁著称,战争中受伤而终生跛足,养伤期间读了不少宗教著作而成为狂热的天主教徒,1522年发誓修道,1523年赤足步行经意大利赴圣城耶路撒冷,之后到几所大学攻读神学。1537年在维察琴召开会议,研究行动计划和规则,主要是:以乞讨为生,两人外出,一人扮仆人,住旅馆时要照顾病人,积极向年轻人和不去教堂的人传道。之后经人介绍结识教皇保罗三世,两人促膝密谈。1540年9月教皇批准建立耶稣会。罗耀拉说他们是"与上帝的敌人作战的军队,是把身心献给我主耶稣及其在世代表的人"。罗耀拉为耶稣会制定了严格的规章和军事化组织。会章规定:会士除一般修道士的听命,贞洁和清贫誓愿外,还有最重要的誓愿:绝对服从教皇和上级。"下级应像对待基督本人一样对待上级"。耶稣会最高领导人称"将军",常驻罗马(也称"黑衣教主")7名元老会组成参谋部协助将军,下设省区。耶稣会士不必匿迹山林,不必穿僧衣,而要深入社会,结交显贵,钻进宫廷,以广泛布道或办学校、医院扩大影响。甚至主张采取暗杀、投毒、收买等手段,以达到维护天主教利益的目的。在法国支持暗杀国王亨利三世(1589),派杀手刺杀亨利四世（1610），在英国阴谋杀害英王詹姆斯一世（1605），闹得人心惶惶。

特兰托会议（1545—1563）是罗马教皇与德、法、西等封建统治者联合，为反对宗教改革，克服教会分裂而召开的会议，会议断断续续历经18年。会议公布《特兰托会议信纲》，主要内容包括：（1）肯定《尼西亚信经》包涵教会的基本信仰；（2）肯定《通俗拉丁文本圣经》的真实性及所收全部各卷的正典性；（3）肯定"原罪"教义及公教会所作的正统解释；（4）谴责"因信称义"的学说和对"恩庞"的谬解；（5）谴责圣事论中的三十条主张（指宗教改革中新教宗派的有关主张）；（6）确认真在论和变体论的正统阐释，肯定炼狱和对圣徒、圣徒遗物和圣像的求告、崇敬；（7）肯定教皇的特赦权力，包括赎罪券的施行等。这样的会议否定了改革精神，维护教会和教皇。此外，罗马教徒还加强对思想文化领域的控制，开列禁书目录，迫害进步思想家、作家，宗教裁判所的活动加强，从1559—1560的两年间，西班牙的宗教裁判所进行了5次大屠杀，几乎杀尽了西班牙的新教徒。

宗教改革之后的天主教反扑，带来欧洲近代早期的危机四伏。"大约从1560年到1660年的一百年内，各种宗教伤害事件——新教徒在其中一些事件中是残忍的刽子手，而天主教徒则在另一些事件中充当了同样的角色——在欧洲各地层出不穷。此外，使情况更加恶化的是，萧条的经济和绵延的战争，总是与宗教的骚动相伴随，从而产生了欧洲文明史上突出的充满危机的一个世纪。尽管在其性质和程度上欧洲近代早期的危机不像中世纪后期的恐怖时期那么严重，但从广义的角度来看，从1560到1660年的一百年是西欧历史上的'严酷世纪'——一个充斥着大动乱和残暴行径的时代。"①

---

① 罗伯特·E·勒纳等：《西方文明史》，王觉非等译，中国青年出版社2003年版，第489页。

有学者论述道:"一个感受过宗教改革的剧震,被罗耀拉等人引向新鲜、紧密的宗教情绪的意大利——这个路德之后的意大利,已不再安于古典理想宁静而自负的和平。它违拗地重申的信仰,展示它的信条,装饰它的神殿,且在艺术中注入一股色彩与感觉的新暖流,结构与动作的新变化和无可限量的自由,解除古典规则、限制与线条。艺术变成借装饰而表达的感情,而非把自己浓缩注入的形式。"① 这就是巴罗克文艺产生的重要土壤。

二、君主专制政体的巩固

16世纪后半期和17世纪是欧洲封建君主专制政体得以巩固的时期。英国在伊丽莎白女王之后詹姆斯一世继位(1605—1625),他像都铎王朝的先王们那样地满足于拥有专制权力,在理论上坚持专制权力。他引用法国关于君权神授的学说,声称"既然对上帝能做什么事提出质疑是无神论和亵渎的行为,臣民对国王能做什么事提出质疑也是胆大妄为和对上的大不敬"。1609年他在国会演说时宣称"国王完全有理由被尊称为神,因为他们在人间行使类似神权那样地行使着他们的权力。"② 他的儿子查理一世(1625—1649)继续父王的专制统治,导致清教革命的爆发,革命后有过短暂的共和政体,但很快王朝复辟。

17世纪的君主专制政体以法国最典型。1610年9岁路易十三登基为王,早年母亲摄政,1624年将国家事务的管理委托一个有才干的枢机主教黎塞留,任命他为首相。黎塞留致力于达到两个目的:(1)排除对国王权威的任何限制;(2)使法国成为欧洲的主要强国。为了达到这两个目的他排除一切干扰。他无情地镇压贵族,消灭其中危险的分子,使其他贵族成为对朝廷无害的依附朝廷的寄生虫。

---

① 威尔·杜兰:《世界文明史》(第七卷)东方出版社1998年版,第358页。
② 引自盖脱尔(R,G. Gettell),《政治思想史》(History of Political Thought),p.201.

路易十四（1643—1715）时代，法国君主专制达到鼎盛，比当时任何君主更完善地体现了专制主义的理想。他骄傲、奢侈、专制，认为国王享有最崇高的地位。他不但相信是上帝委任他统治，而且认为国家的福利和他的个性有着密切关系。他提出的"朕即国家"的名言，十分清楚地表明了他对自己的权威的看法。他用太阳作为他的官方纹章来表示他的信念，他认为犹如繁星从太阳取得光辉和力量，法国从他身上汲取了光辉和力量。他亲自监督每个部门的工作，把大臣们看作只是服从路易十四的命令的办事人员。总之，他遵循黎塞留的政策，在损害地方官吏利益的情况下巩固国家的权力，并且把贵族变成朝廷的依附。

一直到1789年革命开始的时候，法国政府的形式基本上和路易十四时留下的一样。他的继承者路易十五（1715—1774年）和路易十六（1774—1792年）也自称神授他们统治的权力。但是这两位继承者都不想模仿那位伟大的君主，像他那样热心地工作和密切关注国家的事务。既懒惰又无能，思想迟钝，对政治不感兴趣。

这样的君主专制政体带来两个结果：一是王权权威的确立；二是大贵族的失势。但大贵族对昔日生活已成习惯，依然追求排场、奢华和典雅。法国的沙龙文学和英国的骑士戏剧都是这种文化现象的表现。

三、科学的发展和对自然、人的探索研究

经过文艺复兴运动，人对自我和外在于人的自然的认识都得到加强。17世纪的科学发展，相对于现代科学来说，还处于草创阶段，但数学、物理学、天文学获得发展。产生了"现代科学之父"伽利略（1564—164）的物理学、数学和天文学成就。系列科学仪器的发明，显微镜、望远镜、温度计、气压计、比重计、更好的表、精细的天平相继出现。"现在科学开始从它的母亲哲学的胎盘中解放自己，它将亚里士多德从背上摔开，把月光从形而上学转向大自然，发展出自己的特殊方法，并且致力改良地球上人类的生活。这一运动属于理性时代的核心，但是它并不

只注重'纯理性'——脱离经验和实验的理性。这种理性往往织出神秘的网。现在理性，如同传统及权威一般，亦要接受事实研究和记录的考验；无论'理则学'如何说法，科学只接受能够测定数量、能以数字表达，面且能以实验证明的东西。"① 这种基于试验和理性的科学发展，既使科学独立于纯逻辑推理的哲学，又延长、拓展了人们的感知世界。

这样的科学发展，使得人们对人类产生了新的认识。一方面觉得人的微不足道，哥白尼的日心说和伽利略的科学成就，让人们意识到地球和人并非宇宙的中心；另一方面又为知识方面的突破，而感到人的神圣伟大。同时，自然科学宇宙观与宗教思想的矛盾，力求调和，调和的结果是新的自然科学的世界观中也渗透着宗教思想，形成宗教与人文主义思想、科学观念与主观迷信混杂。这种观念形态当然影响当时的文学艺术和审美观念。

四、从文学本身的发展看，文艺复兴后期的文学已经表现出巴罗克的端倪

"文艺复兴的古典风格艺术曾化混乱为秩序，化复杂为统一，化动为静，化情感为思想，化皂白不分为意味深长，化复杂晦涩为简约清晰，将材料化为形式。但是完美继续太久也会令人生厌。改变对于生命、感觉和思想是必要的，令人刺激的新奇可能只因新奇显得美丽，直到后来被遗忘的旧形式又在时间的轮盘上转回来，被当作年轻的清新的事物来拥抱。"② 其实，这种"时间轮盘"在文艺复兴的文学创作中已经有了转回的迹象。

意大利的塔索（1544—1595）一般被看成是最后的人文主义作家，但又被认为是巴罗克文学的早期代表。无论精神上还是美学上，他是具有叛逆色彩的人，有人把他与塞万提斯、拉辛并称为罗马语系巴罗克文

---

① 威尔·杜兰：《世界文明史》（第七卷）东方出版社1998年版，第452页。
② 威尔·杜兰：《世界文明史》（第七卷）东方出版社1998年版，第357—358页。

学三巨头。他以反宗教改革的立场写了十字军东征中基督教的胜利（这正是巴罗克的思想特点）。他的作品不重情节，而喜欢表现手法的多变和新颖；强调想象，爱好惊异；时而慷慨悲歌，时而浓浓抒情；不时穿插文字游戏、笑料隐喻等，不拘一格，显然背离了古典美学，而被认为奏出了巴罗克文学的序曲。

西班牙的塞万提斯，一些西方学者也认为是巴罗克文学的代表作家，他的《堂吉诃德》"基本审美特征是巴罗克的，因为它以宗教道德的价值观念与幻想性的骑士小说相对照的手段来揭示历史故事的真实性，并且用了最精彩的滑稽模仿的讽刺技巧来达到对中世纪的骑士精神时行否定，因此他开创了西班牙巴克罗文学的先河。"①

英国的李利（1554—1606）是"大学十才子"之一。许多材料都认为英国有一种以他为核心的"绮丽体"，是英国最早的巴罗克文学，他曾在伊丽莎白女王宫廷供职，1578—1580发表散文传奇《尤弗伊斯》，以绮丽雕琢的文风加以表达。作品中运用大量珍禽异兽的典故和来自古代神话的寓言性比喻，充斥双关语，运用整齐的对偶。这种绮丽、典雅的文风称为"尤弗伊斯体"，有一批模仿者。莎士比亚剧作中大量运用俚语俗语，多种风格交织，打破悲喜剧的界限，鬼魂女巫，精灵出现在舞台等都具有巴罗克的风格。

无疑这些人文主义文学大师的创作，为巴罗克文学的产生奠定了基础。

第三节　巴罗克的文学成就

巴罗克的发源地是意大利，最早出现在建筑、雕塑、绘画等造型艺术中。罗马作为欧洲艺术的摇篮，曾吸引过许多欧洲著名艺术家。16世

---

① 叶廷芳：《巴罗克的命运》，《文艺研究》1997年第4期。

纪末，随着教堂的建设装饰，要求圣坛显得庄严，圆拱顶要光线充足，室内装饰要求华丽、光彩夺目，巴罗克风格就在这种建筑要求中诞生。当时最负盛名的是意大利杰出建筑、雕刻艺术家贝尔尼尼（1598—1680），他和米开朗琪罗的共同杰作——罗马梵蒂冈的圣彼得大教堂，是巴罗克建筑之最。在这一建筑物上，艺术家们致力于把一切艺术种类集中于建筑的一身：文学的题材，戏剧的效果，音乐的节奏韵律；华美的雕塑、绚丽的绘画、涡漩的线条，使整个建筑形成一个富丽堂皇、灵动欲飞的综合艺术品。教堂经过几代艺术大师近两百年的接力营建才完成了这一艺术杰作。出自贝尔尼尼手笔的几个内部装饰和大门前的椭圆广场是最为精彩的部分。他以浪漫的想象，创造的激情和宗教的情感，把建筑与技术，技术与艺术神奇地糅合成无与伦比的浑然一体，使之成为既是祭神的圣殿，又是一件恢宏的艺术品。那种体量的宏大感和空间的深度感，以及扑朔迷离、富丽堂皇的装饰美，都让人叹为观止。

　　几乎有半个多世纪，贝尔尼尼作为最伟大的建筑艺术家受到人们的膜拜。连推崇明晰规范的路易十四也为之动心，邀请他主持卢浮宫的重新设计扩建，他作了精致而华美的设计，卢浮宫也成为巴罗克建筑的代表作之一。贝尔尼尼还留下不少具有巴罗克风格的雕塑，如大理石雕像《大卫》、《圣台莱莎的狂喜》、《阿波罗与达芙妮》，都是巴罗克典范性的艺术作品。

　　巴罗克的杰出艺术家还有画家卡拉瓦乔（意大利），鲁本斯（弗兰德）、伦勃朗（荷兰）、普桑（法国）等，音乐家卡西尼（意大利）、巴赫（德国）、亨德尔（德国）等。这些都是世界艺术史上的大家。

　　巴罗克文学也同样发源于意大利，当时意大利成为西班牙属地，西班牙受其影响，法国、德国、英国也盛行巴罗克文学。

　　巴罗克文学的第一位大作家是意大利的马里诺（1569—1625）。他曾提出他的诗歌标准："诗的宗旨是惊人（我指的是好得惊人，而不是坏得惊人），谁不能使人惊奇，那就去牧马吧"。"马里诺有意识拆掉了当代文化与古代文化传统相联系的桥梁,主张让活人喜欢,用不着让死人和学究们满意。他追求田园风格和低级趣味,以奇怪的编撰、亲切的形象、刁钻的技巧区别于他人的表现手法,用过分的隐喻、夸张和怪诞的文字游戏,以及独特的神话来取悦读者,征服读者。"① 他在《七弦琴》(1614)第三部中首次运用一种独特的风格:采用隐喻、怪诞和夸张,以独特的神话刺激感官,而且读起来铿锵有力,目的在于使人产生惊异。之后他用这种风格创作十四行诗、情诗和叙事诗。他的诗作以手稿形式广为流传,并获得很高评价。曾因诗名而被聘任为王公贵族和罗马枢机主教的秘书。曾因获罪于豪族而入狱。1615年来到巴黎,得到路易十三和王后的赏识。1623年发表了经20余年的努力创作的巴罗克杰作《阿多尼斯》(Adone)。这部45000多行的长诗使他获得国际声誉。诗人1624年回到意大利,在马罗他作为伟大诗人和意大利的光荣受到热烈的欢迎。文坛却围绕他的《阿多尼斯》展开激烈的论争。在论争和褒贬毁誉之中,马里诺蜚声文坛。一批追随者形成"马里诺诗派",马里诺诗派统治了17世纪的意大利诗坛。

《阿多尼斯》以丰富大胆的想象,描述女神维纳斯与美少年阿多尼斯的情爱:维纳斯爱上了塞浦路斯岛上的美少年阿都尼斯,将他带到自己宫中,宫中酒色齐全,他们尽情享乐,他们来到美丽的花园,园中有阿波罗喷泉,喷泉的大理石边沿上雕刻着意大利、法国各大名门望族的盾形纹章,还有代表诗人和他的诗敌的各种浮雕图案。阿多尼斯和纳维斯在神使的引导下飞越三重天,中途神使向他们介绍了17世纪几乎所有的知识:哲学、天文、占星、伽利略发明的望远镜等,还谈到法国战争。在三重天,这对情人听到地上美人对他们的赞美,他们浸沉在幸福之中,突然维纳斯的正式情人战神马尔斯出现,阿多尼斯仓皇逃命,经维纳斯指点,他来到法尔西雷那的美丽国家,法尔西雷那也疯狂地爱上了阿多

---

① 王焕宝:《意大利近代文学史》,外语教学与研究出版社1997年版,第18页。

尼斯，但阿多尼斯拒绝了。经过一番曲折，阿多尼斯离开了法尔西雷那，她恼羞成怒，追捕阿多尼斯，将其投入狱中，神使放其逃走，化作一只飞鸟，回到维纳斯身边。在一次选美中，阿多尼斯夺冠，被选为塞纳路斯国王。在一次打猎中被情敌马尔斯陷害，一只野猪咬死了阿多尼斯。维纳斯闻讯赶来痛哭，众女神前来安慰，隆重埋葬阿多尼斯。

全诗没有一贯到底的情节，丰富的想象和现实的描写相交织（写到各大家族，还写到诗人自己的经历，当时的知识情况）。典雅的神话和粗俗的放纵，真挚的情感与肉欲的追求，热烈中充满着隐喻，夸张和怪诞，显得杂乱却有一种野性的张力。作品发表后，有人称它是"艺术上的奇迹"，威尼斯的布泽内罗认为它"韵律轻巧，吟咏起来自然流畅，如果稿子有人类感情的话，也会感受到它的温柔亲切。"① 也有人极力否定它，认为它"杂乱无章，是庸俗事物的堆砌。"②

意大利马里诺派的诗人有埃利科（1592—1670）、阿基利尼、焦瓦内蒂、萨罗莫尼、莫朗多等人。他们在 17 世纪的意大利诗坛形成强劲势力，但越到后期，日愈颓废，流于空洞的文字游戏。

西班牙具有巴罗克文学生长的土壤，西班牙是耶稣会教徒的祖国，被称为"欧洲天主教的看门狗"，也是巴罗克文学取得突出成就的地区和国家。17 世纪 30 年代，西班牙的巴罗克文学获得发展，50 年代进入全盛期。主要表现为两个流派（夸饰派和警句派）和一位大家（卡尔德隆）。

夸饰派（也称贡戈拉派或文化主义）是以诗人贡戈拉为首的诗歌流派。贡戈拉（1561—1627）出身豪族，受过良好教育，是宫廷神父。他倡导一种晦涩思想与华丽语言相结合的诗歌艺术，主张诗歌是为具有"文化修养的少数人"而创作。他的创作把不可思议的词组搭配，把对立矛盾的概念并列，形成异常突兀的喻义。他做了马里诺在意大利诗坛所

---

① 王焕宝：《意大利近代文学史》，外语教学与研究出版社 1997 年版，第 20 页。
② 王焕宝：《意大利近代文学史》，外语教学与研究出版社 1997 年版，第 20 页。

做的一切，他的十四行诗中经常出现"甜蜜的地狱"、"幸福的痛苦"、"爱抚的折磨"之类的组合。他的诗作中还表现出人生虚幻的悲观色彩，一种悲剧性的病态的紧张心态。他认为自己的任务就是诗化死神、痛苦和人生中一切最阴暗可怕的东西。他的代表作是长诗《孤独》（1614），全诗分为四个部分：（1）乡村的孤寂；（2）河边的孤寂；（3）森林的孤寂；（4）荒原的孤寂。诗作极度夸张，交织过多的隐喻，形容词、倒装和对偶句，大量用典，极力抒写人世的混乱与无望。

贡戈拉受到世人的赞赏，连塞万提斯也称赞他是"罕见的，不可多得的天才"。去世的当年出版他的诗集，集子题名为《西班牙的荷马诗集》。

警句派（也称概念派）的代表人物是盖维多（1580—1645）。他认为诗人"应该去寻求概念——不是从熟知的陈腐意念，也不是沿袭为常的僵化意念，而是寻求精巧、华美、庄严而有深度的构思"。他学识渊博，又秉性耿直，多次得罪权贵而入狱。他的作品追求奇异的刻画、强烈的渲染和夸张以及鲜明的对比。他有诗作也有散文作品。诗作中大多表现出悲观的失望情绪。代表作是讽刺作品集《梦景》（1606—1936），作者借梦游地狱或与鬼魂谈话，为各种人物和世态刻画了奇形怪状的讽刺画像：医生、商人、银行家、官僚、法官、匠人、诗人、各种年龄的女人、历史人物甚至神话中的神，都成了嘲讽的对象。讽刺中寓含着哲理的概括：世人都是贼，普通的贼受到法律制裁，政府部长偷窃却受到法律保护；在地狱里，流氓和政治家，凶手和医生都像"同胞兄弟"在一起；唯有讽刺者超然独立，因为他能用笑声使地狱里的火焰变成冰块。

西班牙巴罗克文学的伟大剧作家是卡尔德隆（1600—1681）。卡尔德隆受过良好教育，文艺修养很高，是宫廷作家，也是虔诚的天主教徒。他一生留下200多个剧本，主要是宗教剧、哲理寓意剧、"斗篷与剑"剧（一种风俗喜剧）等。宗教剧表现宗教主题，阐述天主教救世之道。如《十字架的信仰》（1633）、《神奇的魔术师》（1637）。后者表现信仰与情爱的冲突，虽然最终宗教热情战胜了爱欲，但人性的力量也作了充分的展示。剧作被认为是歌德《浮士德》的先声。他的风俗喜剧也表现一些现实的社会矛盾。如《扎拉美亚的镇长》（1640—1646）表现了平民对贵族压迫的反抗，与维迦的《羊泉村》异曲同工。

卡尔德隆的代表作是哲理寓意剧《人生一梦》（《人生如梦》或《生命在梦中》1634）。剧作以虚构的情节，典型地表现了巴罗克的思想观念和艺术特征。剧作叙述波兰王子塞希斯蒙多刚出生，星相占卜宣示：他将成为暴君，父王巴西里奥将跪伏在他的脚下。巴西里奥害怕，宣布王子是死婴，一面在荒山上建筑一塔，将王子囚禁其中，除国王派去的朝臣克洛塔尔多管教他以外，不允许任何人接触。王子戴着锁链，身披毛皮长成大人，具有半人半猛兽的性格。国王想试验预言是否灵验，让人将王子麻醉后带到宫中。王子醒来，满目金碧辉煌，以为是做梦。国王告之他真实身世，王子暴怒，将仆人从窗口扔入海中，拔剑欲刺教师，父王遭受侮辱。国王只好将其再麻醉送入塔中。王子醒来又是荒原孤塔，确认刚才是在梦中。就此王子有一段人生就是梦幻的长篇独白，并转向上帝与众生关系的思考：上帝创造了生命，又剥夺其幸福，这不又意味着剥夺了生命么？国王打算传位给外甥——莫斯科大公，但民众反对外国人统治，拥戴王子塞希斯蒙多为王，率军攻打外来暴君。王子还以为在做梦。但他认为"不管是真还是梦，要紧的好好干一场"。他率民众进攻，与国王和莫斯科大公的军队交战，国王战败被俘，伏地求恕。王子见预言果然灵验，心想一切都有命运在安排，因而弃恶从善，不过他依然不明白：这是梦幻还是真实？

剧情以丰富的想象被展开叙述。展开的是一个基督教的象征世界：荒原孤塔是人世的象征，王子就是人的象征，人们受命运的束缚而饱受煎熬。人有什么过错？就因为你生到了人世。你不平、反抗吗？这只是一场梦幻，虽然王子曾有过"好好干一场"的愿望，但最终看到了命运的力量；预言会实现，天意难违，生活在梦幻中的人们，还是顺从命运的安排吧——这是典型的巴罗克的思想观念。经历过文艺复兴的人文主义喧嚣,在天主教的反扑中巴罗克发出的就是这种呼喊。

剧本舞台效果强烈,剧情发展紧凑,富于张力。从荒原囚塔到豪华的王宫,又从王宫回到囚塔,这种强烈对照和大幅度的迅速转变构成巴罗克的艺术特征。剧中语言铿锵,情感激越,大量夸张性比喻也强化了舞台效果。剧中粗犷的力量,对生活的阴郁理解,人生境遇的哲理性象征和天主教的宗教热情都融会一起,令人在混杂和丰富中感受到剧作的力度与厚重,这是世界文学史上的名剧。难怪屠格涅夫称卡尔德隆"是强有力的天才",施雷格尔说他是"仅次于莎士比亚的伟大剧作家"。

法国17世纪以古典主义为主潮,巴罗克文学一直作为暗流存在于文坛。法国的巴罗克文学受到意大利、西班牙巴罗克文学的影响,表现为贵族沙龙文学和宫廷诗人的创作。

卡特琳娜·朗布依耶夫人(1588—1665)的沙龙是法国巴罗克文学的中心。卡特琳娜出身意大利,在罗马受教育。12岁嫁给朗布依耶侯爵。初到巴黎,她对巴黎王宫的粗俗感到惊讶,决定在自己家中主持沙龙接待客人。她容貌艳丽、潇洒脱俗、聪明机智、富于魅力,在宾客之间周旋交际,形成一种和谐气氛。她请意大利建筑师建造新颖别致的府邸,布置精美。出入她的沙龙的客人经过严格挑选,几乎都是相貌出众、雍容大度、才智敏捷的贵族。他们定期在朗布依耶的沙龙聚会,组织化装舞会或音乐会。男女客人之间半真半假的调情,一见钟情或弄假成真的爱情纠葛也时有发生。当事人兴趣盎然地模仿言情小说里主人公的言行举止,而旁人则饶有兴味地关注风流韵事的发展。在沙龙中集中了一批才子,他们写诗、创作小说。文学作品的朗读是娱乐项目之一。而最大的娱乐项目是谈话。在和自己感兴趣的对象谈话之前,往往做精心而细致的准备,使自己的谈话诙谐幽默,机智风趣。朗布依耶夫人的沙龙声望很高,可以说起到领导巴黎时尚的作用。出入沙龙的名人成为文学艺术的评定者和各种论争的裁定者。朗布依耶夫人的沙龙之外,1646和

1655年由萨布莱夫人和斯居代里夫人先后主持的沙龙也颇有影响。

　　法国的巴罗克小说大多以沙龙贵妇为读者，称为"雅风小说"。最早的作品是奥诺莱·于尔菲（1568—1625）的《阿斯特蕾》（1607—1926）。小说长达5000页，分10册出版。描写法国中世纪风光秀丽的卢亚河谷的一个充满田园风味的爱情故事，编造痕迹明显，但情节一波三折，又杂糅神话传说，娓娓动听。男女主人公是牧民，却显出贵族气质，这样一部描写贵族生活又具有田园诗意的作品被沙龙的客人们争相传阅，书中的恋爱情节，场面和语言使他们深受感动。作品成为巴罗克雅风小说模仿的榜样。

　　当时雅风小说的代表是两位女性作家。斯居代里夫人（1607—1701）在《阿斯特蕾》的影响下，先后创作了两部巨著《阿塔梅纳，或尼鲁士大帝》（1649—1653）、《克雷莉亚，罗马的故事》（1654—1660）。斯居代里夫人当年出入朗布依耶的沙龙，沙龙解散后她很怀念那段时光，《阿塔城梅纳》就是眷恋回顾当年生活的作品，书中描写的波斯、希腊的场景、人物和风光纯属虚构，作者借这些背景和姓名详细描绘的是当年沙龙常客们的音容笑貌和言行举止。她将真事隐去，加以调整改编，写出一系列似是而非的故事。作品获得巨大成功，曾有幸出入沙龙的人士借书回忆往事；当年没有挤进沙龙的人们，借此了解当年社交圈的内幕，获得精神上的满足。小说一版再版，译成多种文字。

　　另一女作家是拉斐德夫人（1634—1693），她创作的《克莱芙王妃》（1678）影响很大。作品叙述在亨利二世时期，沙尔特尔小姐和克莱芙亲王结婚，这是一对按当时风俗结合的平常夫妇，既没有热烈的爱情，也没有什么大的分歧。后来，克莱芙王妃和纳莫尔公爵彼此倾心，纳莫尔向王妃倾诉了爱意，王妃经过痛苦的思索后，决定斩断情丝，返回领地，向丈夫祖露此事经过，承认自己对爱情不忠。纳莫尔公爵知道王妃恪守妇道，不敢再存非分之想，但克莱芙亲王对此难以释怀，心情压抑，郁郁而终。克莱芙王妃成了寡妇，但却进了修道院。这部小说有一定的自传色彩。拉斐德夫人是一位知识渊博的才女，品行端正、性情宽厚，丈夫长期在外地工作。但她对贵妇们的轻佻和淫靡不满。她与拉·罗什富科亲王曾维持长达20年的精神之恋。小说主人公的刻画包含了她的情感体验。小说堪称雅风小说的代表作，三个主人公都年轻美貌，品德高尚，在艺术表现上也不乏创新之处。

17世纪的法国，还有一批巴罗克诗人，主要有有阿格里帕·多比涅（1552—1630）、让·德·斯莲德（1557—1597）、马雷伯（1555—1628）、弗朗索瓦·梅纳尔（1582—1646）、拉康（1589—1670）、泰奥菲尔·德·维奥（1590—1626）、圣阿芒（1599—1661）、特里斯唐·莱尔米特（1601—1655）等。其中多比涅的7卷长诗《惨景集》（1616），描写宗教战争带来的浩劫，内容纷杂，具有巴罗克诗歌的繁复特点，它涉及人的处境、大自然、世界的奥秘、来世的命运，像一幅幅壁画呈现在读者面前。在艺术上，语言也雄浑有力，节奏鲜明，用韵大胆，善用象征手法，如把战乱中的法国比作受难的母亲，把交战的天主教徒和新教徒比作两兄弟，重创了养育他们的母亲。通篇贯穿着宗教精神，指责王亲国戚恃强凌弱，揭露宫廷腐化堕落，嗟叹民众贫穷困窘。多比涅被认为是"具有巴罗克趣味的文学最典型的代表"。法国重要的巴罗克诗人还有马雷伯。他的早期创作属于巴罗克诗歌，后期转变诗风，成为古典主义的前驱。他的早期诗作《圣彼得的眼泪》（1587）反对宗教改革，但叙事的委婉曲折，对夸张、对比、大段插入描绘、浓墨重彩的爱好，意象的堆积，大自然的人格化，字句的复杂交织，都表现出巴罗克文学的特点。

德国的巴罗克文学从法国传入，于1660年前后达到高潮，在诗歌、戏剧和小说各领域都取得一定成就。这里介绍一位先驱和两位大家。

奥皮兹（1597—1638）有德国"巴罗克诗歌之父"的称号。他主要在诗歌理论上对德国诗坛产生深远的影响。他的《德国诗论》（1624）对德国民族文学的形成起了很大作用。他号召诗人学习外国诗歌创作经验，并受到当时流行的巴罗克思潮的深刻影响，提倡典雅，反对庸俗，注重诗歌的形式，追求华丽的表达。奥皮兹把十四行诗引入德国，创作了德国第一部歌剧《达芙妮》（1627）。

17世纪德国最重要的诗人是格吕菲乌斯（1616—1664）。他勤奋好学，精通古典和当时的语言，运用奥皮兹的理论创作十四行。他一生只活了48岁，却有30年在战争状况下，他的诗作往往在战乱的背景中表现人间苦难，甚至感伤失望，他的《祖国之泪》广为传诵。他另一首十四行诗虚无、感伤色彩明显：

> 你注目所向，你只见到地球上虚荣，
> 今日此君所建的，明天毁于另一只手。
> 今天繁华的城市，却是明天的草原，
> 草原上牧童与羊群嬉戏。
> 今日繁花似锦不久将遭践踏，
> 今天的骄横者明天就是残骸尘埃。
> 没有永恒的事物，哪怕是矿物或大理石。
> 眼下幸运向你顾盼，不久苦难之雷轰响头顶。
>
> 高尚事业的荣誉如梦一般消逝，
> 时光流转，幸福的人群真会永驻？
> 啊，这一切我们都视若至宝。
>
> 就像虚幻之影、随风飞扬的尘粒，
> 仿佛草原上一朵花，人们无迹可寻。
> 什么永恒之物，能有几人记起。

诗中渗透着一种浓烈的哀伤情怀，这既是30年战争的阴影，也体现了巴罗克文学中对立物象与概念组合的特点：建设与毁灭，鲜花与尘土，永恒与短暂，幸福与痛苦，在对立中突现出伤感。

格吕菲乌斯还创作了一些悲剧和喜剧作品。《卡德尼奥和塞林德》（1649）是德国第一部市民悲剧。他的剧作表现人的理想与现实矛盾冲突的痛苦，戏剧表现上常采用超常手法来强化效果。《被弑的君主，或卡罗鲁斯·斯图阿尔杜斯》（1649）描写了一个英国国王的没落，剧中各个历史时期被处死的国王都出现在舞台上，齐声合唱，带着皇冠的幽灵齐声哀歌，号召复仇并向上帝祈祷。幽灵、鬼魂、梦幻、女妖是格吕菲乌斯剧作中经常出现的角色。

格里美豪森（1621—1676）是17世纪德国最杰出的作家。他自小双亲早丧，曾从军出征，完全靠自己奋斗而成为作家。他的名作《冒险的西木卜里切乌斯》（又译《痴儿西木传》1669）是一部五卷的长篇，被称之为"宏伟的巴罗克文学的巅峰。"① 小说叙述一个年轻人在30年战争中的冒险经历和精神境界的变化。

小说主人公西木自小成为孤儿，在斯佩什特的农民家长大。由于他过着与世隔绝的生活，因此一直不懂世事，单纯无知。30年战争破坏了他的宁静生活，养父母的家也遭到破坏，西木被迫逃到森林中，在林中被一隐者收留。隐者给他启蒙教育，为他取名"西木卜里切乌斯"（"单纯"之意），并用基督教义与思想教育他。隐士去世后，西木只好回到乱世，东游西荡成了士兵，不久他参加抢劫、积攒了财富，获得"猎手"的美名。从此他在皇家部队打仗，成为一个大胆机灵的士兵，他还一度去巴黎，参与巴黎贵族社会的腐败，成为一些贵妇追求的对象。这时他完全忘却了隐士的教诲。他染上了花柳病，钱也花光了，重新流落为士兵，经过种种流浪生涯与养父母重逢，并对自己的生活表示忏悔。后又再次当兵流浪，到了莫斯科，被俘后作为奴隶几次转卖，流落到朝鲜、日本等东方国家，经一番波折回到德国。30年战争已经结束，他决心隐居林中。在补编（第六卷）中他乘船去耶路撒冷朝圣，途中轮船遇险而

---

① 吉列斯比：《欧洲小说的演化》，三联书店1987年版，第101页。

漂泊到印度洋上的孤岛，他在那里安身立命，自耕自足，并写下了一生回忆，一荷兰水手在岛上无意中发现了手稿，将其带回欧洲。小说表现的内容丰富而驳杂，主人公从宁静的田园生活开始，经历了战争、冒险、爱情、追逐财富、享乐、疾病、困苦、流浪，最后复归林中生活；内在精神世界也经历了对世界的无知、经过混迹社会、看透世界、与世界告别和转向上帝。作者通过主公动荡驳杂的一生，说明世上的一切都不是永恒的，永恒的只永无止息的动荡不安。作品的基调是悲观厌世，认为只有宗教世界才能获得心灵的宁静。这里既有"30年战争"后德国现实在作家心灵的阴影，也有巴罗克思潮的时代精神。作品中借人物之口说：

> 再见吧，世界，对于你不能信任，也无所企求。在你的广厦里，过去的已经消逝，现在的正在我们眼下消逝，将来的还没有开始，最坚强的在破碎，最永恒的在终结，致使你成了死者中的一个死者，在一百年里，你使我们没有一刻在生活。

艺术上，小说中现实的描写和幻想的情节相交织，采用流浪汉小说的结构形成包罗无数的场景和人物，各种文学类型都在宏大的喜剧框架中得到实验，各种语言方式罗织其中，个人习语、社会用语、地区方言以及宗教、政治、战争、艺术及其他领域中的特殊语汇都掺杂在痴儿的叙述之中。

小说以其丰富性，包含了18、19世纪欧洲小说的绝大部分模式：伏尔泰的哲理小说《老实人》、歌德的"发展小说"、笛福的冒险小说（《鲁滨逊漂流记》）、斯威夫特的寓言体小说、斯泰恩的感伤小说、菲尔丁的"路上小说"等都可以从中找到渊源。德国作家托马斯·曼曾论述小说的价值："这是一座极为罕见的文学丰碑，人生丰碑。它栩栩如生地经历了三百年，今后还会继续经受考验。这是一部富有不可抗拒的魅力的小说，它丰富多彩、粗野狂放、消闲有趣，生活气息浓厚而又震撼人心，犹如我们亲临厄运，亲临死亡。它的结局是对一个流血的、掠夺的、在荒淫中沉沦的世界彻底的悔恨与厌倦。它在充满罪孽的、痛苦悲惨的广阔画卷中是永垂不朽的。"①

德国其他的巴罗克诗人和作家还有如盖哈尔特（1607—1676）、弗莱明（1609—1640）、洛恩斯坦（1635—1683）等。

英国的巴罗克文学与文艺复兴的文学有着内在的联系。英国巴罗克文学主要表现为一个诗歌流派和两位清教作家。

诗歌流派是指"玄学派"。该派以约翰·多恩（1572—1631）为宗师，主要成员有马维尔（1621—1678）、亨利·方恩（1622—1695）、克拉肖（1613—1649）、赫伯特（1593—1633）等。他们的诗作常以哲学推理的方式描写情爱和宗教题材。力主新奇，善于把日常生活语言与取自科学的深奥术语相结合，把强烈的情感与敏捷的思维融会一体。他们的情诗中有热恋中变化无常的女人，有抒发的虚假情感，有对肉体欲望的粗犷联想，也有关于死亡的变态念头。所有这些都是通过错综复杂的推理，牵强附会的比较，怪异生僻的意象和模糊晦涩的语言表现出来。在他们的宗教诗作中，推理结构与内在恐惧和怀疑合而为一，创造出理性分析与情感迸发的奇妙混合，表现出他们试图在宗教中寻求慰藉，又不能虔心信奉上帝的矛盾心态。这一诗派活跃于17世纪初的英国诗坛，对20世纪现代主义诗歌产生巨大影响。

约翰·多恩一生喜欢冒险，哪里热闹，哪里就有他，算得上是当时的风云人物：宫廷朝臣、埃塞克斯赴加的斯远征队队员、掌玺大臣的秘书、与贵族少女私逃结婚而成为囚犯，最后成为圣保罗教堂教长。"他的心情永不宁静，他博览群书，但凡他所想所为都留有强烈的神经激动的痕迹。他具有敏锐地进行体验的能力，又能以十分矛盾的心情为背景来评论这种体验。他是有情人和肉欲主义者，但他的头脑能用哲学的思想

---

① 托马斯·曼：《西木卜里齐斯穆斯·前言》，斯德哥尔摩，光明出版社1944年版。转引自叶廷芳：《西方现代文艺中的巴罗克基因》，《文艺研究》2000年第3期。

方法来评论他的爱情，或者用他在科学和神学阅读中收集到的形象比喻来对它进行探索。"① 所以，多恩的诗作中总是充满意象之间的奇特联系和论辩性的色彩。如一首题为《歌》的诗作：

去吧，跑去抓一颗流星，
　　去叫何首乌肚子里也有喜，
告诉我哪儿追流年的踪影，
　　是谁开豁了魔鬼的双蹄，
教我听得见美人鱼唱歌，
　　压得住醋海，不叫它兴波，
　　　　寻寻看
　　　　哪一番
好风会顺水把真心推向前。

如果人有特异功能，看得见，
　　人家看不见的花样，
你就骑马一万夜一万天，
　　直跑得满头顶盖雪披霜，
你回来会滔滔不绝地讲述，
你的遭遇的奇怪事物，
　　　　到最后
　　　　却赌咒
说美人而忠心，世上可没有。
你万一找到了，通知我一句；
向这位千里进香也心甘。
可是算了吧，我决不会去，

----
① 艾弗·埃文斯：《英国文学简史》，人民文学出版社 1984 年版，第 36 页。

哪怕到隔壁就可以见面，
尽管你见她当时还可靠，
到你写信了还可以担保，
　　她不等
　　我到门
准已经对不起两三个男人。

这首诗描述女人的不贞，可以看到奇怪的联系、夸张的比拟、嘲笑的口吻和论辩性风格。从中可以体会到他诗作中炽烈的感情和奇特的手法。其目的是巴罗克式的：突出惊异的效果。而且在这种"怀疑"、嘲讽的背后，潜藏着对世事无常的伤感与失望。

两位清教作家，一位是弥尔顿，一位是班扬。

弥尔顿（1608—1674）是一个投身政治革命的诗人。我们常从革命性、战斗性角度理解他。但换一个视角看，他是巴罗克文学的大家。他深受意大利史诗的影响，因而不是遵循古典主义的"得体"的美学理想，而是倾向于豪华的审美趣味。写出了综合型的艺术作品。人们认为他笔下的撒旦是个巨大的巴罗克形象，是个复杂的"性格组合"。

班扬（1628—1688）虽出生补锅匠之家，只有小学学历，但生性敏感，富于想象和内省精神。他作为虔诚的清教牧师，在王政复辟后被关入监狱，但他矢志不移，在狱中完成《天路历程》等作品。《天路历程》是文学史上著名的梦境寓意小说。作品由"我"的两个梦构成。第一部描述我在旷野洞穴中熟睡，梦见"基督教徒"预感到自己居住的"毁灭城"即将遭到天罚而六主无神，渴望得救。他劝说家人跟他一起逃离却遭到拒绝。他在一"宣讲师"指点下，摆脱妻儿邻居的阻拦，踏上遥远而又艰险的天国之路。一路上他先在灰心沼几乎灭顶而亡，后依次躲开了堡垒魔王的冷箭，突破路中猛狮的封锁，又在屈辱谷死战"浑身披着鳞甲的地狱魔王"。后来，他途遇另一天路旅客"忠信"，两人结伴来到"名利镇"，由于他们不为魔王经营的"名利场"所惑而受审，"忠诚"

被判火刑。然而他的身躯为火焰包裹时，一辆四轮马车自天而降，把他接入天国。"基督徒"则设法逃出监狱，和深受"忠诚"鼓舞的"希望"一起潜逃。他们突破了"绝望"巨人的怀疑堡垒和谄媚者的罗网，经过着魔之地，渡过冥河，终于到达至善至美、至福的天国。小说第二部描写很久以后"我"在"毁灭城"郊的一座树林里入睡后又进入了梦境。在梦中，一位老人告诉"我"关于"女基督徒"和他的四个孩子踏上天国之路的故事。基督徒进入天国后，其妻想到曾力阻丈夫成行，深感罪孽深重，悲痛万状。于是她携带儿女开始天国之旅。邻居"慈悲"姑娘与之同行。她们在途中受到歹徒袭击，为"求助者"所救。后来"解释者"派"大无畏"一路护送。"大无畏"沿途诛杀挡道的"残酷"、"大槌巨人"和"屠善巨人"，击败扰乱"名利镇"的巨蛇，摧毁了怀疑堡垒，杀死"绝望巨人"及其妻子"猜疑"，救出"诚实"、"低能"、"沮丧"、"畏怯"等天路之客，会合"佩真"、"坚持"等人一同进入圣城，待"我"梦醒之时，"女基督徒"已蒙召进入天国，只有子女还在彼岸苦苦等待。作品寓意深刻，思想复杂。它既是清教徒精神最纯粹的表达，又熔铸了自身的体验，赞颂一种百折不回的进取精神。小说想象丰富奇特，梦幻象征与现实人生的描绘相交织，一方面通过梦境情思，将枯燥乏味的宗教议论涂上一层瑰丽奇幻的色彩，另一方面又在这个浪漫的框架之中，镶嵌了大量的现实生活画面。小说把民间文学的幽默、抒情的诗意、尖刻的对话、戏剧性的争辩、宗教的颂扬和生动的故事熔于一炉，体现了巴罗克文学的丰富与驳杂。

第三章　欧洲启蒙主义文学思潮

启蒙主义文学是18世纪欧洲文学的主潮。它是欧洲资产阶级反对封建思想文化传统，建立新的价值体系的社会思潮在文学创作中的表现。启蒙主义作家继承了以前欧洲文学的优秀遗产，开拓了许多新的领域，也对后来的欧洲文学产生深刻的影响。同时，启蒙主义文学的产生和发展，受到特定时代文化的制约。现实中新旧思想的交锋，人们对自然的认识，外部世界的影响，都成为启蒙主义文学或隐或显的元素，构成启蒙主义文学的品貌。因而，在文学和文化的纵横坐标中，以比较的眼光环顾四周，就能更加清晰地认识欧洲启蒙主义文学的特质与意义。

第一节　思潮辨析：必然与偶然的统一

在文学理论研究中，对"文学思潮"的研究非常薄弱。"文学思潮"是文学的社会批评的产物，在社会批评不太流行的现代西方理论界，对"文学流派"研究多，"文学思潮"很少涉及。原苏联和我国理论界对"文学思潮"有所阐释，但一些根本性问题却研究不够。理论研究的贫乏，导致批评实践中对文学史上一些文学现象的理解分歧。对18世纪欧洲启蒙主义文学思潮的批评就是一例。我们在欧洲17、18世纪历史文化的背景下透视启蒙主义文学思潮，确认启蒙主义文学思潮在欧洲18世纪所占据的主导地位。

人类历史遵循着自身的规律发展。一个社会形态代替另一个社会形态，其产生发展到消亡，都有它发展变化的内在规律。一些偶然的事件、因素，可以加速或延缓历史前进的步伐，但宏观地看，并不能改变历史的进程。

资本主义在封建的生产关系中产生，也在一定限度内缓慢地发展。封建制度解体的过程，也就是资本主义因素增强的过程。但资本主义制度最终代替封建制度，却需要一场比较剧烈的变革。资产阶级为反对封建传统，需要宣传他们新的思想体系、道德观念和社会意识。在资产阶级即将取代封建阶级的关键时刻，势必出现人们常说的"启蒙运动"的社会思潮。"启蒙运动是任何一个抛弃了封建的生活方式的国家文化发展中的一个必然阶段"①，只不过由于各个国家社会条件的不同，有的偏重于政治思想，有的偏重哲学思潮，有的是宗教改革，甚至有的只是一场文艺革命，也有的是多种思潮的综合；其声势也有大小之别，有的国家也许没有形成"运动"，只是一度出现过"启蒙思想"。欧洲在17、18世纪经历了这个阶段，俄国在19世纪中期以民主解放运动的形式出现，日本在明治维新后也一度出现"启蒙运动"，中国清朝末年的戊戌变法也具有"启蒙运动"的性质。

上述国家地区发生的"启蒙运动"，分别出现在不同的年代，表现方式也各不一样，但都出现在封建关系解体的时期，启蒙思想家以科学、民主、自由反对封建专制和封建教会的迷信、桎梏，启迪人们的思想。目的是建立资本主义制度。俄国、日本具有启蒙运动性质的社会思潮的产生，在一定程度上受到欧洲启蒙运动的影响，但更为重要的是它们都经历了封建关系解体、资本主义势力增强的历史时期，存在接受影响的内在必然性。从这个意义上说，启蒙运动这个文化发展的"必然阶段"，是一种历史的必然。

---

① 阿·符·古留加：《赫尔德》，上海人民出版社1985年版，第1页。

欧洲资产阶级早在文艺复兴时期，就以极大的热情，奔走呼号，撕破基督教会的神圣面纱，揭穿天国的美丽谎言，把眼光转向现实人生，要求个性解放，追求自由幸福。但那时期毕竟还是处于"童年"时期，资产阶级没有力量与强大的封建势力正面冲突。一阵热情过后，是更加冷静的思考，积蓄力量准备最后的抗击。欧洲17、18世纪就是这样的一个思考的世纪，"是世界用头立地的时代"①。先进的思想家们在文艺复兴的基础上进一步思考人在世界所占的地位，人类的前途，怎样指导现实的行动等等。这时期欧洲思想、知识界用得最多、最响亮的是"自然"和"理性"两个词。自然法则、自然状态、自然统治、自然秩序、自然宗教、自然权利、自然道德、自然人等术语流行；理性则"成了衡量一切的唯一尺度"，"一切都必须在理性的法庭面前为自己的存在作辩护或者放弃存在的权利。"②"自然"和"理性"成了当时资产阶级进击封建阶级的双刃剑。

资产阶级力量壮大，封建统治日趋衰弱；资产阶级的先进思想家在各个领域积极地宣传他们的"真理"，对封建统治思想和宗教说教持怀疑态度，要求恢复自然、推崇理性——是这一时期欧洲主要国家总的历史面貌。然而各个国家的具体社会状况不一样，资产阶级和封建力量的对比度不同，启蒙运动发展的情况也不一样。英国资产阶级走在前面，它代替了文艺复兴时期意大利在欧洲的地位。15世纪以来的"圈地"运动，加速了农村的破产，为工业发展提供了廉价劳动力和国内市场，一些贵族地主资产者化，资产阶级的力量迅速增大。英国成了启蒙运动的摇篮。英国启蒙运动表现为17世纪革命时期霍布斯的政治思想、清教政论、掘地派的民主思想和革命后洛克等人的经验论哲学以及18世纪以道德训诫为主要内容的文学创作。

---

① 恩格斯：《反杜林论》，《马克思恩格斯选集》第3卷，人民出版社1972年版，第56页。
② 恩格斯：《反杜林论》，《马克思恩格斯选集》第3卷，人民出版社1972年版，第56页。

法国封建势力非常强大，16世纪结束了诸侯割据，建立中央集权的专制王权，原来独霸一方的诸侯成了宫廷贵族，享有无数特权。法国贵族不像西班牙贵族到海外去冒险，也不像英国贵族经营工、商业。相反，资产者为买一个贵族称号或僧侣职务，甘愿花掉全部资财。这样，17世纪的法国资产者还依赖着封建势力，无法进行英国资产阶级那样的政治革命，文学上盛行古典主义。直到18世纪，作为"第三等级"的资产阶级，还是无权进入议会，政府可以随意向第三等级征税，阻碍着资本主义经济的发展。1776年路易十五在高等法院宣称："君权仅寄于我一身，议院仅以我的名义存在和拥有权利；立法权仅属于我一人。"① 在这样的社会条件下，法国启蒙运动表现为18世纪伏尔泰、孟德斯鸠、以狄德罗为首的"百科全书派"的活动和斗争，以杜阁为代表的重农经济学派和以梅叶为首的空想社会主义理论。

德国当时还是个四分五裂的封建国家，各诸侯国实行专制统治，农村的封建地主土地占有制、城市的行会制度，都不利于资本主义的发展，德国的资产阶级非常软弱。德国启蒙运动表现为18世纪后期的"狂飙突进"运动和延至19世纪初期的古典哲学。

尽管英、法、德启蒙运动的表现形式、深入程度和发生时间都不一样，但17、18世纪的欧洲，总体趋势是资产阶级在逐渐取代封建阶级，启蒙运动是这一时期主要的社会思潮。启蒙思想家针对封建的传统思想文化，提出代表资产阶级利益的主张见解，启迪人们的智慧，以"自然"之斧，斩断封建锁链；以"理性"之光，驱散现实黑暗。

学界对文学的本质问题有过探讨，对"文学是生活的反映"作机械理解的理论有过激烈的论争，介绍了国外的一些理论。美国的韦勒克、沃伦合著的《文学理论》中写道："文学的本质最清楚地显现于文学所猎

---

① 转引自维·彼·沃尔金：《十八世纪法国社会思想的发展》，商务印书馆1983年版，第11页。

涉的范畴中。文学艺术的中心显然是在抒情诗、史诗和戏剧等传统的文学类型上。它们所处理的都是一个虚构的世界，想象的世界。"① 苏珊·朗格说："一个艺术家表现的是情感……，艺术家将那些在常人看来混乱不整的和隐蔽的现实变成可见的形式，这就是将主观领域客观化的过程。"② 他们这里所说的"虚构"性、"想象"性、"情感"性作为文学的特征是正确的。但这个"虚构"、"想象"的世界与现实世界有没有联系？这种"情感"是否就是艺术家个人的主观情感？这就是文学与生活的关系的本质问题。我们认为：从哲学的本体论上说，生活是文学的本源。作家在具体构思表现时是以虚构、想象的形式出现，以情感的抒发打动读者的心灵，但这个虚构、想象的世界是现实世界的某种折射，抒发的情感也往往是社会的情感、某一群体的情感才能打动读者。我们既不同意对"文学是生活的反映"作机械的理解，也不赞成文学是纯主观意念的产物。我们赞同原苏联格·尼·波斯彼洛夫对文学艺术的定义："艺术，首先是语言艺术，是对人类的外部生活和内在生活的社会历史特征及与其相关的大自然生活的创造性的典型化。艺术家实行典型化是为了通过塑造虚构的、在细节上富有表现力的建立在夸张、甚至幻想基础上的形象化的个性，来表达他对社会历史生活特征感情评价的认识。"③ 这一定义既强调了文学的虚构性、想象性、情感性的特征，又把握住文学是以生活作为根本上的来源这一马克思主义的美学命题。当然，这里的"生活"是多方面的，包括人的外部生活、内在生活和与人有关的大自然生活，而且不能排除创造主体的主观性，也就是"创造性的典型化"。

　　明确了这个理论前提，再来看欧洲启蒙运动时期的文学。启蒙运动作为全欧性的轰轰烈烈的社会思潮，冲击着统治欧洲千百年的封建统治，震动了社会的各个阶层。尤其是作家艺术家所处的知识阶层，反响更为

---

① 韦勒克、沃伦：《文学理论》，三联书店1984年版，第13页。
② 苏珊·朗格：《艺术问题》，中国社会科学出版社1983年版，第25页。
③ 波斯彼洛夫：《文学原理》，三联书店1984年版，第69页。

强烈。具有特别意义的是许多启蒙思想家就是作家、艺术家。无疑，这一时期存在表现这一时期"社会历史特征"的文学——启蒙主义文学。

启蒙主义文学的客观存在，并不等于启蒙主义文学思潮的存在。"文学思潮"必须具备一定的条件。波斯彼洛夫描述"文学思潮"："是在某一个国家和时代的作家集团在某种创作纲领的基础上联合起来，并以它的原则为创作自己的作品的指导方针而产生的。这促进了创作的巨大组织性和他们作品的完整性。"① 对于这一界说中特别强调要有"某种创作纲领"，以此来指导创作，这一点我们持不同看法。我们认为：有了明确的创作纲领的作家群，是文学流派，而不是文学思潮。某一文学思潮的作家，就个体而言，当然有自觉的创作意识；但就群体而言，不一定自觉地意识到遵守着某一种创作纲领。如果用波斯彼洛夫的界定来衡量欧洲文学，大概只有法国的古典主义和苏联的"社会主义现实主义"能称得上文学思潮。文学思潮是在某一个特定的历史时期内，相同或相似的社会现实，使得一代作家的创作在思想上和艺术上表现出共同的特点，具有广泛的社会影响的文学现象。

概言之，"文学思潮"必须具备三个条件：时代性、共同性、广泛性。"时代性"就是与特定历史时期内的社会变革紧密联系，是当代社会主导思想潮流在文学领域的投影，文学思潮的特征鲜明地体现出时代的特征。"共同性"就是属于某一文学思潮的作家的创作表现出共同的东西，包括思想和艺术两个方面。思想内容的共同性对于文学思潮来说更为重要；艺术的共同性也不是某种技巧和手法，而是艺术原则。"广泛性"是指在社会上造成广泛的影响，不是少数理论家、作家的拼命呐喊，也不是转瞬即逝的过眼云烟，而是一大群卓有成就的作家在长时期内活跃文坛，通过各种各样的方式，同时来实践和表现某种思想主张，形成一种普及全社会的思想趋势。

---

① 波斯彼洛夫：《文学原理》，三联书店1984年版，第173页。

用上述三个条件来衡量，在欧洲18世纪的文坛，启蒙主义文学思潮占据着主导地位。这时期欧洲出现了一大批启蒙主义作家，如英国的笛福、斯威夫特、理查生、菲尔丁；法国的孟德斯鸠、伏尔泰、卢梭、狄德罗、博马舍；德国的莱辛、赫尔德、歌德、席勒等。他们创作了一系列具有世界意义的作品，如歌德的《浮士德》、菲尔丁的《汤姆·琼斯》、卢梭的《忏悔录》、伏尔泰、狄德罗的哲理小说、席勒、莱辛、博马舍的戏剧等。在英、法、德启蒙主义文学的影响下，欧洲其他国家也产生了启蒙主义文学。如意大利的哥尔多尼的戏剧、波兰维亚·奥勃杜维奇的作品，匈牙利贝贤叶的启蒙小说，俄国的冯维辛、拉季谢夫的创作。这些启蒙主义作家的创作，都抨击嘲讽封建统治的罪恶，宣扬资产阶级的理想世界，促进启蒙运动的深入发展；艺术上的论辩性、哲理性和讽刺特色都是时代特征的体现；还有他们都运用现实主义创作方法，描写现实生活题材，强调写真实，强调文学的社会功用；创作中具有浓重的理性因素；文学形式上不囿于己有的形式，大胆创新。这些就是启蒙主义作家的创作表现出来的共同特征。

任何时代的文学过程都是一种复杂的现象。归纳分类的研究对认识文学现象具有重大的意义，但难以对文学过程做出完全准确的描述。文学思潮的研究，是对一个时代复杂的文学现象的归纳性研究。一个文学思潮的名称术语，往往不是与创作实践同行流行，而是后人研究确认的结果。启蒙主义文学思潮也呈现出复杂的情况，上述启蒙主义作家的世界观、对现实理解的程度、文学表现的才能是有差异的，甚至分歧很大，有的还著文互相攻讦。菲尔丁和理查生是一生的仇敌，莱辛对伏尔泰很不客气，卢梭和狄德罗最后也分道扬镳。一些启蒙作家创作了一些被认为属于其他思潮的作品而被戴上了其他思潮的纱帽。如伏尔泰列入古典主义，理查生算作感伤主义，卢梭被称为前浪漫主义。启蒙主义内部有纷争，这是事实，无可否认；伏尔泰、理查生、卢梭的一些创作的确表现出其他思潮的某些特征也是事实，无须辩解。但我们认为：第

一、文学思潮，是就作家文学思想的结合而言，考察上述作家之间的分歧，往往是个性气质和一些政治见解方面的分歧，文学思想大体是统一的；第二、在一个文学思潮盛行的时候，还有其他文学思潮存在，或是旧有思潮的末流，或是新的思潮的萌芽，这些文学思潮之间有互相渗透、互相影响的可能。确认作家所属思潮，应以其创作和活动的主体为据。

对作家所属思潮的确认，不能完全以作家的自称为据，也不能因为他没有"自认"就不属于某一思潮。以19世纪中后期的现实主义思潮为例，司汤达、巴尔扎克等作家把自己当作浪漫主义者。"现实主义"这一术语是第二流作家尚夫莱里和琼朗基等首先提出，紧接着是艺术家库尔贝于1850年展出"现实主义画展"。他们在反对浪漫主义传统的斗争中宣传真实地描绘日常生活和广阔的社会现实风貌，使用接近口语的简单朴素的散文。难道我们应该在这样的历史基础上，把尚夫莱里和琼朗基当作现实主义创始人，而不是从没有宣称自己为现实主义作家的司汤达、巴尔扎克、狄更斯开始写现实主义文学思潮的历史？现实主义思潮是法国大革命后欧洲资本主义社会充分发展条件下产生的文学思潮，与浪漫主义思潮有些重叠。当时的社会条件提供了在典型人物和环境中真实地、批判地描写现实生活的可能。由此出发，司汤达、巴尔扎克、狄更斯是现实主义的真正奠基人，尽管他们自己没有意识到这一点。启蒙主义文学思潮也一样，虽然启蒙主义作家之间有些差异，没有统一、明确的纲领原则，但历史发展的共同条件：波及全欧的启蒙运动，形成历史类型的相似，在不同国家的启蒙主义作家的创作中去表现出一些共同特征，这就形成了启蒙主义文学思潮。

国内外都有学者否定启蒙主义文学思潮的存在。分析其论据，有的是对"文学思潮"理解的理论前提不一样，有的过分夸大了启蒙主义作家相异的一面，有的是对"启蒙"一词理解的偏差，有的是不同意文学批评的阶级分析、社会批评等。波斯彼洛夫认为："把启蒙运动作为文学发展本身的特殊阶段是没有任何道理的。"① 理由是：启蒙主义是一种思想方式。他论证道："是在一定的社会生活情况下，在先进的社会圈子里形成的，在任何一种社会更替、激变的时期都会出现。"雪莱是"启蒙思想的诗人"，"十九世纪四十年代至八十年代的俄国现实主义作家涅克拉索夫、萨尔蒂科夫—谢德林、柯罗连科等人是启蒙主义者"。"不同文学思潮的作家都能按启蒙的方式进行思维。"② 我们认为，"启蒙"一词有广义狭义之分。广义的"启蒙"是一种思想方式，它甚至包括对小学一年级学生进行的教育活动。狭义的"启蒙"（启蒙主义）则有它的历史内涵，特指欧洲17、18世纪逐渐壮大的资产阶级反对封建阶级，宣扬资产阶级理想的思想体系。18世纪的启蒙作家就是在这个思想体系的指导下自觉或不自觉地进行创作，形成启蒙主义文学思潮。波斯彼洛夫是用"启蒙"的广义代狭义，进而否定启蒙主义文学思潮的存在。

国内有人以《人文主义、启蒙主义是文学思潮吗？》为题撰文，文中否定人文主义文学思潮后，谈到启蒙运动和启蒙文学："在这场运动中涌现了大批启蒙作家，他们和人文主义作家一样，也没有共同的纲领，共同的创作理论和相同或相近的艺术风格……他们也没有形成文学思潮。"③ 作者以"共同的纲领"、"共同的创作理论"、"相同或相近的艺术风格"作为衡量文学思潮三个"缺一不可"的条件，与我们前面对"文学思潮"内涵的理解有差异。该文否定启蒙主义文学思潮除理论前提外，还有一个论据，即启蒙主义文学"它的文学特征不够鲜明。"④ 根据启蒙主义文学的实际，如果作者指的是启蒙主义文学以情动人不够，理性分析过多，思想表露过于坦诚直率，缺乏强烈的艺术感染力等这些不足的话，我们必须承认作者说在实处。从文学价值的角度看，启蒙主义文学没有赶上

---

① 波斯彼洛夫：《文学原理》，三联书店1984年版，第187页。
② 波斯彼洛夫：《文学原理》，三联书店1984年版，第186页。
③ 富扬：《人文主义、启蒙主义是文学思潮吗？》，《广西师范大学学报》1985年第1期。
④ 富扬：《人文主义、启蒙主义是文学思潮吗？》，《广西师范大学学报》1985年第1期。

希腊文学、人文主义文学，也逊色于后来的浪漫主义和现实主义文学。但是，文学价值的判断和文学思潮的确认是两回事情。启蒙主义文学文学性不强不能作为否定启蒙主义文学思潮的论据。相反，作为一种时代精神的反映，启蒙主义文学的论辩性、说理性、教诲性成为启蒙主义作家创作的共同特性，倒是肯定启蒙主义文学思潮的条件之一：思想艺术上的共同特征。

启蒙主义在17世纪英国资产阶级革命时期的文学中已露出端倪。弥尔顿表现出过渡的性质。他创作中强烈的反封建斗志，对专制制度的强烈憎恨，为资产阶级革命的欢呼，可以体味到启蒙时代的精神。但他创作的题材是古代的，作品中的激情也更接近人文主义文学。而在诗人安德烈·马维尔和作家乔治·威塞那里，启蒙主义色彩更为明朗。1645年威塞在他的文学小册子《帕尔那斯山的聚会》里描述了当代文学中新旧之间的冲突，拟定了一个建立在唯理论基础上的艺术纲。

启蒙主义文学虽然在17世纪萌芽，但作为一个文学思潮的形成和流行，则是在18世纪。

"生活是文学的本源"的论断，是从本体论着眼的，但二者的关系不是简单对等的关系。启蒙运动从17世纪直至19世纪初期，而启蒙文学盛行于18世纪。启蒙主义文学思潮和其他思潮（政治、哲学等）一起构成启蒙运动这一总的社会思潮，它又按照自身的规律发展演变，具有自己的独立性。如果把启蒙主义文学从启蒙运动中独立出来；英、法、德启蒙主义文学和启蒙运动的关系大体上可以作这样的描述：英国启蒙文学在启蒙运动之后，法国启蒙文学与启蒙运动同步，德国启蒙文学则在启蒙运动之前。这样恰好在18世纪的欧洲，形成一个声势浩大、影响深远的启蒙主义文学思潮。

这种巧合，既有文学自身发展规律的支配，也有某些偶然的社会因素促成。法国启蒙主义文学与启蒙运动同时发展，也最具有代表性。德国启蒙主义文学成为启蒙运动的先声，文学的互相影响的规律起了重要作用。德国启蒙主义文学在法国启蒙主义文学直接影响下产生发展。而且德国资产阶级势单力薄，无力进行政治革命，只能在文艺领域追求新的天地，出现"狂飙突进"运动。英国启蒙主义文学在资产阶级政治革命之后才出现强势，显得有些特异。对这一问题的探讨，需要在更为广阔的文化背景下进行认真的考察，这里仅提出几个事实，作为思考的出发点：第一，英国人文主义文学是欧洲人文主义文学的最后阶段。莎士比亚于1616年逝世，17世纪前30年，本·琼生一直非常活跃。人文主义文学的精神对17世纪英国文学的影响不能低估。第二，英国资产阶级革命是清教革命，打出宗教的旗帜。第三，英国社会发展的特殊性——贵族地主资产者化。贵族广泛参加资产阶级的商务企业，而且在殖民冒险和海盗行为中与资产阶级竞争。在英国有一个特殊的贵族阶层，他们在自己的土地上饲养绵羊，为纺织厂提供原料，与资本主义的发展有密切的联系。他们和资产者的经济利益一致，资产者和他们结成长期联盟。因而革命后，贵族的某些利益还得到保护。第四，17世纪英国资产阶级革命经历了曲折。1649年革命成功，建立共和国。1660年王朝复辟，革命势力受到镇压。1668年"光荣革命"，建立君主立宪政府，很快进入18世纪。

  总之，17、18世纪的欧洲，随着资本主义的发展和科学技术的进步，资产阶级的势力愈来愈强大，他们日益感到封建专制制度和教会的束缚，他们有力量与之对抗，展开了其势汹涌的启蒙运动，为彻底推翻封建统治作舆论准备。在这样的生活土壤中培植了启蒙主义文学。由于社会历史的类型相似，一大批启蒙主义作家的创作表现出思想和艺术的共同特征，形成启蒙主义文学思潮。启蒙主义文学思潮的形成，有历史的必然性，但集中盛行于18世纪，又有某些偶然因素，是必然与偶然统一的结果。

第二节　启蒙主义文学与欧洲近代文学思潮

启蒙主义文学思潮之前，欧洲近代文学经历了人文主义和古典主义两大文学思潮。它们都是资产阶级取得统治地位之前的文学，在精神实质上有着互相继承的关系。但各个文学思潮都是特定历史时期的产物，随着社会的发展、演变，后一个文学思潮对前一个文学思潮又有发展变化。

人文主义文学思潮和启蒙主义文学思潮是文艺复兴运动和启蒙运动的文学表现，这是欧洲前后相继的两次资产阶级的思想文化运动，都以抨击封建统治和封建教会为目的。启蒙主义文学中强烈的反封建意识与人文主义文学一脉相承。不少启蒙主义作家创作的内容和探讨的问题，人文主义作家已经探讨过和表现过，自然，启蒙主义作家要借鉴学习人文主义文学的优秀遗产。例如，封建制度对人性的压迫、封建教会对人性的摧残这一主题，莎士比亚笔下演出了罗密欧与朱丽叶的悲剧（《罗密欧与朱丽叶》），卜迦丘叙说了许多善男信女的痛苦遭遇（《十日谈》）；而莱辛也描绘了爱米丽亚和阿比亚尼的悲剧（《爱米丽亚·迦洛蒂》），狄德罗也写出了苏珊娜的悲惨命运（《修女》）。再如对人民的态度，不少人文主义作家描写了一些出身低贱、身份卑微的人的聪明才智（《十日谈》《坎特伯雷故事集》），以及歌颂了农民维护正义的斗争（《羊泉村》）；启蒙主义作家更是把仆人（《定命论者雅克和他的主人》）、私生子（菲尔丁《汤姆·琼斯》）、落寞文人（《拉摩的侄儿》）、沦落的女贼（笛福《摩尔·弗兰德斯》）作为主人公，描写他们的不幸和美德，而席勒在《威廉·退尔》中也塑造了一群被迫造反的人民群像。再如适应市民审美趣味这一美学问题，人文主义作家在实践中探讨，卜迦丘把《十日谈》献给妇女，随时交谈；拉伯雷在《巨人传》中与酒友闲聊，以此缩短读者和作者的距离，获得心灵的感应。启蒙主义作家则进一步在理论上和实践上创立了为市民阶层服务的市民戏剧。还如表现技巧方面也可以看到继承的一面,人文主义作家的小说不太注重结构,以人物见闻为线索,比较松散灵活。启蒙主义文学中一批小说也是如此,《格列佛游记》(斯威夫特)、《汤姆·琼斯》(菲尔丁)、《老实人》(伏尔泰)、《威廉·麦斯特》(歌德)都是这类小说。人文主义文学和启蒙主义文学的区别虽有前后继承关系,但他们的区别亦很明显,这里从三个方面看两种文学的区别,通过区别看其发展。

第一,"人"在人文主义文学和启蒙主义文学中都占有突出地位,两个思潮的作家们都以艺术形式,思考"人"在现实生活中的地位,把"人"从宗教桎梏、蒙昧黑暗中解放出来。但人文主义作家理解、表现的"人",往往是"自我",是个体的"人",提倡的是个人自由和个性解放,因而塑造的人物往往是远离普通人,凭个人的智勇去抗争的英雄(哈姆莱特、堂吉诃德)。许多作品的正面人物,为追求个人的自由、幸福,维护自我尊严,不择手段,不顾他人利益。纵情享乐往往是被赞颂的行为。当时的时代精神是怎样显示"我"的力量,还没有把"我"当作社会的"人"。经过百余年的演变,人们的认识有了变化,启蒙主义作家创作的一个重要内容就是探讨在什么社会制度下才能保证人人平等。通过文学作品,教育感化全体人民,一起进入自由民主的"理性王国",是启蒙作家的真诚愿望。这些资产阶级作家在当时代全体人民说话。但在资产阶级取得统治地位以后,启蒙主义作家、思想家的真诚希望落空了。

第二,人文主义文学和启蒙主义文学题材处理的中心不一样。人文主义文学注重塑造雄伟的、巨人式的人物形象,风俗习惯、日常生活的描绘居于次要地位,因而往往选取古代题材,描写帝王将相的生活;启蒙主义文学提高了日常生活的价值,平凡的现实成为描写的中心,在平庸无奇的日常生活的描述中塑造普通市民形象,宣扬启蒙主义思想。

第三,人文主义的文学作品充满着激情,启蒙主义作家的创作更多理性分析。读文艺复兴时期的作品，总给人一种迎面扑来的热情，嬉笑怒骂，动人心魄。卜迦丘说："无知的小人们所抛弃的诗，是一种热情而又精细的创作，通过语言和写作，热情地表现了精神所已完成的创作。"①"热情"是文艺复兴时代新兴资产阶级的精神面貌。启蒙运动时代人们的认识更加深入、严肃，以启迪人们为己任的启蒙主义作家对现实关系的认识更深刻，他们的创作中体现出理性色彩。狄德罗在回答诗人应该具备怎样的条件时说："他应该是一个哲学家，深入研究过自己的内心，从而看到人的本性，他还必须深入地了解社会上的各种行业，明（了）他们的作用和价值，其麻烦和便利之处。"② 在狄德罗看来，观察、思考、分析是文艺创作的重要环节，这观点在启蒙主义作家中具有代表性。哲理性和论辩性在启蒙文学中很突出。文学是主情的，正是由于这一点，人文主义文学往往比启蒙主义文学具有更强的艺术感染力。

17世纪，古典主义文学思潮在法国占主导地位，之后影响全欧。作为前后相继的文学思潮，启蒙主义在许多方面直接继承古典主义的传统。诸如推崇理智，皈依理性，师法自然，强调对生活的真实描绘和文学社会功用等。当然，在这些概念里面，二者又各自具有时代的具体内容。

理性是两种文学思潮的核心。我们从几方面来分析古典主义的理性和启蒙主义的理性的差异，以此来透视后者对前者的发展。

首先，从哲学基础看。推崇理性，古已有之。古希腊哲学的基本精神就是强调理性的地位。文艺复兴时期，为反对封建教会蒙昧主义和专横独断，主张以理性探求真理，强调"知识就是力量"。但真正具备完整体系，形成唯理思潮，是在十七世纪，以笛卡儿的唯理主义为代表。

笛卡儿的唯理主义是古典主义文学思潮的哲学基础。笛卡儿的著名论断是"我思故我在"，以思维证实存在，承认精神和物质并存，是本体

---

① 卜迦丘：《异教诸神谱系》，《西方文论选》（上），上海译文出版社1979年版，第177页。
② 狄德罗著：《狄德罗美学论文选》，人民文学出版社1984年版，第133页。

论的"二元论"。他认为一切都不能盲目信仰,经过思考的真理才能接受。这种思维也就是人类的理性活动。一切要用理性去判断。笛卡儿的"唯理论"哲学思想深深影响了古典主义的"唯理主义"美学思想。

启蒙主义的理性,无疑受到笛卡儿的影响,但笛卡儿哲学不是启蒙主义的理性的唯一基础。可以说是采用了笛卡儿哲学的合理成分,再加上英国的经验论哲学,共同合成启蒙主义理性的哲学基础。英国经验论哲学对英国启蒙主义文学的影响自不待言,对法国启蒙主义文学的影响也是直接的。

其次,从具体内容看。古典主义的理性,是直接从笛卡儿那里借来的,指的是人人天生就知道用来辨认是非好坏的各种规范原则,而且主要适应封建王权统治的道德规范。十七世纪的法国,是典型的封建专制国家,羽毛未丰的资产阶级需要专制王权的保护,古典主义者以国家的统一为己任,以为国家和社会服务为最高生活目的,提出个人情感服从于公民义务,用理智克制感情等,这些就是古典主义理性的主要内容。古典主义作家创作的主题不外乎歌颂贤明君王(高乃依《西拿》、《妮高梅德》,拉辛《贝雷尼丝》);描写公民道德和个人感情的剧烈冲突(高乃依《熙德》、《贺拉斯》、《罗多古娜》);谴责道德沦丧、情欲横流(拉辛《安德洛玛刻》)。启蒙主义的理性,指的是在机械唯物主义基础上认识事物发展运动的客观规律,也指合理的社会秩序,他们提出了一整套符合人类利益的理论体系,其中心内容是自由、民主、平等。在启蒙主义者看来,符合自然人权,符合社会进步,符合运动规律就是理性。在启蒙作家的创作中,一方面抨击摧残人性、压迫民心的专制统治和封建教会(狄德罗《修女》、席勒《阴谋与爱情》、博马舍《费加罗的婚姻》),一方面描绘出普遍幸福的真理王国(斯威夫特《格列佛游记》中的慧骃岛、伏尔泰《老实人》中的黄金国、孟德斯鸠《波斯人信札》中的穴居人的故事,歌德《浮士德》中的浮士德最后探索的理想世界)。古典主义和启蒙主义的理性都鲜明地带上各自时代的印记。

另外，从社会作用看。古典主义的理性强调的是合情合理，遵守各种规范原则，调和各种关系，实质上是承认当时的封建等级制的合理，其作用是维护有利于当时资产阶级营巢酿蜜的专制王权。启蒙主义的理性，作为启蒙主义的思想体系的核心内容，是用来揭露一切不合理现象的武器，启蒙主义者用它来攻击一切旧时代的信仰，具有破旧立新的巨大力量。正如恩格斯所说："他们不承认任何外界的权威；一切都必须在理性的法庭面前为自己的存在作辩护或者放弃存在的权利。思维着的理性成了衡量的唯一尺度。"①

最后，从美学表现看。古典主义和启蒙主义的理性原则也表现在各自的美学观上。古典主义美学和启蒙主义美学有其相通的地方，但在许多重大问题上是相异的。

第一，关于美学的基本问题。什么是美？古典主义的理论家没有直接论述这个问题，但从布瓦洛的《诗艺》中可以看到，他所理解的美是从理性而来，美的东西必然符合理性（"因此，要爱理性，让你的一切文章从理性获得价值和光芒。"《诗艺》）。理性是天赋的，当然美的根源也就不在现实世界。既然美和理性一样，由上天赋予，因而美是永恒的、普遍的，美的理想、美的价值，具有一个恒常不变的标准。启蒙主义美学理论家的"美"的定义不尽相同，但大多认为美与对象的客观属性相关。狄德罗提出"美在关系"的著名公式，还提出不以人的主观意志为转移的"实在的美"的概念。赫尔德认为美是"真理的感性现象。"② 在莱辛看来，美不是什么抽象的理想、理性的产物，而是客观世界的物体的完满性的表现。③ 在启蒙主义者的认识中，客观的美一旦与人发生关系，进入审美范畴，美也就是相对的，用狄德罗的说法，是随着关系的改变而变化。"照赫尔德看来，美的感觉并不是以现成的形式提供给人

---

① 恩格斯：《反杜林论》，《马克思恩格斯选集》第3卷，人民出版社1970年版，第56页。
② 阿·符·古留加：《赫尔德》，上海人民出版社1985年版，第141页
③ 参看汝信：《西方美学史论丛续编》，上海人民出版社1983年版，第111页。

的,它是在个人和整个人类的发展进程中变化着、完善着的。"①

第二,关于艺术创作规则。古典主义者从美的普遍性、永恒性这一基本原则出发,把古典作家的创作经验总结成一些作家创作必须遵守的规则,认为古代作家的优秀作品经过长时间的考验,仍为人们赞赏,说明它们符合普遍永恒的理性,就是美的。后人不能超过他们,只能最大限度地接近他们。从他们作品中概括出来的艺术规则,就是普遍通用的。古典主义者对各种文学体裁的特征和界限作了严格规定,不能互相混淆。启蒙主义者从客观规律出发来把握创作规律,反对人为的法规。启蒙主义者认为创作是有一定的规律,但它不是永恒不变的,不同的民族、不同的时代、不同的内容,在创作过程中对艺术规律的运用都有区别。启蒙主义文学打破古典主义的法则框框,开拓许多新的文学天地。菲尔丁说:"新领域既由我开创,规则也可以由我订立。"他们创建了许多新的文学形式,仅小说就有书信体小说、对话体小说、游记体小说、自传体小说、哲理小说、教育小说;戏剧方面取消悲、喜剧的界限,新创启蒙戏剧。

第三,关于艺术美与自然的关系。从字面看,古典主义强调艺术"模仿自然",但实际上,古典主义和启蒙主义的"自然观"不一样。古典主义理解的"自然",既不是自然的风光,也不是客观世界,而是由理性原则引申出来的体现在事物中的"常情常理",表现在人性中的"人情之常"。在古典主义者看来,艺术表现普遍永恒的人性,就是真实,就是美的艺术品。要"使自然更逼真,使道理明显",艺术家还要"装饰美化、提高、放大着一切事物"(《诗艺》)。这里讲的是艺术对自然的加工、提炼的过程,然而古典主义的这一过程不是从客观现实出发,而是从主观概念出发:什么是"常情常理",哪些是"人性之常"——这些早有一套规定。这样,艺术美不是现实的理想化,而是把现实概念化;塑造的形象不是性格的典型化,而是性格的类型化。启蒙主义理解的"自

---

① 阿·符·古留加著:《赫尔德》,上海人民出版社1985年版,第138页。

然"，是外在的客观的现实世界，艺术以它为模仿对象，狄德罗认为："只有建立在和自然万物的关系上的美才是持久的美……艺术中的美和哲学中的真理有着共同的基础。真理是什么？就是我们的判断符合事物的实际。摹仿的美是什么？就是形象与实体相吻合。"① 在狄德罗看来，真就是美。由于他的机械唯物论的局限，他还不能辩证地理解艺术与生活的关系，没有看到艺术中的生活既以现实生活为本源，又可以比实际普通生活更高、更本质、更美。在这点上，莱辛和赫尔德的论述更为科学，在启蒙主义文学创作实践中，不少作品表现出类型化倾向。但在理论上，一些启蒙主义理论家已科学地、辩证地把握住艺术美和生活的关系，他们以典型说与古典主义片面强调共性的类型化审美观念相对立。

第四，关于审美趣味。古典主义与当时的时代精神相适应，在理性原则的指导下，追求齐整、典雅、庄重的艺术风格，这种审美意识具有明显的宫廷趣味。布瓦洛要求诗人"认识城市，研究宫廷"，这包括研究宫廷生活、研究宫廷的审美旨趣，达到维护专制王权统治的目的。启蒙主义从自由、民主、平等的原则出发，体现了平民阶层的审美趣味，提倡质朴、有力、自然的艺术风格。狄德罗说："质朴是美的主要品质之一"，"诗需要的是巨大的、野蛮的粗犷的气魄。"② 启蒙主义作家反对贵族意识，莱辛与布瓦洛的"研究宫廷"相对，提出"我早就认为宫廷不是诗人能够研究人生的地方。假如虚文俗礼把人变成机器，那么诗人的任务就是使这些机器重新变成人。"③启蒙主义需要生动有力的创作，用狄德罗的话说："请打动我，震撼我，撕毁我；请首先使我跳，使我哭，使我震颤，使我气愤！"④ 以此唤醒人们，振奋民众，去推翻封建制度，建立新的光明世界。

---

① 狄德罗：《狄德罗美学论文选》，人民文学出版社1984年版，第114页。
② 狄德罗：《狄德罗美学论文选》，人民文学出版社1984年版，第114页。
③ 莱辛：《汉堡剧评》，上海译文出版社1981年版，第308—309页。
④ 转引自朱光潜：《西方美学史》（上），人民文学出版社1979年版，第274页。

一部文学史，就是文学的继承、发展、影响的历史。启蒙主义继承、发展了人文主义和古典主义文学，也对后来的浪漫主义和现实主义文学产生一定的影响。

先看启蒙主义文学对浪漫主义文学的影响。从总体上说，启蒙主义文学属于现实主义文学，也具有一些浪漫主义的因素。启蒙作家宣扬的理性王国，无疑是理想的产物，它们打破古典主义束缚文艺创作的条条框框，为浪漫主义文学思潮的发展准备了条件；在创作实践中，他们不受任何法则的限制，大胆创新，自由创作。斯威夫特通过幻想的大人国、小人国影射现实，卢梭在美丽的大自然中抒发哀婉之情，狂飙突进的诗人们震天动地的激情，要求个性解放；狄德罗美学理论中推崇感情的魅力和想象的作用，主张原始美和粗犷美，强调艺术天才的意义；卢梭的"原始文明"理论，这些都直接地影响了浪漫主义文学。歌德的《浮士德》是启蒙主义文学的总结，又是向浪漫主义文学的过渡。赫尔德、歌德、伏尔泰对民间文学的重视和整理民间文学所做的大量工作，对以"复兴民族精神"为起因和重要内容的浪漫主义文学产生了深远的影响。

再看启蒙主义文学对现实主义文学的影响。可以说，启蒙主义文学是欧洲现实主义文学的一个发展阶段。它对后来的现实主义思潮的影响是巨大的。启蒙主义的作家、理论家对文学与生活的关系的理解，对文学社会功用的肯定，赫尔德的典型理论，狄德罗重视细节描写，这些理论为后来的现实主义作家所推崇。在创作实践中，英国的现实主义小说具有特殊意义，菲尔丁被高尔基称为"现实主义小说的创始人"，笛福小说的真实力量，理查生对人物内心世界的深刻剖示，都受现实主义作家的赞赏，作为创作的范例。

此外，启蒙戏剧对现代戏剧的影响也很明显。启蒙戏剧取消悲、喜剧的界限，描写普通日常生活，塑造平民形象，注重戏剧情节的进展和观众内心感受的联系等特征，成为现代戏剧的方向，易卜生、萧伯纳、契诃夫的剧作都表现出这些特征。

第三节 科学技术：启蒙主义文学的温床

科学是对客观世界运动发展的规律进行理性概括的知识体系，技术是人类改造大自然实践中积累的经验。随着人类对客体世界认识的不断深化，科学技术也在不断发展。欧洲经过文艺复兴运动，人的主体意识增强，与封建教会的禁锢经历了一番艰苦的拼搏。1543年哥白尼的《天体运行论》提出"日心说"，推翻了教会正统的托勒密"地心说"，为近代科学的发展开辟了道路。17世纪的欧洲，以英国为中心，基础科学和运用科学迅速发展，取得了出色的成就。尤其是17世纪下半期，被认为是近代科学的"成年期"，"是最后定局的阶段"①，并且把科学成果有效地运用于航海技术和工业生产，著名科学史家贝尔纳从科学发展的角度，称这一时期为"伟大的世纪"，"这是第一次靠有组织和有意识的努力，来把科学使用于实践的目的上。"② 18世纪欧洲的科学，在前一阶段的基础上更有突飞猛进的发展。恩格斯对此有深刻的论述："18世纪综合了过去历史上一直是零散地、偶然地出现的成果，并且揭示了它们的必然性和它们的内在联系。无数杂乱的认识资料得到清理，它们有了头绪，有了分类，彼此间有了因果联系；知识变成了科学，各门科学都接近完成，即一方面和哲学，另一方面和实践结合起来了。"③ 总之，17、18世纪是欧洲科学技术史上光辉的一页，它的发展标志有四：第一，科学研究的广泛性和组织性。当时的科学研究会和学院纷纷成立，如罗马的林琴学院（1603）、伦敦的皇家科学院（1662）、巴黎的"巴黎科学院"（1725）等。会员常聚在一起讨论科学技术的新问题，还组织过大规模的科学考

---

① D·贝尔纳著：《历史上的科学》，科学出版社1959年版，第255页。
② D·贝尔纳著：《历史上的科学》，科学出版社1959年版，第256页。
③ 恩格斯：《英国状况，十八世纪》，《马克思恩格斯全集》第一卷，人民出版社1970年版，第656页。

察团。科学技术活动已成了一种有组织的事业。科学杂志也创刊发行，第一份纯科学杂志《学人杂志》于1665年在巴黎首次发行，及时公布新的研究成果。第二，数学和力学两门基础学科获得完善的发展，实现了科学史上的第一次大结合。这项工作由伟大科学家牛顿（1642—1727）完成，他综合了数学和力学成果，把地球上的物体与天体连接起来；用物质的普遍运动规律作精确的概括，确立了完整的天体力学体系。这种结合为后来解决物理学、天文学各部门的复杂问题奠定了基础。第三，其他学科也处于搜集整理材料阶段，开始形成独立的学科体系，其中以电学、植物学、地质学的进展比较快。第四、科学理论运用于实践，促进了欧洲的工业革命。航海技术、动力机械、原材料和能源的开发等，科学转化为生产力。生产力的发展壮大了资产阶级的力量，导致生产关系重组。

"科学是一种在历史上起推动作用的、革命的力量。"[1]科学作用于社会，主要有两个途径，一是提高生产力，推动社会的发展；二是科学的发现，在观念形态上产生巨大的冲击力，改变旧有的价值体系。17、18世纪欧洲科学技术的发展，在经济方面导致工业革命，意识形态方面促进了启蒙运动的深入发展。当然，科学技术的发展也深深影响了文学。科学为启蒙主义作家彻底批判宗教神学提供精神武器，为他们的唯物主义思想准备了材料，使得他们的创作中洋溢着崇尚理性、确信社会进步的乐观精神。

科学对文学的影响，往往是通过哲学的中介。哲学吸收科学研究成果，进一步抽象为本体论和认识论原理，从而以价值观念、思维方式渗进文学创作，凝结成一种特定的科学时代精神。启蒙主义文学中的现实主义精神、理性倾向和哲理色彩，都可以看到科学之光的映照。

---

[1] 恩格斯：《在马克思墓前的讲话》，《马克思恩格斯选集》第三卷，人民出版社1972年版，第575页。

许多启蒙主义作家在当时科学世风的影响下，积极从事科学研究，在某些领域取得突出成就。《波斯人信札》的作者孟德斯鸠青年时代醉心科学，涉足解剖学、植物学和物理学，发表了《论海水的涨潮与落潮》、《论相对运动》等科学论文。伏尔泰是牛顿科学理论的热情传播者，先后写了《哲学通信》和《牛顿学说的原理》两部著作，通俗地介绍牛顿的科学思想。狄德罗在写作哲学著作和文学作品的同时，也从事科学研究，晚年写下了《生理学基础》的论著，他主编的《百科全书》，以洋洋35卷的篇幅，囊括了当时欧洲的全部科学成果。德国伟大诗人歌德对科学技术有浓厚的兴趣，留下了一些至今仍有其重要价值的科学著作。启蒙主义作家对科学的研究，加强了他们意识中的唯物主义倾向，也锤炼了他们向往真理，执着追求的品格。因而，在启蒙主义文学作品中，我们看到愤激抨击封建宗教，热情宣扬科学理性，勇于追求人生理想的艺术典型。笛福塑造的鲁滨逊，歌德笔下的浮士德，菲尔丁创造的汤姆·琼斯都是这样的艺术典型。从启蒙主义作品中，我们感受到的是一种对未来充满信心的激情和社会变革者的豪迈气概。

在18世纪，科学就是真理。在启蒙主义作家以艺术画面构筑的自由、平等、博爱的理性王国里，科学研究的发展、对科学技术的重视总是非常重要的方面。伏尔泰在《老实人》中，描写了一个理想的"黄金国"，这里有贤明的君王、自由的人民，淳朴的风习，在老实人参观京城时，看到一座"科学馆"，"其中一个走廊长两百丈，摆满了数学和物理的仪器"。最后老实人离开黄金国，是三千名优秀物理学家以半个月时间制造的一架机器，既舒适、又安全地把他们举到山顶，送出国境。歌德的《浮士德》最后描写的"人间乐园"，浮士德在海滨填海，建造了如锦似画的平原，筑海堤，凿运河，体现的是人的意志和力量。科学有着巨大的创造力，但科学并非万能，这是科学技术发展到今天，人们对科学另一面的明确认识。在18世纪启蒙主义作家中，崇信科学精神是主流，但也有从另一面来理解科学发展的作家。对后世影响最大的是卢梭。他更多从人的自然天性的角度来看待科学技术，认为科学文明并没给人带来好处，相反压抑了人与生俱来的自然情感，"随着科学艺术之光在地平线上出现，美德即将视而不见。"①的确，科学的发展伴随着负面价值，经历过几次科技革命的今天看得越来越清楚：环境污染，臭氧层和雨林的破坏，温室效应等，正是人类日益忧虑的问题。但不管怎样，科学是人类发展的一种促进力量。科学的发展有一个伦理的问题，但不能否定科学的进步意义。尤其在近代科学刚刚形成的17、18世纪，其进步意义更明显，对封建社会的冲击力难以估量，它对启蒙主义文学的影响也是深层的——无论崇信它还是否定它。

第四节　东方文化：寻觅中的理想

东方文化源远流长，是世界最古老的文明。西方世界对东方社会的了解和研究，最早可以追溯到亚里士多德，他曾在《政治学》一书中，描绘了"专制"和"奴性"的东方社会形象。然而，西方对东方的真正发现，是伴随着近代资本主义的兴起，适应欧洲殖民主义对东方扩张和奴役的需要。14、15世纪的地理探险和16世纪的宗教扩张，欧洲的旅行家和传教士来到东方，他们报道在东方的见闻，编写东方游记，为他们故乡的同伴描述另外一个世界。但在18世纪以前，欧洲主要是以实用、功利的眼光来看待东方世界，在观念世界里对东方并没有足够的重视和认识。18世纪的启蒙思想家们，反对封建统治和教会的束缚，寻求理想的社会模式，把眼光转向东方。苏联学者米·阿列克谢耶夫写道："在寻求论证进步不可能在政治的或者文化的限制下达到的思想。这个时代的思想家明显地扩大了自己的视野，他们不仅从事对古希腊罗马的研究，

---

①　卢梭著：《论科学与艺术》，转引自《外国文学》，南开大学出版社1985年版，第227页。

也同时从事例如对古代和现代东方的研究。"① 启蒙思想家在旅行家、耶稣会士有关东方的著作中找到了他们的理想：和平静穆的社会生活，符合理性的伦理道德，追求与大自然合一的无为思想，中国儒家学说中的理性意识，印度佛教文化的清静思想，阿拉伯哲学理论中的自由意志等。启蒙主义者向往东方、宣传东方、研究东方，一度掀起"东方热"。从这种意义上说，启蒙主义者是把东方文化当作宣传启蒙思想，反对封建统治的一种手段。

"欧洲启蒙运动的重要方面之一是把非欧洲世界的观念引入了欧洲思维中。"② 在这样的文化背景下，启蒙主义文学受到东方文化（当然包括文学）的深刻影响。不少启蒙主义作家对东方文化很感兴趣，他们从不同角度去钻研东方文明。孟德斯鸠从地理环境论论证东方的社会结构。狄德罗在《百科全书》中亲自撰写"中国"条目。赫尔德在认真研究的基础上充分肯定阿拉伯文明对中世纪世界文化的巨大贡献。伏尔泰和歌德对东方文化的研究与推崇更是众人皆知。他们对东方文化的了解和研究，使得他们的文学创作有意无意地接受了东方文化的影响。

综观东方文化对启蒙主义文学的影响，主要表现在以下几个方面：

第一，启蒙主义文学中，有一批作品假托东方人出游西方，以他们的眼光来观察欧洲社会对欧洲的文明、贵族社会的腐败和种种不合理的现象予以评论抨击。这类作品在17世纪末已经出现。1684年，出版了流亡法国的意大利人马拉那的《土耳其间谍》。托称一个土耳其人的信函，讽刺欧洲社会，引起很大反响。启蒙主义作家借用这一形式，让这些来自东方的"使者"，也负上传达启蒙思想的使命。在启蒙主义作家的构思中，这些东方人是自然人，他们生活的世界，就是理想的世界（在有些作家的创作中，用东方的专制影射欧洲的封建专制制度），因而经常把欧

---

① 米·阿列克谢耶夫：《伏尔泰和十八世纪俄国文化》，转引自《中国比较文学》1985年第1辑。

② 菲什曼：《中国和法国启蒙运动》，《中国比较文学》1985年第1辑。

洲与东方的现实对比起来,以东方的自然、安宁、繁华,对比欧洲的动乱、虚假、贫困。这类作品著名的如阿尔央斯(1704—1771)的《中国人的信札》(1739)、孟德斯鸠的《波斯人信札》(1721)、伏尔泰的《中国人、印度人及鞑靼人的信札》。要特别提到的是英国作家哥尔斯密在1762年出版的《世界公民——中国哲学家从伦敦写给他们东方朋友的信札》,洋洋两大册,表达了启蒙思想倾向,把中国描绘成贤君治理、信仰自由、百姓乐业的法治之邦。

第二,一些启蒙主义作家运用东方题材创作,或把作品背景摆到东方。这些作品表现出鲜明的东方色彩,受到当时读者的普遍欢迎。伏尔泰的名剧《查伊尔》,写的是在十字军东征时代的耶路撒冷一个苏丹豪华的宫廷中展开的爱情悲剧,小说《巴巴贝克和行者》描写印度人的生活,他的著名哲理小说《查第格》在古巴比伦的背景下暴露法国社会现实罪恶,展示政治理想。歌德的《西东诗集》运用东方题材和诗歌体裁,把东方故事、帖木儿的业绩、阿拉伯的传说、中亚民间情诗与希腊神话熔为一炉,在浓郁的东方氛围中,抒写诗人的思想情感。他对印度诗人迦梨陀娑的艺术成就十分赞赏,在其优秀剧作《沙恭达罗》影响下,创作了优美诗作《上帝与印度舞女》。这些作品既是18世纪欧洲关注东方、向往东方的时代风尚在启蒙主义文学中的反映,它们又以浓重的异国情调和原始的自然气息对浪漫主义文学产生影响。

第三,在启蒙主义思想的指导下,对东方文学作品加以改编,将作者反对封建统治和现实黑暗的思想融注其间。我国元杂剧《赵氏孤儿》在欧洲启蒙时期的流传,被传为东西文化交流的佳话。当时欧洲出现不少《赵氏孤儿》的改编本,1735年法国杜赫德编辑的《中国通志》中的《赵氏孤儿》的法译,很快流传开来,欧洲的主要语言都有了转译本。其中最著名是法国伏尔泰的改编本。他把原作故事的时间向后移动一千多年,将春秋时期的诸侯纷争改为成吉思汗入主中原时文明与野蛮的冲突,突出仁爱道德的力量，宣传圣人之国的理想。① 从这类在启蒙主义作家笔下改编得不多的作品中，也可以看到东方文化对启蒙主义文学影响的一个方面。而这种改编作品，往往是用东方的"瓶子"，装西方启蒙主义的"新酒"。

第四，从东方文学中吸取营养，学习东方文学的精神和表现方法。上述三个方面的影响还是表层的。借用东方人的名字，描写东方题材，改编东方作品，其效果是给文学天地带来东方的情调与色彩，是一种外在的东西，对文学本身的发展触动不大。而这一方面就是深层的影响，启蒙主义作家将东方文学的精华经过消化吸收，成为自己创作的血肉，是创作整体中一个不可分割的部分，从而丰富、充实、发展了西方文学。受到这一层次影响的作家，不仅要有对东方文化的热情，而且要深入研究东方文化，对东方文学有相当造诣，这不是一般作家能达到的。歌德以他的博学多才和艺术天赋走在其他作家前面。在他的创作中，东方文学的某些特质和他的创作个性水乳交融。组诗《中德四季晨昏杂咏》，形式上像中国的律诗绝句，格调恬淡明朗，含蓄委婉，大量运用比兴。《浮士德》天上序幕，就是《旧约·约伯记》框架的活用；玛甘泪形象的塑造，也可以看到迦梨陀娑笔下的沙恭达罗的影子。《西东诗集》学习哈菲兹的加扎尔诗体和萨迪的格言诗体，加以改革创新，形成独特的诗体风格。

东方文化对启蒙主义文学的影响，是启蒙主义者把东方理想化，18世纪欧洲关注东方、向往东方的时代风尚在文学中的反映。18世纪是东、西文化交流的一个重要阶段。正是在这样的历史条件和文化氛围中，歌德发出感叹："民族文学在现代算不了一回事，世界文学的时代已快来临了。"②

---

① 范存忠：《〈赵氏孤儿〉杂剧在启蒙时期的英国》，《英国文学论集》，外国文学出版社1988年版。

② 歌德著：《歌德谈话录》，人民文学出版社1978年版，第113页。

第五节　哲理色彩：时代精神的折光

　　从政治上说，18世纪是欧洲资产阶级全面取代封建阶级之前的酝酿时代；从社会心态来说，18世纪是思考的时代；从文学自身的发展来说，欧洲近代文学经过人文主义和古典主义向古代希腊罗马文学的复兴和模仿，开始进入创新的时代。这些内部和外部条件，使得18世纪启蒙主义文学既肩负着时代的使命，表现时代的内容，又比以往的文学站在更高的审视点上来观察、表现人类生活，不像人文主义文学停留于人的感性欲望的解放，也不像古典主义着眼于解决个人利益和公民义务、理智与情感的矛盾，而是从全面、整体、宏观的角度来把握、反映人与自然、人与社会、人与人之间的关系，具有浓郁的哲理意味。而且，启蒙主义作家大多是学识渊博的哲学家、思想家，如笛福、伏尔泰、狄德罗、歌德、席勒、卢梭等。形象的文学创作和抽象的哲理思辨，在他们的一生实践中具有同样重要的地位。他们的文学创作必然烙上理性思考的印痕。

　　启蒙主义文学中的哲理色彩，主要有三种情况：

　　第一，通过文学作品参与哲学问题的讨论，批判谬误的思想观念。伏尔泰的《老实人》是这方面的代表性作品。小说通过老实人和他的老师一生的遭遇和见闻，批判莱布尼茨的"先天和谐论"。莱布尼茨认为：上帝创造的这个世界是一切可能中最好的世界，在这个世界一切都趋于至善。这是一种维护封建统治的保守哲学。伏尔泰在小说中把热心坚持这种哲学思想的邦葛罗斯和他的忠实学生老实人打发上路，让他们到这个事实上不和谐的世界去闯荡、去碰壁。老实人因与居内贡小姐恋爱被赶出了男爵府，在军队遭到毒打，战场上看到惨不忍睹的残杀、奸淫、掳掠，流浪途中除了住过一个月"黄金国"，没有一块干净土地，到处乌七八糟，老实人受尽了苦难和侮辱。尽管邦葛罗斯作为一个哲学家，"不便出尔反尔"，坚信莱布尼茨的话不会错。但老实人出于诚实的天性，看到了这个世界到处是争权夺利、尔虞我诈,谋财害命、荒淫无度、虚妄蛮横,不再相信"先天和谐论"。作品中还描写了一个与邦葛罗斯相对的悲观主义者玛丁,以艺术形象证明他也同样错误。作家也表现了他的正面思想:在明君治理下,人人都诚实地劳动。这部小说以"哲理"作为组织材料、叙述故事的中心,在生动引人、具有传奇色彩的故事中透射出强烈显目的理性光束。

第二,塑造富于哲理意义的性格,阐发某种哲学思想。狄德罗的对话体小说《拉摩的侄儿》是这方面的代表作。拉摩的侄儿性格充满着辩证法,他是封建社会解体的产儿,又是资本主义社会过早成熟的胚芽,他身上交织着各种各样的矛盾性:疯狂与清醒、卑鄙与耿直、睿智与愚蠢、高雅与庸俗,完全混为一体。这一形象是狄德罗在真实人物基础上提炼加工而塑造的,他不仅体现出时代、社会的矛盾冲突,具有巨大的社会内容,而且形象地阐发了狄德罗矛盾对立统一的辩证法思想。正是在这个意义上,黑格尔声称在这个性格中发现了"最大的真理",恩格斯称这部小说为"辩证法的杰作"。

第三,在文学作品中闪现出深邃的哲理。这类作品在启蒙主义文学中比较普遍。它们不像《老实人》和《拉摩的侄儿》那样,全篇整体构思皆以哲理为中心,可以当作通俗哲学读物,而是把哲理融进对象的美的价值揭示中;或者把某些感性经验上升到理论高度加以概括,闪耀出哲理的火花。前者以歌德的《浮士德》为代表,后者在英国的现实主义小说、启蒙戏剧、法国的哲理小说中都随处可以看到。如博马舍的《费加罗的婚姻》中费加罗说的"虚荣使我有野心,穷困使我勤奋"、"从前的疯话因时间一久便成了至理名言"都是生活现实的哲理总结。

《浮士德》这部启蒙主义文学的压卷之作,在艺术形象和诗的语言中蕴含着丰富的哲理和深刻的寓意。浮士德一生的不断追求、探索宇宙和人生的奥秘以及他最后的满足,肯定了人类认识自然的主观能动性;浮士德改《圣经》的"泰初有道"为"泰初有为",强调"为"的意义,提出了意识和存在之间的关系这个哲学的本体论命题。更具有意义的是作品中的辩证法思想。诗剧中的人、社会、自然都处于运动和发展之中，而运动发展的根本原因在于事物的矛盾性。浮士德本身是个既崇高又卑俗的矛盾体，靡非斯特作为一种"否定精神"，刺激推动浮士德向上、前进。善恶互相依存，彼此渗透，浮士德离开了魔鬼就一筹莫展，依靠魔鬼才实现了对真理的追求。这部神话、历史、幻想、现实交织而成的文学巨著，处处表现出歌德对人生和社会的真知灼见，具有超越时空的深邃性。

启蒙主义文学的哲理色彩，是18世纪思想、哲学发展的结果，同时，身兼思想家、哲学家和作家的启蒙主义者，以文学的形式表达他们的哲学思想，蕴抽象于形象，化艰深为通俗，普及启蒙思想，推动启蒙运动的发展，具有重大的社会价值。如果从审美价值角度审视这一特征，可以看到两个方面，一方面，作品中的深刻哲理，成为"一种特殊的重心，一种有分量的思想内容"，能够"在读者心灵中激起一种深永的兴趣"[①]。哲理来自对生活的敏锐观察和高度概括，容量极大，给人一种启示、一个点拨，引导人们去深思现象背后的本质。另一方面，一些启蒙主义文学作品，哲理不是融合在艺术形象之中，而是浮于形象之上，艺术形象用来证明哲理，需要时把它拿来，不需要时将它斥退。这样读者只能理解到一种哲理思想，看不到完整的艺术形象，出现我国古代诗论中"理障"的毛病。法国的一些哲学小说这一点表现比较明显。总之，哲理在文学创作中，如果服从文学创作的规律是艺术形象本身体现出来的哲理，它能增强作品的深度；如果是游离于艺术形象的哲理，就会削弱作品的艺术感染力。启蒙主义文学在这方面既有成功的创作实践，也有概念化，抽象化倾向的作品。

[①] 歌德著：《歌德谈话录》，人民文学出版社1978年版，第38页。

第四章　后现代主义文学

后现代主义文学是20世纪50年代以来西方文学的主体性思潮，西方后工业社会的文化现实是其产生发展的土壤，它与反传统、非理性的现代主义文学有着天然的亲缘关系，但又是在新的文化语境中的发展。虽然对后现代主义文学的价值评价莫衷一是，但无疑它是西方当代时代精神的一种体现，是人类文学的一种新形态。

第一节　后现代主义文学的精神基础

美国著名的马克思主义学者弗·杰姆逊将资本主义社会作"文化分期"，认为"资本主义社会已经历了三个阶段：第一是国家资本主义阶段，形成了国家的市场，这是马克思写《资本论》的时代；第二阶段是列宁的垄断资本主义或帝国主义阶段，在这个阶段形成了不列颠帝国、德意志帝国等；第三阶段则是二次大战后的资本主义……第三阶段的主要特征可概述为晚期资本主义或多国化资本主义。"[①] 与之相应的艺术准则，第一阶段是现实主义，第二阶段是现代主义，第三阶段是后现代主义。西方一些学者把当代资本主义称为"后工业社会"（丹尼尔·贝尔）、"群体社会"（欧文·豪）、"信息社会"（约翰·奈斯比特）、"消费社

[①] 弗·杰姆逊：《后现代主义与文化理论》，陕西师大出版社1987年版，第5页。

会"等。这多种多样的名称，正标示了当代西方新的发展态势和新的价值观念。

随着第二次世界大战后资本主义社会的经济繁荣，出现了新式的消费，人为的商品废弃，迅速的式样变化，广告、影视等新型传播媒体对日常生活的渗透，城乡差别被统一的城乡标准代替，高速公路、铁路网的兴起和发展，出现了汽车文化、网络文化……这些都与战前社会不同。当代社会最突出的特征就是随着科学技术发展而来的电脑化、信息化和物质财富的巨大增加。一切都讲究速度和效率，社会组成一个严密的系统，事物高速发展变化，任何东西都显得没有确定性，事物没有了永久的本质，变化倒是事物的恒常状态。在这样的社会背景下，普遍的文化心态在下面两点异常明显：第一，个人的消解。当代社会的个人，处在双重压迫之中，一方面在相互关系上，越来越冷漠，因为随着社会分工的越来越精细，人们的共同语言越来越少，工作环境也愈处于隔离状态；另一方面，社会又不允许各自发展自己的个性，因为庞大的计算机网络，使得整个社会成为一部精密的机器，个人只是固定在某一位置上的小齿轮或螺丝钉，只能在不断重复的运动中完成社会安排的使命。因此，当代人既没有相互间的沟通，也不能有真正的自我，而且都是被动地接受这一切。第二，一切都显得飘忽不定。高效率、快速度，信息化的抽象主宰着具体，因而事物丧失了确定性和稳定感。传统、权威、理性……这些似乎都不存在，只有眼前的经验，只有瞬间的感觉。什么事物"背后的意义"、什么"真理的发现"，全都是过去时代的神话。

后现代主义文学就是在这样的社会现实和文化心态下的文学。后现代主义文学在战后西方经过20世纪40年代末50年代初由现代主义的过渡，60、70年代以来成汹涌之势发展，成为当代西方文学的主潮。

第二节　后现代主义文学的纵向发展

后现代主义文学是西方战后现代主义文化的投影，是一个异常复杂的整体，包括西方国家众多的文学流派。从发展的纵线看，法国的存在主义文学开始了现代主义向后现代主义的过渡，20世纪50年代后现代主义在西方各国获得了发展，60、70年代达到成熟阶段，80、90年代出现了新的发展势头。

存在主义对世界的理解，对人与世界关系的理解，对战后西方产生了深刻的影响。战后西方现实，使西方知识分子对存在主义产生强烈共鸣，存在主义为他们提供了一种处世原则和人生意义的理解。存在主义的一些基本思想、"世界荒诞"的论断，成为后现代主义文学的思想基础。

作为文学流派，存在主义向后现代主义过渡表现得非常明显。首先，虽然存在主义认为世界是非理性的，但存在主义者论证问题时，无论是抽象的理论推论，还是形象的艺术表现，都是理性的。虽然运用了象征、寓言性的表现手法，但都服从哲理的表达，因而被称为"哲学文学"。其次，存在主义文学是一种"介入"文学，不是把文学当作逃避现实的手段，而是创作主体的一种选择方式。再次，存在主义文学在"泛悲剧"意识中还包含着积极的精神，他们认为重要的不是认识世界的荒诞，而是对荒诞所采取的选择态度，人还是有"自由选择"的可能。最后，在艺术表现上，大多数存在主义作家具有传统的故事性结构和人物描写方法，强调真实感，不太注重形式的实验和语言的雕琢。这些都可以看到存在主义与传统文学的联系而区别于后现代主义。

50年代后现代主义文学的发展，主要表现为法国的荒诞派戏剧、美国的投射派诗歌、垮掉的一代，英国的愤怒的青年，德国的废墟文学和奥地利的维也纳派。他们继存在主义的过渡后向前发展，但还不是典型的后现代主义文学。二战结束,人类的灾难记忆犹新,对人生的悲观性理解,往往还与这一特定的时代事件联系在一起,还没有上升到超验意义上来认识。因而对人类的悲惨处境还表现出一种"愤怒",对摆脱悲惨的希望还怀抱着某种"等待"。这在英国的"愤怒的青年"和德国的"废墟文学"中表现得最为明显。即使法国的"荒诞派戏剧",对现实的理解够悲观了,但"等待"的愿望还是存在(《等待戈多》)。只有"垮掉的一代",由于美国当代的发展处于领先地位,它才具备了后现代主义的特征。西方后现代主义文学成熟于60、70年代。

后现代主义有了50年代的发展,加上战后经济恢复与繁荣,第三次科学技术革命的冲击,西方社会变化巨大,人的观念也随之变化,这些都直接刺激着后现代主义文学的发展和繁荣。在60、70年代,后现代主义文学出现繁荣局面。

繁荣的表现之一:产生了众多的后现代主义文学流派。20余年里西方主要国家重要的后现代主义流派有:法国的"新小说"、"原样派",美国的"黑色幽默"、"自白诗派",英国的"哲学寓言派"、"形式改革派"、"实验诗歌派",德国的"具体诗派"、"新先锋派"、"新感觉派",奥地利的"格拉茨派"、"萨尔茨堡派"等。

繁荣的表现之二:不再是对具体时代、社会表象问题的思考,而是从形而上的哲理高度,思考人类的悲剧性处境,并以玩世不恭的态度对待这种处境,从而获得真正的后现代主义品格。如"黑色幽默"和"哲学寓言派",它们具有典型性。黑色幽默作家调动一切可能调动的手段,把他们所处的周围世界和自我滑稽、丑恶、畸形、残忍以及一切阴暗的东西,放在他们特制的哈哈镜前加以放大、扭曲、延伸,让丑恶荒诞更加毛发尽见,使人震惊、惶惑,产生一种绝望的幽默感,人们常称之为"绞刑架下的幽默"。英国的"哲学寓言派"以寓意和象征表达哲理,探讨人与世界的关系,人在社会中的地位,从哲学高度来思考人生和人性。他们认为人性中充满着野蛮和兽性,一旦有机会就会暴露出来，因而人生到处是争斗和罪恶。这些作家的作品中，象征性的形象、魔术般的场景、细腻的人物心理、传奇性的插曲和对人类未来的深沉忧患融为一体。

繁荣的表现之三：不仅在文学创作的内容上表现出后现代主义的品格，更注重形式上的实验，以一种获得了意义的形式探索来体现后现代主义精神。法国的"新小说"、英国的"形式改革派"和西方各国的诗歌实验充分表明了这一点。如"新小说"派的创作，反对传统小说的人物、情节、结构，试图探索小说创作的新途径。他们接受存在主义世界是荒谬混乱、变化无常、缺乏理性的观点，但摒弃了存在主义人可以自由选择而确定自我本质的"介入"观念，认为客观的物质世界是独立的，不以人的意志为转移；人不是世界的中心，传统小说一切以人为出发点，是对世界本来面目的歪曲；世界复杂多变，没有一个确定形态，传统小说严谨完整的故事情节是虚假的。因而他们的创作不以人物塑造、故事情节的结构为目的，而是以感情冷漠的语言，如实记录他们看到的或感知的世界的零碎片断。"新小说"作家不是去探寻生活表象背后的意义，从而干预生活，影响现实，而是满足于从多角度、多侧面、多层次地把生活客观地展示出来。小说中没有人物关系和行为构成的情节，即使有，也是非常简单，或者前后矛盾混乱。叙述方式也不再是倒叙、顺序、插叙等，而是交叉式、重叠式、循环式、预见式的叙述方法，过去、现在、将来的时间已全部捣碎搅和，成为一种"迷宫体"的小说结构。

80年代以来，后现代主义文学出现了一些新的变化。其中最突出的一点，就是与传统现实主义在一定程度上的融合。这种"融合"，不是说后现代主义被现实主义取代而消亡，而是两者在互相渗透、交叉当中产生新的文学样式。

例如美国文学，进入80年代，"黑色幽默"锐锋渐减，"现实主义和现代主义的结合是当代美国文学进入80年代中正在发展的一个值得注意的趋势。"① 活跃文坛的"实验现实主义"和"简约派"体现了这种结合的趋势。实验现实主义就是运用一些现代主义、后现代主义的艺术技巧，去丰富现实主义的表现手法，内容上以真实世界为基础，充分发挥作家的想象，有时甚至是相当荒诞的想象，因而幻想世界与现实世界交错渗透。属于"简约派"的是一批年轻作家，他们注重文体探索，简略传统小说中的景物描写、社会文化背景的交代，以独特的观察角度描写朴素的日常生活，常见的主题是年轻一代的消沉、怨愤和不安。

欧洲的法国和德国也如此。法国文坛"从五十年代到八十年代的今天，情况发生了很大变化，以新小说为代表的先锋派文学已经今非昔比……今天的青年作家们不再对新小说顶礼膜拜，毅然摆脱新小说在内的先锋派的束缚。他们一方面积极向外国名作家学习、借鉴，对福克纳、卡夫卡和昆德拉的作品爱不释手；另一方面孜孜求索，在文学道路上另辟蹊径。"② 出现"回归叙事"的热潮。当然，这种回归不是回归到传统的现实主义，但要求文学的可读性、增加叙事成分，不再把文学创作当作形式研究，势必向现实主义借鉴某些表现手法。在德国80年代中期有两部产生轰动效应的作品，一部是纪实作品《最底层》（1985，瓦尔拉夫），描写作家乔装成苦力工人在社会底层三年的真实遭遇；另一部是《香水》（1987，聚斯金德），小说有生动完整的故事情节，人物性格鲜明，以寓言方式理性地讽刺现实。这两部作品的轰动，从一个侧面说明了德国文学的变化势头。

---

① 施咸荣：《〈斑鸠菊〉——美国试验现实主义小说》，《外国文学评论》1987年第2期。
② 全小虎：《法国当代文学中的"回归"现象》，《外国文学评论》1989年第9期。

第三节　后现代主义文学的思想特质

后现代主义文学是一个非常复杂的文学现象，自身包含着许多相互矛盾的元素：对社会的顺运与叛逆，以虚幻反映真实，玩世不恭中隐含着严肃的社会责任，追求大众化又走向极端等等，然而作为后工业社会文化思潮在文学上的表现，就其主导方面看，表现出属于后现代主义所有的特质。

对于后现代主义文学的特质，有人从与现代主义对比的角度论析道："如果说二十年代的现代主义还是一个具有强烈的自我意识、精神忧郁、耽于内省、并不失风雅的绅士，那么六十年代前后的后现代主义则是一个富有才情、却没有个性、没有意志、玩世不恭、不修边幅的'嬉皮士'了。前者追求人生的真实，渴求新的价值观念，后者蔑视任何价值观念；前者矜持，后者放荡；前者把艺术看作神圣的事业，后者视艺术为儿戏，变化无常、随心所欲，抹杀艺术与生活以及艺术形式之间的任何界限，无情嘲弄一切美学观念和艺术规范，终于由超小说、超艺术导致非小说、非艺术了。"①

后现代主义文学与现代主义文学的差异，根源于后现代主义作家对西方后工业社会文化的态度。在对世界与人生的理解上，后现代主义与现代主义一脉相承，认为世界是一个荒诞的、罪恶的世界，它带给人的只有痛苦、悲哀和迷惘，但在对待这一切的态度上，后现代主义者们与其前辈相反。现代主义者在人类文化传统的长河中看现代文化，在怀旧伤感中力图推翻这一切，回到某个真正的文明阶段，或者新创一套价值观念，在他们的危机感、孤独感中活跃着一种创造的欲望，而后现代主义者则嘲笑前辈们的徒劳、世间一切都是过眼烟云，本来就毫无意义，

---

① 辛潮：《20世纪西方小说的内在文化逻辑》，《辽宁师大学报》1988年第2期。

何必硬给它找出意义来？人生本来就没有希望，又何必苦苦地等待着希望？丢掉这些折磨自己的沉重包袱，凭感觉和本能的驱动，轻轻松松抓住眼前的现实享乐。因而这种在本质上是彻底绝望的思潮以精神分裂式的异常欣快和放浪形骸来表现；他们不再思想，放弃意义和价值，满足于阅读过程中的快感和陶醉，拒绝作品意义的解释；他们告别过去，割裂传统，在非历史的时间里体验瞬间的感受；他们怀疑真理和永恒，打破一切规范和界限；他们拒绝权威，也不自认为是天才，并以此扩展到主体的丧失，世界已不是人与物的关系，而是物与物的关系，人的创造性、能动性都已消失，只有冷漠、客观地对物的记录；主体性既已丧失，事物没有了中心，都是一个个零乱的个体或片断。

后现代主义者放弃意义和价值，那文学创作又意味着什么？当然不是探寻意义，不像现实主义批判现实，不像浪漫主义表达理想，也不像现代主义揭示内心。对于后现代主义者来说，创作是一种享受现实的生活方式，是以消费性、享受性地"玩"文学。因此，在他们看来，生活和艺术没什么界限。生活是一种体验，体验的过程就是艺术创作的过程，体验结束，作品也就完成了，快乐就在体验的过程中获得。"为了永远保持新鲜的感受力，人们永远体验着新鲜经验，永远变动着生活环境和生活观念。这也就是后现代主义文艺的目的。"① 这样的目的，导致后现代主义文学的几个结果：

第一，艺术大众化。艺术的生活化，也就是把艺术从神圣的殿堂请下来，人人有生活体验，人人都是艺术家，传统意义上的"高雅"和"通俗"在后现代主义文学中融为一体。当然，后现代主义创作也还表现为另一面：文学创作是一种体验过程，虽然当代社会越来越趋向模式化、一体化，但作为一种体验，却总是个性化的。有些作品在作者看来浅显，

---

① 王德胜、刘洪涛：《现代主义与后现代主义文艺》，《超学科比较文学研究》，中国社会科学出版社1989年版，第285页。

但没有这种体验的读者却觉得深奥、晦涩,成为新的"学院式"文学。

第二,平面化特征。后现代主义作品"提供给人们的只是在时间上分离的阅读经验,无须说明无须分析。在一次性的刺激中,得到快乐、兴奋、痛苦、忧伤,然后化解为无。有人指责这种平面化是'根本的浅薄'。"① 后现代主义者本来就不相信有什么深刻的意义,有什么藏匿于幕后的真实,其平浅的表面和空泛的内容并不表明自身处于异化状态,而确定这就是生活本身。

第三,注重过程和创作的无意识状态。既然创作成为一种享乐手段,而快乐在创作过程中获得,创作过程对于后现代主义作家就有了特殊的意义。英国文艺评论家乔纳森·库勒说:"在文学中,再现世界变幻不如探讨在生活和文学中组织世界的过程那么重要了。"② 后现代主义作家特别注重过程和对过程的体验。"过程"是他们文学活动的出发点,也是终点。创作过程是作家的经验体验,作品当然就成了作家意识自由流露的产物,也就没有任何框框和限制,完全取决于作家的创作状态。他们尤其强调作家创作的无意识状态。从人格的深层将本我的渴求呈现出来,把偶然获得的经验随心所欲地拼凑起来。后现代主义关注的是创作过程,至于创作成果形态将产生怎样的影响,将为人们提供些什么,他们不太顾及。

第四,文学创作的游戏态度。"玩"文学,当然就不能过于严肃认真,而是以一种游戏般的态度对待文学。就像小孩子玩积木,从盒子里拿出各种形状的积木,堆积成一个形状,"你说这是什么?"回答说"是座古堡"。再加上几块再问:"这是什么?"回答说"是只轮船"。……究竟是什么?其实什么也不是,只是一堆积木。这里的"积木"就是文学的语言材料和经验片断。有些后现代主义者玩弄各种技巧,拼合出各种

---

① 王岳川:《后现代文化策略与审关逻辑》,《文艺研究》1991年第5期。
② 库勒:《文学中的结构主义》,《外国现代文艺批评方法论》,江西人民出版社1985年版,第288页。

别出心裁的图式，也有些作者不仅自己玩，还把读者诱入游戏之中，共同完成"游戏"。

第四节　后现代主义文学的艺术表现特色

基于上述的世界观和文学观，后现代主义文学艺术表现上也体现了一些鲜明的特色。

第一，拼贴杂合。后现代主义作家往往把各种不同的文学风格，不同的文学体裁，甚至不同的语言材料都拼凑糅合在一起。诺曼·梅勒的《古国黄昏》（1983），写三千多年前的一个黄昏，埃及法老向精通战争、政治和魔法老人请教祖先富于力量的奥秘，小说的主要内容就是这位死后三度投胎重生的老人的讲述。小说开头部分采用启示录式的笔法，正文第一卷用简明的叙述笔法，第二卷用滑稽模仿的笔法。第三卷则用黑色幽默的手法。小说通过老人近700页篇幅的讲述，最后揭示出埃及老王力量的奥秘来自魔法，而魔法就是肛门巫术，埃及就像屁股中间的那道裂缝，埃及是因为尼罗河的淤土而变得肥沃。而淤土就是排泄物，法老把粪便排泄在一只圣洁的金碗里，从而获得神秘的力量。再如巴塞尔姆的《白雪公主》（1967），插入许多与作品内容关系不大或根本就没有关联的报纸标题、广告语、流行歌曲，印刷字母的大小、字样也不相同。这种拼贴杂合，体现了中心的散失，世界支离破碎的观念，也是后现代主义作家们创作的游戏心境与随意性的产物。

第二，文学形式和语言的花样翻新。在后现代主义作家看来，世界已没有意义可言，他们也拒绝寻求意义，因而文学就只剩下形式和语言手段了。后现代主义文学对经验的结构和把经验组合起来的结构的体验比对经验本身的体验兴趣更大。所以后现代主义作家总是在不断地进行文学形式和语言表达的实验，以求新的感觉与体验。如受到法国新小说影响的英国六七十年代的"形式革新派"，他们注重的不是小说的内容和意义，而是追求小说结构形式和语言的创新，一部小说往往是一些零散材料的组合。约翰逊的《不幸者》写自己的经历，由 27 个不相连的部分组成，读者可以采用任何顺序阅读各个片断。虽然笔调和材料都来源于作者，但不能确定如何组织这些材料。在他看来，人生只是时间长河中的瞬间，人的一生经历都处于共时状态。同属于"形式革新派"的克·布·柔斯的《外出》（1964）描写核灾难的后果，地球的表面发生了变化，种族地位改变了，有色人种统治着白人。但作品的着重点不是表现灾难引起的人们情感性反映，而是冷漠地描写外在事物的变化，以平缓的笔致对肉体的实际情况作类似科学性的描写。他的另一部作品《穿过》（1975）是一个大拼盘，小说中充满具体诗歌、恋爱故事片断、图表、手稿复印件等。再如德国的"新先锋实验派"，其领袖人物海森毕特尔说："现在的世界是一个由技术和管理决定的世界，这个世界是任何行动，包括文学创作所无法改变的"，因而，文学只是"一种语言的存在"或"纯语言艺术文学"①。在这样的思想指导下，这一派的文学试验只是文学表现形式语言的实验：抛弃传统小说的因素，不仅描写人物的下意识，作者的创作也在无意识状态下进行（所谓"自动写作"），倡导"语言革命"。勃兰特纳尔的《内心化》是这一流派的代表作，小说没有故事情节、没有主题，没有个性化的人物，只有人物混乱的心理活动；梦幻、错觉、妄想、朦胧的预感，心猿意马的下意识活动等。海森毕特尔的《达朗贝的结局》（1970）是他们"语言革命"理论的实践，整篇小说是各种文本的拼凑；真实的、修改过的、曲解的引文和历代名人语录等等。

第三、空间性结构。这种空间性结构来自后现代主义者的时间观念。"过去"的时间没有意义，只有在现时中才有价值。所以一切都同时存在，聚集为一个时间点，获得了空间的意义，历史只不过是永恒现在的

---

① 转引自洪天富：《联邦德国六十年代的倾向性文学》，《外国文学报道》1985 年第 1 期。

审美享受的物品库存，将来也只是现在对未来的设计。过去、现在和未来联结在一起，处于共时状态。后现代主义文学的结构不再有时间段的先后因果的线性方式，而是空间性散点网状式。往往一篇小说没有特定的叙述角度，没有明确的时间线段。如西蒙的《佛兰德公路》就像一幅共时性、多面性的巨幅油画，历史、现实、回忆、梦境、幻觉交错在一起。电影艺术的蒙太奇手法常被后现代主义作家运用于小说创作。

第五章　荒诞派戏剧

荒诞派戏剧是20世纪五六十年代流行欧美的重要戏剧流派，荒诞派戏剧以它对当代世界人类生存状态和精神面貌一个侧面的表现，有一种"片面的深刻"；又以它艺术形式上的大胆突破，拓展了戏剧艺术的表现手段和领域。尽管荒诞派戏剧作家的思想境界和艺术成就有高有低，人们对他们也有褒有贬，但荒诞派戏剧毕竟是20世纪世界文艺史上的重要现象，产生了公认为"经典"的作家作品。

第一节　荒诞派戏剧的产生和发展

"荒诞"一词，在我们汉语中的解释是"极不真实，极不近情理"（《现代汉语词典》），英语的"absurd"是由拉丁文的surdus（耳聋）演化而来，原意指音乐中的不谐调音。西方哲学的"荒诞"概念，指个人与生存环境的脱节，个人与外在世界（他人、社会、自然）无法沟通。对荒诞派戏剧的"荒诞"，必须从哲学意义上来理解。

荒诞作为一种表现手法，在传统的戏剧中可以看到。且不说阿里斯托芬喜剧中的"云中鸟国"，莎士比亚戏剧中就不乏荒诞场面。泰门看穿金钱的本质后对人类的诅咒，哈姆莱特"活着还是死去"的独白，李尔王和爱德加的"疯话"，读后都令人有"荒诞"之感。但这种荒诞是摆在全剧的理性结构之中，人物的荒诞语言或行为都"事出有因"。被称为荒诞派戏剧先驱的是阿尔弗莱德·扎利（1873—1907），他的剧作《乌布王》1896年上演，令当时的观众惊诧不已。乌布在剧中高喊："我要发财，然后我要杀死所有的人，扬长而去"。扎利认为：正是戏剧舞台上的荒诞不经，可以调动起观众潜在意识中的自我，使精神处于活跃状态。他也还是从戏剧效果的需要看待"荒诞"。

真正把"荒诞"作为世界、人生和戏剧的本体来理解，从而形成一个戏剧流派，是在20世纪50年代初的法国。荒诞派戏剧的奠基者是法国剧作家尤奈斯库，1950年他的《秃头歌女》上演并引起轰动，标志荒诞派戏剧诞生。尤奈斯库还写文章表明他的思想，他认为："在这样一个现在看起来是幻觉和虚假的世界里，存在的事实使我们惊讶，那里，一切人类的行为都表明荒谬，一切历史都表明绝对无用，一切现实和一切语言都似乎失去彼此之间的联系，解体了，崩溃了；既然一切事物都变得无关紧要，那么，除了使人付之一笑外，还能剩下什么可能出现呢？"①

尤奈斯库（1909—1994）的父亲是罗马尼亚人，母亲是法国人。童年、少年在法国度过。在罗马尼亚受中学、大学教育，第二次世界大战后定居法国，在一家印刷所当校对员。从少年时代起，他就对此有强烈的兴趣，11岁开始写短诗，从中学开始写文艺评论。少年时代对戏剧尤为爱好，可以整天整天地看戏。但以后对戏剧越来越反感，认为传统戏剧是虚伪的。1948年他开始学习英语，用的教材是一本简单的英语会话手册，他从中发现的"不是英语，而是一些令人吃惊的普通道理"。如"一个星期是七天"、"饭后喝茶"之类。他就用这简单的英语句子作题材，创作了剧本《秃头歌女》。从此开始荒诞剧的创作。以他丰富的创作实践在1970年被选为法兰西学院院士。他大约创作了30多个荒诞剧，主要有《上课》（1950年）、《未来在鸡蛋中》（1951年）、《责任的牺牲者》

---

① 尤奈斯库：《起点》，《外国现代剧作家论剧作》，中国社会科学出版社1982年版，第169页。

(1952年)、《椅子》(1952年)、《阿麦迪或脱身术》(1953年)、和1957年以后以贝兰吉为主角的一组剧本。从思想内容看,是由对人物的机械式漫画式的描写来表现人生的荒诞,进而到人的自我意识、与环境、物质的矛盾来表现人生的荒诞,以至到人生的绝望。从表现手法上看,也是由简单到复杂,由独幕到多幕发展到组剧,理性的手法渐渐渗入剧中。以至70年代后期,公认他已由荒诞戏剧转向了明显的社会讽喻剧。

和尤奈斯库一起推动荒诞派戏剧发展的法国剧作家还有贝克特、阿达莫夫和让·冉奈等人。贝克特1953年上演的《等待戈多》巩固了荒诞派戏剧的地位,并成为西方现代戏剧的里程碑之一。阿达莫夫和让·冉奈的剧作各有特色。阿达莫夫长于以他非凡的敏感和最真诚忏悔的心情去分析人物内心的痛苦,分析处于噩梦、烦恼、精神失常状况中的人。压迫,是他剧中的主要内容,各种形式的压迫,父母的压迫,教师的压迫,上司的压迫,国家的压迫,权力的压迫,科学技术的压迫。他的人物谈不上性格,连身份都没有,甚至以字母代之。他的代表作是《弹子球机器》。他较早地接受了布莱希特的戏剧理论的影响,转向了史诗剧的创作。让·冉奈是个独特的剧作家,他的剧本美化罪恶,邪恶成了独一无二的美德,地狱成了唯一的天堂,黑暗是光明的化身,真正的杀人凶手被美化为殉教的圣徒,监狱在他的笔下成了宫殿,妓院更可与奥林匹斯山比美。有人称他的戏剧是"对社会抗议的戏剧",他的人物是正常社会之外的人。这与他的经历有关。他是一个在收容所长大的弃儿,从10岁开始偷窃生涯,30年代浪迹欧洲各国,以偷窃和当男妓为生。1948年因第十次盗窃落案被判无期徒刑,萨特等保释出狱,开始戏剧创作。主要剧作有《阳台》、《女仆》等。

正由于尤奈斯库、贝克特、阿达莫夫和让·冉奈等人的剧作表现了欧洲战后一部分人的精神面貌,所以很快流传开来。进而影响到英美剧坛,其中以英国的哈罗德·品特和美国的阿尔比的荒诞剧作影响最大。

品特1930年出生于伦敦,十多岁开始创作,当过演员。在50年代后期，受法国荒诞剧作家影响开始荒诞剧创作。主要作品有《一间屋》（1957）、《送菜升降机》（1957）、《生日晚会》（1958）、《归家》（1965）、《虚无乡》（1975）等。他的作品的一个重要主题就是"威胁"：环境对个人的威胁。因此他的剧大都写一间封闭的小屋内所发生的惶惶不安的事情。在西方，他的戏剧被称为"威胁喜剧"。阿尔比是美国荒诞派的代表作家，也是一位很有才华、态度严肃的作家。他于1928年出生，成年后过了段流浪生活，对40、50年代的美国社会现实有比较深刻的认识。他认为描写英雄的古典悲剧已不能表现现实，他用荒诞剧作来抨击现实，他公开宣称他的创作是"给时代画像"，他说："我认为荒诞剧作为一个真正的当代剧派，正视人的现实，是我们时代的现实主义剧派。"①他的主要作品有《动物园的故事》和《美国之梦》。

荒诞派戏剧是一个没有统一组织、没有共同宣言的戏剧流派。开始也没有统一的名称，常被称为"反戏剧派"，或者"先锋戏剧派"。1961年英国著名戏剧理论家马丁·埃斯林写了一本名为《荒诞派戏剧》的专著，论析了这一剧派的代表作家，分析了他们的创作特征，从而确定这一剧派的名称。在专著的"引论"中埃斯林写道："必须强调，上面提到的作家（指尤奈斯库、贝克特等人——引者注）绝对没有形成任何自我宣示的或自我意识的学派或运动的一部分，恰恰相反，这里涉及的每一位作家都把自己视作孤独于自己的天地之中。每个人都有自己对待主题和形式的特点与态度，有他们自己的根基、源泉和背景。假如同时，他们违背自己的心愿而形成了大量鲜明的共性，那是因为他们作品都敏锐地反映了西方世界里很大的一部分同代人的偏见与焦虑，思想与感情。"②

荒诞派戏剧经过50、60年代的盛期，70年代逐渐衰落。毕竟"荒诞"是一种极端的表现，对人生的态度也过于悲观。

---

① 阿尔比：《哪家剧派是荒诞派》，《外国戏剧》1981年第1期。
② 马丁·埃斯林：《荒诞派之荒诞性》，《现代西方文论选》，上海译文出版1983年版，第357页。

第二节 荒诞派戏剧的基本特征

荒诞派戏剧作家创作的共同共性表现在什么地方?我们可以从三个方面来认识。

第一、内容上寓严肃于荒诞之中。

一个概念往往是事物的某一特征的概括。只不过有些是本质特征,有些则非本质特征。要问荒诞剧的特点是什么?最简单的回答是:荒诞。什么是荒诞?尤奈斯库说:"荒诞就是没有目的,和宗教、哲学甚至直觉的源泉切断联系,人感到迷惘,他们所有的行动毫无意义、荒诞不经和没有用处。"①

人生无意义,人与生存环境的脱节,人的无聊迷惘、徒劳的努力——这就是荒诞剧作的内容。首先,世界是荒诞的。人类生活的这个世界是一片混乱,不合理性,到处都是屠杀、死亡。"在我眼中,世界往往显得被抽掉了任何意义,现实则非现实,正是这种非现实感……"② 这是尤奈斯库说的,他的剧作对世界的荒诞表现得很充分,尤其是后期剧作。像《屠杀游戏》中,在一个不知名的城市,不能确定的时代里,居民突然死去,因流行着一种不知名的病症。虽然采取了严格的隔离措施,但全然无效,病毒蔓延,整个城市被阴影笼罩。与日俱增的惨状触目皆是,掘墓人来不及掩埋尸体。但当居民死了半数的时候,莫名其妙的病症又突然中止。但好景不长,忽然一场大火,全城毁于大火。世界就是这样荒诞,无法理解。他不仅通过"人"来表现世界的荒诞,还通过"物"来表现。《秃头歌女》中的钟毫无规则,敲二下之后,敲了二十九下。给

---

① 尤奈斯库:《起点》,《外国文艺》1979 年第 3 期。
② 尤奈斯库:《起点》,《外国文艺》1979 年第 3 期。

人印象最深的是他的《不为钱的杀人者》，在一个阴冷灰暗的城里，贝兰吉突然发现了一块风和日丽、繁花似锦的街区，但这里却是乐土无人居。他十分奇怪，后来打听到原来这里有一个杀人的魔鬼住着。他设法除掉了这个怪物。但一个深夜，当他独自踽踽而行时，狰狞的杀人者突然出现，杀死了贝兰吉。这部剧作中，作者在荒诞中还用了点理性的手法——对比。在一个阴暗冷漠的城里还有一个美好的"乐园"，然而"乐园"又有何乐？早是一个"悲惨世界"。因而剧中的荒诞世界更令人难忘。难怪马丁·埃斯林称它为"经典性剧作"。

贝克特剧中布景的荒凉冷漠，品特《送菜升降机》中莫名其妙的命令纸条，阿尔比《美国之梦》中的"美国之梦"，都同样表现了世界的荒诞。

其次，人与物的关系是荒诞的。物（指商品）本为人所造，但反过来，物压迫人。尤奈斯库在《起点》中有一段话："……物质充塞每个角落，占据一切空间，它的势力扼杀一切自由；地平线包抄过来，人间变成了一个令人窒息的地牢。"① 读荒诞派的剧本，处处可以感到这种压迫感。《阿麦迪或脱身术》中，那具以几何级数增长的尸体没有止境地增长，竟破门墙，伸出窗外，把阿麦迪夫妇挤出屋外。加上遍地滋长的蘑菇，给阿麦迪夫妇所造成的惶恐感，同样也沉重地压在读者或观众心上。《椅子》中的满台椅子，《新房客》中的满台家具，还有《责任的牺牲者》中堆得似小山的咖啡杯子，《未来的鸡蛋》中的无数鸡蛋。这些都给人一个强烈的印象：宇宙被物质所充塞，人已无寄生之所。

再次，人与人的关系也是荒诞可笑的。阿尔比的《动物园的故事》很典型，写一个流浪汉杰里来到动物园，他发现人也和动物一样，是用栅栏隔开的，无法沟通。他试着把这个道理讲给一个出版商、颇为得意的资产者彼德听，企图沟通两人的思想，彼德根本不愿听。杰里绘声绘

---

① 尤奈斯库：《起点》，《外国文艺》1979年第3期。

色地讲了他和女房东的狗的故事,但彼德越听越厌烦。正如美国一位学者在一篇文章中写的:"当女房东的狗拒绝他进入公寓的时候,社会也拒绝他往里走,当彼德拒绝了解而高喊'我再也不要听了'的时候,社会也在这样喊。"① 品特的《生日晚会》中斯丹利躲避着什么,但最终没躲脱,被另外两人凌侮,完全丧失了人的气息,似木偶像僵尸,所谓"生日晚会"是这两人所代表的恶势力对斯丹利的总清算。《秃头歌女》中马丁夫妇经过一段长久的说明,才知道他们原来是一对夫妇,是同一个孩子的父母,但后来还有一女仆上场,说他们的孩子不是一个人,一个左眼红、一个右眼红,这样他们究竟是不是夫妇还是个问题。阿达莫夫的《进犯》中,一家人彼此毫无联系,唯一把他们捆在一起的是对一个死去的亲属的共同崇拜。家庭关系尚且如此,更何况这人与那人呢。

总之,在这个世界里,人的处境是荒诞的——不管社会的还是自然的。人和人被一堵无形的墙隔开着,无法交流,什么理性、友谊、爱情统统不存在。更有甚者,人的存在本身就是一出荒诞的戏。

他们为什么要表现这种荒诞?为什么要反映这种苦闷?阿尔比在《哪家剧派是荒诞派》一文中写道:"据我看,荒诞剧派是对某些存在主义和存在主义后时代的哲学概念的艺术吸收。这些概念主要涉及人在一个毫无意义的世界里试图为其毫无意义的存在找出意义来的努力。"② 这是阿尔比对荒诞派戏剧的解释,从这个解释中,我们可以看出,荒诞剧作家还是意在"努力"从"一个毫无意义的世界里""找出意义来"。其实质还是一个"人生的意义"的问题。这是一个严肃的问题。也许阿尔比的看法不能代表所有荒诞派剧作家的观点,像尤奈斯库和贝克特都不承认自己的剧作有什么社会功利,是为了"纯粹的戏剧",表现超阶级、超时代的精神状态和现象。但客观上,他们的剧作在荒诞的背后同样有

---

① 引自《动物园里:从奥尼尔到阿尔比》,见《外国戏剧资料》1979年第1期。
② 阿尔比:《哪家剧派是荒诞派》,《外国文学》1981年第1期。

着阿尔比所说的那种严肃的东西,只不过阿尔比是意识到了,而他们没有意识到或意识到了不承认罢了。同是尤奈斯库,他也承认"戏剧是我们这个时代的惶恐不安的一种反映。"人们通过他们的剧作去认识这个荒诞不经的世界,惶恐不安的时代,这又怎么不是一个严肃的问题呢?正是基于这一点,荒诞派戏剧才能成为第二次世界大战后一个重要的戏剧流派,受到人们的欢迎和重视。

第二、风格上喜剧与悲剧的统一。

从第一个特征的阐述中我们已经明了,荒诞剧作中表现的中心还是"人",人的存在,人与环境的冲突。只不过荒诞剧作家不再像文艺复兴时期的大师们,以遒劲有力的笔,精心刻画出充满着昂扬斗志的抗争英雄;而是以软弱无力的笔触,随意涂抹成已失去了"人格",欲生不成,求死不得,甚至已不成人形的"人"。《犀牛》中全城人都以变犀牛为荣,贝克特剧作中的人常常看不到全貌。更使荒诞剧作家痛心的是不少人奄奄一息地活在世上,却还全然无知,盲目乐观。从理性的角度去看,这是一幕人类悲剧。这和40年代萨特、加缪等存在主义作家的作品表现的内容一样。1942年加缪在《西西弗斯神话》中说过一段有名的话:"一个能用理性方法加以解释的世界,不论有多少毛病,总归是个熟悉的世界。可是一旦宇宙中间幻觉和照明都消失了,人便自己觉得是个陌生人。他成了一个无法召回的流放者,因为他被剥夺了关于失去的家乡的记忆,而同时也缺乏对未来的希望;这种人与他自己的生活分离、演员与舞台分离的状况真正构成荒诞感。"[①] 这里,"陌生的"生存环境,人是"无法召回的流放者",精神的失望,这些内容要是让索福克勒斯来写,也许会催人泪落。然而荒诞派的剧作,效果全然两样,当读到《秃头歌女》中两对夫妇的无聊对话,听到消防队长的牛吃玻璃生小牛的故事的时候;

---

① 加缪著:《西西弗斯神话》,三联书店1987年版,第6页。

当看到维妮已半身入土,却还在感叹:"啊,多么美好的日子"的时候,读者会不禁哑然失笑。当然,笑过之后,联系现实中的某些体验去认真想想,就会觉得悲在笑中。尤奈斯库说:"喜剧是荒诞不经的直觉,我觉得它比悲剧更使人悲伤。喜剧是不提供出路的……只有喜剧才能给我们力量去承担存在的悲剧。"

把荒延剧与索福克勒斯的悲剧相比,当然未免失之滑稽,毕竟相距太远,不好相比。但为了说明问题,倒可以把荒诞剧与存在主义的戏剧做个比较。它们表现的内容相同,但表现方法和戏剧效果全然两样。马丁·埃斯林在《荒诞派戏剧》中也把二者进行了比较,他说:"他们(指存在主义作家——引者注)依靠高度清晰、逻辑严谨的说理来表达他们意识到的人类处境的荒唐无稽,而荒诞剧则公然放弃理性手段和推理思维来表现他们意识到的人类处境的毫无意义。如果说,萨特或加缪以传统形式表现了新的内容,荒诞派戏剧则更前进了一步,力求做到它的基本思想和表现形式的统一。""荒诞派戏剧放弃了关于人类处境荒诞性的争论,它仅仅表现它的存在;以具体的舞台形象来表现存在的荒诞性。这二者在表现形式上的差别,正如哲学家与诗人的区别。"① 这一比较准确地说明了荒诞派戏剧的一个特点:通过荒诞表现荒诞。对马丁·埃斯林这段话稍作发挥,意思就是说,荒诞派戏剧作家面对人类存在的荒诞这一悲剧主题,不像存在主义作家那样,以明智的理性和合乎逻辑的结构去阐述人的生存处境的不合理性,而是通过揭示理性的不充分、不合理,放弃合乎理智的尝试和思想争论,仅仅用舞台上出现的具体图像来表现存在的荒诞性。它表现人类生存的图像,也表现人在荒诞的世界里束手无策的悲哀绝望,然而它不去议论人类的惶恐不安,而是把这种惶恐不安呈现在人们眼前。因为世界是荒诞的,所以呈现的也就是荒诞的。正是这种荒诞不经,由一个理性的"人"眼中去看,就显得可笑,带上

---

① 马丁·埃斯林:《荒诞派之荒诞性》,《外国戏剧》1980 年第 1 期。

强烈的喜剧色彩。这一特点也可以说是通过喜剧形式表现悲剧主题。二者的统一，是荒诞派剧作总的风格。

第三、艺术上一反传统，标新立异。

荒诞剧作家认为传统的戏剧手法已不能反映这个时代的现实，因而反对传统戏剧，运用他们自己的一套新的戏剧手法。这些手法概括起来有下列几个突出之点：

（1）破碎的舞台形象。传统戏剧是通过紧张引人的戏剧情节，塑造一个完整的舞台形象。但在荒诞剧中看不到完整的形象。在荒诞剧作家眼中，世界本来就是破破碎碎，毫无联系的，而他们又是用缩影的方式把荒诞的世界搬上舞台，因而在荒诞剧中只能看到破碎零乱的舞台形象。读荒诞派的剧，就好像打开一本影集，这张照片与下一张照片谈不上什么联系，既没有传统的戏剧情节，也没有传统戏剧的序幕、开幕、高潮、结局。以品特的《送菜升降机》为例，剧中写一个叫格斯和一个叫班的两人，在一间好像地下室的屋子里，好像是在等一个莫名其妙的命令，又似乎是在侍候住在上面的一个莫名其妙的人。整个剧本就是他们无聊的对话和送菜升降机从上面送下来的一些要东西的条子。对话时常上下不连贯。正因为没有连贯整一剧情，也就没有什么人物性格。甚至在介绍剧本内容时，不得不用"好像"、"似乎"、"莫名其妙"之类的词儿。

（2）充分调动一切舞台手段。尤奈斯库说："我试图通过物体把我的人物的局促不安加以外化，让舞台道具说话，把行动变成视觉形象……我就是这样试图延伸戏剧的语言。"[①] 一切手段都是允许的。既可以使人物具体化，也可以使恐惧和内在感情物化。为此，不仅允许而且必须使道具入戏，使物变得生气勃勃，使布景活跃振奋起来，使象征具体化。

[①] 转引自朱虹：《荒诞派戏剧·前言》，上海译文出版社1980年版，第32页。

荒诞剧作家正是这样，他们充分利用布景、灯光、音响、道具等来表现戏剧内容。《空中行人》中，尤奈斯库安排用血腥红光撕破天幕，造成恐惧荒诞的效果。《秃头歌女》中的闹钟，《送菜升降机》隔壁厕所水箱冲水的声音都增加了荒诞感。

（3）语言混乱、矛盾。语言在传统戏剧中十分重要，通过人物对话来表现人物性格。但荒诞剧中的语言或前后毫无联系，或前后矛盾，或颠三倒四往返重复，有的甚至成了连词汇意义都没有的音节。摘引《秃头歌女》中第十一场两对夫妇的争吵中的一节：

  马丁先生 我宁愿下一个蛋，不愿偷一头牛。
  马丁太太 拼命张大了嘴！啊！噢！啊！噢！让我的牙齿发出咯咯的响声吧。
  史密斯先生 小鳄鱼！
  马丁先生 我们去给奥德赛一巴掌吧。
  史密斯先生 我要住进我可可树里的防空壕中去。
  马丁太太 可可园里的可可树不结花生结可可！可可园里的可可树不结花生结可可！可可园里的可可树不结花生结可可。
  史密斯太太 老鼠有眉毛，眉毛没老鼠。

像这样的争吵天才知道是什么意思。当然，这是一个极端的例子，尤奈斯库以后的剧作也有所改变。但混乱、矛盾，是荒诞派剧作的语言特点。

（4）夸张、象征、寓意等非理性手段。在表现手法上，夸张、象征、寓意是荒诞戏剧常用的。如果把荒诞剧作比作一本影集，那它们还有一个很大的区别，影集里的照片还是自然的真实摄影，但荒诞剧却是通过它的荒诞镜头，进行夸张的摄影，并在这种荒诞的夸张中寓示着一种意义（这点有些荒诞剧作家不承认）。故有评论家称某些荒诞剧为"漫画喜剧"，"寓言戏"。满台的家具，以致戏中人被埋在家具中，以象征物挤人,无疑是夸张。人生活在垃圾箱中,只露出头来,这也是夸张,又喻示着人类的生存环境。

第三节 《等待戈多》:荒诞派戏剧的经典

贝克特的《等待戈多》最能体现荒诞戏剧的思想和艺术特点。

贝克特(1906—1989)出生于爱尔兰,青少年时期在爱尔兰受教育。学生时代他对戏剧特别感兴趣。1927年大学毕业,获法国文学和意大利文学学士学位。翌年到法国巴黎高等学校任教以后一度游历欧洲诸国,1937年定居巴黎。第二次世界大战巴黎陷落后,他曾参加反抗侵略的秘密组织。战前,贝克特从事小说和诗歌创作。他的小说受到卡夫卡、乔伊斯、普鲁斯特创作的深刻影响。《墨菲》是他的第一部小说,叙述流亡伦敦的爱尔兰人墨菲,为使自己所爱的女人而四处寻找工作,而其他的人又在四处寻找他,在一个"寻找"的大故事框架中表现了对传统叙述模式的否定,被称之为"反小说"小说。以后创作的《瓦特》(1944)、《莫卢瓦》、《马洛纳正在死去》、《无以名状的人》三部曲(1946—1950)和《如此情况》(1961)都表现了他敏锐的观察力和反传统的艺术倾向。战后他致力于戏剧创作。1953年公演的《等待戈多》以其荒诞色彩和战后西方普遍的伤感失望情绪的表现轰动了整个西方,巩固了尤奈斯库开创的荒诞派戏剧。以后他陆续创作了《剧终》(1957)、《哑剧》(1957)、《最后一盘磁带》(1960)、《啊,美好的日子》(1961)、《哑剧》(1964)等荒诞戏剧,成为荒诞戏剧的代表性作家。1969年,贝克特以"他那具有新奇形式的小说和戏剧作品使现代人从精神贫困中得到振奋",以及他的戏剧"具有希腊悲剧的净化作用"而获得诺贝尔文学奖。

贝克特的创作以表现现代文明中人们的失望、苦闷和迷惘为中心主题,描绘了一幅幅令人心碎的人类受难图。剧中人物往往是贫困的街头流浪汉、残疾者或精神病人等,作家把他们安置在一个个荒凉凄惨而且愈来愈小的生存环境中，从荒原陌路到房间床铺，再到垃圾桶、轮椅上或墓坑里，让他们在孤独、绝望的折磨下缓慢地被死亡吞噬。贝克特往往在剧作中通过荒诞的形式，把人的痛苦推到极端的位置，令人读后悲叹不已。独幕剧《剧终》的主角哈姆是个瞎子，且下肢瘫痪，只能坐在轮椅中由仆人推着走。他的父母境遇更惨，被装在两个垃圾箱中，饿了则伸出头来向儿子乞食。这简直是座地狱！这里没有人生的欢乐，只有痛苦、贫困和孤独，只有等待死期的来临。《哑剧》的背景是一片荒凉的沙漠，在强烈刺眼的光线下伫立着一个孤独的人，四周传出的各种尖利怪声使他惊恐发怵，头顶上悬挂着各种杂物，但怎么也抓不到手却随时可能砸下来，他想逃离，但走出几步就被一种莫名的力量推回。剧中没有一句台词，但人的痛苦与绝望却给读者或观众以强烈的震撼。有论者评论贝克特的戏剧："布景、时间、人物、情节、语言本身都打破了，舞台上只剩下一种场景，由于它所强加的空洞的形体印象而显得残酷，由于人们听到的不知疲倦地倾吐其可怜，荒诞的词语的陌生和固执的声音而富有魅力。生活的游戏没有规则，荒诞剧自始至终只是一盘可笑的'残局'。没有谁比贝克特解说得更加清楚。"①

贝克特荒诞剧的特点，集中体现在他的代表作《等待戈多》中。剧本于1953年1月在巴黎一家先锋派小剧场巴比伦剧院首演，获得意外的成功，连演四百多场后又转移到另一剧院继续演出。在之后的五年中，《等待戈多》吸引了无数的观众。这是一个两幕剧，基本内容大致如下：

瘪三式的流浪汉爱斯特拉冈（戈戈）和弗拉季米尔（狄狄）在黄昏里的乡间小道上等待从来没有见过的戈多，他们无聊地闲谈，做些机械的动作，讲些不知所云的故事。但戈多迟迟不来。他们烦闷得想到自杀，但又不甘心，想等戈多来弄清自己的处境再死。等来等去，终于等

---

① J·贝尔沙尼等著：《法国现代文学史》，湖南人民出版社1989年版，第362页

到了来人，却不是戈多而是波卓。他手持鞭子，一手牵着被拴着脖子的"幸运儿"。幸运儿扛着沉重的行李，拱肩缩头，脖子被勒得正在流脓，惨不忍睹。波卓气势汹汹，虽原谅了恐惧的狄狄和戈戈，但随意虐待幸运儿，称之为"猪"，挥来斥去，幸运儿也唯命是从。波卓吃饱喝足，对黄昏作了一通"抒情"的解释，幸运儿为他们跳了一通舞，作了一番"思想"，波卓才牵着幸运儿和流浪汉告别。总算消磨掉一个黄昏，天将黑时，一孩子来到，他传达戈多的旨意：今天不来了，明天一定来。

次日的黄昏，还是同样的乡间小路，同样的两个流浪汉，同样等待戈多。等待得无聊至极，一个流浪汉唱了一支无聊的"狗"歌，他们追忆过去的往事，彼此争吵谩骂，但仍不见戈多来。他们反复着下面的对话：

爱斯特拉冈　咱们走吧。
弗拉季米尔　咱们不能。
爱斯特拉冈　为什么不能？
弗拉季米尔　咱们在等待戈多。

总算等到了人，却仍是波卓和幸运儿。这时的波卓眼睛瞎了，幸运儿成了哑巴。昨日气势汹汹的波卓，跌倒在地爬不起来。两个流浪汉好不容易才把他扶起来走了。接着还是孩子来到，宣告戈多今天不来了，明天一定来。两个无望的流浪汉又想起了上吊，解下裤带子，但一拉就断了。死也死不成，只好明天再等……

剧作在荒诞的背后，深刻地表现了现代文明中的人生处境：生活在盲目的希望之中。人们遥遥无期地等待着一个模糊的希望，到头来只是一场梦幻，只有失望，再等待、再失望，在期待中耗尽生命，失望中饱尝痛苦。舞台上演的是人类社会的抽象化缩影。剧作中的四个人物——戈戈、狄狄、波卓和幸运儿，代表了人类内在精神与外在情势的各个方面：精神与肉体、理性与感性、思想与行动、善良与邪恶、专制与奴性、压迫与受难、享乐与吃苦、幻想与实际、热情与沮丧等等。仔细阅读剧本，可以看到戈戈和狄狄虽然都是流浪汉，但有明显的区别：戈戈老是摆弄靴子，狄狄总是折腾帽子；戈戈讲求实际、长于行动、吃萝卜、睡觉甚至挨揍，狄狄则注重思想、偏于精神、说话、唱歌；戈戈喜欢离奇的故事，狄狄好作哲学探讨；戈戈总为现实琐事缠绕，狄狄常为精神问题困扰；戈戈健忘、过去的事情模糊不清，狄狄清醒、过去的事情有清晰的记忆；戈戈懦弱、更多依赖性，狄狄有些主见、常给戈戈以安慰。波卓和幸运儿既是人性中统治欲和奴性的象征，又是社会关系中压迫与被压迫关系的表现。然而在外在强力或自然规律面前，他们都无力抗拒，第二幕中波卓瞎了，幸运儿哑了，他们都作为痛苦与灾难的承受者而存在。

四个人物作为人类社会的抽象化缩影，展现的是种种痛苦而孤寂的生存。两个流浪汉不仅有着躯体上的痛苦，更有心灵中的伤痛。他们不敢制止邪恶、不敢主持正义、甚至不敢放声大笑；他们不了解世界的真实情景，也畏惧别人讲述真实；他们害怕夜晚，对明天也没有什么兴趣；他们渴望交流，但往往是自说自话，无法得到真正的沟通；他们也拥抱，拥抱后却感受到更深的隔膜。幸运儿的痛苦在剧中更为直观，他已经不成其为"人"，波卓对他以"猪"相称。波卓在第一幕中蛮横凶狠、傲气十足，第二幕中也只有大呼"救命"的份了。

个人的日常生活如此沉闷和毫无意义，社会交往又要么是压迫与被压迫、要么是彼此隔膜封闭而难以实现，因而人生的意义只剩下"等待"。但等待什么？谁也说不清，只是习惯形成的一种模糊不清的希望，或者借"等待"来证实自身存在的价值。西方学者罗伯·吉尔曼谈到《等待戈尔》时说："这部戏剧就是表现弗拉季米尔和爱斯特拉冈怎样等待戈多；戈多不来，他的本性就是他不来。他是被追求的超验，现世以外的东西,人们追求它为了给现世生活以意义。"①

剧中被等待的戈多究竟是什么?西方评论家绞尽脑汁,作出各种解释,从一个著名的摩托运动员到巴尔扎克的一部不出名的早期喜剧中的一个角色,进行种种类比评析。也有人问过作者:戈多究竟指什么?作者回答:"我要是知道,早在戏里说出来了。"但剧中多次说明戈多是爱斯特拉冈和弗拉季米尔的救星和希望。从剧中字里行间的暗示,似乎可以把"戈多"理解为西方基督教中的上帝,不仅"戈多"(Godot)可能是由上帝(God)演化而来,而且基督教的意象和象征反复在剧中出现,戈戈和狄狄对戈多表现出既敬仰又畏惧的态度,四个人物的流浪与宗教中的朝圣也有内在的一致,前来传递消息的小孩说戈多喜欢他而不喜欢他的弟弟,这与圣经故事中上帝喜欢哥哥亚伯而不喜欢弟弟该隐完全相类。

然而,19世纪末尼采已宣布"上帝已经死了",这个西方人的精神偶像已经倾塌,戈多永远不会到来。今天等不到,明天还是等不来,永远等不到。剧作第二幕的基本内容是第一幕的再现,加强了这种观念的直观性,要是继续写下去,第三幕、第四幕、照样还是等待、等待……

痛苦加失望、悲惨加迷惘是《等待戈多》内容的突出之点。幸运儿的痛苦直接呈现在读者或观众面前,是看得见的痛苦。两个流浪汉的痛苦是通过他们的无聊、烦闷来表现的。他们徘徊在虚无缥缈的人生道路上,等待着不可知的命运,忍受着生与死的折磨。在他们眼中,什么都没有意义,一切都无须去记忆,连时间概念都没有。爱斯特拉冈说:"……今天是不是星期六?今天难道不可能是星期天?或者星期一,或者是星期五?"第二幕中弗拉季米尔问小波卓什么时间瞎了眼,波卓大为恼火:"什么时候!什么时候!有一天,难道还不能满足你的要求?有一

---

① 罗伯·吉尔曼著:《现代戏剧的形成》,转引自朱虹:《荒诞派戏剧集·前言》,上海译文出版1980年版,第6页。

天,任何一天。有一天他成了哑巴,有一天我成了瞎子,有一天我们全会变成聋子,有一天我们诞生,有一天我们死亡,同样的一天,同样的一秒钟,难道不能满足你?他们让新的生命诞生在坟墓上,光明只闪现了一刹那,跟着又是黑暗。"生存即是死亡,时间没有意义,是永远停滞的瞬间。为了填补这个单调的时间空白,减轻不断袭来的恐惧不安,他们总是做些机械的动作,说些无意义的话,借此证明自己可悲的存在。两个流浪汉在舞台上脱靴子,取帽子,唱歌演戏讲故事,闲聊拥抱,互相谩骂,然而这一切都毫无意义。虽然满台热热闹闹,却"什么也没发生,没人来,也没人去,太可怕了。"这些是他们内心痛苦的外部标志。

贝克特在他的小说《瓦特》中说:"人生是片刻的存在,不苦不乐,不醒不睡,不死不活,没有躯体,没有灵魂。"这正是《等待戈多》中展示的荒诞人生的注脚。然而,像流浪汉这样的当事人,处于痛苦之中而麻木不仁,对于读者和观众,却通过剧中人物的荒诞表演,深深地体会到人生的痛苦和悲惨境遇,深深认识到现代文明背后潜藏的精神危机:人们不知道自己生存的真实含义,他们期待着未来,可"未来"的面目模糊不清。

在剧作风格上,《等待戈多》将喜剧悲剧融合在一起。正如上文所述,《等待戈多》表现的中心是"人",人的存在、人与环境的冲突,人是无法召回的"流浪者",精神的失望等。但《等待戈多》的悲剧主题是通过喜剧性的细节和语言加以表现的。爱斯特拉冈为脱靴子而筋疲力尽,弗拉季米尔反复脱下帽子翻找、闻嗅、抖落,狄狄再三要求拥抱戈戈,他们相互谩骂,他们为上吊的先后而进行的争吵,他们争食红萝卜和波卓吃剩骨头……这些动作和场面直接表现出喜剧性;剧作中的一些喜剧成分来自反讽,狄狄大谈"奋斗",戈戈对上吊的分析,幸运儿的长篇"思想",波卓关于时间的诗句等,正是在这种语言与场面、情景、人物的不协调之中,读者或观众不禁哑然失笑;剧作中还有一些黑色幽默式的喜剧场景,狄狄羡慕戈戈在一条沟里过夜,戈戈挨打却甚为得意,弗拉季米尔和爱斯特拉冈久等戈多不来,异常绝望,打算上吊自杀,但两人又因体重不同而发生谁先谁后的争执,上吊不成,戈戈的裤子却掉了下来,赋予场面以某种喜剧色彩。正是在这种悲喜交融、凄苦的笑中,更好地表达了人生的悲惨。这是一种绝望中故作轻松的苦涩的笑。

在戏剧艺术形式方面,《等待戈多》完全不同于传统的戏剧。西方戏剧评论家马丁·埃斯林评说荒诞戏剧:"这类戏剧使批评家和戏剧评论家接受起来仍然莫名其妙……假如说,一部好戏应该具备构思巧妙的情节,这类戏剧则根本谈不上情节结构;假使说一部好戏凭的是精确的人物刻画和动机,这类戏剧则常常缺乏能够使人辨别的角色,奉献给观众的几乎是动作机械的木偶;假如说,一部好戏要具备清晰完整的主题,在剧中巧妙地展开并完整地结束,这类戏剧既没有头也没有尾;假使说,一部好戏要作为一面镜子照出人的本性,要通过精确的素描去刻画时代的习俗与怪癖,这类戏剧则往往使人感到幻想与梦魇的反射;假使说一部好戏靠的是机智的对答和犀利的对话,这类戏剧则往往只有语无伦次的梦呓"。① 《等待戈多》确实没有传统的戏剧冲突、情节结构、人物形象,而是具象与抽象、现实与幻想、意识与潜意识、理性与非理性、生活琐事与哲理思辨的奇妙糅合。但与尤奈斯库的荒诞剧相比较,《等待戈多》更多理性的成分和对传统戏剧手法的借鉴。首先,在结构上《等待戈多》没有传统戏剧的开端、发展、高潮、结局的纵向程式,而是无头无尾,没有逻辑可循,是众多同一平面上细节、场面的连缀。表面看似是混乱、非理性。深入把握,可以看到剧作有自成体系的严谨的内在结构。这一结构直接服务于观念的表达而放弃了故事情节、人物形象这些中介。这种表面的混乱、非理性,实际上是清醒人的装疯卖傻。剧作中的人物动作或语言经常不断反复,成一种回旋的节奏与韵律,像诗歌中的回旋体和乐曲中的重现。从整体看,两幕戏基本是同义重复,形成开始就是结

---

① 马丁·埃斯林:《荒诞派之荒诞性》,《外国戏剧》1980年第1期。

局、结局也是开始、"等待"只是等待本身的无尽延伸的直喻。从局部看，第一幕中有不断反复的对话："咱们走吧。""咱不能走。""干嘛不能走""咱们在等待戈多。"第二幕中波卓出场，他摔倒在地，在戈戈和狄狄的对话中他不断大呼"救命！"连续达14次。这些反复，既在表演中强化效果，也在结构上形成回旋与照应。有论者从诗化结构来理解《等待戈多》的结构，"在《等待戈多》中，我们明显地感受到诗化的审美特征，比较突出的是中断、空白和回旋。"① 这种诗化结构形式不仅仅是一种形式，而是有意味的形式，结构本身就是内容。正是这种"等待"的循环式简单结构，使"等待"这一舞台动作获得超越现实、超越时空的艺术效果，成为人类的一种共同情绪的表达。其次，剧作中的人物语言和细节具有很强的"可演性"。戈戈折腾靴子、狄狄翻弄帽子的细节，虽然是些琐碎的动作，但以其包含着烦闷的滑稽而具有表演性；幸运儿"思想"的长篇演说，堆砌了当时西方社会形形色色的各种现象：上帝、无线电、人体测定学、体育运动、直到潘尼西林和洗肠药，这些现象的语无伦次的组合，给人以既熟悉又陌生的感觉，更引人作进一步的深思：尽管人类的文明有发展，但一种本质上的荒诞控制着人类，人类依然不能获救。再次，悬念手法的运用。从剧场出效果而言，戈多是谁？他是否会来？成为贯穿演出始终的悬念。当然，从贝克特创作的构思的角度看，这个悬念的设置，是对人生和世界的怀疑，是对荒诞存在的直接表现。

《等待戈多》对人类生存境况与悲哀绝望仅仅是一种"表现"，它不是求得问题的解决，而是加重问题的分量，更加沉重地压抑在读者或观众的心上。你可以说它是一种"偏见"，偏见中包含贝克特对人类前景的深沉"焦虑"，但它确实能震撼人的心灵。欣赏《等待戈多》，绝不是轻松的娱乐，而是近乎一种酷刑 。正是在这种自虐般的酷刑中，获得一种荒诞人生的再体验。这就是《等待戈多》久演不衰的奥秘所在。

---

① 赵晓丽、屈长江著：《反危机的文学》，华岳文艺出版社1988年版，第176页。

第六章 浪漫主义视域中的美国现代文学

年轻的美国文学在浪漫主义的乳汁哺育下迅速成长。当长大成熟时,它不满足于单一的饮食养料,而是广泛吸收,但又始终没有放弃过童年时期的嗜好。浪漫主义总是美国文学主要的或辅助的重要营养。南北战争后直到当代的美国文学与浪漫主义有着种种联系。当然,新的文学内容和表现方法、技巧也改变了传统浪漫主义的某些方面。从浪漫主义文学这一角度着眼,这一时期是浪漫主义的演变时期。为了表述的方便,我们将演变的美国浪漫主义文学分作三个阶段叙述。

第一节 蛰居于现实主义之下的浪漫主义

南北战争后至第一次世界大战前,美国文学总的倾向是现实主义文学兴起、繁荣,独立战争后曾占据文坛主潮地位的浪漫主义文学逐渐衰落。这一文学现象的出现,与当时的时代现实有关。南北战争结束,美国资本主义高速发展。这一时期美国社会现实包含着矛盾的两个方面:一方面北方先进的科学技术、民主制度战胜了南方落后的蓄奴制和种植园经济,进一步解放了生产力,西部的开发、移民涌入等从多方面为资本主义的发展创造了条件。在短短不到40年的时间里,美国的工业总产值由世界的第四位上升为第一位。另一方面,在生产资料私有制度下,生产力发展的结果是生产和资本的急剧集中,出现了石油大王、铁路大王、汽车大王、钢铁大王,各个重要的工业部门都有垄断组织托拉斯。托拉斯形成的过程,也就是中、小资产者纷纷破产的过程,其间大量工人失业。美国成为"贫富间鸿沟最深的国家之一。"[①] 20世纪初的统计材料表明,占全国人口总数2%的富翁占有全国财富的60%,而65%的普通人口却只占全国财富的5%。大资产者直接插手控制国家的政务,把政治当作进一步占有财富、扩大资本的工具。19世纪末期,美国垄断资本向国外发展,1898年旨在夺取西班牙殖民地古巴、菲律宾的美西战争,标志着美国进入帝国主义阶段。这样的社会现实,使得人们对美国的民主制度产生怀疑和失望,看到了"民主"背后的阴影。人们不再是单纯地以满腔热情歌颂美国的民主,转而以冷静的眼光看待现实。在文学领域,现实主义文学占据上风。威廉·豪威尔斯首先提出"现实主义"的口号,马克·吐温描写了这个"镀金时代"的种种罪恶秽行,亨利·詹姆斯的现实主义精神则表现在对人物内心世界的掘进,还产生了弗兰克·诺里斯、斯蒂芬·克莱恩、欧·亨利、杰克·伦敦等一批重要的现实主义作家。

然而,这一阶段浪漫主义文学并没有"销声匿迹",它虽然作为文学思潮蛰居于现实主义之下,但在某些文学类型中颇有势力,或作为一种表现方法糅合进现实主义创作中,或者一些现实主义作家在某一时期也创作出浪漫主义的作品。

前一代浪漫主义作家中还有几位在南北战争后继续其浪漫主义创作。如惠特曼的《草叶集》至1860年只出了三版,至1892年的"临终版",还出过六版,每次都收入新的诗作。他的后期创作虽然对美国的"民主"制度有了新的认识,但他的乐观主义精神、浪漫主义激情、对生活的热爱和民主理想,依旧热烈动人、汹涌澎湃。爱默生的散文和麦尔维尔的小说也还照样充满着浪漫主义情调。

[①] 列宁:《给美国工人的信》。《列宁全集》第28卷,人民出版社1963年版,第44页。

南北战争后出现的"乡土文学",虽然表现出一定的现实主义色彩,但基本上是一种浪漫主义文学。"乡土文学"描写东部沿海的古老城镇、西部边远的山林和矿山、南部的种植园故事和中西部的古老传说,都以乐观轻松的抒情笔调,渲染浓郁的乡情风习,具有浓重的地方色彩。"乡土文学"作家中最为有名的是布勒特·哈特(1849—1909),他是"西部幽默小说"的开创者。哈特主要描写西部金矿里蜂拥而至的淘金工的生活,极力从这些由各地流浪汇集拢来的小人物身上寻找出善良的人性,挖掘出"纯洁的心灵",通过幽默的笔致,赋予他们的生活以一种美妙的诗意和瑰丽的色彩。他的代表作是《咆哮营的幸运儿及其他短篇》(1870)。"乡土文学"的另一代表作家是欧温·威斯特,他的代表作是《弗吉尼亚人》(1092),描述一位女教师和一个来自蛮荒的南方青年的爱情,在恋爱情节中交织着美丽恬静的山林风光,抒写了一曲仁爱、温情、勇敢、聪慧的人性颂歌。

"现实主义奠基者"的豪威尔斯也写作了两部描写基督教社会主义的"空想小说":《从阿特鲁利亚来的旅行家》和《穿过针眼》。他早期取材意大利生活经历的作品也颇具浪漫主义色彩。詹姆斯、华顿的小说题材往往描写美貌姑娘和富翁几经曲折的爱情故事,这是浪漫主义小说中"郎才女貌"化为"郎财女貌"的常见题材。写作著名的《小麦史诗》三部曲的作者诺里斯如其早期创作浪漫主义色彩浓郁,如《莱蒂夫人号的莫兰》(1898)描写幻想传奇故事。杰克·伦敦笔下的一些冒险小说,如《荒野的呼唤》(1903)和《海狼》(1904)也具有强烈的浪漫气息,他后期的长篇《天大亮》和《月谷》中主人公最后找到的"世外桃源"的理想境界,也表现出主观幻想的浪漫主义特征。

现实主义大师马克·吐温的作品也不乏浪漫主义因素。他的创作构思常常表现出浪漫传奇的色彩,《在亚瑟王朝庭里的康涅狄格州美国人》(1889)幻想一个19世纪的美国人退回到6世纪的英国生活,《王子与贫儿》(1881)主人公身份的变换,都表现了浪漫主义的特点。《哈克·贝利费恩历险记》中对密西西比河旖旎的自然风光的描绘,融现实主义的描写与浪漫主义的抒情于一体。《竞选州长》、《败坏赫德莱堡的人》等作品中的夸张手法,晚期创作中的神秘气氛,都与浪漫主义有着亲缘联系。

还要提及的是在19世纪末、20世纪初美国文坛流行着一种浪漫主义的历史小说。这是在罗斯福的"新国家主义"氛围中滋生的文学样式。这些小说取材独立战争、南北战争和拓荒时代的历史,以乐观的基调赞美国家的命运,在历史题材中洋溢着作者的主观激情。美国评论家称这些作品是"历史传奇小说"[①]。历史传奇小说作家中最享盛名的是温斯顿·丘吉尔,他的三部作品《理查·卡维尔》、《危机》、《横渡》在当时产生很大影响。

第二节 浪漫主义的第二次大繁荣

两次世界大战之间的美国文学,继19世纪上半期之后,浪漫主义文学又一次获得繁荣,出现了众多的流派,产生了一批杰出的诗人和作家。就创作的实质而言,这一阶段的文学既不同于传统的浪漫主义文学,也区别于19世纪后期的现实主义文学,是一种新的社会现实、新的时代潮流下的新文学(即"现代文学")。

在这一阶段30余年时间里,有两件事对美国社会产生巨大而深刻的影响。首先是第一次世界大战。美国直到战争临近结束才参加,不但没有受到什么损失,而且大发战争财。战争中美国的工业总产值直线上升,几年中增加将近一倍,从战前的资本输入国而成为资本输出国,由债务国成为债权国。美国集中了世界黄金储备量的40%以上,取代了英国在世界的金融中心地位。大战刺激了美国经济的发展,也改变了人们的价值观念,美国的传统文明瓦解。一批从战场上有幸返回的人们,表面上

---

① 威勒德·索普:《二十世纪美国文学》,北京师范大学出版社1982年版,第75页。

沉浸于放纵寻乐，而内心里却怀着"被人出卖"的情感，苦闷彷徨。一些有知识、有良心的人们更为经济繁荣背后的种种秽行、极端的贫富分化、战场上的鲜血、死尸，战后的动荡、混乱所震惊，感受到自我的丧失，民主自由理想的彻底幻灭。其次是1929年至1938年世界性的经济危机。这一空前的危机暴露了私有制与大工业生产的尖锐矛盾，它所造成的经济损失相当于第一次世界大战损失的两倍。这次危机美国首当其冲，遭受打击最大，全国六千家银行和13万个公司破产，1700万工人失业，工业生产几乎下降一半。尽管罗斯福实行"新政"，极力扭转危机，但在人们的意识上已经对资本主义制度产生普遍的怀疑和失望，产生对自身命运难以把握的观念。加上二三十年代西方普遍盛行的各种非理性哲学及其他社会思潮，从理论上论证了现代人的空虚、失望和悲剧存在的客观条件与必然性。

在这样的土壤和气候下生长的美国现代文学，不像传统浪漫主义文学满怀激情高歌民主自由，也不像现实主义文学对外在世界作客观冷静的描绘，表现出内容上的主观化、非理性化和内在化；艺术上的探索性、多样性等特点。现代作家往往不再信任事物的外在表象，力图表现出"主观现实"，人物塑造也撕开文明的外衣，显露出非理性的本能。为适应现代内容的表现，艺术上不断地探索新的艺术技巧和方法。从把握世界、表现世界这一认识论高度来说，这一阶段美国文学的主导倾向是浪漫主义。这一阶段是美国浪漫主义文学史上的重要时期，但这种浪漫主义是演变中的浪漫主义。

从纵线看，这一阶段美国文学的主体是由20年代文学和30年代文学构成。一次世界大战前后开始这种新文学的实验，20年代初成熟，整个20年代文学全面繁荣。寻找自我是整个20年代文学的主题，迷惘彷徨是其基调。30年代由于经济危机和"红色三十年代"的思潮冲击，左翼文学发展，对社会的关注甚于对自我的关注，现实主义文学稍占上风。

从横面看，这一阶段文学流派纷呈，有的围绕某些刊物组成文学团体，有的由于共同的美学理想而形成流派，有的流派出现于某一地区。这些流派都有自己的旗手、主将，甚至宣言或系统的主张。各个流派的共同努力，使得美国的现代诗歌、戏剧、小说得到发展、繁荣。

诗歌是美国现代文学的"长子"。在第一次世界大战前后出现的"新诗运动"（1912—1922）推动了美国现代诗歌的发展，随后产生了意象派、"芝加哥诗派"和五花八门的现代派诗人，当然还有取得成就的传统派诗人。几十年里诗人辈出，弗洛斯特（1874—1963）、桑德堡（1878—1967）、庞德（1885—1972）、艾略特（1888—1965）、威廉斯（1883—196；3）等都是名声显赫的诗人。

诗歌言志抒情的特点，使得诗歌与浪漫主义的"血缘"最为亲近。从美国现代诗歌的总体倾向看，不同于传统浪漫主义诗作直抒胸臆，坦荡激昂，而是表现出冷峻、深沉、含蓄的艺术风格，用诗人麦克考利的说法是："一首诗不应该说明什么而应该是什么"（《诗的艺术》）。冷峻、含蓄并不是没有诗人的情感，只是诗人有意控制情感，通过冷嘲、隐喻等手法加以暗示性的抒发。这一点在意象派的诗作中表现尤为明显。意象派诗人声言反对传统浪漫主义，就是浪漫主义那种直言不讳，诅咒和歌颂都是一览无余，痛快淋漓，这不符合意象派的审美追求。然而在主观抒情这一点上，意象派与传统浪漫派一脉相承。意象派诗人把自己的感情强压住，表面"不露声色"，但通过他们的感受，以明晰、生动的具象暗示出来。其具象的暗示意，往往带有强烈的主观抒情色彩。美国意象派的组织者和主要代表庞德有一首四百行的长诗《毛伯莱》，诗作表达对大战前后西方社会的不满，旁征博引，引用多种外语，背景变化多端，意象新奇古怪，气氛冷峻阴沉，表面的冷静下涌动着诗人巨大的情感潜流。有些极端主观的意象派诗作，其具象的暗示意，除了诗人自己的解说，别人无法读懂。由意象诗的发展，到后来成为"学院诗"、"书案诗"。在这过程中，美国现代诗坛巨臂艾略特的创作实践，起了重要作用。

美国现代诗歌虽然以其现代感受和冷峻风格区别于以往的诗歌,但也受到传统的影响。法国象征派、英国玄学派的诗作和东方古诗的影响非常深远,美国19世纪诗歌,特别是惠特曼的影响不能低估。惠特曼作为伟大的浪漫主义诗人对现代诗歌影响最大的是"芝加哥诗派"。20年代前后,芝加哥三位著名诗人:林赛(1879—1931)、李·马斯特斯(1888—1950)、桑德堡(1878—1967)的创作活动推动了"新诗运动"的发展。他们诗作的内容和风格都明显烙有惠特曼的痕迹。尤其是林赛和桑德堡,站在普通人民的立场,高歌民主自由、谴责社会罪恶:

> 你能在巨大的鼓点上敲出
> 人民每天单调的行动?
> 他们从地里、从空中
> 抓出面包、抓出爱情,
> 这就是从昨天做到明天的事。
>
> 你能在巨大的钢号上吹奏
> 战争和革命的宏大声响?
> 当无名的黑影蜂拥而出
> 擦去了昔日的赫赫大名,
> 把旧有的事物一笔涂去,
> 翻过了一页,崭新、洁白。
>
> (桑德堡《是的,人民》第26章)

他们的诗作情感奔放,节奏感强烈,富于鼓动性,风格遒劲有力。他们的诗歌都适合朗诵、演唱。林赛和桑德堡都曾旅行全国,朗诵、演唱自己的诗作。"芝加哥诗派"的作品以他们对传统浪漫主义的直接继承,在美国现代诗坛另成格局。美国现代诗人中,受到惠特曼明显影响的还有威廉·卡洛斯·威廉斯和哈特·克莱恩等。

活跃于现代诗坛的现代派诗人们，表现出各自的风格，但在主观抒情这一点上，都与浪漫主义息息相通。其中可以视为代表的是F·E·肯明斯。他有一本诗集题名《是5》，按他自己的解释：二乘二等于四是现实生产中的常识，但在诗人创作的世界里，却可以说等于五，并且使人相信它。这里可以看到诗人对诗歌通过情感中介起作用的特征的认识，也可以看到他的诗歌创作为主观性。肯明斯的诗歌就是抒写他的"是5"世界的视觉印象。他的诗歌的主观抒情性不仅在内容上，在诗歌形式上也非常明显。他在诗行排列、字母拼写、用词等方面，都以主观感受作为依据，甚至为表现独特的意念而生造新词。

戏剧是美国现代文学的重要收获。真正成熟的美国民族戏剧是20世纪诞生的，而且自诞生起，就与浪漫主义有着不解之缘。在第一次世界大战前后几年，美国出现"小剧场运动"，反对当时盛行的商业性戏剧，具有实验性地探索美国戏剧的发展道路。据统计，至1924年这类业余小剧团在美国达百余个，拥有观众50万人之多。其中最为著名的小剧团是"华盛顿广场剧团"和"普罗温斯顿剧团"，前者致力于演出介绍欧洲的新剧目，后者产生了美国的戏剧大师尤金·奥尼尔。"小剧场运动"推动了美国民族戏剧的发展和成熟。

在"小剧场运动"之前，统治美国剧坛的商业性戏剧是一种浮浅、庸俗、迎合观众口味的戏剧，美国文学史家称之为"挤眼泪的、逗乐的、吓唬人的"戏剧。年轻的戏剧改革者们努力创造出一种严肃的美国戏剧，使戏剧成为真正的艺术种类，他们向欧洲剧作家学习，试验新的表现手法。对美国现代戏剧影响最大的是斯特林堡的梦幻象征剧、爱尔兰的浪漫主义戏剧和德国的表现主义戏剧。在第一次世界大战后的美国现实条件和欧洲非理性思潮影响下，表现主观真实，挖掘人物矛盾、混乱的内心世界，抒写人们的失望、迷惘的情怀是美国现代戏剧的基本内容；艺术表现上的梦幻象征、情节淡化、哲理寓言性质等成为美国现代戏的基本特征。这些在民族戏剧奠基人奥尼尔的剧作中得到集中的体现，在埃尔默·赖斯（1890—1967）、约翰·霍华德·劳逊（1895—1977）、罗伯特·E·谢伍德（1896—1955）的剧作中也有表现。

《加数器》是赖斯的代表作。剧本抒写一个名叫零（象征失去全部价值的人）的地铁公司簿记员，干了25年，整天淹没在数字的海洋，正当他希望升职的时候，一架计算器顶替了他，他被解雇。零先生恼怒之下杀死公司经理，而被处以死刑。死后他的灵魂升入天堂，分配在一个修配站，继续操纵计数机器。"天堂"也是一部机器，是一架"宇宙洗涤机"，灵魂经过洗涤再重新投胎。剧作家采用表现主义的手法和浪漫主义的想象，在表面的荒诞中深刻地揭示了现代社会里，随着机械化程度的提高，人的价值日益丧失，人性日益蜕化的主题。剧本的情节构思、场景设置、灯光音响和人物语言都为表现"主观真实"而显出夸张性和幻想性的特点。

劳逊的剧作也受到表现主义的影响。他的代表作《游行》（1925）被认为是美国"二十年代最有独创精神的试验性剧作。"[①]剧本以西弗尼吉亚煤矿的罢工斗争作背景，用杂耍、滑稽、庸俗、荒诞的闹剧形式，在戏谑中表现主观折射的现实。

《化石林》（1934）是谢伍德融表现主义、象征主义和浪漫主义于一体的剧本。剧情展开的地点是一个沙漠中的酒吧．酒吧后面是一片"化石林"，那是千百年的古树化成的石林——象征过去所有高尚的人类情感都已经死亡，剩下的只有酒吧，这是个喧闹、纵乐、麻醉的卑俗世界。主人公斯奎尔已看到表面繁华背后的"荒原"，找不到生存的支撑点。他希冀的是体体面面地死去，后来请求一个拦路行劫的强盗把他杀死，连同他的（也是人类的）最后一点智慧和意志，葬于化石林。

在小说领域，两次世界大战之间虽然有德莱塞（1871—1945）、辛克莱·刘易斯（1885—1951）、斯坦培克（1902—1968）、舍伍德·安德森

[①] 威勒德·索普：《二十世纪美国文学》，北京师范大学出版社1982年版，第87页。

(1876—1941年)、多斯·帕索斯（1896—1970）等偏重于现实主义的作家，而更多的是通过浪漫主义的想象构思，现代主义的表现技巧，表现出主观的现实真实，如以海明威（1899—1961）、菲茨杰拉德（1896—1940）为代表"迷惘的一代"的创作，以福克纳（1897—1962）为首的南方作家创作的"南方小说"和薇拉·凯塞（1873—1947）的"边疆小说"等。其中，"迷惘的一代"的创作，现实主义的倾向比较明显，而"南方小说".的不少作品则具有浓烈的浪漫主义色彩与情调。

美国南方各州从20年代起出现了文学繁荣的局面，文学史家称之为"南方文艺复兴"。这时期南方文学刊物不断涌现，文坛人才济济、作家辈出，他们结合成"流亡者集团"、"重农派"和"新批评派"等文学团体，在诗歌、小说、戏剧、评论诸多领域都有卓然建树，其中以小说创作成就最大。两次世界大战之间的南方小说作家中比较重要的如福克纳、埃伦·格拉斯高、卡罗琳·戈登、厄斯金·考德威尔、罗伯特、佩思·沃伦、凯瑟琳·安妮·波特等人。福克纳是"南方小说"的代表作家，南方许多作家受其影响。

"南方小说"表现出一种深沉撼人的力量。南方作家面对北方工业文明带来的精神灾难，转而怀念刚逝去不久的南方种植园生活。但种植园时代的奴隶制种下的罪恶种子也使他们饱尝苦果，因而又背负起沉重的历史十字架。他们以一种非常复杂矛盾的痛苦眼光看待南方传统，从而使得南方小说体现出沉重的历史感的特点。南方作家往往避开现代的城市和工厂，把笔触伸向过去，叙述历史事件，编造旧南方的"神话"。但在历史的画面中跳动着现代人的灵魂，在历史的追溯中浸透着现代人的苦恼。他们从现实出发，回溯过去，思索将来，与基督教教义的"犯罪——赎罪——得赦"的精神历程契合。南方小说表现的痛苦从而获得一种人类原型的寓言意义。福克纳虚构的"约克纳帕塔法县"的故事，波特笔下那条在大海中漂流的"维拉号"（拉丁文：真理）"傻瓜船"、沃伦的《国王的全部人马》都是具有这种历史深度的小说。浓郁的乡土气息是南方小说的又一特点。这一点南方小说继承19世纪"乡土文学"的传统,他们吸取了关于古老南方的民间传说的不少东西,极力描绘南方种植园的原始、静穆和神秘,描写南方的人情风习、行为准则、名门望族的古朴家风、古老森林的围鹿猎熊。南方小说不同于"乡土文学"的是对于这一切不是以轻松的笔致加以静止的描绘,而是在动态中描述古老南方遭到现代文明的破坏,在眷念中流露出悲观。离奇怪异也是南方小说的突出特点。南方小说中杀人放火、奸淫掳掠的异常暴力行为屡见不鲜,背景阴森恐怖,人物往往是不正常的畸形儿,或有生理上的天生缺陷,或有精神上的心理变态,他们的奇情异想、非常言行成为南方小说的主要内容。南方作家笔下的阴森怪异世界不是真实的现实世界。作家们对现实作了变形、扭曲、夸张的艺术处理,以浪漫主义的"失真"表现"真实"。

薇拉·凯瑟的创作表现了较多的浪漫主义色彩。薇拉·凯瑟的"边疆小说"具有浓郁的地方色彩,对边疆开拓者的强悍力量、慷慨豪爽和理想主义的描写,以及小说里融合进现代意识中的淡淡哀愁,都给她的小说添加了一种浪漫主义的情趣。

第三节 探索自我本质的浪漫主义

第二次世界大战以后,美国社会发生了系列大事件。第二次世界大战是世界范围的空前大屠杀,战争中原子弹的"蘑菇云"不仅在广岛和长崎上空弥散,也在美国人的心灵中升起。战后科学技术的迅猛发展,物质文明的进化和人们精神追求产生矛盾,政治上始自50年代的长期全球性冷战,党派间为竞选展开的争斗,国内的黑人抗暴、学生运动和国外的朝鲜、越南战争,都给美国社会带来精神上的不安定因素。在这样的社会现实的背景下为摆脱困境、寻找出路的各种哲学社会思潮盛行。其中以来自法国的存在主义哲学影响最大。存在主义哲学揭示世界的荒谬和人生的孤苦，强调人的价值和尊严，提出"自由选择"。在存在主义哲学影响下，探索自我的本质是美国战后各种思潮的中心。

这一阶段（又称当代文学）的美国文学，从总体趋势来说，当代大多数作家总是以各种不同形式呈现出强烈的主观色彩，连贝娄这样的现实主义作家也反对典型性格的塑造这一现实主义基本原则，认为"人物小说"已经过时。不少作家把文学形式当作传统来反对，写作"反小说"、"反戏剧"，朝自发性、零乱性、随意性发展。当代文学把现代文学中的非理性因素发展成为整个构思立意、文字表达的荒诞性。现代文学的"迷惘"主题，在战后文学中则表现为普遍的失望。由外在世界的描绘转到内在心灵的掘进，更是美国当代文学的基本模式。

上述特点最为鲜明、集中地体现在50年代的"垮掉的一代"和60、70年代的"黑色幽默"派的创作中。"垮掉的一代"是一群对传统观念极为不满、以"否定一切"的虚无态度看待现实的中青年作家和诗人。在现实生活中，他们奇装异服，酗酒吸毒、群居纵欲、漫游旅行。他们的创作就是这种"垮掉"生活的记录和内心苦闷、愤怒的抒写。他们反对传统的行为道德，也反对传统的美学观念，"以全盘否定高雅文化为特点"①。"垮掉的一代"的领袖是杰克·凯鲁亚克（1922—1969），他的代表作《在路上》描写战后一群美国青年，厌恶现实社会，浪迹美国各地，以性爱、吸毒、寻衅斗殴来"充实"空虚的生活，但得到的只是新的空虚。小说24章仅用三周写成，采用"自发式散文写作法"，不做事先构思，将一卷白纸塞进打字机，双手不停地按动字母键，想到什么就打什么，其中许多是自己流浪生涯的记忆，没有传统小说的情节结构，一人独白到底，穿插与同伴的谈话记录和一些梦魇的幻觉。艾伦·金斯堡（1926—）是"垮掉的一代"的代表诗人。他在1955年的一个夏夜朗诵

---

① 肯尼斯·雷克斯斯罗斯：《离异：垮掉的一代的艺术》。转引自《中国大百科全书·外国文学卷》，中国大百科全书出版社1982年版，第553页。

自己创作的长诗《嚎叫》而出名，这首诗以坦诚的心怀，倾诉"垮掉"的人们的痛苦和怨怼情绪，放纵与狂乱的生活。金斯堡往往是在吸毒后的幻觉中做诗，奔放跳跃。美国评论家伊哈布·哈桑评价诗人的创作"充分地表现了抒情诗的抽泣和宇宙的嚎叫，表现出幽默和怒吼……在感染力方面，在力量方面，或是灵感方面都是巨大的。"[①]"垮掉的一代"其他重要的作家诗人还有劳伦斯·弗林盖悌、威廉·巴罗斯、格雷戈里·柯尔索、约·克·霍尔姆斯、塞姆尔·克雷姆、加里·斯奈德等。他们后来大多转向东方哲学的玄秘世界。这一流派以其彻底反传统的精神、追求个性的绝对自由、艺术表现的随意性和直抒胸臆，表现出浪漫主义色彩。

"黑色幽默"文学是当代美国对现实普遍失望、美国民族的幽默文学传统和现代西方的一些哲学社会思潮融合而形成的一个文学流派，也是美国当代文学势力颇大，影响甚深的文学流派。其代表人物包括小说方面的约瑟夫·海勒、克特·冯尼格、托马斯·品钦、约翰·巴思和戏剧方面的爱德华·阿尔比等人。他们的创作是一种深沉的悲观的文学。自我与荒诞存在（包括自然和社会）之间无法调和的矛盾、自我选择、追求的失败是"黑色幽默"文学的中心主题。他们以一种无可奈何的嘲讽方式来表现这一主题，在讽刺不合理的世界的同时，也把自己当作讽刺对象。这是一种强作笑颜的彻底的失望，是以喜剧形式表演的深刻悲剧。为获得强化的效果，"黑色幽默"作家往往对存在的某些荒诞面加以夸张，放大变形，使之更加荒诞不经、滑稽可笑。作品中的人物是变形后的极端型人物，他们是与传统浪漫主义中的英雄相对的"反英雄"，显得平庸猥琐，怯懦怕事、沉浸私欲而无法自拔。虚构幻想的成分在"黑色幽默"的创作中非常突出。在表现形式上，完全不同于传统的小说、戏剧，没有严密的逻辑结构、完整的故事情节或尖锐的戏剧冲突，只能看

[①] 伊哈布·哈桑：《当代美国文学》，山东人民出版社1982年版，第149—150页。

到一些行为、思想片断的零乱组合。海勒的《二十二条军规》、冯尼格的《五号屠场》，品钦的《万有引力之虹》和阿尔比的《美国之梦》是"黑色幽默"的代表性作品。

纵观美国演变时期的浪漫主义文学，第一阶段是19世纪上半叶传统浪漫主义高潮过后的余波，主要表现为一些现实主义作家创作中的浪漫主义因素。第二、三两个阶段前后相继，而且趋前发展，它们才真正体现了演变中的浪漫主义文学的特点。其特点简单归纳如下：第一，经过主观的强光折射表现"现代感受"，具有浓烈的主观色彩。这种主观色彩表现在带有思辨意义的哲理性、人类普遍意义的寓言性和形式上的花样翻新等诸多方面。第二，变传统浪漫主义的抒写主体的激情为努力揭示客体的隐秘内心，而在客体内在世界的掘进中以更大的自由和空间观照主体的自我。第三，用琐碎庸俗代替传统浪漫主义的崇高庄严，但都是主体夸张、变形的结果，与现实中的真实相距甚远。第四，是经过演变的浪漫主义，带有强烈的现代主义色彩，已经超越了传统的浪漫主义的规范。

第七章 后殖民主义理论

从字面上看,"后殖民"首先包含着时间的意义,即指西方帝国主义对东方殖民统治结束之"后"。第二次世界大战之后,全球殖民体系瓦解,被殖民统治的亚、非国家纷纷摆脱西方列强的统治,获得政治上的独立,开始民族独立后的建设和发展。政治上摆脱了殖民统治,但在观念上,文化上殖民统治的影响留下了许多"后遗症",给东方民族的文化建设和发展带来许多障碍。后殖民理论就是对东方文化建设这一核心问题的系统化思考。

第一节 后殖民主义理论的产生与发展

最初思考殖民统治文化后果的是一批旅居西欧的非洲知识分子,他们对殖民主义给殖民地带来的问题进行探讨。其中最突出的是艾梅·塞泽尔、弗兰茨·法侬、希努亚·阿契贝等人。

塞泽尔是马提尼克的法语作家和诗人,早在30年代与桑戈尔一起在巴黎倡导"黑人性"运动。他的理论文章《殖民主义话语》被认为是"后殖民批评的奠基之作"。[1] 文章中以挑战欧洲文明的勇气揭示黑人世界被西方殖民化的真实情景。法侬是旅居法国的心理分析专家,他的论著

---

[1] B·M·吉尔特著:《后殖民批评》,郎文出版公司1997年版,第73页。

《黑皮肤、白面具》和《地球上不幸的人们》对深受殖民统治的非洲文化进行分析，运用精神分析的结构描述殖民地人民的他者位置。他分析殖民统治者所做的工作："殖民主义不会仅仅满足于把一个民族藏于手掌心并掏空该民族大脑里所有的形式和内容，相反，它依一种乖张的逻辑转向并歪曲、诋毁和破坏被压迫民族的过去。……殖民统治寻求的全部结果就是要让土著人相信殖民主义带来光明，驱走黑暗。殖民主义自觉追求的效果就是让土著人这样想：假如殖民者离开这里，土著人立刻就会跌回到野蛮、堕落和兽性的境地"。① 因而他提出：作为被殖民统治的东方民族，不仅要追求政治上的独立，更要摆脱心灵上的殖民状态。

阿契贝是用英语创作的尼日利亚作家和评论家。他不仅创作了以表现非洲传统文化和欧洲文化冲突为主题的小说四部曲（《瓦解》、《再也不得安宁》、《神箭》、《人民公仆》），还写作了大量理论文章，分析欧洲殖民主义对非洲的虚构和扭曲。在论文《非洲的一种形象——谈康拉德〈黑暗的心〉中的种族主义》中，批判了以《黑暗的心》为代表的西方经典作品中表现的强烈的殖民主义情绪。他的著名论文《殖民主义批评》以自己的创作在西方的反响和在西方的见闻经历为据，深入剖析殖民主义观念影响下的西方知识界五六十年代对非洲的成见。文中描述西方殖民主义批评家的傲慢："在他们眼中，非洲作家有点像不成熟的欧洲人，经过耐心引导，终有一天将真正成熟，像所有欧洲人那样写作。但同时，他们必须保持谦卑，必须利用一切条件和时机向欧洲人学习，必须赋予他们的老师应得的荣誉——直接赞扬他们，或者当夸赞变得不太妥当或者令人尴尬时，通过自我贬抑突出对方的尊荣"。②

这些非洲作家、批评家的论述和思想，与五六十年代非洲的民族独

---

① 法侬：《论民族文化》，罗钢、刘象愚主编：《后殖民主义文化理论》，中国社会科学出版社1999版，第278—279页。

② 阿契贝：《殖民主义批评》，罗钢、刘象愚主编：《后殖民主义文化理论》，中国社会科学出版社1999年版，第295—296页。

立运动相生相随。他们的理论和观念表现出从殖民主义向后殖民主义过渡的性质。作为先驱，他们已经提出了许多80年代后殖民主义理论家探讨的问题，但他们的观念体系中，非洲和欧洲、东方和西方是两个对立的二元世界。而且当时世界学术的中心话语是后现代主义，后殖民主义自然被压抑而处于边缘位置。

1978年美国的阿拉伯后裔学者赛义德的专著《东方主义》出版，震动了西方学术界，后殖民主义开始由边缘向中心移动。到80年代中期，一些来自解构主义、心理分析学、女权主义、新马克思主义领域的理论家加盟其中，召开国际会议，展开讨论辩驳，出版文集杂志，进入大学研究生课程，形成一股势不可挡的思潮，是在后现代主义衰落后的又一学术热潮。进入90年代，后殖民主义思潮越出欧美而流行全世界，"目前，在后现代主义大潮衰落的情况下，这股后殖民主义思潮在北美、澳大利亚、印度、斯里兰卡，以及一些亚洲、非洲和拉丁美洲国家更为风行，并且曾一度有过取代后现代主义的主导地位之趋势。"①

后殖民主义在80—90年代异军突起，风行全球，有多方面的原因：第一，60年代以来西方知识界的"文化反思"。随着社会的发展和文化的动荡，自60年代开始，西方知识界进行了一场"文化反思"，对传统的价值、正统的经典作了一番拷问，反思的核心问题就是"现代性"的问题：现代性作为"现代化"的后果，对人类的发展究竟起到什么作用，而殖民地、帝国主义的问题，西方与非西方的关系问题是"现代性"问题的关键之一。这场具有左翼色彩，对资本主义现代化持批判态度的"文化反思"，是反现代主义思潮的重要组成部分，它起到解构西方"中心话语"的作用，也成为"后殖民主义"盛行的文化语境。第二，全球经济一体化的趋势。欧洲和日本恢复二战后的经济状况的同时，建立起跨国资本主义的经济秩序。这种以跨国公司、跨国银行为主要标志的新

---

① 王宁著：《后现代主义之后》，中国文学出版社1998年版，第50页。

经济秩序的主要特征，就是经济利益的考虑超越国家本身的政治信念的考虑，国家经济的发展和命运不完全由国家自身所控制。这样的世界经济背景，使得学术界有打破传统意识形态的控制而作出新的思考的可能。第三，冷战政治格局的瓦解。尤其是80年代末90年代初东欧剧变，苏联解体，东、西德统一，亚太地区的崛起，世界各地民族主义冲突升级。原先世界东、西二元对立的格局被打破，世界文化的多元化趋势明朗。在这些政治、文化、经济诸多原因综合作用下，后殖民主义成为当今前沿的学术话语，为世界各国的知识精英所关注。

第二节　后殖民主义的原创性理论

一些学者认为，后殖民主义包括后殖民理论思潮和后殖民地文学两个方面，"前者指当今一些西方理论家对殖民地写作/话语的研究，它与后现代主义/后结构主义有着某种重合之处，是批评家通常使用的理论学术话语；后者则指原先的欧洲（主要是大英帝国和法兰西帝国）殖民地诸国的写作，以区别其与'主流文学'的不同。"[①] 但在实际操作的层面上，后殖民主义主要指后殖民批评理论，后殖民地文学因其涉及面太广而无法顾及，倒是西方正统文学中描写殖民地的作品常被后殖民批评家作为评论对象，如福楼拜、康拉德、吉卜林等人的创作。

西方的后殖民理论批评家都有各自不同的学术理论背景，各自采用的批评策略和武器都不一样，西方学者认为："后殖民理论（postcolonial theory）是诸种理论及批评策略的集合性术语，旨在考察昔日欧洲帝国殖民地的文化（文学、政治、历史等）以及这些地区与世界其他各地的关

---

① 王宁著：《后现代主义之后》，中国文学出版社1998年版，第49页。

系"。① 因而,后殖民主义这个有着一致性文化追求的思潮内部,又有不同的流派。大体上可以区分三种流派:一是以赛义德、斯皮瓦克、霍米·巴巴为代表的后结构主义流派,他们是后殖民理论中影响最大的一派;二是以莫汉迪为代表的女性主义流派;三是以阿赫默德为代表的马克思主义流派。②但作为后殖民主义原创性的批评家,是赛义德、斯皮瓦克和霍米·巴巴,而且他们的理论也有各自的侧重点和独特个性。

赛义德(1935—2003)在巴勒斯坦和埃及接受基础教育后,在美国受到高等教育,获哈佛大学的博士学位。60年代初开始从事学术研究,曾为哥伦比亚大学的英文和比较文学教授。他的生活经历影响了他的学术视角,用他自己的话说:"我从小到大都是一个接受西方教育的阿拉伯人。自从我有记忆起,我就觉得我同属于两个世界,不完全属于任何一方"。③ 因而他总是从东方的立场看西方,或从西方的立场看东方。

赛义德后殖民理论的核心概念是"文化霸权"。"霸权"作为一个传统的政治概念,是指国家与国家之间的政治统治和垄断关系。西方新马克思主义的创始人葛兰西在20、30年代赋予"霸权"以文化色彩,淡化其中强制、暴力的内涵。赛义德将"文化霸权"概念运用于后殖民时期西方对东方的文化态度与立场。他的专著《东方主义》(又译《东方学》,书名英文为"Orientalism",这是中世纪末期欧洲教会指称研究和搜集非西方文化资料的学问,后世沿用指"东方学"或"东方研究"。词尾不用后缀Logy,而用Lism,突出"东方学"意识形态色彩,故也可译为"东方主义"),将"文化霸权"理论用来分析研究西方的"东方研究"中的霸权话语,从而对"东方主义"这一术语作出新的阐释:首先,"东

---

① I·R·马卡瑞克主编:《当代文论百科全书.后殖民理论》,《中外文化与文论》(二),四川大学出版社1996年版,第237页。

② 罗钢、刘象愚主编:《后殖民主义文化理论·前言》,中国社会科学出版社1999年版,第2页。

③ 赛义德:《文化与帝国主义·导言》,《赛义德自选集》,中国社会科学出版社1999年版,第181页。

方主义"是一种思维方式,是基于东、西方在本体论和认识论意义上相互对立的一种思维方式。"有大量的作家,其中包括诗人、小说家、哲学家、政治理论家、经济学家以及帝国的行政官员,接受了这一东方/西方的区分,并将其作为建构与东方、东方的人民、习俗、心性和命运等有关的理论、诗歌、小说、社会分析和政治论说的出发点"①;其次,"东方主义"是一种话语方式,即"通过做出与东方有关的陈述,对有关东方的观点进行权威裁断,对东方进行描述、教授、殖民、统治等方式来处理东方的一种机制;简言之,将东方学(东方主义)视为西方用以控制、重建和君临东方的一种方式。"② 通俗地说,东方主义就是处于强势地位的西方对处于弱势的东方加以长期主宰、重构和话语权威压迫的方式。因而,"东方主义"并不是描述、研究真正的东方,而是西方文化霸权出于自身利益的需要所虚构、制造的东方。"它是地域政治意识向美学、经济学、社会学、历史学和哲学文本的一种分配;它不仅是对基本的地域划分,而且是以整个利益体系的一种精心谋划——它通过学术发现、语言重构、心理分析、自然描述或社会描述将这些利益体系创造出来,并且使其得以维持下去",所以,东方主义"与其说它与东方有关,还不如说'与我们'的世界有关"。③

1993年赛义德出版另一巨著《文化与帝国主义》,书中延伸拓展了《东方主义》中的思想,他的"文化霸权理论"趋于体系化。在书中他首先阐明他的"文化"观,认为"文化"包括两重含义:其一,"文化涵盖一切实践,诸如描绘、交流和再现等艺术,它们具有独立于经济、社会和政治领域的相对自律性,常常寓于审美形式中,愉悦乃其主要目的

---

① 赛义德:《东方学》,生活·读书·新知三联书店1999年版,第4页。
② 赛义德:《东方学》,生活·读书·新知三联书店1999年版,第4页。
③ 赛义德:《东方学》,生活·读书·新知三联书店1999年版,第16页。

之一。"① 而其中赛义德尤其注重"叙事",认为"叙事"在文化中至关重要,"叙事产生权利,叙事还可以杜绝其他叙事的形成和出现"。② 因而关键是谁拥有叙事权。其二,文化是一个社会的知识和思想精华的贮存库。文化也就是一个民族的凝聚力,因而"文化是民族同一性的根源,而且是导致刀光剑影的那一种根源。"③ 当文化与民族联在一起,它会成为一种与异质文化较量的舞台。

在这种"文化"观的基础上,赛义德进一步探讨西方帝国主义的霸权扩张与其整体民族文化之间的必然联系,而这正是西方文化、文学批评理论一直回避的问题,尤其是在精英文化、高雅文化的审视中往往对此视而不见。赛义德却通过对英法19、20世纪的小说经典的阐释,证明欧洲高雅文化在本质上与帝国主义霸权态度是一种"共谋"的关系。在操作方法上,赛义德采用"对位解读法"和"年代错位法",揭示被霸权话语压制下的另一种声音。对西方19、20世纪经典小说的解读,构成《文化与帝国主义》的主要内容,狄更斯、福楼拜、巴尔扎克、康拉德、福斯特、吉卜林、加缪、纪德等人的创作都进入赛义德的视野。透过这些作品,赛义德看到其中的"文化霸权","他们仍然坚持认为这个世界的重大行动和生活都发源于西方,而西方代表们则肆意将他们的想入非非和慈善举动强加于头脑麻木的第三世界。在他们看来,没有西方人的支持和领导,这个世界的偏远领域简直就没有生命、历史、文化可言,没有独立或完整可言。"④ 更令赛义德难以释怀的是,二战后殖民体系瓦

---

① 赛义德:《文化与帝国主义·导言》,《赛义德自选集》,中国社会科学出版社1999年版,第163页。
② 赛义德:《文化与帝国主义·导言》,《赛义德自选集》,中国社会科学出版社1999年版,第164页。
③ 赛义德:《文化与帝国主义·导言》,《赛义德自选集》,中国社会科学出版社1999年版,第164页。
④ 赛义德:《文化与帝国主义·导言》,《赛义德自选集》,中国社会科学出版社1999年版,第172页。

解，第三世界文学崛起之后，"那些代表西方的当代作家们仍然大放厥词地坚持帝国主义。"①

当然，赛义德的"文化霸权"理论并不是用东方文化来反对西方，他更强调东方与西方的相互依存和多元共存。他说明《文化与帝国主义》一书的宗旨："本书的要旨在于，由现代帝国主义发动的全球化过程，使得这些移民人口的声音早已成为事实，无视或低估西方人和东方人之间的共同经历，无视或低估不同文化源流之间的相互依存，就等于忽视19世纪世界历史的核心。殖民者和被殖民者正是在这种相互依存中，通过谋划或对抗性的地理学、叙事和历史叙述而形成同舟共济又彼此排斥的关系。"②当学界误读他的《东方主义》是反西方的，把他视为东、西冲突中代表东方利益的斗士时，他加以辩解，在《东方主义》1995年再版时写了一个长篇后记，对多种误读加以辩析，表明他反对形而上学的本质主义和超越东、西方对抗的立场，他描述、解构文化霸权，不是用一个话语霸权来取代另一个话语霸权，而是消除霸权本身。

加亚特里·查·斯皮瓦克是一位印度后裔学者，在母国受到高等教育后留学美国，后在美国任教和从事学术研究。她最初以对德里达解构主义的翻译阐释而著称，之后对女权主义、马克思主义和精神分析学都有比较深入的研究，而奠定其学术地位的还是她的后殖民批评理论。她的学术积累和素养，构成了她的后殖民理论的丰富厚实，可以说她将当代西方前沿性的批评理论融注于她的后殖民理论之中。解构主义对她的影响表现在对当代社会现实的强烈参与意识和对权威话语的挑战精神，尤其是"对异质性的解构"技巧的运用，使她对殖民地文化的分析能入木三分；女权主义的文化立场和批评意识导致她对边缘话语的鼓吹和第

---

① 赛义德：《文化与帝国主义·导言》，《赛义德自选集》，中国社会科学出版社1999年版，第173页。

② 赛义德：《文化与帝国主义·导言》，《赛义德自选集》，中国社会科学出版社1999年版，第173—174页。

三世界文本的研究；马克思的价值理论，使她对帝国主义剥削有深刻的理解。

斯皮瓦克的后殖民理论主要体现在她的两本著作中，即《在他者的世界：文化政治学论集》和《在教学机器之外》。在论著中，斯皮瓦克努力透过殖民话语的文本，探索再现殖民地人民的经验、感受和思想的方式或策略。首先，她强调第三世界知识分子所面临的后殖民状态。她认为："确实，人们这样理解的'后殖民性'的特殊性能有助于我们认识到，没有任何历史上或哲学上都颇为适当的要求能在任何空间为了政治的、军事的、经济的和意识形态的解放和压迫被产生出来。你采取不同的立场并非是通过对历史或哲学基点的发现之方式实现的，而是通过颠覆、替代和抓住价值代码的地位之方式实现的。……在那个意义上说来，'后殖民性'就远非边缘性的，它倒可以表明处于中心地带的那个不可能征服的边缘：我们始终在追求理性的帝国，因而我们对之的要求也是缺乏适当性。"① 正是由于殖民时期宗主国帝国霸权的政治压迫和剥削，造成了殖民地的边缘性地位，但这种"边缘性"不是静固的，它会抓住一切适当的机会向中心运动，从而消解中心与边缘的人为对抗。其次，斯皮瓦克关注的不是个别学者的论说，针对的是西方整个知识体系，进而批判西方近代知识分子的意识形态。她认为西方知识分子在知识生产与权力构架上均不断有意无意地压迫那个"相对于欧洲的无名异己"，并把异己作为同质性空间处理。这不是个人的意识活动，而是整个西方社会的意识形态，意识形态是积累、建构知识的武器。这种意识形态当然也渗透进文学研究领域。在一篇论文中斯皮瓦克写道："在关于帝国主义鼎盛时期欧洲殖民文化的文学研究中，我们都可以在文学史上创造一种叙述，即关于今天被称之为'第三世界'的'世界性'的叙述。将第三世

---

① 斯皮瓦克：《在教学机器之外》，转引自王宁《后现代主义之后》，中国文学出版社1998年版，第128页。

界视作一种边远的、虽然受到剥削但仍是拥有丰富的而且保存完整的、因而有待于重新发现、阐释并提上英语释译日程的文学遗产的文化,促进了'第三世界'作为一个能指的出现,但这一能指怂恿我们忘却它的'世界性',尽管它同时也扩大了文学学科的领域。"①

霍米·巴巴是一位从小生活在印度的波斯人,但他毕业于英国牛津大学。他的后殖民理论的核心是对殖民话语的深层心理分析。他不赞成把东方/西方,殖民/被殖民当作清晰可辨的对立两极,而是"含混矛盾的杂糅"。因而当有人批评后殖民主义依赖西方理论话语来反对西方文化霸权时,他加以辩驳:"应该把批评理论的制度史与批评理论概念中的潜在的变革和革新因素区别开来。"②

为说明殖民话语的"含混矛盾的杂糅",霍米·巴巴提出了"模拟"的概念。用语言去指称对象时,人的潜意识在起作用,因而在表达的"模拟"过程中,对象和话语已不完全相符,形成"指鹿为马"的情况。但这种"指鹿为马"并非有意欺骗,而是语言行为中潜意识的作用。殖民话语和殖民地话语都具有典型的"模拟"特点,都在模拟对方时掺杂了异质成分,从而使原本的形象变得"含混矛盾",成为"非鹿非马"的东西。他强调:"文化永远不是自在一统之物,也不是自我和他者的简单二元关系。"③

当然,巴巴作为有着第三世界背景的后殖民理论家,他更突出殖民地话语"模拟"的社会功能。他曾对"模仿"和"模拟"加以区分:模仿是同源系统内的情况;模拟则产生出某种居于原体的相似和不似之间的"他体"。这种"他体"既具有"被殖民"的痕迹,又糅合进本土文

---

① 斯皮瓦克:《三个女性的文本与帝国主义批判》,《后殖民理论与文化批评》,北京大学出版社1999年版,第108页。
② 霍米·巴巴:《献身理论》,《后殖民主义文化理论》,中国社会科学出版社1999年版,第193页。
③ 霍米·巴巴:《献身理论》,《后殖民主义文化理论》,中国社会科学出版社1999年版,第198页。

化话语,因而无疑包含着弘扬本土文化的第三世界文化策略。①

在这样的基础上,霍米·巴巴提出了"文化差异性的发布"和"第三度空间"的概念。不同系统的文化都表现出质的差异,当两种异质文化相遇,"差异性"就表现为文化权威的争夺,这就是"文化差异性的发布",而这种"发布"是两种文化撞击后的发布,已不是"本真"的发布,"文化差异的发布"使文化再现及其权威言说层面上的过去和现在、传统和现代的二元划分出现了问题。"这个问题就是,在表征现在时,如何以传统的名义和过去的伪装重复、重新定位和转译某些东西,因为过去不一定是表现历史记忆的一个忠实符号,只是借古代之重以显现时代权威的一种策略而已"② 正是这种传统与现代融合,"我"与"他"渗透的"发布",成为文化发展的"第三度空间"。"发布行为之第三度空间的介入使意义和指涉结构成为一个矛盾的过程,摧毁了习惯上把文化知识显示为统一的、开放的、扩展的符码的这面再现之镜。这样一种介入方式理所当然地使我们对文化的历史身份的看法受到挑战:我们曾经把文化看作一种进行同质化和统一的力量,开源创始的过去使它正确无疑,人民的民族传统使它万古长青。"③ 巴巴对殖民话语提出的"含混矛盾的杂糅"、"模拟"、"文化差异性的发布"、"第三度空间"等系列术语,可以看到他的理论强调的不是"反抗",而是"融合"。

---

① 王宁:《后现代主义之后》,中国文学出版社1998年版,第109页。
② 霍米·巴巴:《献身理论》,《后殖民主义文化理论》,中国社会科学出版社1999年版,第198页。
③ 霍米·巴巴:《献身理论》,《后殖民主义文化理论》,中国社会科学出版社1999年版,第200页。

第三节 后殖民理论的价值把握

后殖民理论是由一批来自东方又在西方从事研究的理论家所倡导。这样的学术背景使得他们的视野比较开阔。从空间上看,他们超越西方而关注东方,以东方民族的体验、感受作为论述对象;从学术领域看,"它的视野已经不再仅仅局限于文学本文中的'文学性',而是将目光扩展到国际政治和金融、跨国公司、超级大国与其他国家的关系,以及研究这些现象是如何经过文化和文学的转换而再现出来的。"① 他们探讨研究的内容包括宗主国与殖民地的关系、后殖民时期帝国主义的文化侵略、东方知识分子的文化身份、殖民地传统与文化的边缘位置和相对于西方的"他者"角色等。质而言之,后殖民理论是对殖民体系崩溃后世界文学和文化现状与发展的深层思考。其核心是对"西方中心论"意识形态的批判。赛义德的"东方主义"、"文化霸权",斯皮瓦克的"边缘中心化",霍米·巴巴的"含混矛盾的杂糅"、"文化差异性的发布",都指向"西方中心论"的世界政治、文化格局。

当然,这样的概括是对后殖民理论的高度抽象。实际上,后殖民理论是一个非常复杂的集合体,它涉及的论题范围很广,研究视角和批评方法也五花八门,不同的理论家有不同的概念体系和批评术语,甚至对"后殖民主义"这一核心概念的理解也因各有侧重而显得含混不清。复杂性,是后殖民理论的形态特征。

后殖民理论的第二个重要特征是理论对抗性。从西方内部来说,后殖民理论是对主流话语的对抗;从全球范围来说,后殖民理论是第三世界对殖民主义意识形态的对抗。但这种对抗,不是社会政治变革的对抗,也不是东方传统民族主义运动的反帝反殖,而是一种"理论的对抗"。

---

① 张京媛:《后殖民理论与文化批评·前言》,北京大学出版社1999年版,第4页。

"它并不以党派、政策或国家权力为其活动领域,它关注的是历史、文学、哲学等等的意义解释,因为它相信,对这些意义的争夺和建构最终能导致人的意识和社会的变革。"①

后殖民理论的第三个重要特征是两重性。其两重性表现在两个层面。首先,就理论倡导主体而言,他们来自第三世界,却在第一世界从事学术研究,并取得成功,在西方他们自诩为第三世界批评家,声言与主流话语对抗;在第三世界,他们又难免以第一世界学术圈的成功者而得意。其次,就后殖民理论的宗旨和手段来看,存在一个两难的悖论:它对抗西方中心话语却又依赖西方中心话语。在后殖民理论家看来,西方的后现代时期本身呈现出非中心过程,但后现代理论以普遍真理的面目出现,就会在世界范围内形成新的中心化。因而,与后现代理论的对抗成为其宗旨之一。但后殖民理论又与后现代理论难解难分,德里达的解构主义、福柯的知识/权力理论和西方新马克思主义可以说是后殖民理论的三大基石,这样给后殖民理论带来一种理论的尴尬:在强调批判对象的虚构性的同时,又必须承认它的实在性。

学界对后殖民理论的论述策略、文化逻辑和社会功能都有不少批评性意见。美国密执安大学的教授安·麦克林托克就认为:"'后殖民'理论在许多场合却是过早地自我庆贺。……由于其结构的中心是时间而不是权力,因而它在过早地庆祝殖民主义过时的同时却有可能抹消殖民和帝国权力的延续与断续。"② 当今世界处于"后殖民"还是"殖民"时期,这是一个对当下世界秩序的认识问题。更多的学者认为后殖民理论的最大失误,还是在于其文化主义的思想方法,即把产生社会问题的决定因素归结为文化问题,因而它关注的是文化,是话语的解构与重建,把殖民问题当作文本来处理,满足于学院式的研究,即使对抗也只是

---

① 徐贲著:《走向后现代与后殖民》,中国社会科学出版社1996年版,第168页。
② 安·麦克林托克:《进步之天使:"后殖民主义"的迷误》,《文艺理论研究》1995年第5期。

"理论的对抗",从而忽略或者回避了当代世界政治和社会实践中的真正的问题:诸如资本主义全球化渗透、资本主义市场体系对第三世界造成的社会和经济问题,殖民主体问题,殖民者与被殖民者的对立与冲突问题等等。而是过分依赖于后现代的语言分析,"沉溺于话语之中,对那些起作用的社会经济和政治体制以及其他社会实践形式漠不关心。"① 因而,后殖民理论削弱"文化霸权",解构"西方中心"话语的功效令人怀疑。甚至有论者认为,"后殖民批评避而不谈资本主义全球化问题,实际上,这些理论为跨国资本所追求的区域化、分离化,提供了某种意识形态的合法性,与跨国资本主义的文化想象形成了某种共谋。"② 尽管如此,后殖民主义作为一个具有较强对抗意识的理论思潮,其文化贡献和社会意义是明显的。

其一,后殖民理论是西方理论界第一次把西方之外的文化事实作为理论研究的主题并产生广泛而深刻的影响,使得长期居于主宰地位的西方中心话语在跨文化语境中受到前所未有的挑战。它一方面促使西方人改变长期以来对东方的偏见,另一方面也给长期反帝反殖,努力于民族的非殖民化事业的第三世界民众以有力的精神支持。

其二,后殖民理论以解构的方式,从边缘性、非主流的立场出发,剖析批判西方资本主义的现代化意识形态,揭示普遍性"真理"遮蔽的偏见。尤其是对种族主义、殖民主义和文化霸权的批判显得强而有力,而且它主要从殖民地本土经验选择素材。这不仅拓展了西方"后学"的理论空间,而且成为当今西方学术界"文化反思"潮流中最具威力的一支,它"对于近年来西方主流文化中逐渐强大起来的右翼新保守主义、

---

① Benita Parry:"*Problems in Current Theories of Colonial Discourse*",The Oxford Lilerary Review,No. 9 (1987). p. 43.

② 刘康、金衡山:《后殖民主义批评:从西方到中国》,《中外文化与文论》(四),第14页。

新种族主义倾向,无疑是起到了十分积极的批判和制衡作用的。"①

其三,后殖民理论的探索和思考为第三世界面临全球化时势,如何从理论和实践上采取相应的对策,具有一定的启示意义。后殖民主义理论家处于跨国资本中心,难免某些局限,但他们曾经有过的殖民地经验和民族情感,使他们能清醒地意识到经济全球化对意识形态的影响,第三世界应如何保持民族文化的独立,注意文化帝国的扩张,文化交流中的主体意识等问题。而且在理论的建构方面,为如何再现殖民地本土的历史、经验提出了一系列可操作的概念,完全可供第三世界的文化建设和发展借鉴。

其四,后殖民理论客观上对深化民主观念,推进民主进程具有积极的意义。后殖民理论虽然忽视社会实践层面的政治活动,但它在学院式研究中从观念、意识的层面推进社会变革。后殖民理论从殖民压迫这一视角切入,在民族文化平等对话的旗帜下,对民主的思考突破以往单纯的国家社会框架,在更大的空间探讨民主的价值。同时,后殖民理论家把"殖民"概念泛化为一种文化身份,描述成被压迫经验的普遍范式。赛义德就认为殖民主义的历史给殖民者带来恒久的痛苦的身份,这种被压迫者的身份"从此扩展了,如今包括了妇女、被凌辱被压迫阶级、少数族裔,甚至包括那些在大学里教授边缘和被同化了的科目的人们。"②因而,后殖民理论的对抗意义并不局限于西方殖民主义文化的批判,而是一种更基本、更具普遍性的民主倾向。斯皮瓦克作为后殖民理论的干将,同时也是女性主义批评家,正是在对抗压迫、追求民主的价值取向上,后殖民理论与女性主义有一种天然的亲和力。

总之,后殖民理论有其自身的致命弱点,也有不可替代的价值和意义,它作为一个复杂多向的理论集合体,必须对其作深入具体的分析。

---

① 刘康、金衡山:《后殖民主义批评:从西方到中国》,《中外文化与文论》(四),第14—15页。

② 转引自徐贲著:《走向后现代与后殖民》,中国社会科学出版社1996年版,第191页。

第八章 当代文化研究及其研究范式

"文化研究"有传统意义和当代意义之分。传统意义的"文化研究"指的是"文化的研究"(the study of culture),即探讨人类各种文化现象的起源、演变、传播、结构、功能、本质,文化的共性与个性,特殊规律与普遍规律的综合性学科。当代意义的"文化研究"(Cultural Studies)与已成传统的文化学意义的"文化研究"有联系又有区别。它是20世纪50年代产生于英国,60、70年代盛行于欧洲,80年代影响美国,90年代以来遍及世界的学术思潮,至今锐势不减,成为国际性的跨学科、多向度的学术研究领域。当代的"文化研究"继承了广义"文化研究"的学理思路,又在当代现实文化语境下吸收后现代的思想资源而有所发展。

第一节 文化研究与伯明翰学派

传统意义的"文化研究"也称为"文化学"(The Science of Culture)或"文化人类学"(Cultural Anthropology)。这一意义的文化研究的理论最早在18世纪,由意大利的维科(1668—1774)和德国的赫尔德(1744—1803)开启先河,伏尔泰创立文化史研究,卢梭、康德从人与科学、道德关系的角度进行文化批判。到19世纪初黑格尔提出了"文化科学"的概念。19世纪中期,德国学者C·E·克莱姆出版《普通文化史》和《普通文化学》,1871年英国人类学家泰勒(1832—1917)出版《原始文化》。之后,马克思(1818—1883)、狄尔泰(1833—1911)、迪尔凯姆(1858—1917)、弗洛伊德(1856—1939)、博厄斯(1858—1942)、胡塞尔(1859—1938)、马克斯·韦伯(1864—1920)、舍勒(1874—1928)、卡西尔(1874—1945)、克罗伯(1876—1960)、斯宾格勒(1880—1936)、雅斯贝斯(1883—1969)、马林诺夫斯基(1884—1942)、卢卡奇(1885—1971)、维特根斯坦(1889—1951)、汤因比(1889—1975)、海德格尔(1889—1976)、马尔库塞(1898—1979)、哈耶克(1899—1992)、怀特(1900—1975)、列维—斯特劳斯(1908—2009)、弗莱(1912—1991)、福柯(1926—1984)、哈贝马斯(1929—)等西方哲学家、历史学家、社会学家、心理学家、经济学家、人类学家从各自的领域出发,对文化研究做出了各自的理论贡献,从而形成文化研究的进化学派、传播学派、历史学派、社会学派、功能学派、人格学派、结构学派、解释学派等不同的理论流派。其中怀特被称为"文化学之父",他的著作《文化的科学》(1949)和《文化进化》(1963)在综合前人研究成果的基础上,确立了文化学研究的基本概念、理论和方法,奠定了"文化学"研究的体系构架。"文化学"或"人类文化学"研究的"文化",包括物质文化、制度文化和精神文化的各个层面,是一个与"自然"相对应的范畴,可谓宽泛无边。

当代文化研究发轫于英国的文学研究界。当时英国一些批评家将文化学的理论引进文学研究,以拓展文学批评的范围,使之逐步发展为文学的文化批评。F·R·利维斯(1895—1978)是其先驱,"F·R·利维斯主张文学要有社会使命感,强调文学必须具有真实的生活价值,能够解决20世纪的社会危机,因此,民族意识、道德主义和历史主义以及一种侧重文学自身美感的有机审美论,成为利维斯文学批评的鲜明特征。"[1]他以文学作用社会的文化意义来把握作家作品的价值,他的《伟大的传

---

[1] 陆扬主编:《文化研究概论》,复旦大学出版社2008年版,第10页。

统》(1948) 就是以此重构英国小说史,重新确定经典,试图以经典文学来向读者大众进行启蒙,借助文学艺术经典的力量,拯救现代社会,恢复传统的社会价值观念。但真正奠定当代文化研究基础的是50、60年代之交出现的几部著作:理查德·霍加特(1918—)的《文化的用途》(1958),雷蒙·威廉斯(1921—1988)的《文化与社会》(1958)、《漫长的革命》(1961),E·P·汤普逊(1924—1993)的《英国工人阶级的形成》(1963)。几位作者在批评方法和文化观念上受到李维斯的影响,但没有接受他的精英主义的文化观念,在对待大众文化的态度上与李维斯截然。

1964年,理查德·霍加特、雷蒙德·威廉斯、E·P·汤普逊、斯图尔特·霍尔等人在伯明翰大学成立了"当代文化研究中心"(简称为CCCS),标志"文化研究"在学术体制内的崛起。之后,伯明翰"当代文化研究中心"成为英国文化研究的大本营,推动文化研究的发展。学界把在"中心"工作、学习过的成员和与"中心"具有密切学术渊源的学者称为"伯明翰学派"(Birmingham School)。除了前述的四位奠基人物之外,主要成员还有理查德·约翰生、乔治·拉朗、菲尔·科恩、托尼·杰斐逊、保尔·威利斯、迪克·赫伯迪格、安吉拉·麦克卢比、劳伦斯·格罗斯伯格、约翰·克拉克、戴维·莫利、保罗·吉尔罗伊、格雷厄姆·默多克、西蒙·弗里斯、约翰·菲斯克和托尼·本内特等。他们对西方传统知识分子的精英主义表示不满,更加关注社会的中、下层阶级,以及与他们相关的通俗文化。他们试图使学术研究从传统知识分子的书斋走向中、下层民众的日常生活和经验之中,使之成为一种"活的"知识。

"伯明翰学派"早期(五六十年代)的精神核心是雷蒙·威廉斯,可以说威廉斯奠定了文化研究的理论基础。在《文化与社会》中,威廉斯追溯了从工业革命直至当代"文化"一词的内涵所发生的变化;在《漫长的革命》中,威廉斯对文化问题进行了更深入的思考,他摒弃了"经济决定论",认为文化变革并不是经济发展的自发后果,而是社会整体进程的一部分。而在这进程中,人们对经验的描绘、学习、说服和交换的关系非常重要。在此基础上,威廉斯概括了文化的三种含义:(1)理想的文化定义,把文化界定为人类完善的一种状态或过程,也就是称之为伟大传统的那些最优秀的思想和艺术经典;(2)文献的文化定义,即文化是知性和想象作品的整体;(3)社会的文化定义,认为文化是一种整体的生活方式。正是这最后一种定义,奠定了文化研究的理论基础。"根据这种定义,文化研究的目的不仅仅是阐发某些伟大的思想和艺术作品,而是阐明某种特殊的生活方式的意义和价值,理解某一文化中'共同的重要因素'。"① 在他看来,这样的文化包括"生产组织、家庭结构、表现或制约社会关系的制度的结构、社会成员借以交流的独特方式等等。"② 而某一文化的成员对其生活方式必然有一种不可取代的、独特的经验,威廉斯将其称作"感觉结构","这种感觉结构就是一个时期的文化。"③

"伯明翰学派"后期(70年代)的核心是斯图尔特·霍尔。霍尔是"当代文化研究中心编"的第二任主任,在他主政的70年代,英国文化研究达于鼎盛。他从威廉斯的注重个人经验和人文关怀的文化研究,转向结构主义符号学的文化研究。霍尔从路易·阿尔都塞为的结构主义意识形态理论和葛兰西的霸权理论中吸取思想资源,强调文化既是经验又是实践,认为社会文化是由性别、种族、宗教、地区和阶级的冲突所推动。因而,这一时期英国文化研究的内容也由前期的阶级关系、亚文化的研究拓展到性别、种族、阶级等文化领域中复杂的文化身份、文化认

---

① 罗钢、刘象愚:《前言:文化研究的历史、理论与方法》,《文化研究读本》,中国社会科学出版社2000年版,第7页。
② 雷蒙·威廉斯:《文化分析》,《文化研究读本》,中国社会科学出版社2000年版,第125—126页。
③ 雷蒙·廉廉斯:《文化分析》,《文化研究读本》,中国社会科学出版社2000年版,第132页。

同等问题，关注大众文化和消费文化，以及媒体在个人、国家、民族、种族、阶级、性别意识中的文化生产和建构作用，运用社会学、文学理论、美学、影像理论和文化人类学的视野与方法来研究工业社会中的文化现象。文化研究的"文本"对象，也不只是书写下来的语言和文字，还包括电影、摄影作品、时尚、服装、发型等具有意义的文化表意系统。这一时期的研究与"后结构主义"的理论密切相关，福柯的"知识考古学"和"知识谱系学"，德里达的"解构主义"理论，波德里亚的"文化仿真"理论，以拉康等人为代表的"后弗洛伊德精神分析学"等，都对当代西方文化研究产生过重要影响。

经过几十年的努力，伯明翰学派的文化研究形成了自己独特的学术传统和研究方法。从20世纪70年代到90年代，伯明翰学派相继出版了《仪式抵抗》、《文化、媒体、语言》、《世俗文化》、《亚文化：风格的意义》、《切割与混合》、《躲在亮处》等一系列的学术成果，为当代文化研究开拓的新的研究领域。

第二节 作为思潮的"文化研究"

在以伯明翰学派为主力的英国当代文化研究展开的同时，欧洲其他国家的文化研究也在以各自的形态展开。法国的后结构主义理论不仅成为伯明翰学派后期文化研究重要的理论来源，它本身也是文化研究重要的组成部分。法国著名思想家皮埃尔·布迪厄（1930—）的理论也为文化研究做出了巨大贡献，他跨越人类学、社会学、教育学、语言学、哲学、政治学、史学、美学、文学等众多学科，提出一系列独到的思想范畴与新颖的学术框架。他的文化理论建立在"场域"、"习性"、"资本"这三块基石，对当代社会复杂的文化现实做出精辟而独到的阐释。在前苏联，美学家M·卡冈（1924—）和尤里·鲍列夫（1925—）也从美学的角度进行文化研究。卡冈在《美学和系统方法》艺术中强调文化系统中的艺术文化结构的形态学意义,认为当代文化美学研究不能局限于孤立地考察各种文化领域,必须同时对文化作完整的研究,以揭示艺术在世界文化发展过程中的状况、地位和功用。鲍列夫在《美学》(1975)中明确提出"艺术文化学"的概念,将文学置放到一个广阔的文化境遇中去考察。

20世纪80年代以来,"文化研究"走出了欧陆,影响美国,进而产生世界性的影响。至此,"文化研究"进入全盛时期,成为一种新的显学。对以媒介文化为代表的大众文化的研究依然是热点,除此之外,还有关于种族研究和性别研究等的后殖民理论、第三世界理论和性别政治等,纷纷成为"文化研究"的中心论题。"文化研究"真正形成了冲击旧有学术规范的新潮流。

在美国,最早介绍伯明翰学派的是曾在伯明翰当代文化研究中心学习的劳伦斯·格罗斯伯格,他的《文化研究的构成:一个美国人在伯明翰》阐述了文化研究的理论取向。而在研究中文化研究受到一大批在文学理论和文学研究方面具有影响的学者的关注,包括弗雷德里克·杰姆逊(1934—)、爱德华·萨义德(1935—2003)、加亚特里·斯皮瓦克(1942—)、拉尔夫·科恩、希利斯·米勒(1928—)等,美国的文化研究"大量研究后殖民主义文学、传媒文化和其他非精英文化现象的论文频繁地出现在曾以文学理论和批评著称的著名学术刊物包括《新文学史》(*New Literary History*)、《批评探索》(*Critical Inquiry*)和《疆界二》(*Boundary*2)等,并且逐步涉及西方世界以外的文化现象的研究,实际上也介入了对全球化现象的思考与研究。"① 以海登·怀特(1928—)、斯蒂芬·格林布拉特(1943—)为代表的新历史主义也是美国文化研究的重要组成部分,"美国的'新历史主义'更重视分析文化中的语言叙述或表述,已成为后结构主义之后的新的批评潮流,影响深远,渗透到各文

---

① 王宁:《比较文学与当代文化批评》,人民文学出版社2000年版,第72页。

学研究领域,与读者反映批评交错汇合,展示了比读者反映批评更宏大的历史视野和现实景观。"[①] 1990年在美国伊利诺大学举行了"文化研究:现状与未来"的大型学术讨论会,聚集了世界各地900余名不同专业——哲学、文学、政治学、人类学、社会学、传播学等学科的学者,会后出版由劳伦斯·格罗斯伯格、卡里·奈尔逊和保拉·特莱契勒合编了论文集《文化研究》(1992),书中列出"文化研究"的16个论题:(1)文化研究的历史;(2)性别与性;(3)民族性与民族认同;(4)殖民主义与后殖民主义;(5)种族与族群;(6)大众文化与受众;(7)认同的政治;(8)教学法;(9)美学的政治;(10)文化与文化机构;(11)民族志与文化研究;(12)学科的政治;(13)话语与本文;(14)科学、文化与生态;(15)重读历史;(16)后现代时代的全球文化。杰姆逊在《社会文本》上发表了4万余字的长文《论"文化研究"》(1994)。文章针对论文集中的主要论题,对文化研究进行了全面的评析。这些论题主要从文化和政治层面探讨了不同社会集团的认同问题、大众文化、后殖民和性别政治等。

对上述问题的讨论不仅在欧美构成研究热点,在世界其他国家地区也备受关注,尤其是那些前殖民地国家、移民国家和第三世界国家,加拿大、澳大利亚、印度、中国等地,"文化研究"都呈现出蓬勃发展之势。加拿大的文化研究关注的是民族性、文化认同、文化政策和经济发展的论题,做出实绩的是林达·哈琴(Linda Hutcheon)的后现代主义诗学研究。澳大利亚文化研究的主要学者大都来自英国,如约翰·菲斯克、托尼·本内特、约翰·哈特里等,因而学界认为澳大利亚的文化研究深得伯明翰"真谛",偏重于传媒和传媒政策研究,也关心澳大利亚社会的边缘群体(女性、亚洲移民、土著居民等)。约翰·哈特里的《文化研究简史》(2002)和西蒙·杜林主编的《文化研究读本》影响甚大。印度

[①] 金元浦:《〈文化研究:理论与实践〉导言》,河南大学出版社2003年出版,第11页。

文化研究的核心是"加尔各答社会科学研究中心",主要展开"庶民研究"(Subaltern Studies,又称为贱民研究、底层研究或次要研究),学界称之为"庶民研究学派",该派以拉纳吉特·古哈、帕沙·查特吉、迪皮斯·查克拉巴提等人为代表,他们借用葛兰西提出的"庶民"概念,致力于研究"在阶级、种姓、性别、种族、语言、文化中处于从属地位"的边缘从属群体,批评精英主义历史书写对于庶民主体性的遮蔽,主张将底层的历史经验纳入知识生产。古哈认为,庶民在历史舞台上是"自为的,也就是独立于精英的";他们的政治构成了一个"自足的领域,既不是源于精英政治学,也不从属于它。"①自1982年起,印度不同学科的学者加入到该学派的讨论,出版不定期丛刊《庶民研究》12卷。中国在20世纪80年代末90年代初引进西方的"文化研究"思潮,90年代中期引起批评界的广泛关注,它既是中国本土80年代"文化热"的延续,同时又有不同的视域和论题。大众文化的研究,后殖民主义、知识分子角色问题及性别理论等都成为中国当代文化研究探讨的焦点。

第三节 文化研究的研究范式

从历史演变看,当代的"文化研究"是传统的文化研究的一个发展阶段。但它确实是对当代人类面临的现实问题做出的学术回应,与传统的文化研究相比,无论在研究对象还是研究方法上都有了很大的不同。有论者总结当代文化研究实现了三个转向:"一是从经典文化转向了大众文化的研究,或从中心转向了边缘的研究;二是从文字载体的文化研究转向了影视、图像的现代文化的研究,使广告、绘画、建筑、影视、大众传媒、消费文化成为热门话题;三是从纯文学研究转向种族、性别、

---

① Ranajit Guha. *Subaltern Studies* Ⅰ : *Writings on South Asian History and Society*. Delhi: Oxford University Press,1982. p. Ⅶ.

阶级、民族性、差异性、社区文化、媒介文化、女性文化和后殖民文化等问题的审理。"①尽管一些文化研究学者不主张给"文化研究"以学科边界和学科属性的概括，但经过几十年的发展，当代文化研究相对于传统的文化研究和相关学科，它确实已经形成一些特定的研究论题和研究范式。

第一，跨学科研究与开放意识。

文化研究以一种多元杂糅的开放意识来研究跨学科、跨地域的文化。它在文本与社会、上层建筑与经济基础之间形成一种有机的联系，通过这种联系，使中心文化和边缘文化、雅文化和俗文化整合成一种"统一的文化模式"，从而为现代人的生存和文化的身份加以定位。文化研究开放性和实验性的本质决定了它的跨学科特征。关于这一特征，文化研究学者有不少论述。英国学者斯图亚特·霍尔指出："文化研究有许多轨道，许多人过去有，并且现在还有通过它的不同轨道，它是由一些不同的方法论和理论立场所建构的，而这些方法论和理论立场还处在人们的讨论之中。"②另一位学者托尼·本尼特评论说："文化研究所组成的与其说是一个具体的理论和政治传统或学科，倒不如说是一个许多知性传统已在其中找到了一个暂时的汇合点的引力场。"③澳大利亚墨尔本大学教授西蒙·杜林在《文化研究读本·导言》中论述："它（文化研究）并非一门学科，而且它本身没有一个界定明确的方法论，也没有一个界限清晰的研究领域。"④澳大利亚的格瑞麦·特纳在其专著《英国文化研究导

---

① 王岳川：《当代文化研究的语境与症候》，《解放军艺术学院学学报》2005年第4期，第6—7页。

② David Morley and Kuan-Hsing Chen eds., *Stuart Hall: Critical Dialogues in Cultural Studies*, Routledge, 1996, p. 361.

③ David Morley and Kuan-Hsing Chen eds., *Stuart Hall: Critical Dialogues in Cultural Studies*, Routledge, 1996, p. 361.

④ Simon During, ed. *The Cultural Studies Reader*, Routledge, 1999, p. 1.

论》中指出:"把文化研究看作是一个新的学科或者是互不相关的诸学科的一种组合是一种错误。文化研究是一个跨学科的领域,在这个领域中某些研究的对象和方法结合到了一起。"① 中国学者也认为:文化研究"是一个最富于变化,最难以定位的知识领域,迄今为止,还没有人能为它划出一个清晰的学科界限,更没有人能为它提供一种确切的、普遍接受的定义。"②

文化研究的跨学科特征决定了其研究范围的广泛性、研究取向的多元化和研究方法的多样化。当代文化研究包括了以研究后殖民写作/话语为主的种族研究;以研究女性批评写作话语为主的性别研究;考察影视传媒生产和消费的大众传媒研究;以对东方和第三世界所作的多学科和多领域考察为主的区域研究(如"亚太地区研究"等)及文化全球化理论研究。③ 文化研究采取了旨在削弱和批判帝国主义和宗主国文化霸权的后殖民及第三世界批评取向、后结构主义的消解逻各斯中心的解构取向、女权主义者对男性世界的批判取向、马克思主义的意识形态和文化批判取向和针对某一区域的多学科考察和研究取向等。④ 文化研究在实践中借鉴了语言学、哲学、心理学、历史学、社会学、人类学、政治学和文学批评等的理论和方法,并将其用于自己的研究中。这样,文化研究在打破传统学科疆域和催生新的交叉学科方面显示出巨大的活力,"文化研究是多元主义时代理论与现实的前沿研究的实验地,它提供了学科越界、扩容、创新和变革的机遇与可能性。文化研究是新的学科间相互对话、相互沟通、相互溶浸、相互交叉叠合又相互对立对峙的新的对话交流的平台,在这里既有从文学出发的文化研究,也有从社会学、传播学、人类学、政治学出发的文化研究,它们在研究对象选择、研究内容设定、

---

① Graeme Turner, *British Cultural Studies: An Introduction*, Routledge, 1992, p. 11.
② 罗钢、刘象愚:《文化研究读本》,中国社会科学出版社2000年版,第1页。
③ 王宁:《比较文学与当代文化批评》,人民文学出版社2000年版,第69页。
④ 王宁:《超越后现代主义》,人民文学出版社2002年版,第163页。

研究方法运用上仍然有着相当的区别。此中当然包含着学科间的融合、汇流、整合，也包含着学科的调整变革和新学科建制的建立以及边缘交叉学科如文学文化学、文学传播学、新文学社会学建设的积极的可能性。"①

第二，文化整体研究与关联意识。

文化研究总是把具体的研究对象摆在整个社会文化系统中做多方面的考察与阐释，关注文化与其他社会活动领域之间的联系，而不是把研究对象视作一个孤立自足的整体。霍加特在文化研究的早期经典著作《识字能力的用途》中指出：一种生活方式不能摆脱由许多别的生活实践——工作、性别定向、家庭生活等——所建构的更大的网络系统。②威廉斯的《文化与社会》中也反对把文化从社会中分离出来，他认为把文化只理解为一批知识与想象的作品是不够的，"从本质上说，文化也是整个生活方式。"③ "文化研究承担着研究一个社会的艺术、信仰机构以及交流实践这样一个整体领域的使命。"④然而，这里的"整个生活方式"、"整个领域"并不是各个要素后的整合，探寻统贯一切的本质，而是各个要素之间的种种关联以及关联产生的意义的阐释与建构。"如果要对文化研究有所定位的话，其要点可以说是对'关系'的深度关注：它与其他学科的关系；学科与学科间的关系；不同地域不同文化间的关系，不同主体不同性别不同身份间的关系；不同范式不同话语间的关系；不同共同体间的关系；由'关系'寻求'联结'、'协同'或'共识'，又保持自身多元独立性以保持更大发展的可能。"⑤杰姆逊甚至提出用"协同关

---

① 金元浦：《〈文化研究：理论与实践〉导言》，河南大学出版社2003年版，第3页。
② 参见霍加特：《识字能力的用途》（The Uses Of Literacy, Harmondsworth: Penguin, 1957）。
③ 威廉姆斯：《文化与社会》，北京大学出版社1991年版，第403页。
④ 参见格罗斯伯格等编《文化研究·导言》（Culrural Studies, Routledge, 1992）。
⑤ 金元浦：《〈文化研究：理论与实践〉导言》，河南大学出版社2003年版，第3页。

系网"取代"单一作者"的观念。① 在当代文化研究者看来，任何文化文本都是在一种关系网络中由各方协同运作的结果。表面上是由作家、诗人个人创作的文学文本，实际上也是协同作用的结果，是作者与影响自己的前辈之间，作者与同时代的同仁之间，作者和出版商之间，出版商与检察官之间，作者与读者之间协同作用的结果。这样的"协同关系网"的研究是要探寻不同话语之间在具体历史语境中的约定性、相关性和相容性，找出联系和认同的客观性与可能性，它不只是一种文化事实的认定，还是一种意义的建构。

20世纪60年代以后，文化研究进入有意识的建构时期，文化研究更加强调文化与其他社会领域、尤其是政治的不可分离性。文化研究的目的是要阐明：文化应当如何在与经济与政治的关联中得到阐释与说明。由于福柯、葛兰西、阿尔都塞等人的思想影响，文化研究更加自觉地关注文化与权力、文化与意识形态霸权等的关系，并把它运用到各个经验研究领域。

第三，注重感觉结构与语境意识。

"感觉结构"是外在社会条件与内在感知交互作用下产生的某种特定的文化心理结构，是一个社会形塑的概念，既是结构性的条件结果，也是难以形容的感觉经验。文化研究理论奠基人雷蒙·威廉斯就特别注重"感觉结构"，他认为，某一文化的成员对其生活方式必然有一种独特的经验，这种经验不可取代。由于历史或地域的原因置身于这种文化之外，不具备这种经验的人。只能获得对这种文化的一种不完整或抽象的理解。这种为生活在同一种文化中的人们所共同拥有的经验，就是"感觉结构"。威廉斯把这种具体时空和语境下形成的"感觉结构"等同于文化。

---

① 杰姆逊：《论"文化研究"》，《快感，文化与政治》，王逢振译，中国社会科学出版社1998年版，第412页。

这样的文化观念，蕴含着强烈的语境意识。"语境"指的是研究对象所处的时空关系，即把研究对象置于一切与它可能有关的纵横关系中考察其所指的意义。对象的意义根本上是由它的语境决定的。美国学者格罗斯伯格曾颇为极端地说，"对于文化研究来说，语境就是一切，一切都是语境"，还说应该把文化研究视做"一种语境化的关于语境的理论"，文化研究之所以"能够对付自身历史语境的无限复杂性"，就在于它的切入现实的能力，在于它面对具体权力语境时的重新解释的能力。[1]

新历史主义正是在这个广阔的历史、现实之诸事物的关系的含义上汲取了"语境"一词的方法论精神。伯明翰大学的迈克尔·格林（Michael Green）认为："文化研究的特定对象既不是由文化参照物所强化了的理论评价，也不是文化的特殊形式，而是一种文化过程或要素，是为了特定目的并在特定地点和时间里对它们所进行的分析。文化既不存在于各种文本中，也不是文化生产的结果，不只是存在于文化资源挪用和日常生活世界的创新之中，而是存在于创造意义的不同形式之中，在各种场景、由变化和冲突不断标明的社会之中。文化不是体制、风格和行为，而是所有这些因素复杂的相互作用。"（《文化与批评理论辞典》）英国文化研究著名学者霍尔认为文化研究的使命"是使人们理解正在发生什么，提供思维方法、生存策略与反抗资源。"[2] 也就是说，文化研究依赖的是它所提出的问题，而问题则依赖于它们的背景。问题取向和将问题与其背景联系起来作全面系统的考察是文化研究方法论的重要特征。因此文化研究具有实践性和开放性，它反对对文本作任何封闭的阅读，而是根据自己在研究中的体验，在特定时期将特定的方法综合进自己的研究，而且这也不能事先确定，因为它不能事先保证在一定的背景中什么样的问题才是重要的，还得看文化生成和研究的具体语境。

---

[1] L, Grossberg, "Cultural Studies, Modern Logic and the Theory of Globalization。"*Back to Reality? Socil Expense and Cultural Studies*, ed. by Angela Mcloddie, Manchester University, 1997, p. 8.

[2] 参见格罗斯伯格等编：《文化研究·导言》。*Cultural Studies*, Rout ledge, 1992。

第四,积极介入现实与批判意识。

文化研究在20世纪的文化背景下出现,它既在精神的底蕴方面承袭了现代理论的批判气质,同时又吸收了后现代主义的解构中心、颠覆霸权的思想主张,从而立足于以边缘文化和弱势群体为阵地,质疑主流与中心文化的权力机制,反对文化霸权,进而实现其抵抗各种权力话语的宗旨。批判、解构精英主义的文化概念,致力于关注社会中弱势群体的利益,重新审视文化转型期大众弱势群体在不平等社会现实中的地位变迁和它们的文化取向。文化研究的一个基本原则,即它坚持审美现代性的批判意识和分析方式,不追逐所谓永恒、中立的形而上价值关怀,相反它更关注充满压抑、压迫和对立的生活实践,关注现实语境,对晚期资本主义文化制度形态进行了严肃的、不妥协的批判。在英国伯明翰文化研究的初期,这种立场表现为对于工人阶级文化的历史与形式的关注,而后来的大众文化研究、女性主义研究、后殖民主义研究等等也都坚持了这一从边缘颠覆中心的立场与策略。可以说、对于文化与权力的关系的关注以及对于支配性权势集团及其文化意识形态的批判、否定和超越。文化研究从来不标榜价值中立,相反,它的"斗争精神"常常给人留下深刻的印象。"文化研究不仅以描述、解释当代文化与社会实践为目的,而且也以改变、转化现存权力结构为目的。"①

文化研究注重讨论各种文化实践与权力之间的关系,即文化现象和文化实践中的权力运作对文化实践的影响与干涉作用。文化研究并非只是纯粹的、具体文化类别的理论探讨,它与社会关系、政治制度有密切的联系,其使命就是分析在具体的社会关系和环境中文化是如何表现自身和受制于社会与政治制度的。文化研究致力于对当代社会文化的"道

---

① 斯拉里(J. D. Slary)与惠特(L. A. Whitt):《伦理学与文化研究》(*Ethics and Cultural Studies*),参见格罗斯伯格等编《文化研究》,第573页。

德评价"或批判,直至诉诸激进政治行动的努力。文化研究远非一门缺乏价值评判的或学究气十足的理论,恰恰相反,它旨在促使社会和文化的重建和批判性的政治介入。从这个意义上讲,它力求探寻和改变权力构成和实施,在工业化资本主义社会,其表现更加突出。文化研究在试图重新认识和纠正"文化资本"不均分布的同时,也重视关于本土文化和世界文化的价值认同,质疑"共同拥有的文化身份"。"可以说,对于文化与权力之间关系的关注以及对支配性权势集团及其文化(意识形态)的批判,是文化研究的灵魂与精髓。"[1]文化研究不是把现存的社会分化以及由此产生的各个群体之间的等级秩序看成是必然的或天经地义的。在它看来,正是文化使得社会分化与等级秩序变得合理化与自然化。因而也可以说,文化研究中的"文化"通常是指阶级、性别、种族以及其他的不平等被合法化与自然化了的现象,文化研究者正是通过"研究",使弱势群体意识到自身的处境,并对支配地位主流文化加以抵制。总之,文化研究具有理论与实践的双重性,其"文化"既是理论研究的对象,同时也是进行政治批评和改造的场所。

---

[1] 陶东风:《文化研究:西方话语与中国语境》,《文艺研究》1998年第3期。

下编　作家作品论

第一章　莎士比亚悲剧与《哈姆莱特》

莎士比亚是公认的世界第一流大诗人，剧作家。他的作品是他生活创作那个时代的百科全书，是社会人生百态的艺术画卷，是人类情感智慧的不朽诗篇，被称为"非宗教徒的俗世的圣经"。稍晚于莎士比亚的本·琼生，在莎翁逝世7年后出版其戏剧集的题词中，称他为"时代的灵魂"，认为他"不属于一个时代，而属于所有的世纪。"几个世纪以来他的作品在许多国家的译本一版再版，在各国舞台长演不衰，改编成歌剧、舞剧或地方剧种，改编成电影上映。学者对莎士比亚及其作品的研究成果浩如烟海，现在世界上平均每15分钟有一项莎士比亚的研究成果问世，"莎学"成为世界显学。西方学者编写《莎士比亚研究史》，并说"研究史就是欧洲三百多年的精神发展史"。"莎学"被称为"国际学术的奥林匹克"，国际莎士比亚协会每五年举行一次国际学术讨论会。历史显示了莎士比亚作品超越时空的永久艺术魅力。

第一节　美学范畴的"悲剧"

"悲剧"的狭义指的是一个戏剧种类，相对于喜剧而言，但美学范畴的"悲剧"包括作为戏剧种类的悲剧，其涵义又远远大出于它。美学的"悲剧"是指人类的一种精神体验，而且是人类最基本的、最重大的几项体验之一。

有人称悲剧是崇高的诗，是壮丽的美。首先，悲剧是以人生过程中的痛苦、不幸和生命毁灭作为审美对象。悲剧美就是人生苦难中呈现的美。

人生的苦难、不幸甚至死亡的美，从何而来？来自人对这一切的态度：抗争。

人之所以为人，在于人具有自我保护、自我发展，不断超越现实的行为与能力。生命抗争意识和生存欲望是人性的根本特征之一。人就是在这种抗争意识和坚毅的行为意志中显示人的价值和生命的能量。

人生毫无疑问要面对种种艰难和困难，与各种敌对力量产生种种冲突。就在这种冲突中显示人的价值和力量，尤其是面临尊严的失落和生命的毁灭等尖锐冲突时，在生与死的抗争中迸发出全部的热能和亮光，才会使自己获得扩大和提升。所以，悲剧美就在于生命冲动中显示的强烈的生命力和人格价值。也是在这一点上，悲剧美与崇高美一致。

人生面对的痛苦和冲突有层次之分，悲剧也有层次。真正的悲剧是一种不可避免地走向毁灭，却又在毁灭过程中所作的抗争；真正的悲剧冲突具有"你死我活"的尖锐性和残酷性，真正的悲剧结局是直接导向主体的苦难或毁灭。

总之，美学的悲剧是指主体为了实现自身现实的超越，或为了抗拒外力的摧毁而陷入尖锐的冲突之中，他们往往处于无从选择的"两难"或"动机与结果完全悖反"的境地中，但面对灾难他们殊死抗争，不惜以生命作为代价去超越苦难和死亡，从而显示出超常的生命力，把主体自身的精神风貌和超人的意志力提升到崭新的高度，展示人生的全部价值。

从生命意志的角度讲，人生就是悲剧。人注定要死亡。但人生若采取一种消极顺运、碌碌无为的人生态度，没有显示抗争的意识，这样的人生缺失悲剧的美。正因为人会走向死，因而在生的过程努力显示自身的价值；正因为有死，才有追求生的意义。这就具有人生的悲剧美。美国大片《特洛伊》中阿克琉斯说：神很羡慕人，因为人会死。因而他宁愿在战场叱咤风云而倒下，不愿苟活漫长的一辈子——这就是古希腊"英雄"悲剧美的人生观。知其不可为而为之，你尽可以消灭他，但打不败他，肉体可以毁灭，精神和意志不朽。这就是海明威的"硬汉"——现代悲剧美的代表。

余秋雨对"悲剧"有他精辟的看法。他认为"在古代，悲剧表现为一种激情，在近代，悲剧表现为一种自省。悲剧的激情是人类与自然搏斗、与命运周旋、与邪恶较量中的强烈震慑，震慑后的两难，两难中的净化；悲剧的自省是民族和个人对自身存在状态和内心异质的突然发现，以及发现后的清醒，清醒后的无奈、疯狂或自虐。其实悲剧的激情与悲剧的自省是互相交接的，最终表现为对人类存在本身的接受和体认，一种无法接受后的终于接受，难于体认后的深刻体认。从这种观点来看，研究悲剧，其实是在至深层次上研究人类。"他还强调："一个民族如果没有人认真地研究悲剧，那么迟早，它会因自身的浅薄而陷入真正可怕的悲剧。"①

第二节　为什么由"喜"而"悲"

学界一般把莎士比亚的戏剧创作分为三个时期：早期（1590—1600）是历史剧和喜剧创作时期；中期（1601—1607）是悲剧创作时期；后期（1608—1612）是传奇剧创作时期。

为什么莎士比亚由早期的喜剧创作走向悲剧创作？对此，有种种不同的解释：

第一说，个人生活遭到连串不幸的打击。1600年前后，莎士比亚丧

---

① 余秋雨：《世界悲剧文学史·序》，谢柏梁《世界悲剧文学史》，上海文艺出版社1995年版，第1页。

父亡子，给他难以言说的悲伤。王国维认为"第一期之末，莎士比亚因人生之不幸，既失其儿，复丧其父，于是将胸中的所郁，尽泄诸文字中，始离人生表面，而一探人生之究竟。故是时之作，均沉痛悲激。"① 莎翁接下来经历了爱塞克斯风波，莎士比亚本人也因他的《理查二世》上演受到牵连，给他真诚友谊和关照的朋友扫桑普顿伯爵被判死刑（后改为监禁）；再加上他的失恋，在他的十四行诗中写到的那位"黑女郎"抛弃了他，转而爱上别人，他很痛苦，甚至以疯狂和诽谤要挟对方。读读第140首：

> 你狠心，也该放聪明；别让侮蔑
> 把我不作声的忍耐逼得太甚；
> 免得悲哀赐我喉舌，让你领略
> 我的可怜的痛苦会怎样发狠。
> 你若学了乖，爱呵，就觉得理应
> 对我说你爱我，纵使你不如此；
> 好像暴躁的病人，当死期已近，
> 只愿听医生报告健康的消息；
> 因为我若是绝望，我就会发疯，
> 疯狂中难保不把你胡乱咒骂：
> 这乖张世界是那么不成体统，
> 疯狂的耳总爱听疯子的坏话。
> 　要我不发疯，而你不遭受诽谤，
> 　你得把眼睛正视，尽管心放荡。

从诗中可以看到诗人失恋后的无奈和伤感。总之，这几年过得不畅快，深刻感受到人生的空虚和悲哀。

---

① 王国维：《王国维文集》（三），中国文史出版社1997年版，第394页。

第二说，社会政治的动乱。16、17世纪之交，是英国社会急剧转变的年代。伊丽莎白王朝盛世掩盖下的各种矛盾爆发。王权与资产阶级的联盟开始解体，资产阶级与君主专制矛盾尖锐化，资产阶级革命开始酝酿。宗教方面，清教徒认为女王宗教改革不彻底，认为国会是反基督的，对此心存不满。女王一心维持当时的英国教会，迫害清教徒。王权和国会的矛盾也因专卖权问题而尖锐。还有农村圈地运动加速发展，农民生活日益贫困，农民起义不断，爱尔兰爆发叛乱。女王去世（1603）后詹姆斯一世登位，这是一位才德、胸襟、智力水平远不如女王的残暴统治者，进一步激化各种社会矛盾。种种不安定因素给人一种危机感，社会难以安定，大动乱将临。敏感的诗人对政治气候感触颇深，表现在剧作中就是以批判现实为主旨的中期悲剧。此说在我国莎学界较为流行：社会意识决定作家创作走势。

第三说，人文主义理想的内在矛盾发展的结果。卞之琳先生在他的专著《莎士比亚悲剧论痕》中提出颇为精到的看法。

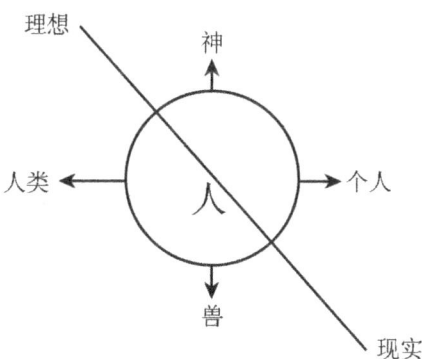

他认为莎士比亚和当时的人文主义者一样，借用中世纪基督中的神、人、兽三层次关系的公式。在哈姆莱特的台词中，就表现了人可以像神也可以像兽这样的概念。人文主义当然是以人为中心，人应该像神，当心像兽，实际上"神"和"兽"都从属于人。

在莎士比亚戏剧中，"人"有两个方面的涵义：一是人类，二是个人。莎士比亚早期创作中，对人的两重涵义没有作认真的深究，而"人文主义"本身包含着对立的两面，存在内部的深刻危机。

早期莎士比亚着重于人文主义的理想方面，这种理想体现了未定型的资产阶级倾向的进步性。但随着莎士比亚对人文主义的认真思考和深究，莎士比亚的人文主义面对一种悲剧性的考验：即理想和现实的尖锐冲突。

接下来，卞之琳先生有一段精辟的议论："莎士比亚悲剧表现的是理想与现实的矛盾，就是莎士比亚的人文主义理想和它烛照下的社会现实的矛盾。这还是从表面看。从深处看，这种主客观的矛盾就显出了主观上人文主义理想本身的矛盾：与封建贵族相对立，又对封建贵族抱幻想；与人民大众相一致，又与人民大众有距离；从个人主义角度反对的个人主义的发挥；以资产阶级倾向为最基本倾向。又反对以资产阶级倾向为最突出的表现的利欲熏心，不择手段的丑恶的倾向。"①

上述说法都有道理，莎士比亚由喜入悲是上述因素综合的结果。而且我们觉得还可以加上一个因素，就是人生对外在世界认识的阶段性。莎士比亚创作的三个阶段，正是人生认识阶段性的体现。

1600年以前，莎士比亚从乡间来到都市，对都市繁荣抱有天真的幻想。年纪尚轻，阅历不深，年轻人的主观愿望很容易代替客观现实。理想，无疑是青年时期意识世界的核心。因而创作出充满诗情画意，洋溢着欢乐情趣的喜剧。

进入中年，人面对生活的多重压力。家庭责任、事业成就、社会交往，人也就从理想跌落到现实。奋斗，成为中年人意识世界的核心。而在奋斗的过程中对人世的真相看得更清晰，目光更冷静。也看到许多在青年时代不曾注意的阴暗的一面。莎士比亚当然也是这样。他作为一个乡下人，仅有初中教育程度，在伦敦站住脚，成为大剧作家、剧团股东，其奋斗历程的艰难可想而知，怎样以其勤奋和天赋与大学才子的"比

---

① 卞之琳：《莎士比亚剧论痕》，生活、读书、新知三联书店1989年版，第283页。

试",与各式人等打交道——这些都不说,单说他的感情生活。他一直把家小留在斯特拉福,当然不是因为创作、演出太紧张,更不是因为经济上的困窘。他每年回去一次。中年的莎士比亚当然也不会沉迷于年轻时的浪漫爱情之中。但他肯定经历了刻骨铭心的爱。而这种爱是与痛苦相伴相随的爱。

到了晚年,几十年的奋斗已成昨天,老眼昏花,身憔力悴,或者功成名就安享晚年,或者碌碌无为潦倒度日。回过头看当年的奋斗,为蝇头小利而争斗,为虚名空位而拼搏,真是不值得。人生难得的是大家都作为人,生活在一起几十年。因而和睦相处,宽以待人,应是人生之本义。莎士比亚后期的传奇剧就是这种境界。

然而,人生的价值和力量就是在抗争中显示。中年是一个悲剧的时期,人生的悲剧意义就是在中年显示。

这点我们也可以在易卜生和奥尼尔的创作分期中得到印证。

第三节 人性的自省:莎士比亚悲剧的实质

从悲剧的实质看,莎士比亚悲剧最突出的东西是"自省",正如前面提到的余秋雨的看法,近代悲剧是"自省"的悲剧,"是民族或个人对自身存在状态和内心异质的突然发现,以及发现后的清醒,清醒后的无奈,疯狂或自虐"。莎士比亚的悲剧是典型的"自省"悲剧,是人对自身——人性欲望的拷问。

莎士比亚悲剧的内涵,可以看到不同层次:首先,他生活在文艺复兴末期的英国,当时英国处在急剧变动的历史时期,资本主义原始积累迅猛发展,圈地运动轰轰烈烈展开,田园美景已荡然无存,到处是动荡、凄凉,这种变动时期的历史真实是莎士比亚悲剧最表层的内涵。(第一层次)

其次,莎士比亚悲剧中对动乱中各种邪恶势力的表演及其给人类社会造成的灾难作了充分的揭示。他的悲剧中聚集了文艺复兴时期的各种野心家、阴谋家，阴险狡诈的克劳狄斯，血腥毒辣的麦克白，诡计多端的伊阿古，残酷无耻的爱德蒙，邪恶歹毒的艾伦等，他们生产罪恶，制造混乱，太平盛世被破坏，人间的爱和善受到践踏。但莎剧中始终充满着善战胜恶的意念，邪恶势力最终受到惩罚。善的力量虽然短时被抑制，但其种子在绽放新芽。因而莎士比亚悲剧中在批判、谴责邪恶的同时，又给善一种心理的支撑。（第二层次）

然而，莎士比亚悲剧中这种道德善恶的裁决还不是本质的内涵，尽管我国莎学界大多把莎士比亚悲剧的思想定格在"社会批判"上。我们说，莎翁悲剧对真和善的追求，是重要的内涵。但它不是以真为归宿，也不是以善为目的。而是更进一步在人性价值、人性欲望的探索、自省中获得美的升华。（第三层次）

莎士比亚悲剧的人性欲望自省具体表现在几个方面：

第一，莎士比亚的悲剧渗透对人的欲望与命运关系的悲剧性思考。欲望是一把双刃剑，人的欲望是人的心理动力源，它调动各种心理能量，为目的的实现而努力。但欲望的实现是有条件的。有的欲望即使实现，却付出很大的代价，甚至得不偿失。表现出来是一种无法把握的"命运"。

我们经常把人物的悲剧说成命运，所谓命运只不过是他在特殊的生活环境中所处的位置应该给他的，与他能够得到的是什么之间微妙变化的进程与结果。这里就有一个欲望的必然要求与欲望在特定环境中实现的阻碍的问题。阻碍到一定的程度，也就导致将人生中有价值的东西毁灭给人看。

以《麦克白》为例。麦克白并非天生的坏蛋，他是一位骁勇的卫国英雄。他出生高贵，国王邓肯是他的表兄。战场上他勇猛无比，有如无敌不摧的煞星，砍下了叛徒麦克唐华德的头颅，又在同一天内在抗击挪威大军的阵地上出现，生擒卖国求荣的考特爵士，逼得入侵的挪威国王狼狈求和，称臣纳贡。他的赫赫战功，令国王邓肯赞叹不已，称他为"英勇的表弟、尊贵的壮士"，当场宣布把考特爵士的爵位赠给他。但就在当天的庆功会上，国王宣布长子马尔康为储君，庆功会变成了要各位功臣为毫无战功的新储君效忠的大会。麦克白的功勋和现实的制度，使他产生了弑君为王的欲望。他终于趁国王来他家庆功之机，谋杀了国王。迈出了这一步，他天良未尽，但他只能走下去，后又杀死国王侍卫，刺杀要查明国王死因的大臣班柯。天良使他意识到自己的罪过，但他还得继续杀人，背负着良心的重负，痛苦孤独地走下去。用他的话说："我已经两足深陷进血泊之中，要是不再涉血前进，回头的路同样使人厌倦，以不义开始的事业，只能用罪恶将他巩固"。他的美德、良心被野心、欲望步步吞食。

第二，莎士比亚悲剧的逻辑，不是人们愿望中的道德逻辑，而是因果律、自然进化律。有学者认为："悲剧的世界虽然按规律发展，却好像忽略了道德正义，按照自身规律发展，是与道德无关的因果律，而不是是与非、罪与罚的规律。"[①]道德逻辑，通俗讲就是善有善报，恶有恶报。莎士比亚的悲剧不是如此展开情节，而是遵循自然因果律。决定成败的不是善恶，而是"力量"、"强度"。欲望当中谁能量最大，谁就打倒其他欲望而得以实现。在欲望的世界里，在人世社会中，都是依照"弱肉强食"的进化规律行事。正是道德律和自然律的矛盾，成为悲剧的基础。

然而人总是要以主体的意志来改变环境和现实，试图超越自然律令。通过莎士比亚的悲剧，认识到自己的思想和情绪，认识了人性，从而锻炼了人们的善恶敏锐程度。虽然他的出发点不是为解决道德问题，但在情感的洗礼中使人们获得了提升。

第三，莎士比亚把超自然的东西渗入其悲剧世界，是一种强有力的手法，这样展示人物内在世界，将人的内在欲望加以外化，从而加深人

[①] 张隆溪：《悲剧与死亡——莎士比亚悲剧研究之一》，《中国科会科学》1982年第3期。

们对生活的印象与感受能力，达到对自身认识的深化。

《麦克白》中的巫婆和鬼魂的出现是随着人物的欲望与野心逐渐膨胀而出现的，也是随着麦克白疑神疑鬼的心理而来。《哈姆莱特》中漆黑之夜的幽灵是人物在生活重压下想象所滋生出来的场景。这种以超自然力量表现人物内心的手法在现代派戏剧中表现很突出，斯特林堡的《鬼魂奏鸣曲》中，鼓声和幻想场景都是内心的外化。

第四，戏剧性独白也是莎士比亚悲剧中人性欲望自省的重要方式。独白仿佛给人物打开了心灵的窗子，让人们洞悉其人性的复杂。哈姆莱特的独白非常有名，前后6次，反反复复吐露心迹。比起交代戏剧情节，莎士比亚对抓住微妙的情感波动更感兴趣。哈姆莱特决心为父报仇，为什么却迟迟不动手？历来说法众多，若单从创作意图讲，情节的拖延给哈姆莱特有更多机会，以独白方式审察内心，反省自己。

《李尔王》开头部分情节的展开、发展十分迅速，以至急转直下，当初高坐王位，作威作福的君王，一转眼成为流落荒野的孤老头。当他披头散发出现在狂风暴雨、雷电交加的荒原上的时候，戏剧节奏停下来了，莎士比亚似乎忘记了"李尔王和三个女儿"的故事，从情节角度讲，这三场戏可有可无。但莎士比亚分明是怀着激情来写这三场戏的。他把重心由交代情节转成了人性的自省：一个以自我为中心、唯我独尊的精神世界经受不住现实世界的猛烈冲击而崩溃了，他几乎疯了。但他的疯却正是清醒地重新认识周围世界、重新认识自己的起点。这场挟着闪电震雷的暴风雨正是他的一场精神的洗礼。

这里，隐秘的人性成了舞台的聚焦点：通过一个刚愎自用的老人的心路历程完成了一次人性的拷问。李尔也不再是一个来自甚远史册的面目模糊的人物，经过莎士比亚的点化，成了一个来自现实生活的有血有肉的人物，经过波折后再认识自我的人什么地方、什么时候没有呢？

总之，走进莎士比亚的悲剧世界，就能清楚地看到人性欲望的本质，潜在世界的真实内容，善与恶的行动之运动力源泉，善恶在人的心灵深处的自我变化及其与外在世界的联系等等。人性的全部丰富性和复杂性都在莎士比亚悲剧中得到艺术的表现。

读莎士比亚的悲剧，可以感受到人的局限和不完善，且不说那些野心家、阴谋家，就是倾注了莎士比亚同情甚至赞美的人物，他们的悲剧何尝没有自身的因素：哈姆莱特的忧郁、奥瑟罗的轻信、安东尼的痴情、李尔的刚愎、泰门的极端、马歇斯的傲慢、泰特斯的愚忠、勃鲁托斯的天真等。悲剧中的女性也比喜剧中的女性复杂，既有苔丝狄蒙娜、奥菲莉娅等，也有乔特鲁、高尔里纳、塔摩拉等。将喜剧女性与悲剧女性比较，就很清楚。

方平先生曾说："进入悲剧时期的莎士比亚是一位深入到人物内心世界的探索者，他的一系列悲剧都是对人性的探索。我个人认为，它们所以成为不朽，是因为它们仿佛是树立在我们面前的一面镜子，帮助我们人类在精神领域里加深对自己的了解。"①

第四节 《哈姆莱特》的多维识读

《哈姆莱特》被称为"莎士比亚戏剧王冠上的明珠"。自问世以后，《哈姆莱特》一直受到评论界的关注，评论研究论文和著作可谓汗牛充栋。有人统计（A.莱温斯）在1936年前已有研究成果2167种，而之后至今，大约每12天有一篇关于《哈》的研究文章或一部研究著作问世。可以说，《哈姆莱特》是世界文学中被研究最多的一部作品。但最多不一定是最透，对剧中的许多问题众说纷纭，越研究越玄奥、越模糊。《哈姆莱特》研究中的一些问题已经不是莎士比亚的《哈姆莱特》本身的问题，已经超出了原作，甚至超出了文学，成为一种普遍的文化现象的研究。《〈哈姆莱特〉研究史》的著作在西方也不止一种。

---

① 方平：《人性的探索者——悲剧时期的莎士比亚》，《外国文学评论》1994年第1期。

对《哈姆莱特》的不同看法集中在哈姆莱特这个人物，而理解这个人物的关键就是哈为何迟迟不复仇，即延宕的问题。由此引出了软弱的问题、悲观的问题、装疯的问题、残酷的问题、命运的问题等等。我们舍弃一些枝节问题，从几个大的方面来看看评论界怎样理解、把握这个剧本和剧中主人公，从而拓展思维空间。

一、哈姆莱特是个什么形象

"一千个读者有一千个哈姆莱特"，在评论家心目中的哈姆莱特也是如此。正像剧中哈姆莱特描绘的那片飘忽不定的云一样，既像"一头骆驼"，更像"一只鼬鼠"，还像"一条鲸鱼"。

整理一些主要的观点，大概有如下几种：

（一）"复仇王子"说。这是18世纪以前没有任何疑义的说法，从剧情和剧作人物身份自然而然得出结论。国内也有论者主张此说。《世界悲剧文学史》著者谢柏梁从悲剧情节（争夺王权）展开过程中，研究哈姆莱特的复仇方略、失恋的痛苦和其人生哲学后，结论式地认为："这位丹麦王子难以担承作为新兴资产阶级典型人物的重任，更难成为时代的缩影和人伦的明镜。他只不过是宫廷斗争中一个不太精明的王子，仅此而已。"[1]

（二）"人文主义者典型"说。此说源于苏联，后传入中国，至今是中国学界的主体观点。其基本思路是这样的：①文学是社会现实的矛盾斗争的反映，当时英国是人文主义和封建思想的斗争；②克劳狄斯娶嫂篡位，是社会罪恶的代表，他同时还是暴君，一个荒淫的脸上堆着笑容的万恶奸贼；③哈姆莱特的复仇就是持人文主义进步思想，消除社会罪恶势力的正义斗争。进而从悲剧的背景：民怨沸腾的丹麦，推论哈姆莱特复仇的社会意义，认定悲剧的思想价值，推崇以复仇来"重整乾坤"

---

[1] 谢柏梁：《世界悲剧文学史》，上海文艺出版社1959年版，第409页。

的英雄。

从剧作中找论据论证:(1)具有人文主义的人生观、自然观、道德观、价值观;(2)推崇理性,才具全面,具有"巨人"特点;(3)他在复仇过程中加深了对社会的认识,把复仇与重整乾坤的社会使命和历史责任结合起来;(4)他身上也体现了当时人文主义者的一些局限:唯心英雄史观;一定的迷信思想。

与此相似的提法,还有"哈姆莱特是当时优秀的先进人物的典型"[①];"第一个现代知识分子型的英雄人物"[②]。

(三)"封建王子"说。此说是20世纪80年代中期以来国内一些学者的观点[③]。这种观点针对"人文主义者典型"说提出相反的论据,其结论是"与其说哈姆莱特是人文主义者,不如说他是一个封建意识很浓的王子"。即使不说他是封建王子,至少说他"只有人文思想的火花,没有形成完整的思想体系"。

关于剧中的人文主义者形象,有人提出应该是克劳狄斯。"平心而论,克劳狄斯更具备文艺复兴时期的'巨人'性格。他那人所不齿的伦理观和他那不由不使人刮目相看的人文主义世界观",论者从五个方面论析他的人文主义特征:①他的政权属于'夺取的'全新的君主政体,并非'世袭君主政体',打破了'君权神授'的宗教观点;②乔特鲁德与克劳狄斯的关系不是强迫,而是男性品质诱惑,所以才温顺而盲目地追随;③加强戒备,制造铜炮,进口武器,征集船舶,以强大的军备巩固世俗的名声和光荣;④以干练的治国之才、轻易解决边界争端,保持君国完

---

① 卞之琳:《莎士比亚悲剧论痕》,三联书店1989年版,第67页。
② 王佐良等:《文艺复兴时期英国文学史》,外语教学与研究出版社1995年版,第219页。
③ 参看下列文章:陶冶我:《"哈姆特特想要改造现实说"辨惑》,中国人民大学书报资料中心复印《外国文学研究》1984年第2期。高万隆:《哈姆莱特是人文主义思想家吗?》,中国人民大学书报资料中心复印《外国文学研究》1986年第9期。从丛:《论哈姆莱特并非人文主义者》,《河北大学学报》1989年第1期。黄小玲:《重读〈哈姆莱特〉》,《贵州大学学报》1989年第3期。

整,这比拿国土当儿戏打赌的老哈姆莱特英明得多;⑤力图保持一种贤明君主的美德:慷慨大方,仁慈诚实。对哈姆莱特的宽慰曲尽人意;对雷欧提斯的勉励语重心长;对乔特鲁德的爱诚挚深沉;对波洛涅斯的信任推心置腹……"①

(四)"伟大的侏儒和渺小的巨人"复合体说。上述的第二、三说在思维方式上都有"非此即彼"的线性思维特点。而哈姆莱特是一个复杂的性格系统,上述二说都可以从剧作中找到论据材料,但都回避了一些不利于自己立论的材料。因而在20世纪80年代后期以来,有论者借用模糊数学、突变理论等自然科学成果来研究哈姆莱特内在世界的丰富性和复杂性。既将其性格元素作结构性的静态剖析,也从动态过程中展示其性格的流动和变化。有学者撰文论述:

> 在哈姆莱特的整体性格中存在着"巨人"和"侏儒"的二极性格对位,同时在构成"巨人"和"侏儒"性格的每一种性格的元素内部也具有伟大和渺小的二重性。正是这种二重性(对立性格之间的同一性),使不同的性格元素在矛盾对立中彼此渗透、亲和、交融,结合为一个有机的统一体,正是这种不同的性格,以及同一性格元素内部的不同成分之间的矛盾运动决定了哈姆莱特性格的模糊性,而这种模糊性也就决定了哈姆莱特整体性格不具有非此即彼的属性,即不具有单一的"巨人型性格"或单一的"侏儒型性格"的属性,而具有"亦此亦彼",对立统一的属性。因此,哈姆莱特的整体性格是"伟大的侏儒"与"渺小的巨人"二极性格的模糊的有机集合体。②

这种观点立足于把哈姆莱特作为一个"人"来看,看到作为一个人

---

① 王严:《多么离奇古怪的混合——〈哈姆莱特〉再探讨》,中国人民大学书报资料中心复印《外国文学研究》1991年第6期。
② 田民:《哈姆莱特性格的模糊性》,《外国文学研究》1987年第1期。

的性格的矛盾复杂性。在西方，从18世纪以后一直有这样的观点。如18世纪的弗朗西斯·兼特尔在《戏剧批评》中对哈姆莱特有一段论述："至于人的，非常遗憾，作者本意把他写得可爱，实际上却是一大堆显著的矛盾；他好冲动，又富于哲理；受损害的时候很敏感，但是反抗畏缩不前；他精明而缺乏策略；他充满孝心，但长亲受欺侮自己反而软弱无能；语言上胆大妄为，行动上优柔寡断。"① 只不过是从否定的方面看待哈姆莱特性格中的矛盾。

（五）"人性丑恶论者"说。此说源于俄国著名作家屠格涅夫的一篇著名演讲《哈姆莱特与堂吉诃德》。他认为："这两个文学典型体现着人类天性中的两个根本对立的特性，就是人类天性赖以旋转的轴的两极。"② 演讲中将两个形象对比：堂吉诃德是一个战斗的理想主义者；哈姆莱特是一个灰色的悲观主义者；堂吉诃德一心为他人着想，哈姆莱特经常想到的是自己；堂吉诃德关心的是改造外部世界，勇于行动；哈姆莱特却更多地转向内心；一个外向，一个内向；一个属于过去，一个却代表将来。

国内学者徐葆耕很赞赏屠格涅夫的分析，认为哈姆莱特最本质的特征是悲观，由父死母嫁而引发的对人生的悲哀，认为他的悲哀"是对整个人类的绝望，是建筑在对人类本体的悲观认识的情感。"而这种"生不得生，死不得死，人变得无家可归"的哀伤的根本点，在于"人类本体是丑恶的。这种丑恶，不仅包括克劳狄斯、波洛涅斯、吉尔登斯吞、罗森格兰兹，而且包括王后乔特鲁特，甚至自己钟爱的情人奥菲利娅。"③而且这种人性恶不同于中世纪的人性恶，是一种无可救赎的丑恶，是一种更为深刻的绝望和虚无。换句话说，是一种现代主义式的绝望与虚无。

---

① 转引自朱虹：《西方关于哈姆莱特典型的一些评论》，《文学评论》1963年第4期。
② 屠格涅夫：《哈姆莱特与堂吉诃德》，《外国文学评论选》，湖南人民出版社1983年版，第82页。
③ 徐葆耕：《西方文学：心灵的历史》，清华大学出版社1990年版，第133页。

也确实有论者把"现代主义精神"定义为"对人自身的局限性的认识,人的精神失落及其重新追寻",因而把现代主义精神的起源追溯到莎士比亚的剧作中。"生存还是毁灭,这是一个问题"。"哈姆莱特的犹豫、痛苦、追问乃至在坟地领悟到的生命无常、死亡宿命都充满了一种浓厚的现代悲剧意识,哈姆莱特成了现代主义最初的精神产儿。"①

二、哈姆莱特为何延宕

这个问题的本来是剧情中的一个问题,但它是理解《哈姆莱特》和哈姆莱特的一个关键。自从1730年英国评论家汉莫提出没有任何理由能说明这位王子为什么不把篡位者尽快处死的问题,之后掀起了世界文学史上一场罕见的笔墨大战,几百年来一直不断有人从不同角度加以解说,试图说明其"理由",可谓众说纷纭。主要的观点有下面一些:

(一) 国外的观点

1. 歌德的观点。他认为根本原因在于"时代整个脱节了",哈姆莱特想重振乾坤,但他却又是一个灵魂高尚、感情细腻、生性敏感的美丽王子,"没有坚强的精力","一件伟大的事业担负在一个不能胜任的人身上",而"这重担他不能扛起也不能放下"②,因此只能观望、徘徊、等待。歌德是从哈的禀性入手解答延宕根源。

2. 柯勒律治的观点。柯勒律治认为哈姆莱特"由于敏感而犹豫不定,由于思索而拖延。精力全花在做决定上,反而失却了行动的能力"③,他的延宕是由于思想过剩所致。柯勒律治是从人物行为特征的角度解释延宕问题的。

3. 德国批评家卡尔·魏尔德尔的观点。他认为"哈姆莱特的踌躇,原因根本不在丹麦王子的软弱性上,而是客观情势妨碍了他事先复仇的

---

① 何云波:《陀思妥耶夫斯基与俄罗斯文化精神》,湖南教育出版社1997年版,第175页。
② 杨周翰编选:《莎士比亚评论汇编》(上),中国社会科学出版社1981年版,第296页。
③ 杨周翰编选:《莎士比亚评论汇编》(上),中国社会科学出版社1981年版,第147页。

计划。"①他是可以立刻杀死克劳狄斯为父报仇，可是他如何向大众证明这一切是出于惩处凶手，伸张正义，而不是出于野心呢？为此，他在复仇前必须设法暴露克劳狄斯，揭发他，使他的罪恶公之于众，而将克劳狄斯的罪行公之于众，在短期内做不到，固而拖延。魏尔德尔是从社会情势着眼。

4. 别林斯基的观点。别林斯基认为哈姆莱特天性是强有力的，但在他的精神历程中出现了软弱，这种软弱是由幼稚的不自觉的和谐走向斗争与不和谐中的分裂。"是什么东西引导他走向这种可怕的不和谐，使他陷入这样不堪忍受的对自己的斗争？——原因是现实与他的生活理想之间的不相适应。他的软弱和踌躇，作为不和谐的必然结果，是由此产生的。"② 别林斯基着眼于理想与现实的矛盾。

5. 20世纪初哲学家布拉德雷的观点。布拉德雷认为哈姆莱特的本质性格是优柔寡断，行动迟缓。延宕的原因，他认为"主要是内在的，应该从他主观心灵深处去寻找。当然，外力也起了作用，某种特殊情况或偶发事件会激起他思想感情的变化，使他陷入忧郁和沉思，激起他无穷无尽的意识之流。"③ 哈姆莱特曾对人生抱有美好的人生愿望。后来父亲被毒死，母亲改嫁给他心灵以极深的创伤。以至对他本身都失望了。他讨厌人生，对生活失却了兴趣和热情，失去了行动的动力，从而变得忧郁、延宕。布拉德雷关注的是人物心理。

6. 琼斯的观点。琼斯认为哈姆莱特的潜意识中有恋母妒父与杀父娶母的欲望与动机。克劳狄斯杀了他的父亲娶了他的母亲，正是用实际行动实现了他自己潜意识中的欲望和动机，做了他自己想做而不敢做的事情。所以，哈姆莱特虽然万分痛恨他的叔父，却迟迟不能下手复仇，因为他在叔父身上看到了他的"本我"的实现，杀死叔父就等于杀死自己，

---

① 贺祥麟等：《莎士比亚研究文集》，陕西人民出版社1982年版，第169页。
② 杨周翰编选：《莎士比亚评论汇编》（上），中国社会科学出版社1981年版，第436页。
③ 张泗洋等：《莎士比亚引论》（上），中国戏剧出版社1989年版，第381—382页。

因此他的最后的复仇一剑才刺得如此犹豫、如此彷徨、如此艰难。按照琼斯的意见,哈姆莱特自己不知道这是怎么一回事,所以才茫然无所措,一方面犹豫不决,另一方面又为自己的犹豫不决感到极度的痛苦。① 琼斯是从精神分析学角度着眼的。

7. 阿尼克斯特的观点。阿尼克斯特认为:"哈姆莱特的形象是一个艺术的概括,它典型地体现了先进的人们,这些先进的人们为了把人类从压迫中解放出来,热烈地寻求途径与方法,但是由于历史条件不可能找到。但是他们并没有和社会的罪恶妥协,他们的探求本身就是反对社会的不公正的斗争行动。哈姆莱特以他的好问的头脑去追求真理,他手中持着宝剑去斗争。在众寡悬殊的情形下他倒下了。"② 此说强调的是敌对势力过于强大和人文主义者自身的局限。

(二) 中国学者的观点

中国学者有些直接引用外国学者的观点,也有一些从新的角度着眼:

1. "理想幻灭,造成了忧郁"。卞之琳先生认为:哈姆莱特原来抱着人文主义理想,但由父死母嫁为契机,进一步由个人到人生和社会进行思考和探索,结果给他的心灵以摧毁打击。在痛苦的思索中,表现为忧郁的性格,行动上表现为拖延。"不是他个性软弱,而是这种探索规定了客观上的延宕。"③ 此说着眼于外在情势对其心灵的影响,肯定其探索的意义。

2. "人文主义思想的虚幻性"。曹让庭先生在论文《论哈姆莱特的踌躇》中认为:"哈姆莱特作为王子,起源于政治上的迫害和经济生活贫困的煎熬",因而"他的新的世界观不是建立在对于现实有充分而深刻的了解的基础上,而是建立在对于生活及其矛盾的无知之上"。他的人文主义

---

① 刘安海:《哈姆莱特的延宕和精神分析批评》,《陕西师范大学成人教育学院学报》1999年第1期。
② 杨周翰编选:《莎士比亚评论汇编》(下),中国社会科学出版社1981年版,第519页。
③ 卞之琳:《莎士比亚悲剧论痕》,三联书店1989年版,第69页。

思想观点,"在很大程度上具有想象的、幻想的性质。这种情况使哈姆莱特这个人物变得复杂起来。一方面,作为人文主义者,对于同一事物,他和一般贵族青年抱有不同的态度;另一方面,由于他的人文主义思想观点具有上述特点,所以一旦觉察到对于生活的幻想和生活的本身是完全不同时,他大有晴天霹雳之感,一时惊慌失措,比一般人文主义者处于同一情况下,在心理上更为心慌意乱,在行动上更为踌躇不前。"① 他由人文主义思想的虚幻到对人和社会的真实认识,需要时间。此说着眼于哈姆莱特人文主义思想构成的特殊性而言。强调人物独特经历对个性的影响。

3. "不屑于复仇与理想的空想性质"。孙家琇认为:哈姆莱特之所以迟迟不能复仇的重要原因是:"作为文艺复兴时期的新人,他从思想上与本能上已经不能热衷于封建传统的复仇,而他向往的'美好时代',实现人文主义理想的要求,只能是一番空想。"② 因而他对复仇流血有一种本能的抵触,而对理想的实现也很茫然。此说注意到复仇和理想的不一致以及实现理想的条件不具备。

4. "心理意识层中复杂的意识"。孟宪强认为:"忧郁王子哈姆莱特所处的那个嬗变时代的各种社会矛盾引起了他心理意识层中复杂的意识运动,即聚合、裂变、撞击等,这些意识运动的每一形态都可以造成人们的意志上的犹豫和行动上的拖延,而在哈姆莱特那里这些不同形态的意识运动竟又纠结在一起,形成他的意识困扰,这才是哈姆莱特踌躇的最终原因。"③

5. "某种宗教道德力量"。有论者认为:"哈姆莱特的拖延,不是因为他性格上的各种弱点,如软弱、犹豫、怀疑等等造成,而是由于某种

---

① 曹让庭:《论哈姆莱特的踌躇》,《湘潭大学学报》1980年第2期。
② 孙家琇:《论莎士比亚四大悲剧》,中国戏剧出版社1988年版,第51页。
③ 孟宪强:《时代嬗变与意识困扰——哈姆莱特踌躇问题新探》,《东北师大学报》1990年第1期。

宗教道德的力量阻碍他的行动,其一是宗教对个人复仇的禁止,其二是上帝对弑君篡位破坏神性秩序的惩罚。"①此说把哈思想中旧的因素看成他的基本面貌,并把这些具有浓郁封建色彩的东西看成他延宕的原因。

6. "基督徒的良心和中世纪荣誉精神的支配"。叶舒宪认为哈姆莱特的延宕,"主要不在于人文主义理想及其弱点的矛盾,而在于人文主义思想同旧的封建意识、封建伦理道德和宗教观念之间的矛盾"。从剧中看哈姆莱特,是按中世纪教会的"七德"标准行事,即信仰、希望、神爱、正义、坚毅、节制、审慎,这些概括起来就是作为基督徒的良心。同时,中世纪的荣誉精神也支配着哈姆莱特的思想和行动。他"一刻也不曾忘记他是丹麦王子,他的思想最深处鲜明地打下了骑士精神的烙印。他始终为保持和捍卫他的荣誉而战。"②此说也同样更多看到作为封建王子的哈姆莱特的一些东西,主要是封建的观念,导致其行为的延宕。

7. "演出实际的需要"。这在国外也有同类看法。国内有论者说得很明确:"延迟复仇最根本的原因是剧情本身的要求,假定丹麦王子在确认凶手后立即行动并取得成功,那么整个故事只需半个小时便可结束,戏就演不下去。"③ 此说离开哈姆莱特本身,从舞台演出的角度来思考和解答。

将上述国内、国外 14 种观点加以综合归纳,我们可以看到,国外的看法主要从哈姆莱特自身的内在性格、外在环境以及外在环境作用于内在性格三个方面寻找延宕的原因:

---

① 李公昭:《哈姆莱特悲剧原因新探》,《外国文学评论》1996 年第 4 期。
② 叶舒宪:《从哈姆莱特延宕看莎士比亚思想中的封建意识》,《陕西师范大学学报》1985 年第 2 期。
③ 王建开:《哈姆莱特面面观》,中国人民大学复印资料《外国文学研究》1988 年第 4 期。

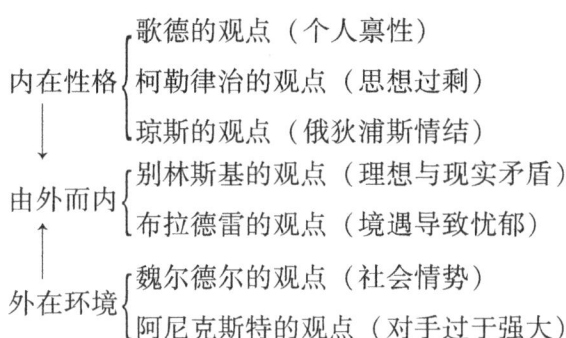

国内的几种看法着眼于"人文主义者"和"封建王子"以及介于二者之间的"复杂性格"和戏剧演出来分析延宕原因:

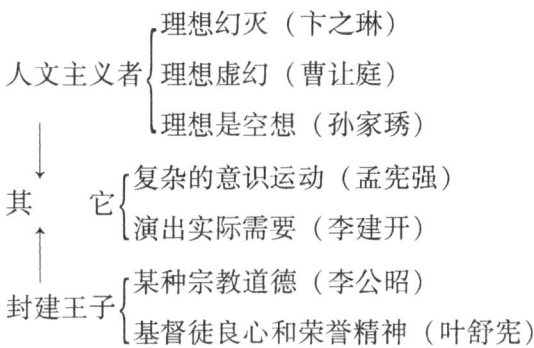

三、哈姆莱特形象之我见

在论析哈姆莱特形象前,先明确几个观点:

第一,不赞成简单、浮泛、肤浅的庸俗社会学的文学批评。这种从20世纪50年代苏联引进的批评方法长期流行文坛,影响很大也很深。这种批评方法往往把人物当作某种政治势力的代表,形象成为一个政治概念。往往不是从作品本身出发,而是从概念出发,到作品中寻找有关的论据。"人文主义者"和"封建王子"说虽然观点相反,但在方法论上都是非此即彼的线性思维,从"人文主义"和"封建王子"的概念,"应该是怎么样"的要求出发,在剧作中找论据。

第二,我赞成视野开阔的"文化批评",即把文学当作文化的一个子系统，摆在高一层级的"文化"系统中审察，在同层级文化因素的多向联系中把握文学的本质。

在文化批评中，人性的完善始终是关注的重点，因为文化的本质就是人的本质力量的显现。它既考虑到文化的时代性，也考虑到人性的普遍性。这是一种多视角、多侧面的批评方法。

第三，关于"人文主义思潮"的理解也要打破一些僵化的既存模式。人文主义是中世纪末期欧洲的一种社会风潮，它不是一场现代意义的政治运动，不是标举某些纲领、口号的政治派别参与的运动。"人文主义者"不是一个具有明确的政治纲领、行动纲领的政党。作为一种时代风潮，人文主义思想影响了当时一批具有进步倾向的人，这种影响是隐性的，各人接受影响的情况和程度也不一样。对"人文主义思想特征"的概括是略去了许多个性以后的普遍性概括。每个人文主义者其实各有不同的差异和个性。

第四，关于人物与情节的关系。情节是用来展示人物性格、意志、境界的舞台。人物与周围环境（包括人和自然）的关系，他采取的行动构成情节，理解把握人物当然离不开这些材料。但仅仅看到人物做了些"什么"还不够，更重要的是人物是"怎么做的"。因而分析人物形象，既要抓住情节，又要超越情节。"做了些什么"的答案千姿百态；"怎样做"的答案是有限的类型。"做什么"是表面外在的，"怎么做"更本质、更内在。不同的情节可以表现相同的性格、意志。同样的情节可以表现不同的性格。

在上面几个观点的前提下，我们来看哈姆莱特形象。我们认为哈姆莱特是在文化转型时期的艰苦探索者的形象。

（一）关于"文化转型"

哈姆莱特的题材来自丹麦古代传说。但莎士比亚创作于17世纪初期，当然莎士比亚创作的《哈姆莱特》带上的是创作时代的文化色彩。

17世纪初对整个欧洲文化进程而言,处于文艺复兴运动的后期,对于英国文化进程而言,正处于资产阶级革命的前夜。这是一个社会动荡,价值观念剧烈冲撞转换的时期。

(二) 哈姆莱特复杂矛盾的性格因素

生活在文化转型时期的敏锐知识分子,感受到时代文化的复杂性,往往融汇于性格之中,形成复杂矛盾的性格。

哈姆莱特是忧郁的。他身穿黑衣,愁眉不展,忧心忡忡,仿佛跌入痛苦的深渊。但他原先是快乐的。不能否认哈姆莱特忧郁,没有忧郁就没有哈姆莱特。但也必须承认他的快乐。忧郁与快乐相依。有论者把哈分为:快乐王子、忧郁王子和行动王子三个阶段。

哈姆莱特踌躇。从得知父亲死亡的事实真相后,他一直拖延最后决战的时刻,同时,他又是行动的,可以说剧中没有谁比哈姆莱特行动更多。

哈姆莱特孤独。他敬爱的父亲被害,母亲虽然爱他,但不理解他。恋人奥菲利娅甚至成了敌方利用的工具。他有深邃的思想,却找不到一个可以倾诉心曲的知己,他经受孤独的煎熬。但他又很随和,平易近人,他没有至尊的架子,和下人戏子谈笑风生。

他是谨慎的。小心到神经过敏的地步,但他又是鲁莽的,大胆到偷改国书,而且立刻返回充满杀机的丹麦,且事先致函通知敌方。

他是怯懦的。他自责自己是"一个懦夫","是一个没有心肝、逆来顺受的怯汉"。但同时他又是勇敢的,他单枪匹马,孤立无援,陷入重重阴谋之中,他果断地决定自己的行动方案,改写戏中戏,指责母亲,杀死波洛涅斯等。

他是善良的,爱他的人、恨他的人都这么说,他平等地对待一切人。他又是刻薄的,极尽嬉笑怒骂之能事,挖苦、奚落、捉弄宫中的大部分人,甚至不放过母亲和情人。

他敏锐,能从现象看到本质。从父死母嫁感受到背后的阴谋;同时他又迟钝,以至比剑时看不出钝剑和利剑的区别。

他对爱情是忠诚的,"四万个兄弟的爱合起来"也抵不上他对奥菲利娅的爱。但他又怀疑爱情的纯洁,认为女人的爱情就像指环上的诗铭一样短,"脆弱啊,你的名字就是女人"。

他是疯癫的,他既有装疯的成分,也有真疯的成分。说话语无伦次,答非所问,自相矛盾。行动稀奇古怪,颠三倒四。但他又是清醒的,他那些看似疯狂、无理、不合逻辑的言行下面有着冷静、合理深刻的哲理含义。

他既有新思想,又有旧观点。他赞美大地是"美好的框架",称颂宇宙是"壮丽的帷幕",歌颂人是"宇宙的精华,万物的灵长",与中世纪否定现世,贬低人的观念截然不同,同时又诅咒大地是"一个不毛的荒岬",宇宙"是一大堆污浊的瘴气的结合",贬称"人这一个泥土塑成的生命算得了什么",他既以人取代神的地位,强调人应有所作为,同时又相信死后的灵魂世界和冥冥中命运的安排,他既有人文主义的平等思想,又有中世纪的荣誉观念等等。

以上所举是哈姆莱特性格的各种基本因素。这些看上去水火不相容的二极对立的因素统一在哈姆莱特身上,形成一个立体状的性格系统。这种二重性格组合的人物,就像一个万花筒,转一个角度,调一个方向,可以看到一个不同的画面。

(三) 哈姆莱特的核心性格:探索人生

具有美学价值的性格,不是单一的,也不是对立矛盾的性格因素的杂乱组合或机械相加,而是一种主体复杂的有机统一体,用黑格尔的话说,就是"多种性格生气勃勃的总和"。怎样达到"有机统一"和"总和"?

必须表现出性格的主导面以及统帅各种性格元素的"核心性格"。先看哈姆莱特性格的主导面。从作品和莎士比亚表现的态度看,应该说高尚、善良、忠诚、随和、快乐、清醒、勇敢等是哈姆莱特的本性，是他真正的自我。但复杂的现实和文化转型的撞击，在作品情节中表现为父死母嫁，"颠倒混乱的时代"，改变了他的生活环境和对生活的理解。严峻、冷酷的现实，和他的自我展开了激烈的争斗。在双方的相持中，为了迎战现实而使自我向相反的方面转变，表现了性格的另一面。从本质上讲哈姆莱特是坚强的，是在与现实抗争。在现实和自我两种强大力量的牵扯中，让我们感受到一个被撕裂的灵魂，在艰苦地探索的灵魂。

莎士比亚把他对世界的认识，对人生的思索和各种价值观念融注于哈姆莱特形象之中，他把他的欢乐、悲伤和疑问——注进哈姆莱特形象。他并不是要哈姆莱特解答什么问题，因为他自己也没有答案，他只让哈姆莱特进行他的种种探索。

因而，探索，对人生的探索、对生命意义的探索便成为统一哈姆莱特各种性格因素的核心性格。他的各种对立的性格矛盾，都是探索中的矛盾。

从剧作的整个形象体系可以看到，哈姆莱特以父死母嫁，为父报仇为契机，进而对人生的意义和价值的各个方面作了一番艰苦的探索。他探索的内容包括：自我与社会；习惯和天性；责任与义务；友谊与背叛；爱情与贞洁；理智与冲动；生与死；幸福与灾难；罪恶与惩罚；人生目的与现实行为；坚毅与怯懦；命运与抗争等人生的众多方面。

（四）探索的特点：没有结论

哈姆莱特的探索（或者说莎士比亚的探索）在作品中没有最后的结论，只是给人们塑造了一个探索者的形象，他是处于过程中，而不是在终点上。因而任何时代的读者都可以将他的探索加以延伸而加以阐释，实现他探索中的一个方面，强调某一个结论。因而哈姆莱特说不尽，常说常新。哈姆莱特就像罗丹的雕塑"思想者"，留给人们的是无尽的审美再创造的触媒。

文化转型时期的探索者形象在西方文学中不少，其探索各有自己的特点，在比较中更能加深对哈姆莱特形象的理解。如：（1）《神曲》中的但丁与哈姆莱特作为文艺复兴运动起始和结束的两个探索者形象的比较，有其价值和意义，但但丁身上更多旧的东西；（2）歌德《浮士德》中的浮士德的探索找到了终点；（3）《静静的顿河》里的葛利高里也一生在探索，但它是以行动探索。

第二章 《奥瑟罗》的悲剧成因与对比艺术

莎士比亚的著名悲剧《奥瑟罗》，描写了奥瑟罗和苔丝狄蒙娜纯洁真挚的爱情以及这种爱情的毁灭，最后以奥瑟罗杀妻自刎结局。剧本深沉悲壮的艺术力量，扣动着历代无数读者、观众的心弦。

第一节 悲剧成因：内外视角的考察

奥瑟罗深沉地爱着苔丝狄蒙娜，但为正义却又亲手杀死了她，而且杀死她后才知道，维护正义的目的并没有达到，只是被人利用，断送了一直追求而且已经得到了的爱——这是一出真正的、令人心碎的悲剧。

为什么会发生这样的悲剧？

剧中的奥瑟罗是个人文主义者。他是异邦黑人（摩尔人），历经各种苦难和磨炼，驰骋疆场，勇猛无比，是一名具有雄才大略的军事将才，为威尼斯公国立下功劳，得到公爵重用。他生性光明磊落，疾恶如仇。他向往平等自由，冲破一切偏见阻力，追求真正的爱情。对于这个令人敬佩的人物的悲剧根源，历来有种种不同的解释。如"嫉妒悲剧说"、"种族悲剧说"、"信任遭到叛卖说"、"骄傲悲剧说"和"轻信悲剧说"等。这些解释或偏执一端，或停留于表面的理解，或把人物性格作孤立抽象的分析。事实上奥瑟罗悲剧的成因是复杂的、多方面的，既有自身的原因，也有外力的刺激和诱迫，众多的因素促成了这个令人叹惋的悲剧。

事物的变化运动总得从内部寻找原因。奥瑟罗悲剧的内在因素，可以从三方面理解：

首先是作为一个人文主义者自身思想上的局限。人文主义者对人类的前景抱着光明的理想，也往往把人类的一切都看得非常美好完善，深信善将战胜恶，真会感化假，美能改造丑，又把这种抽象了的"善恶"、"真假"、"美丑"看成人与人之间的本质关系。奥瑟罗就是以这种思想指导自己的行动、理解社会现实。他执着地追求真善美，却忽视周围假丑恶的力量，甚至看不到这种力量的存在。在战场上，他凭着一把钢刀利剑，可以杀出几十人的重重包围，在意识中，他倚靠抽象的"人性"，无力战胜一个阴险的伊阿古。

其次，奥瑟罗还有封建意识的残余，这也可以理解为人文主义者的时代局限。人文主义者作为反封建战士出现于历史舞台，但又刚从封建社会走过来，与封建意识有千丝万缕的联系。这种"联系"在奥瑟罗身上突出表现为一定程度上的封建夫权意识。母亲传给他一块用魔法织就的方手帕，还传给他一番具有封建夫权思想的遗训，他都接受下来了，照办无误，深信不疑。伊阿古就钻了这个空子，以手帕作为突破口击中他的要害，使他的封建夫权意识上升，把人文主义者对爱情的忠诚与封建夫权意识中对妻子贞操的片面要求混淆，以死处置苔丝狄蒙娜。

最后，奥瑟罗个性中的弱点——轻信也是悲剧发生的一个重要原因。奥瑟罗从异邦来到威尼斯，在海外历经艰难，拼搏沙场。这种独特的经历形成了他豪放粗犷、坚定果敢的军人气质，使他在某些事情上不会作出细致的考虑，轻易相信别人的意见，看不清对方的真正用心，陷入别人的圈套，往往认定了一个道理后会"干了再说"。剧中人物爱米丽娅说他"像火一样粗暴"，称他"轻率的匹夫"，虽带忿激之气，但也明确说明了他性格中的一个重要方面。轻信虽然是导致奥瑟罗悲剧的直接因素，但这不是根本的原因。

奥瑟罗悲剧发生的外部原因也可以从三方面考虑：

最重要的是奥瑟罗的对手伊阿古是个非常的对手，他的阴险狡诈、虚伪凶狠远非一般人可比。伊阿古出于极端的利己主义，为达到自己的目的，不择手段，谁要阻碍他，就要被消灭。采取的手段是两面三刀，阳奉阴违，表面上是个忠诚的部下、热心的长者，实际上集假丑恶于一身。剧中人一直当他是好人，与他共同生活的妻子也到死才认清他的真面目。在与奥瑟罗的较量中，他老谋深算，善于利用对方的弱点，善于把握有利的时机，弄假成真、以守为攻、虚退实进等手法被他用得得心应手，天衣无缝。磊落豪迈的奥瑟罗，在他设下的圈套中被牵着鼻子走。英国诗人柯勒律治早就认为伊阿古"超人的本领"是奥瑟罗悲剧的重要原因之一。

其次，种族歧视的社会观念对奥瑟罗悲剧有重大影响。这一点不同于历来的"种族悲剧说"。"种族悲剧说"认为奥瑟罗是摩尔黑人，苔丝狄蒙娜是欧洲白人，这种不合适的婚姻就是悲剧的根源。这种观点本身就有种族歧视的因素，与剧中勃拉班修的观点有一致之处。勃拉班修阻挠女儿和奥瑟罗的婚姻，就因为他是个"黑鬼"，伊阿古也利用这种社会观念，挑拨勃拉班修等人，也以此刺激奥瑟罗。奥瑟罗最初对苔丝狄蒙娜的怀疑，就是以此为根据的，"很难说，因为我是黑人，出言吐语不像公子哥儿那样文雅动听……所以她'把我抛了'"。这就是种族歧视的社会观念罩在他心上的阴影。

最后，时间因素也不能忽视。剧中奥瑟罗和苔丝狄蒙娜作为夫妻相处，只是短暂的一、二天时间，他们认识相爱，是从奥瑟罗上勃拉班修家做客开始的，也不过几个月光景。他们之间的爱情，用奥瑟罗的话说，"她爱我，为了我出生入死的遭遇，我爱她，为了那颗同情苦难的心"，这种爱完全是精神上的共鸣，带有极大的理想成分，还需要实际生活的考验，需要时间来加强、巩固，使之现实化。然而伊阿古这个魔鬼抓住时机，还不容这种纯洁的爱情扎下根基，就伸出了魔爪，摧残了这棵理应绽出新花的爱之苗。

莎士比亚是第一流的艺术大师。他的剧作是五光十色的艺术迷宫，他笔下的人物复杂饱满；他的戏剧情节丰富多彩，情节发展的契机也不能作单一、机械的理解。学习研究莎士比亚，必须有立体的眼光，整体的思维。以此来透视奥瑟罗的悲剧，至少可以看到三点：第一，作为坚持先进的人文主义思想的奥瑟罗的悲剧，不是在与反动、落后的封建力量的搏斗中失败了，他的对立面伊阿古，也具有新兴资产阶级的特征：时代的冒险精神，勃勃生气的追求欲。只是一个代表着人类的进步理想，一个代表着冷酷的利己主义，他们都是时代的"巨人"。这里，莎士比亚敏锐地表现出刚刚走上历史舞台的资产阶级的两极，以生动的艺术形象展示：与人文主义的进步理想敌对的不仅是顽固落后的封建势力，还有一种表面看是同道，实质上是更凶恶的可怕力量。第二，人文主义者不可能带领人类达到他们理想境地，人文主义者有他们自身不可克服的致命的弱点。莎士比亚以巨大的现实主义艺术力量，在奥瑟罗悲剧中深刻地反映了这个时代的本质问题。第三，莎士比亚剧作艺术的丰富性，在奥瑟罗悲剧中，我们也可以领略一二。

第二节 对比艺术：悲剧效果的强化

震撼心灵的艺术力量来自作家的艺术创造。莎士比亚天才地将历史的、文化的、时代的、个性的各种悲剧因素整合成一个艺术整体。对比艺术的运用，也强化了悲剧的艺术效果。

"莎士比亚就像一切真正伟大的诗人一样，的确应该赢得'酷似创造'这样的赞词。什么是创造呢？就是善与恶、欢乐与忧伤、男人与妇女、怒吼和歌唱、雄鹰和秃鹫、闪电与光辉、蜜蜂与黄蜂、高山与深谷、爱情与仇恨、勋章与反面、光明与畸形、星辰与俗物、高尚与卑小。"①这是法国伟大作家维克多·雨果在《莎士比亚的天才》中的一段话。是的，莎士比亚的天才表现在他"创造"的对比上是很突出的。对比在他的剧作中几乎随处可见。《奥瑟罗》中，对比给悲调增加了几个颤音，使美的更加美，丑的更加丑。

首先，奥瑟罗良好的动机与悲惨的结局的对比。按照人们的心理，总希望良好的动机得到美满的结果。但剧中二者恰恰相悖。奥瑟罗与苔丝狄蒙娜真诚相爱，他们都为自由、个性解放而努力，冲破阶级、种族的限制而获得了美好的爱情。然而，代表着社会邪恶的伊阿古从中插了一杠子，在他的毒谋奸计下，憨直的奥瑟罗感到"爱情受到了欺骗，对爱情与女性优点的信仰受到了损害"——正如别林斯基所说，因而他感到失望，感到痛苦。是照旧爱下去，继续翻阅这本"让人家写上'娼妓'两字的美丽的书册"？还是杀死她，以免"她将要陷害更多的男子"？经过内心的斗争，他认为后者是他的责任，他要主持"正义"，因而割弃了对苔丝狄蒙娜的万般柔肠，杀死了清白无辜的苔丝狄蒙娜。请读读他动手扼杀她前的一段著名独白：

只是为了这一个原因，只是为了这一个原因。我的灵魂！纯洁的星星啊！不要让我向你们说出它的名字！……让我熄灭这一盏灯，然后我就熄灭你的生命的火焰。融融的灯光啊，我把你吹熄以后，要是我心生后悔，仍旧可以把你重新点亮，可是你，造化最精美的形象啊，你的火焰一旦熄灭，我不知道什么地方有那天上的神火，能燃起你原来的光彩！……我必须哭泣，然而这些是无情的眼泪。这一阵阵悲伤是神圣的，因为它要惩罚的正是它最疼爱的。

---

① 雨果：《莎士比亚的天才》，杨周翰编选：《莎士比亚评论汇编》（上），中国社会科学出版社1981年版，第415页。

要哭泣的又何止奥瑟罗一人呢？只不过人们哭泣的不仅是苔丝狄蒙娜的"红颜薄命"，还包括他——奥瑟罗。当他最后明白了真相，自称为"正直的凶手"，声明"我所干的事都是出于荣誉的观念"，以死殉情的时候，读者、观众为他洒下泪水，为他叹息。——可悲！悲就悲在奥瑟罗真心实意为正义所作的努力却恰恰断送了他们美好的爱情；悲就悲就在奥瑟罗的的确确是个"正直的凶手"。假设，奥瑟罗杀死苔丝狄蒙娜是妒火升腾的卑鄙报复，那悲剧效果会怎样？

其次，奥瑟罗与伊阿古的对比。这是正义和邪恶，真诚和伪善，磊落和阴谋的对比。他们都是莎剧中的典型。伊阿古是个极端的利己主义者，为满足个人欲望，或牟取钱财，或争权夺利，设圈套、钻空子、进谗言、说谎话，颠倒黑白、播弄是非，极尽了卑鄙的手段。他杀死了愚笨的罗德利哥，杀死了自己的妻子爱米莉娅，也是扼杀奥瑟罗与苔丝狄蒙娜的爱情的真正凶手。正像他们一黑一白的肤色强烈对比一样，奥瑟罗完全相反，他以真诚的爱情博得苔丝狄蒙娜的回报。当她的父亲不赞成他们的爱情，前来寻找报复时，伊阿古讨好他，劝他去躲一躲，他回答：

不，我要让他们看见我；我的人品，我的地位和我的清白的人格可以替我表明一切。

在议事厅，苔丝狄蒙娜的父亲说他用"妖术"拐骗了他的女儿，奥瑟罗毫不隐瞒，公开了他的"妖术"："她为了我所经历的种种磨难而爱我，我为了她对我所抱的同情而爱她：这就是我的唯一的妖术。"塞浦路斯岛上，他严正执法，解除了违反纪律的心爱的部将凯西奥的副将之职。为了除"恶"，杀死了爱妻。不要忽视，苔丝狄蒙娜临死时，她的女伴问她是谁干的罪恶，她说"谁也不是，是我自己"。奥瑟罗怎么说——"她到地狱的火焰里去也不愿说一句真话，杀死她的是我。"就是这样一颗透明的心，却被坏人利用了。他往往以己度人，深信伊阿古的"忠诚"。好心干出了罪恶。要是说,他杀死苔丝狄蒙娜时,人们对他多少有点怨恨,那么到他拿剑抹上自己的脖子时,人们对他的感情就正如别林斯基所说的:"……这个强有力的性格在我们心中引起的不是对他的厌恶和憎恨,而是热爱、惊讶和怜悯。人世生活的和谐被他的罪行的不协调破坏了,他又以心甘情愿的死亡恢复了这种和谐。"①

这两个形象可以概括为"善"和"恶"的对比。对照中,使人们对奥瑟罗更爱,甚至连他轻信的缺点也得到了"应当的"的谅解。而对伊阿古是更恨,确实,有谁不为他的阴谋败露而庆幸?

再次,人物自身的对比。"世人知道"的伊阿古和"实在的"伊阿古是一个对比;听受谗言后,奥瑟罗眼中的苔丝狄蒙娜与真实的苔丝狄蒙娜又是一个对比。

"世人知道的我并不是实在的我。"这是伊阿古的自我表白。奥瑟罗、苔丝狄蒙娜、凯西奥、爱米利娅等,被他的伪装所迷惑,认为他忠诚、正直,对他十分信任,有事都找他商量,请他帮助。而实际的伊阿古是我们前面说过的伊阿古。人们求助他帮助摆脱的窘境正是他一手造成的。他又利用他们对他的信任,施行下一步的毒计。这样的对比,把阿伊古的伪善面目推到了聚光点上,照得格外清楚。当奥瑟罗称赞他的"忠实和义气"的时候,当凯西奥跟他道别,说到"晚安,正直的伊阿古"的时候,正像给观众的恨火上浇上一勺汽油。

奥瑟罗听信伊阿古的谗言后,"娼妇"是他眼中的苔丝狄蒙娜的代名词。说他是"尽人可夫的娼妇"、"不要脸的娼妇"、"威尼斯的狡猾的娼妇"。请看真实的苔丝狄蒙娜:

> 我对天下跪,要是在思想上、行动上,我曾经有意背弃他的爱情;要是我的眼睛、我的耳朵或是我的任何感觉,曾经对别人发生

---

① 别林斯基:《戏剧诗》,杨周翰编选:《莎士比亚评论汇编》(上),中国社会科学出版社1981年版,第441—442页。

爱悦；要是我在过去、现在和将来，不是那样始终深深地爱着他，即使他把我弃如敝屣，也不因此而改变我对他的忠诚，要是我果然有那样的过失，怨我终生不能享受快乐的日子！无情可以给人重大的打击；他的无情也许会摧残我的生命，可是永远不能毁坏我的爱情。我不愿提起"娼妇"这两个字，一说到它就会使我心生憎恶，更不用说亲自去干那博得那种丑名的勾当了；整个世界的荣华也不能诱动我。

不要说直观的舞台表演，透过这数行文字就可以看见一位柔美、深情，也毫无疑义是贞洁的少女。人为的"娼妇"的巨石下压着的是一颗"整个世界的荣华也诱不动"的灵魂，又是一个多么鲜明的对比。她一边哼着"杨柳曲"，一边问女伴，世上是否真有背着丈夫干坏事的女人的时候，她临死还在"向我的仁慈的夫君致意"的时候，人们对"娼妇"这块巨石怎么看呢？——不是压在她头上，而是垫在她脚下，把这个挚爱的化身托得更高。

在表现这两个人物的对比上，莎士比亚并未故意制造悬念，对于观众来说，这两个人物的基本面目始终是清楚的，作者不想让观众对伊阿古的"正直"和苔丝狄蒙娜的受屈有丝毫的含混之感。建立在这种基础上的对比，使观众的憎恶或同情一直保持在一条直线上。但这两者的对比仍是有区别的。伊阿古的对比是现象与本质的对比，苔丝狄蒙娜的对比是真实的形象与被误解（并非被观众误解）的形象的对比、观众对伊阿古的恨是通过他的虚假的表现暴露了他奸毒的本质而加深的，对苔丝狄蒙娜的同情则是通过她在奸计下被误解致使被害而增加的。就两个形象本身来说，伊阿古有虚实不同的表演，而苔丝狄蒙娜却始终是完美的。

还有，罗德利哥的愚蠢与伊阿古的狡诈也是一组对比；苔丝狄蒙娜与爱米利娅也有某种程度的对比。

总之，对比在《奥瑟罗》中是个很突出的艺术特色。莎士比亚用对比丰富剧情，突出思想，加强气氛。莎士比亚笔下的对比确实是天才的

"创造"。雨果称他为"天才"是对的,他说:"天才与凡人不同的一点,便是一切天才都具有双重的返光……在一切天才身上,这种双重返光的现象把修辞学家称之为对称的那种东西提升到最高的境界,也就是说,成为从正反两个方面去观察一切事物的那种至高无上的才能。"① 天才影响天才,雨果提出了美丑对照的原则,也创作出了《巴黎圣母院》这样的世界文学名著。

---

① 雨果:《莎士比亚的天才》,杨周翰编选:《莎士比亚评论汇编》(上),中国社会科学出版社1981年版,第414页。

第三章 《摩尔·弗兰德斯》：形象及其塑造

大器晚成的笛福，60岁时发表了他的第一部小说《鲁滨孙漂流记》（1719），获得巨大成功。三年后，他的另一长篇《摩尔·弗兰德斯》问世，又受到读者的欢迎，人们被弗兰德斯这个活生生的女人和她一生的坎坷经历所吸引。

第一节 "她是一位把我们全都吸引住了的女主人公"

摩尔·弗兰德斯，一个女囚的女儿，母亲在监狱里生下了她，几个月后母亲被流放到美洲殖民地。小摩尔由一位亲戚领去抚养。摩尔三岁前曾同一伙吉普赛人游荡，后为一好心的老妇人收养。长大后她怀着自食其力的愿望步入社会，结果作为一个著名大盗被关进她出生的新门监狱，判处绞刑，侥幸免死，步其母亲后尘流放到美洲。其间她与13个男人发生肉体关系（小说中具体写到8个），干了各种恶事丑事，用她自述的话说："我四十年来的生活是可怕的作恶，卖淫、通奸、乱伦、扯谎同偷窃，总而言之，从十八岁左右一直到六十岁，除了杀人同造反外，什么事我都干过。"①

丑么？恶么？坏么？——从上面的简述中似乎可以得出肯定的回答。

---

① 本章引用《摩尔·弟兰德斯》的文字，均引自梁遇春译本，人民文学出版社1957年版。

但不必匆忙地作出简单的结论，先看看她一生经历的几次转折。

17岁以前，弗兰德斯算是碰到了好心人。收养她的老妈妈对她非常慈爱。老妈妈病故后，她住进一位贵妇人家，陪伴两位小姐。她期待着过一种凭自己的双手和天赋养活自己的自由生活。但一个贫穷、孤单的女人在世上挣扎很不容易。女人的不幸往往从婚姻开始。她寄居的人家里有兄弟俩，他们都倾慕弗兰德斯的美貌，她也爱上了能说会道、风度翩翩的哥哥。但哥哥玩弄了她以后，逼她嫁给弟弟，她纯洁、热烈的爱情换得一场骗局。这是她走向人生的第一次转折，她领教了所谓"爱情"。

她的第二次人生转折是五十岁的时候。这之前，她先后做过几个男人的妻子或者情妇，她曾希望以自己的美貌和精明，获取男人的"爱情"。虽然这时的"爱情"已含有更多的实际功利目的。在多次灵与肉的搏斗、金钱与爱情的撞击中，每当爱神真正君临，她都以自己的诚挚和奉献供上爱的祭坛，她也的确得到过真正的爱。然而，更多的是失望，往往是有钱的无情，有情的无钱。48岁时最后的丈夫——一个诚实厚道的银行职员，经济破产而死去。这时的弗兰德斯年老色衰，孤苦伶仃。一点积蓄坚持花了两年，她常在贫困中祈祷，"别给我以贫困，怕的是我会去偷东西"。正是在这祈祷中已经萌发了偷窃的贪头，不偷怎么办？不然无法生存。她偷了，从小偷到大偷，从单干到合伙干，到后来，她的偷窃成为一种"激情"，尽管理性上劝说自己该洗手不干了。但她还是要偷，看到自己的智慧和力量化为赃物，她欢欣、陶醉。

终于在一次行窃中被抓住，那是10年以后的事情。她被送进新门监狱，判处死刑。面对死亡的恐怖，遐想来世的痛苦，反顾过去的生活，她忏悔了。她希望活下去，干干净净做人。这是她的又一次转折。经过忏悔牧师的奔走，借助金钱的力量，死刑改为流放。她和同在新门监狱、以前挚爱的一个丈夫双双流放美洲，开拓新荒，共建新的生活。

从弗兰德斯一生三次转折来看，对她绝不是用"坏"、"丑"、"恶"

能说清楚的。在她堕落、谎骗、扒窃等表象后面,我们又看到她性格中勤劳勇敢、机敏能干、顽强执著、富于人情等正面质素。在她身上,肯定性的东西和否定性的东西都存在,相互交错渗透。她不是十全十美的神明,不要为她编写赞美诗;她也不是满身邪气的恶魔,不必用符咒将她镇住。她是一个人,一个有人的欲望、有人的弱点的女人,一个处于不利地位,为实现自己的价值付出了巨大精神的和肉体代价的人,更具体地讲,她是一个生来贫困孤独、为争取人的生活不断奋斗,在奋斗过程中有过痛苦、有过欢乐、有过罪恶、有过悔恨的活生生的女人。

对于这一形象的理解,我们不妨稍作分析。首先,弗兰德斯性格中的正、负两面的各种性格元素,统一于她的核心性格——强烈的欲望和不懈的追求。她对诚挚爱情的渴求、或者对淫荡肉欲的贪欢,对自由幸福的向往,或者对金钱财富的追逐,都是这种核心性格在不同方面的表现。正是这种核心性格的轴心作用,使得她一些看似矛盾的表象行为组合成一个有机的性格整体,成为一个不能用简单一句话说尽的、具有丰富性格内涵的活人。对于"欲望"和"追求"本身的理解,从不同角度可得出不同结论。作为人类发展的动力和生命运动的表现,无疑要肯定。把它摆到道德伦理范畴,就要看"欲望"和她"追求"的具体内容以及为达到目的采取的手段。弗兰德斯的"欲望"和"追求"有合理的,也有不合理的,其手段有正当的,有不正当的。因而,对她也就不能简单地予以评价。

同时,环境对弗兰德斯的堕落负有重要责任。金钱万能的时代风尚、上流社会的淫荡、人们的背叛和唆使,对她产生了极大的影响。作为一个处于贫境又聪明的弱女子,她面对生活的难题,会用自己凭经验直感得来的时代、社会流行的方式来解答。从这个意义上说,弗兰德斯是环境的牺牲品。高尔基评论她:"你总觉得在你面前是一个纵酒的、怀着恶意的、粗野的人……但是这个人洞识自己个人罪过的程度;也洞识那逼她出卖肉体以谋生的社会罪恶。一句话,作者没有一刻忘记,在他面前是一个畸形社会制度下的牺牲品,他之所以责怪摩尔,因为她反抗得不够坚强;但是他严厉地责备社会摧残妇女。"① 阅读作品,读者对这个女人总是怀着深深的同情,她是一个带着强烈的悲剧色彩的形象。尽管作者为她安排了一个美满的结局,但很难抵消她几十年的坎坷遭遇。

最后,我们可以看出,弗兰德斯虽然作过恶,但自始至终没有丧失人性的善良。即使在被迫沦为窃贼的时期,她也常常表现出善良的一面。偷扒成功,一阵兴奋过后,便陷入良心的责罚,取走迷路女孩贵重的项链,又指点她回家的路径,偷来穷困的寡妇送到当铺的东西,她为此而痛苦,"足有三、四天光景"。这些不是假慈悲,而是良心的颤动。在极端贫困下,弗兰德斯不愿抛弃私生子女,用挣来的不太干净的钱抚养他们。流放到美洲殖民地,遇上自己亲生儿子,却不允许她公开相认,但她的爱子之情难以抑制,待儿子走过,她扑到地上亲吻儿子走过的脚印。这是多么可贵的母性。

英国当代著名作家伍尔夫评论弗兰德斯:"她并非没有心肝,也没人能指责她举止轻浮;但是,生命使她喜悦,她是一位把我们全都吸引住了的女主人公。"②

第二节 "人物至上小说的一个范例"

现实世界中的一个真实的活人,他的性格是一个复杂的整体,往往善恶、好坏、美丑等相对立的各种性格元素互相混合,互相交织。因为人既是自然物又要求超越自然,支配自然,这决定了人的追求既有自然的、物质的、本能的方面,又有精神的、文明的、意志的方面。人的这种双重性追求成为人的内心世界的两种内驱力,它们的碰击、搏斗推动

---

① 高尔基:《俄国文学史》,新文艺出版社1956年版,第457页。
② 伍尔夫:《论笛福》,《论小说和小说家》,上海译文出版社1986年版,第64页。

着人的性格发展和变化,有分有合,从而形成人的性格的多样性和动态性。文学要表现人的内在真实,就必须描绘人物性格发展变化的这个复杂的过程,揭示出人物身上互相对立矛盾的各种性格元素及其拼搏。

笛福是个实事求是的人,他追求小说的真实性,反对创作中的随意瞎编,他说:"这样通过虚构捏造来提供一个故事,肯定是一种最丑恶可耻的罪行。"[①] 他写作《摩尔·弗兰德斯》,曾用一年半时间在伦敦新门监狱找小偷、海盗、抢劫犯、伪币制造者谈话,广泛搜集素材,在这个过程中观察、感受到他们罪恶的表面行动后面掩藏着的人性,看到他们堕落过程中环境所起的巨大作用,体会到他们为生存所付出的惨重代价,对他们寄予深深的同情。正是笛福对这些囚犯的生平经历、思想情感、愿望欲求进行认真调查、实际分析的基础上,比较成功地塑造出弗兰德斯这个真实而富有艺术魅力的形象。

弗兰德斯不是一个单一的、平板的、抽象的形象,她就像一个血液在流动着的活生生的人。作为审美主体的读者是活人,在审美观照过程中,觉得与弗兰德斯距离很近,容易在她身上找到自我,从而产生心理对位效应,获得情感上的共鸣。

在弗兰德斯身上,圣洁与鄙俗、意志和本能、真诚和谎骗、实际和幻想、顽强和怯弱、情感与理智、欢乐和痛苦等许多对立因素互相交错、互相转化。如"圣洁与鄙俗",她那种崇高的母性,对弱小者的深切同情、对真挚爱情的渴求,都在她身上闪耀着圣洁的光辉,但她受情欲的驱使,到风流的巴思寻求快乐,她把肉体交给一位醉酒的绅士,为的是把对方的钱袋弄到手中,这时又鄙俗不堪了。正是这些矛盾对立的两极性格因素在她身上交错显现,使得这一形象获得丰富、生动的艺术效果,取得较高的审美价值。

弗兰德斯成为具有较高审美价值的艺术形象,还因为她的性格塑造

---

① 伍尔夫:《论笛福》,《论小说和小说家》,上海译文出版社1986年版,第62页。

是丰富性与整体性的统一。弗兰德斯性格中的各种对立元素不是随意的堆积，也不是违背生活逻辑的安排，而是有一个核心性格来统摄。她的核心性格就是前面提到过的"强烈的欲望与不懈的追求"。这个核心性格决定了弗兰德斯性格总的运动方向：即向前的、不甘寂寞的。我们看到弗兰德斯的一生经历，就是奋斗的一生、追求的一生。但她的奋斗和追求不是一帆风顺，她面临各种各样的矛盾：主观愿望和客观环境的矛盾、追求的目标和采取的手段的矛盾，一时的快活和长期利益的矛盾等。对这些错综的矛盾所采取的主观态度是复杂的，表现出性格表象的多面性。而且这种多面性的交错与外在环境紧密相连，在不同时间、不同空间、不同关系中有不同的性格面貌，这些变化既有内在驱力，又有客观外力，显得真切自然。

笛福笔下的弗兰德斯，其性格两极因素交错，达到了整体性和丰富性的统一，被塑造成一个真实、生动、丰满的艺术形象，成为福斯特所概括的"圆形人物"。但作为塑造人物的艺术，用现代小说的眼光来看，弗兰德斯的塑造有些不足，主要表现在两方面：

第一，虽然揭示了弗兰德斯性格中对立因素的交错，表现了个性的丰富性，但往往停留于她的表面行为的描写，没有展开内心深处两种心理能量的转换，两种矛盾力量的猛烈撞击。

弗兰德斯的第一个丈夫死了，第二个丈夫也因破产出逃，在困窘中好不容易与第三个丈夫结婚。新丈夫温存善良，又是在美洲拥有田产，每年收入一千二百镑的绅士，夫妇生活舒适快乐。他们双双来到美洲，弗兰德斯受到婆婆的热情接待。然而在交谈中偶然发现婆婆就是当年生下她只几个月被流放来美洲的母亲，丈夫就是同母异父兄弟。她的内心异常痛苦，充塞着各种各样的矛盾：长期经受了人生的苦难，现在找到了满意的丈夫，幸福刚刚开始，丈夫却是兄弟；这是乱伦，她无法忍受这种乱伦的罪恶感，又一时无法理清这种鬼使神差的巧合关系，而且一下子说出来，那位丈夫兼兄弟的人也难以承受这意外的打击。隐瞒下来免却生活的奔波之苦,还是结束乱伦,重新投入生活的苦海之中?这种种悲伤、疑虑、绝望、抱怨的情感,同时在心中汹涌奔突。但小说没有深入到弗兰德斯的内心深处,只是表面地叙写了她简单的思索和暂时隐藏真情的坚定行为。

笛福善于组织矛盾,把人物摆到激烈的矛盾境地中刻画。但他对矛盾、尤其是人物内心深层的矛盾过程本身揭示不够。本来,矛盾的解决,是人物性格内部美与丑、善与恶等两种力量艰苦拼搏的结果。在笛福笔下,往往只看到结果,没有或很少描写结果实现的过程。当然,对于这方面的不足,我们要作辩证的理解。首先,只要能把握人物性格内部的矛盾运动,即使不作深层的探索,以人物的言论、行动塑造性格,也能收到较好的审美效果。它能令读者展开想象,以自己的体验加以补充,调动读者的积极思维,从而产生情感上的共鸣。事实上,《摩尔·弗兰德斯》中的一些场面已达到了这种境界。其次,不能过分苛求笛福,他作为一个近代小说的先驱者,要充分肯定他在人物塑造艺术方面的成功和意义。再次,这一点还与笛福经常使用的文体有关,他的小说用第一人称自述的口吻写作,这不利于对人物内心深层作过多的揭示。

第二,人物塑造中过分的理性倾向。小说经常在人物性格发展演进过程中加入一些对社会问题、道德伦理的议论,这些议论与人物性格缺乏必然联系。有些议论甚至不符合人物性格发展的逻辑。如小说中写到弗兰德斯偷窃胆子越来越大,不仅在伦敦偷,还到乡下作偷窃"旅行",由于她精细谨慎,每次马到成功,可谓成绩显赫,接下来一段议论:

> 从另一方面来说,我这故事中的每段,假使好好地想一下,对于老实人是有用的,提醒各种人的注意防止同样的诡计,和生人打交道的时候,要处处留神才好,因为在他们面前总未免有两个陷阱。我这全部历史的教训只好让读者凭着自己的眼光和判断去吸取吧,我是不配向他们说出的。让一个十分罪恶、十分可怜的人的经验做读者们有用的教训的宝库罢。

这样的议论是借弗兰德斯的口来表达作者的观念,既游离于情节,也游离于人物性格。类似的议论小说中不少,只能算是败笔。当然,作为创作主体,作者比较清醒地把握形象复杂表象所蕴含的意义,在人物塑造的过程中,需要理性的调节和情感的补充,但只能把理性因素溶解到展示性格的具体描绘中。欧洲十七、十八世纪是理性的时代,英国十八世纪小说特别注重道德教诲,弗兰德斯塑造中过于理性的倾向,也是这种时代精神在笛福笔下的表现。

尽管弗兰德斯的塑造存在不足,但正如英国当代著名小说家福斯特所说的:"《摩尔·弗兰德斯》可以称作为人物至上这类小说的一个范例。"①

第三节 "它可以与伟大的英国小说并列"

弗兰德斯是一个"站"起来了的形象,在18世纪所有英国小说家创造的人物画廊里,她也占据着引人注目的地位。斯威夫特机警敏锐的才能,主要用在政治讽刺上,他的《格列佛游记》是一部政治讽刺寓言,那位格列佛医生只是个故事线索人物。菲尔丁的小说画面广阔,人物众多,理论上他自觉地认识到人性的多面,②但创作实践上往往是人物性格两种对立因素的机械拼凑,不是一个有机整体,显得生硬、肤浅。斯摩莱特常以怪诞手法塑造他的人物,笔下出现的是各种各样的怪癖、不寻常的特性,距现实人物甚远。哥尔斯密创造的威克菲牧师是善的化身,尽管遭受恶的陷害,但恶在他身上没有半点印痕。理查逊把笔触伸进人物的内心世界,但理查逊的人物身上的道德气味和理性色彩比弗兰德斯

---

① 福斯特:《小说面面观》,花城出版社1984年版,第54、49页。
② 参看菲尔丁《汤姆·琼斯》第十卷序章,《大伟人江奈生·魏尔德传》第一卷第一章、第四卷第四章。

更甚。斯泰恩展示的是失去常态的人物深层意识。对 18 世纪英国小说中的人物作总体性观照，似乎可以这样概括：18 世纪英国小说改变了浪漫传奇，恶棍小说的偏重故事的传统，注重人物形象的塑造，但人物性格单一化、夸张化、定向化。摆到这一背景上看，笛福笔下的弗兰德斯以其丰满、真实、动态，在 18 世纪英国小说中具有特殊意义。

菲尔丁有一部同样描写窃贼的小说《大伟人江奈生·魏尔德传》。作品以 1725 年轰动英国的魏尔德案件为素材。魏尔德出入法院，挂着银手杖、协助官府捉拿盗贼，寻找失窃物件，在市民眼中是位高贵的绅士。但后来暴露，他暗地里指挥着一伙贼党，以双重身份，坐分赃物。他最后被处以绞刑。作品借以为他作传，揭露嘲讽历史上一系列"伟大"人物的行径。尽管作品开篇就声明人性善恶兼而有之，但小说中塑造的魏尔德是个彻头彻尾的恶棍，坏蛋。他无耻、残忍、狠毒、狡诈、偷扒、行窃、贪酒、好色，集中了一切否定性性格。不仅他本人是个大恶棍，他的祖先就没有一个好东西。母亲怀孕时就看见什么想拿什么，手指上长出一种黏胶似的东西，碰到什么就粘住带走。他一生下来就表现出贼性，上小学时是偷窃大王。直到上绞架，还从为他做祈祷的牧师口袋中摸出一把开瓶子用的镟子，握着赃物下地狱。送他上了绞刑架，作者还用整整一章，从理性角度分析、归纳他的品格，使他的性格进一步鲜明。

这里我们只看见魏尔德那种与生俱来的天赋品格。他是天生的"贼"，弗兰德斯却不是天生的"贼"，她在人生的道路上一步一步走过来，多种驱力促使她走上了这条路，经历过许多偶然转机，产生了不少激烈的矛盾，最后又作了真诚的忏悔。魏尔德的性格只作单线运动，没有任何偶然变故，只有必然：偷窃、占有、害人、一直到死。

菲尔丁对英国小说的发展作出了巨大的贡献，他也创造了一些具有较高审美价值的艺术形象。但从整体着眼，在人物性格的丰富个性、变化发展方面，笛福笔下的弗兰德斯高出菲尔丁的人物。

笛福一生创作了《鲁滨孙漂流记》、《罗克珊娜》（1724）、《摩尔·弗兰德斯》等多种小说。在我国影响最大、评论最多的是《鲁滨孙漂流记》。这部小说表现出鲜明的时代特色，主人公鲁滨孙不肯安于现状的积极探索精神，流落孤岛后与大自然搏斗的顽强意志，非常鲜明突出。但他的性格发展好像有一种盲目性，性格运动的幅度也不大。他面临的主要是为生存而与大自然展开的外在冲突，而由这种外部冲突引起的内在矛盾揭示不够充分。《鲁滨孙漂流记》的主要价值在于它对人的力量的表现。就塑造人物的艺术价值而言，笛福的两部描写妇女生活的小说——《摩尔·弗兰德斯》和《罗克珊娜》更有意义。因而出现这样一种情况：社会学家、政治家推崇《鲁滨孙漂流记》，因为它具有较高的认识价值和丰富的社会内涵，作家和进行审美判断的评论家则推崇《摩尔·弗兰德斯》和《罗克珊娜》，福斯特、毛姆、伍尔夫都是例子。伍尔夫说："在任何一块纪念碑上，要是它还值得称为一块纪念碑的话，至少应该把《摩尔·弗兰德斯》与《罗克珊娜》和笛福的名字一样深深地铭刻上去。它们可以与那些为数不多的堪称无可否认的伟大英国小说的著作并列。"[1]

笛福以前，英国没有严格意义的小说。流行文坛的是一些浪漫传奇故事和所谓歹徒冒险小说。如菲利普·锡德尼的《彭布里克伯爵夫人的阿克狄亚》、约翰·李利的《尤菲绮斯》、罗伯特·格林的《潘达斯托》、托马斯·洛奇的《罗瑟琳》、托马斯·纳什的《杰克·威尔顿》等，这些作品的共同特点是迎合市民口味，随意夸张想象，不顾生活真实和人物性格的内在逻辑，把生活故事化。笛福对此进行改造，使小说成为一种真正的文学形式。其中最大的贡献就是以人物塑造作为小说的中心。《摩尔·弗兰德斯》具有重要意义，它有恶棍冒险小说的构架，但主人公不

---

[1] 伍尔夫：《论笛福》，《论小说和小说家》，上海译文出版社1986年版，第61页。

再是故事的载体,读完小说给人感受最深的不再是惊险离奇的故事情节,而是她,摩尔·弗兰德斯——一个聪明漂亮、楚楚动人的姑娘,一个东飘西荡、寻求安乐的寡妇,一个端庄的脸庞上洋溢着母性欣慰的慈母,一个身手不凡却时时处于惶恐和悔恨中的扒手,一个精神矍铄、擦掉眼中滚动的泪水,继续她的故事的老妪。这种种身份综合起来,就是一个活生生的女人。

第四章 《阿尔赛娜·吉约》：婉约凄清的人生悲歌

梅里美被称为"萧索时期的天才"，"是萧索时期一朵很典型同时又很独特的奇花。"① 他以仅有的20个中短篇获得世界性声誉，在19世纪法国文坛与司汤达、巴尔扎克、雨果等大家比肩。"梅里美魅力"成为文学史上的专门名词。不少论者积极探寻这种"魅力"所在，对他的代表作《嘉尔曼》、《高龙巴》以及《费得里哥》、《伊涅的美神像》等作品，从浪漫主义的角度，不乏精彩的评析。而对他后期的现实主义名篇《阿尔赛娜·吉约》却重视不够。这篇小说，同样体现了"梅里美魅力"。它那种冷峻深沉的风格，精细入微的笔墨，含蓄蕴藉的韵味、跌宕多致的情节，在他的创作中很有代表性。

第一节 小说题词和吉约为何自杀

小说的主题是什么？梅里美以冷峻客观著称，对笔下人物和现实生活不轻易表示爱憎的态度。读罢《阿尔赛娜·吉约》，也一时难以把握住作者的真实思想，只是内心难以平静。但激动人心的东西是什么？一时又说不清楚。

小说前面有一个引述的题词，引自荷马史诗《伊利亚特》：

---

① 卢那察尔斯基：《卢那察尔斯基论文学》，人民文学出版社1978年版，第501—502页。

> 你是强大的,但是帕里斯、阿波罗将在斯开亚城门歼灭你。

这是赫克托尔被阿喀琉斯所杀,临终时对阿喀琉斯讲的。后来果然应验了,阿喀琉斯为帕里斯和阿波罗的箭射死。

作品的题词往往曲折地表达作者的真实情感。托尔斯泰在《安娜·卡列尼娜》中的著名题词,隐约地表明了对安娜的态度。那梅里美预言要被阿波罗歼灭的是谁呢?

是阿尔赛娜·吉约?肯定不是。她死了,被毁灭了,死得很惨。但她不是小说中的"强大"力量,她是弱小的。是德·皮埃纳夫人?也不像。读罢小说,总有几分为她的虔诚、善良所感动,为她那种隐隐约约心灵深处的苦闷而不安。真的,她也不能与《伊利亚特》中的阿喀琉斯的力量相比并,她还够不上有劳阿波罗亲自动手的资格。

——小说中就两个主人公,都不是,究竟是谁?先不忙找结论,看看作品再说。我们先看阿尔赛娜·吉约为何跳楼自杀。

从四层楼上的窗口跳下,耳边只听到下跌的风声和跌到石板上的"扑通"一声——这就是小说中吉约自杀。这个25岁的姑娘为何要自杀?德·皮埃纳夫人曾要医生问跌伤将死的吉约。夫人曾亲眼看到她到教堂捐款,认为她一定是为崇高的信念而轻身。后来夫人去照看病榻上的吉约,吉约告诉她原因:

> 把千百条理由归纳成一条,首先,我妈的死给了我一下打击;其次,我知道我是被遗弃了……没有人关心我!……最后,我最想念的一个人——夫人,他连我的姓也忘记了!

这三条,实质上是一条:贫穷、低贱的社会地位,却要求过人的生活,在当时的社会行不通。这个贫穷、纯朴、实际的姑娘,沦落为妓女,她怎么会像皮埃纳夫人猜想的那样,为一种抽象的信念而轻身呢?当然,虔诚、善良的贵妇人很难理解社会逼她自杀。

妈妈的死,当然是自杀的直接原因。但实质的原因是第二条:"被遗弃了，没人关心我。"这个"遗弃"，是社会对她的"遗弃"。而第三条是社会对她遗弃的具体表现。年轻时，还有几分娇艳，作为一个妓女能得到花花公子的所谓"爱情"。"可是我已经丑了，我的样子像个木乃伊……没人愿意要我"，人人都嫌弃，连爱得最深的一个也不愿再见，写信嘲笑她。而吉约又是一个不甘屈服的姑娘，有着执著的生活追求，她渴望着爱。尖锐的矛盾，使她"只有死这一条路了"。

也许有人问：皮埃纳夫人不是没有遗弃她么？是的，夫人以仁慈之心，在她自杀残废后去看望她，供给她生活所需的物质，吉约也很感激她。但要知道，皮埃纳夫人是把她当作一只迷途的羔羊，用宗教说教去改变她，拯救她的灵魂。这恰恰与吉约追求的爱——说得宽泛一点是人性——相矛盾。我们不会忘记，小说中皮埃纳夫人的说教给她带来了多少沉闷，更不会忘记，皮埃纳夫人不允准萨利尼去看望吉约的场面。可以说，要是用皮埃纳夫人的方式去关怀她，也许她会自杀得更早——从卜迦丘开始，欧洲文学史上不是有许多追求个性解放的青年男女死于宗教桎梏之下么。当然，皮埃纳夫人不同于《十日谈》中的伪教士、伪君子，她的作为出于真心实意——尽管难免法国人所特有的虚荣心。而且，小说也告诉我们，在当时社会上，像皮埃纳夫人这样仁慈善良的人并不多。她的邻里、甚至女仆都提到吉约是个妓女就露出鄙弃的神色。而皮埃纳夫人获悉吉约的遭遇，虽然把椅子挪远了一点（可见世俗偏见影响之深），但并没有丢开不管，仁慈之心战胜了世俗偏见。

在吉约这一形象的刻画当中，作品揭示了处在社会底层的人民的痛苦命运，表现了社会对他们的压迫。她的自杀、病床上往事的追溯、命若悬丝的呼吸，给作品罩上了一层凄楚的晕圈。但无须讳言，吉约作为一个遭受摧残蹂躏的女性形象，她的性格过于狂热，与《悲惨世界》中的芳汀相比要逊色得多。但我们不必苛求一直处于上流社会的梅里美。他的这点不足，在他熟悉的人物刻画上得到了弥补。

第二节　这里省略了什么

在小说结尾的第四部分，作家以第一人称口吻写道："就这样，夫人，你一定会说我的故事已经讲完了，你不愿意再听下去了。我还以为你很想知道德小萨利尼先生是不是到希腊去了呢？或者是不是……可是时间晚了，你也听够了。"这里的省略号省略了什么？

细读小说，不难回答。要补出的内容是：萨利尼和皮埃纳夫人是否过上了他们的爱情生活？而且作家巧妙地暗示了肯定性的答案。在吉约的墓碑上，皮埃纳夫人用铅笔写了一行纤细的小字："可怜的阿尔赛娜，她在为我们祈祷。""我们"——不就是皮埃纳夫人和萨利尼。透过这一行小字，我们仿佛可以看到皮埃纳夫人那颗悸动的灵魂：她无法抗拒真诚执著的爱，摆脱世俗偏见，爱上了萨利尼，但她又仍以一个虔诚的宗教信徒认为自己有罪。这种无法解脱的矛盾使她转而求救于吉约的祈祷。在吉约生前，她曾以拯救吉约的灵魂为己任；而今，她却需要吉约的祈祷来拯救她的灵魂。这样的安排，无疑具有它的嘲讽意味。但在嘲讽中展现的同样是一幕惨剧，只不过吉约是一种外在的悲惨，而皮埃纳夫人却是一种内在的悲惨。吉约是被社会逼上了绝路，皮埃纳夫人也是社会的牺牲品。小说虽然题为"阿尔赛娜·吉约"，但越写越偏重表现皮埃纳夫人。小说第一部分主要写吉约，以后的各部分虽然也写到吉约的悲惨，但似乎主要是以她的病房为舞台，演出皮埃纳夫人的惨剧。夫人的惨剧是通过她与马克斯·萨利尼的关系展开的。

萨利尼在小说的第二部分上场。他和皮埃纳夫人青梅竹马，一块长大。夫人结婚前两人彼此都有情意。但由于萨利尼是"相当出名的浪子，喜欢赌博、吵架，生活放荡"，而姻缘告吹。要注意的是，作家在小说的这段追述中，似乎是漫不经心，却的确强调了一句：皮埃纳夫人（那时她叫埃利丝）认为"他肯定可以成为一个好丈夫"。但"埃利丝的亲戚看得更远一点",他们认为浪子难以回头。皮埃纳夫人屈从了这种偏见,嫁给了"严肃"、"有道德"、"出名规行矩步"的贵族皮埃纳。对于这位贵族先生,作家的嘲讽是够味的:"凡是他参加的集会即使并不因他的在场而增加很大的魅力,可是他到任何地方都很得体。他每到一处人们由于他的老婆的缘故,都相当爱他,不过如果他不在场——例如他到他的领地去,他每年总有九个月在那里,尤其是在我们故事开始的时候——任何人也不会发觉,甚至他的老婆也不会发觉。"可见皮埃纳是个没有个性、没有热情的冷血动物,每年九个月在领地,丢下年轻漂亮的太太不管;在夫人的生活中他完全可有可无。与那位"在古堡中十分快活、十分逗人发笑、十分有趣,而在舞会里又是不知疲倦"的浪子萨利尼恰成鲜明对照。这样的婚姻,皮埃纳夫人幸福吗?梅里美没有像托尔斯泰那样去深入剖析安娜的痛苦心理,只写了一点:她对宗教虔诚得出奇。也许,这里为我们解开了阅读作品的另一个疑团:她对宗教为何如此虔诚?试想,一个上流贵妇,屈从社会道德又缺少人性的抚爱,她的精神寄托在何处?宗教自然会成为她的避难所。她不同于19世纪后半期俄国的安娜,与传统社会挑战,以至以死来抗议。她是另一类贵妇形象:向传统社会妥协,并且诚心站在传统社会的立场上,用宗教压抑自己的人性,在祈祷与施舍中获得精神慰藉。然而,近代意义的自我意识毕竟几百年前就在欧洲觉醒,宗教的天国真理终究难与现世人性的力量匹敌。梅里美以看来似乎漫不经心,实则深刻细腻的笔调,描述了宗教力量和人性力量在皮埃纳夫人身上的较量,最后以人性获胜的过程。

开始,远游国外的萨利尼来到她身边,她要拯救他堕落的灵魂。她是以萨利尼和吉约的精神导师自居的。但面对萨利尼深沉执著的爱(这个"浪子"对少年时代女友真诚纯洁的爱,小说中不乏感人的描写),她的宗教、偏见的堤坝渐渐崩溃。第一次看到萨利尼珍藏她的肖像,她把这当成他的堕落行为,正言厉色要他送还;她发现吉约与萨利尼是旧情人,去向吉约说教,吉约率直地说穿"她爱的是你"时,她的心动了一下；她去向萨利尼说教，追问他是否爱吉约，他表白"我只不过在她身上追求一种安慰，来逃避另一种我不得不强压下去的更严肃的感情罢了……"（这里他含蓄地表白了对夫人的爱，也是夫人在宗教中求得安慰的一种注脚），她"两眼低垂"了；再次去看望吉约，吉约由萨利尼送给她的花提到茶花的往事，唤起了她对以往爱情生活的回忆，她激动了；萨利尼为摆脱苦恼要到希腊去从军，为表明他学了希腊语向她说："我的生命，我爱你。"她听懂了，但默默无语，思绪紊乱，甚至彻夜未眠。而吉约和萨利尼当着她的面所表演的一切，无疑是给她上了生动的人性的一课。小说的第三部分，写吉约死的场面。但毋宁说，这一部分是为了写出一句话——吉约的"最后遗言"。吉约已经死去。

"可怜的孩子！"马克斯仿佛从昏睡状态惊醒过来似的叫喊，"她在这个世界上有过什么幸福呢？"

突然，仿佛被马克斯的声音召回生命似的，阿尔赛娜张开了眼睛。

"我恋爱过！"她用弱不可闻的声音喃喃地说。她挪动着手指，似乎想把手伸出来。马克斯和德·皮埃纳夫人走过来，每人握着她的一只手。"我恋爱过，"她带着苦笑重复了一句。

"爱"——有着多大的力量，它能召回已死去的生命，而且连续重复两句。阿尔赛娜这个贫穷的姑娘，竟以"恋爱过"为在世上的幸福，而富有的皮埃纳夫人的幸福呢？——听了这句"最后的遗言"，"马克斯和德·皮埃纳夫人久久地握着她的冰冷的手，不敢抬起眼睛……"这就是含蓄！就是这句"不敢抬起眼睛"，按下了皮埃纳夫人激烈复杂的内心活动；也就是这句"不敢抬起眼睛"，告诉了我们：她内心已经很脆弱的那道防线被那句充满人性的"遗言"冲垮了。

当然，皮埃纳夫人由带着宗教偏见到接受马克斯的爱情的过程，是一个充满痛苦的过程。她内心的凄楚作家没有着力渲染，但透过作者冷峻的叙述，我们可以感受得到。她虽然接受了马克斯的爱，但她仍然是痛苦的，宗教偏见的影响使她难以彻底摆脱束缚，也许随着时日的流逝，她的心灵痛苦会更加加剧，一直到死，自己背负着"罪人"的罪名。

皮埃纳夫人这个形象充满了矛盾，她仁慈善良，纯洁宽宏，对受难者充满同情。同时她又是一个软弱的上层贵妇，是个虔诚的宗教信徒，她自己受害于传统偏见和宗教束缚，而她又不自觉地成了迫害她的力量的工具，转而迫害别人。梅里美还描写了她作为一个上层贵妇的虚荣心。不过，惟其复杂矛盾，才使之更加真实动人。

作家是善用省略号的。小说中往往把一些关键的东西省去，让读者去回味，去思索，形成作家独具的深沉含蓄的风格。作为读者，当然要把作者省去的东西补上来，这才是艺术欣赏。艺术欣赏是个复杂的过程，不能简单从事。简单往往导致谬误或不全面。有论者给皮埃纳夫人戴上"资产阶级信女"的"桂冠"，说她"在那对穷人、对不幸者的一连串感人的慈善行为之下，深藏着一副自私自利、冷酷无情甚至专横毒辣的心肠。"[①] 这样的评论过于简单，恐怕令九泉之下的梅里美也心中不安。

通过对小说两个主人公的分析，我们回过头来回答开头提出的问题——作者在题词中预言要灭亡的是谁？现在不难回答，是指压迫人性、摧残人性的社会、传统偏见和宗教束缚，作家以冷峭的笔墨表达他对这种与人性相对立的力量的愤怒。小说通过两个妇女形象，一个上层贵妇，一个底层妓女，从两个不同角度揭露现实，表达批判社会、鞭挞宗教的主题。

[①] 郑永慧：《梅里美小说选·前言》，人民文学出版社1980年版，第6页。

第三节　省略号、迷魂阵和夫人

梅里美是个艺术上很有特色的作家。他的小说大都选择异域题材，刻画具有原始气息的强悍个性，以精致娴熟的艺术技巧见长，笔调冷峻客观，叙述生动引人，描写细腻逼真，穿插考古、历史方面的知识，结构布局巧妙。因而有人说梅里美"是一个具有精巧技艺的小说家，他的中短篇小说在艺术上很有借鉴的价值。"[①] 梅里美的这种"精巧技艺"在《阿尔赛娜·吉约》中可以领略到。如果说这篇小说在题材方面不足以代表梅里美的典型特点，但梅里美在表现技巧方面的特色，在小说中有突出表现。这里我们不想一一涉及，只就小说的冷峻、深沉、含蓄的风格略陈管见。

作者在娓娓动听的叙述中，好像对叙述的事件毫不关注，对描绘的人物毫无爱憎之情，好像一个与这种生活毫无联系的天外来客，用讥讽冷嘲的语调，给世人讲述开心的故事。"这种风格，这种情调，非常显著地增加了他所描写的事物的现实印象，会被人们一再看作作者缺乏感情的迹象……相反，这种风格的冷嘲，经常只是掩盖同情和愤怒的透明薄纱而已。"[②] 正是作家用冷峻的叙述给自己真实的情感罩上一层"薄纱"，因而使小说显得蕴藉深沉，含蓄隽永。读它不像喝白开水，喝完了之；而像嚼槟榔，甜涩麻辣不知何味，却越嚼越有味。

作品的这种风格的形成，在表现上主要依赖三点：

首先，省略号的运用。这篇中译56页的小说，用省略号二百多次。小说中运用的省略号有两种情况，一是作家叙述时的故意省略；二是人物对话时运用。后者又可分为三类，一类为表现说话人的语气、神态，

[①] 柳鸣九主编：《法国文学史》（中），人民文学出版社1981年版。
[②] 勃兰兑斯：《十九世纪文学主潮》（第五分册），人民文学出版社1982年版，第316页。

如阿尔赛娜病重时有气无力、断断续续的说话神态；另一类是说话少、本来可以说出来，但作者故意将它省去，如马克斯与皮埃纳夫人谈话中的一些省略；再一类是前两类兼而有之，既表现了当时说话人的情况，作者也有意要省略，这一类省略把客观情境和创作主体的主观意图统一起来，达到一种艺术化境。如马克斯远游后来到皮埃纳夫人身边，夫人教训他，要他改变过去的浪荡行为，认真的爱一个女人，这样就能得到别人的爱。这时马克斯回答：

如果只要爱就能被爱……你说的就不太真实，夫人……算了吧，替我找一个勇敢的女人，我就结婚。

这里的两个省略号，既表现了马克斯当时不敢直截挑明对夫人的爱，吞吞吐吐、心事重重的神态，同时，作者在这时也不愿向读者挑明马克斯挚爱着皮埃纳夫人，而是随着情节的发展，才渐渐显露明白。

总之，凡是作者有意省略的地方，往往是理解作品的关键。最终，省略所起到的作用是突出这些关键。因为省略后，读者必须调动积极思维，参与作家的创作，经过深思体味，补上省略的内容。梅里美是以省略内容的手段，达到强化内容的目的。作家是深得艺术辩证法的奥妙的。人们常说梅里美的小说"简练精致"，也许有这"省略号"的一份功劳。不过，既要省略，又要清楚，读者能依据文本经过积极思维而补上"空白"，有个艺术节制的问题，要掌握恰到好处的分寸。梅里美的本事，就是他心中有这个分寸，并运用得非常娴熟。

其次，迷魂阵的布置。对此，有人曾从浪漫主义角度分析道：梅里美"用浪漫主义的魔棒，利用读者意念上的错觉。"[①] 在《阿尔赛娜·吉约》这篇现实主义小说中，梅里美也常常"利用读者意念上的错觉"，摆

[①] 邵江天：《试论梅里美中短篇小说的浪漫主义手法》，西方浪漫主义文学学术讨论会（1983年）论文打印稿。

起迷魂阵。他往往在平易的叙述中不知不觉地推进情节，对一些关键性情节不作任何渲染铺垫，相反是一笔带过，好像毫不经意。读者往往"上当受骗"，忽略过去。但读到后面看着相似情节才突然想起——"哦，前面好像什么地方早说了"，赶忙翻过几页，认真阅读，仔细品味，不免拍案叫绝："高手，梅里美真厉害！"这点我们读读小说写马克斯与皮埃纳夫人过去的关系、重新相见、关系的发展等情节，就可以领略到梅里美的这一特点。

再次，第一人称的妙用。"我"常在小说中出现，这是梅里美小说的特点。"我"有时参与小说的情节，"我"有时作为故事讲述者出现在小说中。《阿尔赛娜·吉约》中的"我"属于后者。这篇小说不仅"我"在讲述故事，还设置了故事听众——夫人。小说是"我"向一位夫人缓缓道来的一个凄切感人的故事。一般作家创作中的"我"，是用来抒发感情、发表议论，表现作者爱憎的。这篇小说中的"我"也时常插入一些议论，但并不是对小说中人物作出的评价，往往是插入一些其他知识方面的东西。如小说中写皮埃纳夫人第一次在教堂看到阿尔赛娜，把她从上到下作了一番描绘，最后写道："还有她那双只有男人看了才会赞赏的脚，穿着普通的袜子和绒鞋，看来这双鞋子好久以来已经吃够了石子地面的苦。你记得，夫人，当时沥青还没有发明"（着重号为引者所加）。这样的"我"的插话，一方面增强了小说的现实感、真实感；另一方面，好像有意思表白，"我"与小说中的生活实在毫无联系，为你讲个故事而已。这样更加突出了作品的冷峭风格。

这种冷峻、深沉、含蓄的风格，无疑给梅里美的小说带来魅力。一也正因为这种风格，要求我们付出更多的劳动去把握作者的真实思想。梅里美善用迷魂阵，我们却不要上当。著名文学评论家勃兰兑斯对此有过一段精辟的分析，他说："我们注意到，最初看来似乎冷冰冰的，不过是艺术家灵魂里的内在火焰石化了的喷出物罢了。我们理解，在这些小说的冷静而严肃的风格里潜藏着一种感情,正是这个感情使得这些小说给人深刻的印象。"①

---

① 勃兰兑斯:《十九世纪文学主潮》第五分册,人民文学出版社1982年版,第317页。

第五章　《乡村》：布宁描绘的阴暗俄国

布宁（1870—1953 又译作蒲宁）是俄国最后一代现实主义古典作家之一。他出身于破落贵族家庭，从小在农村长大，对 19 世纪末、20 世纪初的俄国乡村生活非常熟悉。布宁最初以诗人登上文坛，但小说创作的声誉高于诗歌。20 世纪初一度与高尔基交往甚密，高尔基鼓动他创作反映乡村现实的作品。《乡村》就是听从高尔基的意见后创作的一部中篇小说。1920 年布宁离开祖国，定居法国。1933 年因为"他通过自己对现实主义文艺的理解，继承了俄罗斯文化遗产并使之发扬光大"[①]，荣获诺贝尔文学奖。

第一节　阴暗、痛苦的世界

《乡村》写于 1909—1910 年，作品没有一贯到底的情节，围绕库济马和季洪兄弟俩的生活经历展开叙述。他们是农奴的后代，兄弟俩当了几年店铺学徒，后合伙做小贩。但兄弟俩想的不一样，哥哥拼命赚钱，弟弟幻想写作。5 年后，哥哥很快发了财，弟弟四处流浪，在外漂泊十多年，落魄归里。作品还通过他们的见闻，描写杜尔诺夫卡农民的贫困和愚昧，同时把农村和城市联系起来，越出闭塞的乡村，在更大范围内描

---

① 王逢振主编：《诺贝尔文学奖辞典》，漓江出版社 1997 年版，第 322 页。

写20世纪初俄国的社会现实。《乡村》不是一首单纯轻快的农村牧歌,而是一部沉重的多重合奏曲。小说以杜尔诺夫卡村为中心,对周围的村镇城市作辐射式的铺叙,融合进时代的重大事件,描绘了一幅幅斯托雷平反动统治时期阴暗的俄国社会生活图画。从中我们可以看到资本主义冲击下俄国农村的破产,感受到作者对贫困痛苦的人民的深切同情,对平和静穆的宗法制庄园生活的怀念,对愚昧落后、保守迷信的民族性格的反思,对人民不满贫困的骚乱而带来的惴惴不安以及对俄罗斯前途的深沉忧虑。小说基调深沉、浑厚。

作者是怎样描绘俄罗斯农村的呢?不妨看看下面这幅风景画:

狂风加上冰凉的阵雨,白天像黄昏一般阴暗,庄园里一片泥泞,上面铺了一层从槐树上落下的小黄叶,杜尔诺夫卡四周是望不到边的耕地和冬麦田,乌云无尽无休地从头上飘过,引起人们对这可怜的天涯一角的反感,这里要刮八个月的暴风雪,下四个月雨……

这就是杜尔诺夫卡农民生存的阴暗的自然环境。大自然本是无情之物,它的阴暗只是社会现实的阴暗,经过作者的主观折射,映照在自然景物上。

这个世界的确是阴暗、痛苦的世界。"乡村"是贫穷破败的乡村。"到处是贫困,庄稼人倾家荡产、败落到连一个小钱也拿不出来的庄园在本县到处都是。"谢雷本来有三俄亩地,但十口人的生活重负他无力担起,往往地种不到一半,庄稼没有成熟就卖青苗,好东西卖了贱价钱。他根本没有心思种地,破罐子破摔,整天穿一件又破又脏的短皮袄,一双用网绳缀住的毡靴,戴一顶没法脱下的帽子,赖在村里邻人婚嫁丧礼的酒席上。

乡村里,到处散发着腐朽的气味。房屋里臭虫蟑螂打搅人们的休息,一口小小的泥塘,牲口粪筑成塘堤,牛群在塘中打滚,人们在塘里洗脏物、塘水浑浊发黄、又臭又脏，但这是全村人的饮水源。"这水我们喝了上千年了！水又算得了什么，没粮食吃啊……"的确，饿着肚皮，谁还讲究卫生？正是这样，到处是天花、猩红热等流行病。

酗酒、抢劫、好淫、凶杀、造反……乡村一片混乱：暴发户为积累财富、不择手段肆意横行；有人对生活绝望，以暂时的寻欢作乐麻醉自己；有的是为生存而作出的不自觉的抗争。这些在布宁笔下都作为罪恶来描绘，因为这些扰乱了乡村的静谧，给人们带来恐怖和不安。

穷、脏、乱是《乡村》的外部世界，如果深入到人们的精神世界，那更是触目惊心。既野蛮残忍、愚昧无知，又怯懦怕事、虚伪狡诈，彼此谁也不理解谁，不信任谁，动不动火气冲天。但真动起手来又全身发抖。阿基姆为15戈比，让别人和妻子过夜。谢雷有意跟踪女儿和情人的幽会，在女儿身上把男人逮住，以此强逼他娶自己的女儿，事后还到处传扬自己的"聪明"。季洪奸污了雇工罗季卡的妻子，又把他们赶出庄园设法谋害了罗季卡，再把他的寡妻许给别人，以此作为赎回罪过、进入天国的代价。

第二节 揭示阴暗现实的根源

小说没有仅停留在地狱般的画面的刻画上，在形象的思维中渗入理性的因素。通过人物的辩论、交谈、感受和一些有意安排的细节，探究形成这种现实的社会根源。仔细阅读作品，可以感受到作者传出了三个信息：资本主义的发展、政府的专制统治、落后的民族意识。俄罗斯的贫困和动乱正是这三个方面共同作用的结果。

《乡村》里没有正面描写资本主义力量，但我们可以看到对铁路上隆隆飞驰的火车的描写：发自地狱般的震响，刺破夜空的灯光，散开发辫的女妖似的浓烟。还有那"被几家制革厂弄得又臭又浅的小河。"还有暴发户季洪身上的某些性格特征。这些都像笼罩在"乡村"上空的片片乌云。

斯托雷平的反动统治非常残酷。敏感的布宁在作品中表现了这一点。在专制政府的统治下，人们没有自由。政府为镇压国内"骚乱"，与日本订立丧权辱国条约。一个铁路警察，可以随便扣下他认为不能阅读的报纸。谈到"自己的观点"，马上有人干涉。这比契诃夫的《第六病室》中的囚室有过之而无不及。

落后的民族意识在《乡村》中有大量的描写。在布宁看来，残忍无情、麻木软弱的民族劣根性是毁灭俄罗斯的真实原因。作者通过许多的日常事件、引证流行的民歌谚语来表明民族的落后和野蛮。一位爱谈哲理的怪人愤愤地说："慈悲的上帝啊！普希金给打死了，莱蒙托夫给打死了，皮萨烈夫淹死了，雷列耶夫给绞死了……陀思妥耶夫斯基刑场陪绑，果戈理给逼疯了……还有谢甫琴柯呢？波列查耶夫呢？说是责任在政府？俗话说，按头做帽；有什么样的奴仆，主子就用什么办法去对付他。世上哪里还找得出这样的地方，这样的人民？真是十恶不赦。"社会如此阴暗，人民是不幸而落后的人民，希望在哪里？作者更加深沉地发出果戈理当年的慨叹："罗斯、罗斯！你奔向何方？"

布宁没有找到乡村的前途和希望，转而对过去的宗法制庄园生活非常怀念。小说中塑造了一位理想的"旧式庄稼汉"伊万努什卡，他已老得连头都抬不起来，但他还是那样刚强，他满脑子俄罗斯的古老传说和对过去地产田丰、安定平和的美好日子的回忆。但他也死了。《乡村》阴暗的画布上，抹上了伤感的、哀婉的色彩。

布宁没有达到高尔基的思想高度。差不多在同时，高尔基也创作了同样反映这一时期农民的贫困生活的中篇小说《夏天》，描写青年叶戈尔秘密来到偏僻山村，组织农民进行革命活动。小说中的农民互相关心，有共同的目标，坚信革命的胜利。全篇洋溢着乐观愉快的气氛。高尔基是站在历史唯物主义的高度，描写历史发展的真实。而布宁对当时俄国现实关系的把握没有站得那么高。但他对现实的描绘是非常真实的。有人评论:"布宁对自己的信念是勇敢的,直爽的和诚实的。首先是他在其《乡村》中揭穿了有关俄国虔诚的农民过着甜蜜的生活的神话,这种神话是那些闭门造车的民粹派杜撰出来的。"① 高尔基也认为"在布宁之前,还没有一个人这样历史地描绘过俄国的农民。"②

第三节 真实的艺术形象

生活在乡村的季洪和库济马是一对亲兄弟。季洪精明强干,不择手段地赚钱,他认为这个世界上除了钱一切都是虚假的。他只要看到有利可图,就会猛扑上去。他的口头禅是"你瞧着吧"。果然,不到几年时间,由一个店铺伙计,成了小酒店老板,开爿杂货铺,买下了杜尔诺夫卡庄园。他为金钱奔波,整个身心集注于赚钱,对人残酷无情。这已成为他性格的突出特征。如对罗季卡夫妇的手段最能说明这一点。他占有新娘子,与爱毫不沾边,主要想生一个孩子。一旦希望落空,便把他们赶走,采用谋害手段致罗季卡于死地。对自己的亲人,他也非常冷漠。视妻子若路人,妻子死了,他为花了一笔安葬费而痛心。

季洪这个形象,比果戈理笔下的泼留希金精明能干,对自己的"事业"有信心。泼留希金是衰败腐朽的农奴主阶层的守财奴形象,吝啬得猥琐。季洪却是在资本主义经济冲击下冒出来的暴发户,具有资产者的某些性格特征。他是根植于俄罗斯土壤,又吸收了西方养料的一株畸形植物——俄国农村小资产者形象。小说最后写他变卖庄园地产,关闭酒店小铺,要到城里去做粮食买卖,与社会"拼一拼"。他"拼"得怎样?成了富翁还是破产了?这已不是小说提供的季洪了。

---

① 康·巴乌斯托夫斯基:《伊万·蒲宁》,《阿尔谢尼耶夫的一生》,长江文艺出版社1984年版,第4页。

② 转引自戴骢:《蒲宁短篇小说集·译者的话》,上海译文出版社1981年版,第3页。

小说对季洪的描写，不仅只写他可憎的一面，作者还往往从人性的角度，描写他可怜的一面。我们可以感受到他的辛劳，他悸动不安的灵魂和内心深处的痛苦。他清楚地意识到自己的罪过，常为自己的冷酷不安，想到自己的一生就感到可怕，但一旦正视现实，又感到不这样就不能生存。他的内心和外表过着双重生活。他整日疲于奔命，从来没有好好享受过，他把自己的生活称为"金子般的鸟笼"。生活目的是什么，他自己也搞不清楚。没有后代、日渐衰老的阴影，时常笼罩他的心灵。布宁在这种令人切齿、又令人叹息的描绘中，把人物从外到内都真实地展现在读者眼前。

　　库济马在小说中比季洪更为重要。他"一辈子梦想读书写作"，对生活现实有过一些观察，对一些社会问题有过思考。他流浪到不少地方，比季洪视野开阔，感觉敏锐。小说中许多对社会现实的批判是通过他的感受和目光写出来的。"他的经历是俄国一切无师自通者的经历。"他和哥哥当店铺学徒时，一位邻居教他们认字识数。但俩人心里想的不一样，季洪学会识字算数是为赚钱，库济马想的是读书写作。库济马结识了自由派思想的老头巴拉什金，从他那里读了不少书。但这老师和学生的观点不一样，老师对俄罗斯似乎看透了，不抱任何希望；学生还满腔热情，相信人民的力量，把希望寄托在托尔斯泰笔下的普拉东·卡拉塔耶夫这类人物身上。他怀抱善良的愿望，写作诗歌小说。但不懂艺术的人们向他提出各种责难，他只好写出迎合人们口味的东西。为了生计他从事过不少职业，经纪人、站柜台、当办事人。一次为打抱不平被拘留，这事给他很大震动。无数事实使他的希望之光暗淡了。他喝酒、鬼混，东奔西跑，甚至成了人们取笑的丑角。他穷困潦倒，最后被哥哥雇来当了杜尔诺夫卡的代管人才算有了安身的地方。他的内心非常空虚，在生活的磨难下，他完全屈服了。哥哥劝他不要再犟，该回头了。他从镜子里看到反映出自己的"瘦削的脸、哀愁的眼睛、向上扬起的左眉"，然后低声附和道，"是该回头了"，"早该回头了"。这是非常含蓄深刻的描写。从镜子所照的形象背后，可以看出他的生活、经历。这里活现了一个贫穷沉沦的知识分子形象。库济马和季洪在许多方面有了共同语言：对人民的看法，对生活的悲观、精神上的空虚。他和哥哥分手后，走了一个圆圈，又走到一起了。这里可以看到贫穷知识分子的依附性，也可以看到当时知识分子毫无出路。

库济马的沉沦，无疑社会负有重要责任。但他性格中的软弱、缺乏行动的能力无疑也是重要因素，他的性格是具有代表性的。斯托雷平反动统治时期，俄国不少知识分子，均有这一通病：由热情而冷却，渐而悲观、绝望。这与作者自身经历有关。布宁本人只上中学就因贫困而辍学，在创作道路上也经历了一些坎坷；他也非常关注祖国的命运，对生活有过严峻的思考，也感到悲观失望。库济马形象无疑有作者的某些自传色彩。不同的是库济马沉沦到底，无所成就，而布宁却写出了轰动文坛的作品。

但不管怎样，季洪和库济马是来自当时俄国现实生活，来自阴暗农村的两个真实的艺术形象。

《乡村》是一部具有强烈的艺术感染力的作品，小说中压抑、令人窒息的氛围、冷峻的表层下面涌动着的感情激流，一幅幅阴暗悲惨的画面，一颗颗忧伤痛苦的灵魂，这些都使读者读后不能平静，和作者一样，陷入对俄罗斯前途的深深忧虑。

第六章 《静静的顿河》：奔腾顿河的悲壮史诗

米哈伊尔·亚历山大罗维奇·肖洛霍夫（1905—1984）是原苏联的著名作家，1965年诺贝尔文学奖的获得者，获奖理由是："由于他在那部描写顿河流域的史诗般的杰作中，以强烈的艺术力和正直的创造性，真实地反映了俄罗斯民族生活的一个历史阶段。"[①]

第一节 肖洛霍夫的创作特点

肖洛霍夫生于顿河之滨的约申斯克镇鲁日伊林村。从1912年起在家乡和莫斯科上了六年小、中学，因国内战争爆发而辍学。15岁的肖洛霍夫在故乡投身苏维埃新政权的建设，担任镇革命委员会办事员，从事过村镇人口登记、教育、业余剧团演出等活动。后在顿河粮食委员会当办事员，自愿参加白匪出没地区的征粮队，在草原与叛匪周旋，曾被俘虏，因年幼获释。

1922年底肖洛霍夫离开顿河地区来到莫斯科，为谋生从事过装卸工、泥水匠、会计、办事员等职业。同时发奋刻苦读书学习，加入莫斯科共青团作家和诗人"青年近卫军"文学小组，尝试文学创作活动。1923年9月在《少年真理报》发表了第一篇作品——小品文《考验》。随后创作

---

① 毛信德等编译：《诺贝尔文学奖颁奖演说集》，百花洲文艺出版社1995年版，第496页。

发表了一系列反映顿河现实题材的小品和短篇小说，受到老作家绥拉菲摩维奇的赞赏和鼓励。1929年底加入"拉普"。1926年出版了两部短篇小说集《顿河故事》和《浅蓝色的原野》。同年开始《静静的顿河》的创作。小说的第一、二部于1928年在《十月》杂志连载，震动了苏联文坛。《静静的顿河》直到1940年才完稿出版，获1941年斯大林文学奖。在创作《静静的顿河》期间的30年代初，写作了另一部长篇名著《被开垦的处女地》（第一部）。卫国战争期间，肖洛霍夫以记者身份上了前线，写作了一些优秀的通讯和评论。战争结束后，开始创作表现卫国战争题材的长篇《为祖国而战的人们》。50年代创作了著名短篇《一个人的遭遇》和《被开垦的处女地》第二部。

从30年代开始，肖洛霍夫在文学创作的同时，还积极从事社会活动。1939年苏联第一次作家代表大会，他当选为作协理事，此后多年一直是作协书记处书记。经常到欧美诸国访问。60年代初当选为苏共中央委员，历届最高苏维埃代表，以更多的精力从事苏联文学的领导工作。同时，一直断断续续地创作《为祖国而战的人们》，1984年留下这部未竟之作而辞世。

1965年肖洛霍夫以他"在描写俄国人民生活各历史阶段的顿河史诗所表现的艺术力量和正直的品格"获诺贝尔文学奖。苏联政府也为表彰他的文学功勋，5次授予他列宁勋章、两次授予他社会主义劳动英雄的称号和金质奖章。

肖洛霍夫是苏联文学史上享有广泛国际盛誉的作家。据1983年的资料统计，他的作品已用88种语言翻译出版了1080次，总印数近亿册。他的作品以其巨大的艺术感染力，拨动着广大读者的心弦，成为世界文学的珍贵遗产。总观肖洛霍夫的创作，表现出鲜明的艺术个性和独特的艺术风格。

其一，以富于乡土气息的顿河生活题材和形象表现历史性主题。作家生于顿河、长于顿河，顿河草原的黑土养育了他。顿河哥萨克生活是他最熟悉的,顿河生活为他提供了创作素材,他一生的创作都与顿河密不可分。滔滔顿河,成为他的创作源泉,茫茫顿河草原,铸造了作家博大的胸怀。在他的作品中展示了一个富饶而又神秘的哥萨克世界。高尔基称他的作品为"乡土文学",评论家称他是"亲爱故乡的编年史家"。

但他不是为顿河而写顿河,是以顿河流域的大草原作为舞台,演出的是苏联人民生活的巨大历史场面,以史诗化的笔触,深刻地揭示苏联人民的各个历史转折关头及其各个发展阶段。《顿河的故事》和《静静的顿河》展示了十月革命和国内战争的历史面貌。《被开垦的处女地》表现了集体化给农村带来的历史性变革。《为祖国而战的人们》和《一个人的遭遇》表现出卫国战争中苏联人民的英勇和付出的惨重代价。虽然着笔的是顿河边上的一个村庄,一户人家,甚至一个人物,但他着力挖掘题材中所蕴含的历史内涵。透过他的作品,可以看到苏联历史前进的脚印。因而,他的作品又被称为"苏维埃的编年史"。

其二,严峻的真实。肖洛霍夫遵循着一条创作原则:"正直地同读者谈话,向人们说出真理有时是严峻的,但永远是勇敢的真理。"① 他把这一原则当作艺术家的使命之一。无论反映一个时代,或是描述一个历史事件,还是塑造一个人物形象,他都是真实地揭示现实生活的各种矛盾,揭示其复杂性和多面性,不愿浪漫化和理想化地违背生活真实。这一特点首先表现在人物的刻画。他总是按人物性格本身的逻辑,通过人物在各种情势下的表现,从不同角度、多方面地揭示人物性格特征,不是简单的"正面"或"反面",而是有血有肉的活人。《被开垦的处女地》中几位共产党员的描绘,不是停留于表面的动人业绩,肤浅雷同地表现时兴的美德,而是根据他们不同的个性、经历、修养,深入他们的内心,

---

① 肖洛霍夫:《在斯德哥尔摩诺贝尔奖金授奖仪式上的讲话》,孙美玲编:《肖洛霍夫研究》,外语教学与研究出版社1982年版,第459页。

刻画他们的鲜明个性,也不回避他们的缺点和弱点。肖洛霍夫对历史事件的真实描写更是为人称道。《静静的顿河》中苏维埃政权1919年对哥萨克过火政策的描写,《被开垦的处女地》对农业集体化运动中"左"倾思想的批评,《一个人的遭遇》里对普通苏联人在卫国战争中付出惨重代价的深沉思考都是例证。这些真实的描写,不仅需要对生活的真知灼见,更需要正直、胆识和勇气。正是这种真实的表现,给作家带来了许多的非议和贬责;也正是他作品中的真实力量,成就了他大作家的地位,令广大读者感动。

其三,悲剧史诗的艺术风格。原苏联评论家称肖洛霍夫"是创作史诗性长篇小说的巨匠"。[1] 他的小说有着广阔的历史背景,翻滚着时代风云,在时代的发展变化过程中揭示人物的命运。肖洛霍夫的小说"像顿河的流水一样,历史事件以自己的激流载负着书中人物,顺流而下。"[2] 历史的洪流在滚滚向前,但从"旧"向"新"的跃进,往往伴随着剧烈的阵痛。这种历史转折时期的"阵痛",正是肖洛霍夫艺术构思的独特视角。苏联作家阿·托尔斯泰说:"他是带着新社会在社会斗争的苦难和悲剧中诞生这个主题走进文坛的。"[3] 其实,这一主题贯穿他的整个创作。对历史巨轮辗过后普通人们命运的深切关注,赋予他的史诗性作品以一种悲壮的美,也融凝着深厚的人情味。有评论家写道:"肖洛霍夫恢复了史诗的生命……向我们展示出一种新的艺术体裁——将史诗与悲剧化为一体,既具有强烈的审美感染力,又具有历史乐观主义和社会主义人道主义的强烈音响。"[4]

---

[1] 尼·马斯林:《苏维埃俄罗斯文学史》,孙美玲编:《肖洛霍夫研究》,外语教学与研究出版社1982年版,第342页。

[2] 穆·安纳德:《致肖洛霍夫的信》,孙美玲编:《肖洛霍夫研究》,外语教学与研究出版社1982年版,第445页。

[3] 孙美玲编:《肖洛霍夫研究》,外语教学与研究出版社1982年版,第24页。

[4] 康·普里玛:《〈静静的顿河〉的世界意义》,孙美玲编:《肖洛霍夫研究》,外语教学与研究出版社1982年版,第88页。

悲剧色彩是肖洛霍夫创作的基调，但有时交织着某些喜剧因素。肖霍洛夫不乏幽默才能，尤其在《被开垦的处女地》中有突出的体现。

第二节 《静静的顿河》：哥萨克的悲壮命运

《静静的顿河》集中表现了肖洛霍夫创作的特色。这部 8 卷巨著以麦列霍夫一家为情节展开的中心，展示了苏联历史上剧烈动荡的 10 年（1912—1922 年）的社会现实，描述了苏维埃政权建立和巩固前前后后的政治背景大历史事件，描绘了顿河哥萨克的生活风习、心理状态和命运变化。

在顿河边上有一个 300 来户的鞑靼村，村子尽头靠顿河北岸是麦列霍夫家。父亲潘苔莱有些家长作风，家庭有着严格的家规。全家勤劳耕作，日子过得也算殷富。长子彼得罗已娶妻房，女儿杜尼加还是个天真的少女。19 岁的儿子葛利高里体魄强健、风流倜傥，他爱上了邻居司契潘的妻子婀克西妮亚——一个饱受丈夫虐待、有洋溢着生命激情的眼睛和放荡嘴唇的漂亮女人。他们趁司契潘到军营集训时私通，引得全村议论。潘苔莱为儿子求亲，葛利高里父命难违、只得与本村首富米伦的俊俏女儿娜塔莉雅成亲。但新婚的热情没有保持多久，葛利高里对妻子那种闺秀式的正经和冷漠不满，怀念着婀克西妮亚的奔放与激情。这对旧情人继续幽会，娜塔莉雅陷入感情的痛苦之中。潘苔莱站在媳妇的立场上，父子产生冲突。葛利高里愤而离开家庭，带婀克西妮亚私奔，在一个地主庄园干活，过了一段算是幸福的生活。娜塔莉雅怀抱着丈夫回到身边的希望，之后绝望而刎颈自杀，虽遇救未死，却落得个歪脖子的终身残废。

第一次世界大战爆发，葛利高里应征入伍。他随部队在西南战线，由于表现得机智勇敢，获得了十字勋章。但他第一次杀人时，内心也是感到疑惑和痛苦，而且他一直在苦恼着：人们为什么要互相残杀？后来负伤住进后方医院,同病房的布尔什维克贾兰沙向他指出了帝国主义战争的本质和建立工农政权的意义,点燃了他心中的真理之火。伤愈后他请假看望婀克西妮亚,发现她被地主少爷勾引,怒而鞭打地主少爷,也给了婀克西妮亚狠狠一鞭子,回到家中与发妻和好。在鞑靼村,他作为全村第一个获得十字勋章的英雄,受到家人和乡亲的敬重。不久后,他又作为一个出色的哥萨克返回前线,在枪林弹雨中驰骋战马,英勇砍杀,得了四枚十字勋章,提升为少尉排长,牢牢地保持哥萨克的光荣。但他的心肠变硬了,失去了昔日的欢笑。

战场恐怖和艰难、军需物质匮乏,前线士兵普遍产生厌战情绪。布尔什维克在前线宣传革命,号召调转枪口,推翻沙皇政府。1917年相继爆发"二月革命"和"十月革命",建立了无产阶级政权。早已厌恶战争、渴望故土的哥萨克欢呼着和平,纷纷从前线撤下来。生下双胞胎的娜塔莉雅翘首等待着葛利高里。但他没有回来,参加了红军,并担任连长。革命后苏联的形势非常严峻复杂,多种政治力量在角逐较量。葛利高里也经受着这种复杂形势的严峻考验。开初,他指挥红军英勇地抗击白军。但看到哥萨克革命军事委员会主席波特捷尔珂夫不经审判地虐杀俘虏,他的心又变冷了。一次受伤后他回家养伤,离开了红军部队。作为俄国历史的特殊产物的哥萨克。对新政权不能很快接受,加上反动的白军军官以"顿河自治"为口一号的鼓动,1918年春出现了第一次哥萨克叛乱。葛利高里卷入其中,担任叛军连长。叛军势力迅速增长,波特捷尔珂夫领导的红军失利,他和他的司令部全体人员在撤退途中成为俘虏并被处死。翌年秋天,叛军与红军势均力敌。厌倦了战争的哥萨克开放阵线,红军顺利渡过顿河。鞑靼村成立了以科特里亚洛夫和珂晒沃依为正副主席的苏维埃政权。为镇压暴乱力量巩固政权,他们开列了包括葛利高里父子在内的逮捕名单。潘苔莱因病免遭逮捕,葛利高里逃往外地,其他人员均在逮捕后处死。次年春天,哥萨克再次暴乱,且比前一次起势更为汹涌,席卷整个顿河两岸,致使苏联红军南方阵线受挫。葛利高里担任叛军团长、师长，狂暴地屠杀红军。但他内心充满了痛苦和矛盾。感到"生活道路不对头"，"整个生活变得一团漆黑"。他从内心深处希望战争尽快结束。夏天，红军展开攻势，叛军开始溃败。这种结局早在葛利高里的预料之中，想投向红军又觉得欠下太多的血债。苦闷当中重又燃起对婀克西妮亚的爱火。他派人把婀克西妮亚接到驻地，沉醉于爱河之中，以此忘却周围的一切。但此举却断送了妻子娜塔莉雅的性命：她得知丈夫所为，不愿生下怀着的他的孩子，堕胎后大出血死去。妻子故亡，他的心灵上又负起一笔良心债。在前线他更加消沉，后大病一场，几乎死于伤寒。

在家养病痊愈后，葛利高里得知红军已取得彻底胜利，他带着婀克西妮亚追寻往南溃逃的白军部队。婀克西妮亚途中病倒留在当地，葛利高里随着逃难的人流继续南下，一直到黑海之滨。海滨城市诺沃罗西斯克一片混乱，港口有船只把俄罗斯地主、豪商、将军显贵及其财物载运海外。葛利高里和伙伴要求上船未能获准。他放弃了逃亡海外的努力和打算，留下来等待红军。红军占领该城后，他参加了布琼尼的红军骑兵师，担任副团长，英勇追击白军，决心赎回过去的罪过。

国内战争临近结束，顿河建立了比较稳定的苏维埃政权。珂晒沃依担任村革命军事委员会主席，与葛利高里的妹妹杜尼加结婚，成为一家之主。麦列霍夫家完全变了样：父亲潘苔莱死于逃难途中，哥哥彼得罗早在第二次叛乱不久即被红军处决，嫂子淹死河中，母亲也在对葛利高里的怀念中故世。"战争是这一切的根源"。葛利高里从红军部队复员回家，满怀着和平劳动的热情，希望过上安全宁静的生活。但珂晒沃依对他参加叛军杀害红军的过去不能宽恕。面对将被捕的处境，葛里高利连夜出逃，却落入了叛匪佛明的圈子。无处容身的葛利高里只好入伙，但心里计划着逃到库班草原去过太平日子。一天夜里，他离开叛匪，潜回鞑靼村，携婀克西妮亚一同逃跑。但婀克西妮亚中流弹死去。葛利高里埋葬了婀克西妮亚，也埋葬了一切理想和希望，觉得一切就像一场噩梦。

他和一伙逃兵躲进一个窑洞，昏昏度日。几个月后，他实在受不了了，渴望见到自己的孩子。他不顾同伙的劝阻，把武器扔进开始解冻的顿河，踏着薄冰回到鞑靼村。在顿河边的台阶上看到儿子米申加，他激动地大喊："好儿子"，把他抱起来，站在自家大门口，"这就是他生活中所残留的全部东西……"

第三节　葛利高里悲剧的文化内涵

小说背景宏阔，气势磅礴；同时运笔细腻，精雕细刻各种场景。既整体地展示俄苏历史上第一次世界大战、二月革命、十月革命、国内战争等重大事件，又细微地描写了人物心灵纤维的颤动。从宏观到微观，交织成多姿多彩的艺术画卷。有真实的史实记录，有想象的绚烂画面；有战场上残酷的砍杀，有树影里缠绵的恋情；有变幻不定的政治风云，有悠闲平和的田野劳动；有绮丽宁静的风光，有躁动不安的灵魂；有生离别的痛苦，有实现愿望的欢欣；有淳厚朴实的乡土风习，有风骤雨的社会斗争……内容丰富，难以尽数。其中最为令人感奋，激动读者心灵是的中心主人公葛利高里，他的坎坷经历和悲剧命运令人仰天长叹，他的高尚人格和美好情操让人敬慕赞叹，他的精神迷惘和内在矛盾使人惋惜哀叹。

葛利高里以一个风华正茂的青年哥萨克形象走进我们的视野，经过十年的曲曲折折：投身第一次世界大战战场，三次入顿河叛乱，两度参加红军队伍，东奔西突，驰骋疆场，得到：勇敢的名声和少尉军衔。但失去的呢——14次受伤，家破人亡，更有他心目中那块安宁平和的净土。他获得过短暂的欢乐和荣誉，但更多的是痛苦和悲伤。他为自己努力拼搏却无所得而痛苦，他为他"漂来漂去"无法着落的灵魂而悲伤一个强健勇敢的小伙子，不到30岁，已是满鬓白霜。

对葛利高里的悲剧的理解，苏联和我国学术界都存在分歧。在苏联主要有几种意见:"个人反叛"说①、"历史迷误"说②、"探求真理"说③。国内论及葛利高里的悲剧原因,也有许多说法,代表性的有:"封建积垢"说④、"性格悲剧"说⑤、"错综复杂"说⑥。那么,究竟怎样评价葛利高里?怎样理解他的悲剧实质,才能揭示形象蕴含的深刻意义,解读作者的艺术构思、升华读者在欣赏过程中郁积的激情?

首先,我们把葛利高里当作一个生命个体来考察他的人格特征。在葛利高里身上,充满着蓬勃的生命力,表现出男性的力度美和哥萨克的野性美。无论在田野劳动,还是在战场冲杀,或是恋爱调情,他都表现出剽悍、粗豪,但又不乏机灵。葛利高里旺盛的生命力,还表现在与婀克西妮亚的恋情上。他之所以与娜塔莉雅结婚后还不断与情人往来,就是不能忍受妻子的冷漠,渴念情人的激情。同时,这一贯穿小说始终的情节,也表现了他的热烈、执着和真挚的情怀。

善良正直、光明磊落、不畏强权也是他的人格特征。在俄德战场上第一次杀人,他内心充满着痛苦;哥萨克士兵轮奸波兰使女,他仗义解救,自己却被捆着扔入马槽;面对压迫,不管来自何方,他都会作出积极的反抗;他坦荡的胸襟中,容不得阴谋、暗害;即使杀人,也是在战场上面对面地拼杀,对杀害弱者、俘虏,他非常厌恶反感。

在葛利高里人格意识的深层,还有最重要的一点:对生活理想的探索。有论者指出:"在葛利高里身上,除了有乡土气息外,还有另一种民族特征:他对真理、'正当生活'、对正义和合乎情理的社会秩序的寻求。这象征着俄国人民在经历了所有残酷与严峻的折磨之后,在精神上所作

---

① 参见孙美玲编:《肖洛霍夫研究》,外语教学与研究出版社1982年版,第101页。
② 参见孙美玲编:《肖洛霍夫研究》,外语教学与研究出版社1982年版,第108页。
③ 参看叶尔绍夫:《苏联文学史》,北京师范大学出版社1987年版,第289页。
④ 参见王田葵:《论葛利高里的悲剧因素及美学意义》,《零陵师专学报》1984年第2期。
⑤ 参见孟湘:《论葛利高里性格的悲剧美》,《外国文学研究》1989年第2期。
⑥ 参见孙美玲:《论肖洛霍夫的创作》,《苏联文学史论文集》外语教学与研究出版社1982年版。

的探索。"① 他向往着自由和平的劳动，向往着没有仇恨、充满爱心的生活。但葛利高里的探索不是停留在精神上，而是伴随着强烈的激情和狂热的行动，他的人格力量决定了他的探索的特点。他是一个长于行动、富于力量的人。他的精神探索和积极行动几乎是同时进行。面对动荡的现实，他极力探寻通往理想生活的道路，一旦做出了抉择，他会奋力拼搏。残酷的现实打破了他的一个个美梦，失望后他又开始新的抉择。

其次，我们把葛利高里当作文化载体摆到具体的社会环境中来考察。每一生命个体，同时又是民族文化的载体。一种没有历史间断的文化，既体现在人的创造物中，也活生生地体现在处于这种文化氛围中的每个人身上。葛利高里作为一个哥萨克，哥萨克的传统价值观念无疑在他身上打上深深的烙印。

哥萨克是14—15世纪的时候，逃亡到俄国南方边境的农民和家奴，他们不堪忍受农奴主和贵族的压迫，在无人管辖的顿河草原自由谋生——渔猎、放牧、耕作、掠夺商人官船。哥萨克力量越来越大，沙皇派兵征剿，双方达成协议：沙皇给哥萨克以特权，大片土地免收租税；哥萨克为政府担负戍守边关的任务。一面种地，一面服役。平时守卫，战时打仗。这种独特的地位和军事生活，形成哥萨克强烈的自我意识、整体感、内聚力、优越感和排外性。由于地处边陲、比较封闭，直到20世纪初，哥萨克的社会形态还保持古代宗法制的特点。落后、闭塞、保守、狭隘也是哥萨克文化的特点。而辽阔的草原、奔腾的顿河、艰苦的劳动和繁忙的军事生活，又形成他们一种特殊的豪放、剽悍和原始的粗野。这种文化在葛利高里身上的印记是非常清楚的。它制约着他的情感流程的性格走向，而影响他命运浮沉的主要有三点：一是怀抱着哥萨克的"光荣"。一次世界大战中贾兰沙曾在他心灵中播下了真理的种子，但回家一趟，"那种从娘胎里带来的、培养了一生的哥萨克气质战胜了伟大

---

① 马克·斯洛宁：《苏维埃俄罗斯文学史》，上海译文出版社1983年版，第199页。

的人类的真理,"① 又走了战场,并且以后一直"牢牢地保持着哥萨克的光荣"。当上叛军师长,他内心充满了痛苦,但也满足了他的虚荣。二是对土地的依恋和排外情绪。他卷入叛乱的原因是多方面的,但非常重要的一点,就是保卫哥萨克的土地,不被"庄稼佬"抢走。三是眼光的狭隘。往往被眼前的表面现象所迷惑,不能把握事物的本质。葛利高里与波得捷尔珂夫和珂晒沃依的冲突说明了这一点。

分析葛利高里与哥萨克传统文化的联系是必要的。但把葛利高里的悲剧实质说成是哥萨克观念积淀的"封建积垢"也失之偏颇。第一,哥萨克传统是否就等同于"封建积垢",尚可探讨;第二,文化于个体的影响,是个不自觉的过程,"封建积垢"说的表述,似乎把葛利高里描写成一个自觉的封建卫道士;第三,其实,葛利高里对哥萨克传统是有所反抗的,他的个性决定他不会全盘接受哥萨克传统。与婀克西妮亚的私奔,就是对旧的道德观念的冲击。他对哥萨克的野蛮风习也非常厌恶,他痛恨哥萨克强奸掳掠的行为,他曾因严禁部下抢劫而被革职。

葛利高里所处的时代是一个急剧变化的时代。十月革命的炮声,震醒了沉睡中的顿河草原居民,在一夜之间,迫使哥萨克放弃近乎古代宗法社会的传统习惯,走上十月革命的道路,新旧文化有一个互相较量的过程。葛利高里以他不满现状的个性,本能地倾向革命。从第一次世界大战战场撤下来,他很快参加了红军。但他这时并没有真正理解新的文化价值,快速变化的时代又不容许他做出冷静的比较和选择. 很快又投向传统,而已经变革的现实使传统的法则难以实行。他就是在这种两难境地中寻求着人生的道路。"在文化快速变迁的情境中……这需要认识上进行一次复杂的重组,让个人重新形成新的世界模型,形成应付世界、寻找道路的新策略。"② 小说揭示的就是葛利高里进行"复杂重组"的过程,这个始终伴随着艰辛和痛苦的过程。

---

① 肖洛霍夫:《静静的顿河》,金人译,人民文学出版社1956年版,第548页。
② 基辛:《文化·社会·格人》,辽宁人民出版社1988年版,第123页。

文化和社会，是两种远胜于个人的强大力量。个人在它们面前显得异常渺小。希望超越它们、战胜它们的个人，注定是一场悲剧。

作者对原苏联社会主义革命的态度如何？小说发表后，一直存在着"肯定"和"谴责"两种不同评价。从作品实际看，肖洛霍夫是从人类历史发展高度，展示了社会主义革命的胜利和必然性。革命，需要付出代价；人类历史的前进，总要做出牺牲。当然，作品中的某些局部，对苏联国内战争时期革命领导者的某些失误造成的不必要的牺牲作了艺术的批评。但从整体上看，作者是站在无产阶级立场上，揭示社会主义革命的艰巨性和曲折性。

的确，十月革命标志着人类历史发展到一个新阶段。虽然革命过程中难免某些错误，但革命本身并没有错。而在革命浪潮冲击下饱受磨难、备尝艰辛的葛利高里也没有错。作为生命存在的个体，他有温饱需要、安全需要、爱的需要和自我实现的需要，在现实生活的急流中，他作了种种抗争和追求，他的每一生活转折，都有其内在依据和必然性，无论当红军还是白匪，都是面对外在情势所做出的最佳选择。他向往的是一种自由的、富于人性的、能显示自我力量的生活。

都没有错，这才是真正的悲剧。西方哲人黑格尔说过：最深刻的悲剧不是善与恶的冲突，而是善与善的冲突。

人类文明的发展有其自身的价值规律，它不以人的意志为转移。自从进入阶级社会以后，它总是在两种力量的搏斗中发展的。这种发展必须付出血的代价。从人伦、情感的角度来看待文明的发展，看到的是残酷无情，对双方都不能接受。但这注定是悲剧，因为主宰社会的总会是搏斗双方中的一方。

人类不愿残杀，但又必须残杀，在这两难的境地中，人类痛苦地选择着艰难的道路，但总是没法走出历史划定的圆圈。这不仅是葛利高里的悲剧，也是人类的悲剧。《静静的顿河》艺术地展示了人类生存的这一严酷事实。

第七章 奥尼尔:"做一个容纳一切方法的熔炉"

尤金·奥尼尔(1888—1953)是美国现代杰出剧作家,以他艺术上的大胆创新,对人生的认真探索而成为现代戏剧的一座丰碑。他曾四次获得美国普利策戏剧奖,荣获1936年的诺贝尔文学奖。他在美国剧坛的地位就像莎士比亚之于英国,易卜生之于挪威,布莱希特之于德国,是"美国现代戏剧之父"。他的剧作影响是世界性的,我国现代话剧也深受其影响。

第一节 奥尼尔的创作历程

奥尼尔出生于戏剧世家,父亲演出《基度山伯爵》颇负盛名。少年时代的奥尼尔随父到各地演出,东奔西颠,中学毕业后上普林斯顿大学,大量阅读尼采的著作,与无政府主义者交往甚密,一年后砸坏校长的窗玻璃被勒令退学。尔后他经历了一段长时间的冒险流浪生涯,曾去洪都拉斯淘金,当水手远航南美、南非。每次航海归来他都酗酒挥霍,落得囊空如洗,靠乞讨为生;晚上为躲避警察的巡查,睡到公园的长椅上。奥尼尔也当过职员,住过下等酒店。1912年他担任一个报社的记者,同时学习写作诗歌,阅读大量的文学名著。不久后因患肺结核疗养半年。痊愈后,他以极大热情投入戏剧创作,一年多写下10多个剧本。1914年他出版独幕剧集《渴》,收15个剧作,但影响甚微。为提高戏剧创作水平,他进哈佛大学师事贝克教授。奥尼尔1916年与普罗温斯顿剧团建立联系,开始参加美国"小剧场运动",首次上演的剧本是《东航卡迪夫》。《渴》、《早点前》等剧作也陆续上演。1920年《天边外》在百老汇演出,获得极大成功,荣获美国最高文学奖"普利策文学奖",奠定了奥尼尔剧作家的地位。此后直到1953年逝世的几十年里,奥尼尔一直用戏剧表现自己对人生和社会的探索,从事实验性戏剧创作,确立和发展了美国现代的严肃戏剧。

奥尼尔在30余年的创作历程里,共创作了62个剧本,其中51个先后发表或演出,另外11个因自己不满意而毁掉。他的创作分为三个时期。

早期创作(1913—1918)以充满诗情画意的笔触,描写早年经历过的海上生活,如《东航卡迪夫》(1916)、《加勒比之月》(1916—1917)、《雾》(1913—104)、《鲸油》(1916—1917)、《归途迢迢》(1916—1917)等。这些剧本都以辽阔的大海为背景、海上的浓雾或明月作烘托,描写海上水手粗犷的生活,抒写他们的纯朴心灵和对登陆安居的执著向往。剧本都篇幅短小、没有什么情节,大都只是表现一种情调、渲染一种气氛,具有浓郁的浪漫气息。当然,虽然奥尼尔这时期有着年轻人的热情和向往,但他的航海生活毕竟是一段坎坷的经历。因而表现在早期短剧中,总是笼罩着一层淡淡的哀愁。这是奥尼尔创作的初期习作阶段。

中期创作(1919—1938)是奥尼尔创作的繁荣阶段,也是创作的试验探索阶段。这20年里,他受到各种哲学、文化思潮的影响,致力于戏剧艺术表现的创新,有被公认为表现主义的力作《琼斯皇帝》(1920)、《毛猿》(1921),现实主义杰作《安娜·克里斯蒂》(1920),也有浪漫主义色彩浓郁的《泉》(1921—1922),有表现清教思想的《与众不同》(1920)、具有精神分析学明显烙印的《榆树下的欲望》(1924)、被称为"现代心理戏剧"的《悲悼》(1929—1931)、还有意识流方法写成的《奇异的插曲》(1926—1927),通过面具表现人格分裂的《大神布朗》

（1925）、具有古希腊戏剧风格的《拉扎勒斯笑了》（1925—1926）。这阶段奥尼尔的剧作风格多样、表现手法丰富，思想也表现出复杂矛盾。总体特征是表现对人生和现实的思考、艺术技巧的实验。这过程中有成功也有失败，但的确丰富了现代戏剧，也铸造了奥尼尔作为一个杰出剧作家的形象。

后期创作（1939—1943）是奥尼尔创作成熟深化的阶段。从创作数量说，创作后期远不及中期多。这主要是由于健康的原因。自30年代后期，奥尼尔患颤抖性麻痹症，发展到执笔困难的地步。此外也有思想和家庭方面的原因。原来计划写作两套组剧都未能如愿，一些剧作好不容易写成又自己毁弃，只留下《送冰人来了》（1939）、《进入黑夜的漫长旅程》（1939—1941）、《私生子的月亮》（又译《月照不幸人》1943）、《休吉》（1941—1943）四个剧本。从创作质量看，却达到了奥尼尔的最高峰，不是着意追求艺术技巧的花哨，也不是生硬地比照某种哲学思想，而是在朴素却丰富的表现中，凝聚着作者几十年对社会的观察和分析，思想内容和艺术风格和谐统一。对日常生活中戏剧因素的开掘、人性深度的揭示、内心冲突的剖析、时代社会内容的敏感程度都比中期创作更进一步，朴素中显示出深沉、平淡中沉积着激情。

第二节 代表作与创作方法的多样性

《东航卡迪夫》是奥尼尔的早期代表作。剧本描写从纽约开往卡迪夫的格伦凯恩号船楼里的一个场景：杨克作业时摔伤，已经奄奄一息，其他伙伴围坐在他身边。杨克忍受着剧痛，步步走向死亡，他时而在昏迷中胡言乱语，时而清醒地追忆过去的生活，向老朋友诉说拓植农场，安居乐业的理想，最后他带着痛苦、带着"一个穿黑衣服的漂亮女人"的幻象离开了这个大雾包围的世界。这里人物并不重要，主要是表现一种面对死亡的庄严、恐怖的气氛和情绪。该剧不仅是奥尼尔上演的第一个剧本，而且在他整个创作中有着特殊的地位。后来奥尼尔对该剧有过评注："从我的观点看来，此剧非常重要。在剧中，你能看到或者感觉到精神、生活态度等的起源，以及将来我的所有重要作品的萌芽……"① 的确，《东航卡迪夫》中至少下列三点在以后的剧作中一再得到表现：第一，杨克怀抱的有自己的农场、有一个安宁幸福的家庭的幻想，只是一个"无望的希望"，剧中让他在弥留之际说出来，更加衬托了面对死亡的庄严肃穆气氛。而且，"无望的希望"是贯穿奥尼尔的整个戏剧创作的主题。第二，杨克去世后，海上的浓雾顿时消失，这里象征着对自我的认识。人们惧怕死亡，因而对自我的认识如雾中看花。而当人们正视死亡，勇敢地接受它，许多迷惑也就明朗了。象征，是奥尼尔剧作的突出特点。第三，"黑衣女人"出现，在已跨入死亡门槛的杨克面前，既增添了死亡的恐怖，又是杨克死前的幻觉表现。这里把主观的意念外化为具象，是表现主义手法在奥尼尔剧作中的最早运用。

《天边外》是奥尼尔的成名作。这是一部描写理想与现实剧烈冲突的悲剧。主人公罗伯特是一个农场主的儿子，从小体弱多病，形成好幻想的性格，"常常远眺田野尽头的山峦"，想象在"天边外"的美，决心为追求这"天边外"的美而到海上远航3年，临走前他发现暗中眷恋的姑娘露丝也同样挚爱着他，而不是像他想象的那样：她爱的是他的哥哥安德鲁。因而他放弃航海计划，与露丝结婚，留下经营农场。本来热爱农场的哥哥安德鲁却代他远洋航海。结果罗伯特从幻想中跌入现实：他根本没有经营农场的能力，妻子真爱的的确是安德鲁，农场破产、夫妻反目、女儿夭折，灾祸接连而至。最后罗伯特染上严重的肺病，爬到户外的原野，眺望着远方山峰冉冉上升的太阳、带着"自由了"、到"天边外"去寻找美的梦幻而死去。理想与现实的交错是全剧的主调，从中还

---

① 转引自多里斯·威维·福尔克：《尤金·奥尼尔的悲剧对峙》，《美国文学研究》1984年第4期。

能感受到世俗与崇高、欢乐与悲哀、爱与恨、希望与绝望等对立情调的交错。剧作通过罗伯特追求理想而最终未能实现的精神悲剧，表达作者对人生的严肃思考：似乎人生有无数的圈套：传统、美好、欲望等，使人难以摆脱。获得自由、对自由的追求本身也是一个圈套，这是彻底的人生悲剧。自由，只能是一种梦想，只能是"天边外"的事情。这种对人生的认真探索和正视生活的精神，表明奥尼尔是一个现实主义者。但同样，又表明奥尼尔是一个浪漫主义者，他对罗伯特不是嘲讽，像一般的现实主义作家那样，把罗伯特的追求当作浪漫的幻想和虚假的理想主义加以讽刺，而是把罗伯特当作悲剧英雄加以赞美。奥尼尔对于"幻想"，有他自己的见解：生活本身毫无意义，使我们斗争、希望生活下去是梦想，没有希望就没有生命，所以只要一息尚存，就不断地追求梦想。罗伯特就是奥尼尔笔下始终"追求自己的梦想"的浪漫主义英雄。

《琼斯皇帝》和《毛猿》是奥尼尔的表现主义代表作。前者写一个从美国越狱的黑人囚犯，逃亡到西印度群岛的一个小岛，利用从白人那里学到的手段和土著黑人的愚昧落后，声称自己有魔法，铅弹打不死，成为小岛的皇帝。由于他的虐待和压榨，激起了土著人的反抗，琼斯仓皇出逃。剧作的中心内容就是写他逃入森林而迷路，随着土著人敲响的一声紧似一声的鼓点越发恐惧慌的内心活动。在森林中他遇上了以前被自己打死的黑人和当年虐待自己的白人、自己被标价出卖的场景等各种幻象。最后琼斯在森林里转了一圈，回到原地被土著人打死。这里作者用表现主义手法，把人物的各种潜在动机和意识活动直接外化为舞台上的直观形象，加上急促的鼓声和幽暗森林的环境，效果非常强烈。

《毛猿》的主角杨克是一艘远洋轮上的司炉工人，他力大无比、非常自信，认为自己是世界的主宰，比肥胖的资产者伟大得多，只有他，才能启动机器，转动整个世界。他毫无愧色地宣称："我就是烟，就是火车，就是轮船，就是工厂的汽笛"，"我就是钢"。然而在一次赤裸上身、露出满胸汗毛、挥动长臂铲煤作业时，被一位富有的小姐撞见，把他当作可怕的毛猿，吓得昏倒过去。"毛猿"的称谓极大地挫伤了他的自信和自尊，他决意向富有阶级报复。结果无能为力，还被关进监牢。出狱后他跑到工人联合会，愿去炸毁他痛恨的资产者的钢厂，也被推出门去。面对现实，他只好无可奈何地接受"毛猿"的地位。他来到动物园，放出猩猩，希望联合"同类"的力量去对抗这个世界，结果在猩猩的拥抱中折断筋骨而死去。和《琼斯皇帝》一样，剧中大量运用表现主义手法，如用铁笼子的具象来表明人所处的环境，轮船前舱"像一只笼子的钢铁结构"，关人的监狱有着"笨重的铁栅栏"，直到动物园的铁笼子，笼子形象充满全剧。再如人物外貌刻画，杨克和他的同伴一个个都是长臂小眼尖额，胸脯长满黑毛，恰似古代类人猿。

这两个剧本的意义是多层次的。剧作虽然表现了黑人反抗暴君和劳资冲突的情节，但仅仅把这些当成剧作的思想是不够的，这是浮于作品表层的意义。《琼斯皇帝》和《毛猿》的深层主题是表现人性的异化和复归。琼斯离开作为被奴役的黑人的本质而成为骄横的暴君，他在森林中跑了一圈，最后回到原地，这个过程就是他的精神一步一步净化、一层一层地剥去个人的和种族的无意识（剧中表现为一层层脱去皇帝服装的行动和各种幻象场面），以后才回到当初的自我。杨克作为人的象征，脱离了人的自然本性而为现代工业所异化（"我就是钢"），而一旦他发觉了这种异化，急切向后退，希望退回到自然，这就是杨克和猩猩握手的象征意义。人都在寻找归宿，但要复归到真正的自我，又不可能。现代生活已成为一种主宰一切的命运，人们身不由己，琼斯还是为黑人所杀，杨克也被猩猩致死。琼斯和杨克的悲剧，不仅限于一个暴君或一个普通工人的悲剧，是现代人类的悲剧。作为表现主义剧作，两剧最突出的特点，就在于这种不是个别，而是一般的普遍哲理意义。

对于表现主义，美国著名剧作家和戏剧理论家劳逊在30年代有过一段评述，他在引证别人对表现主义的定义后说："……这说明了表现主义基本上具有新浪漫主义的特质。近年来种种试验的一般倾向不是回想的，笼统地说，所有这些试验都含有一些表现主义成分，因为它们都具有这些来自19世纪浪漫主义的特征：道德上的自由、社会的正义、情绪的解放，都被当作独特的心灵的幻想，而不是一些牵涉到和环境相谐调的问题。在那些更主观的表现主观的表现主义者的剧本中，象征代替了动作。20世纪的心灵是情绪的、无理性的、神经质和自我陶醉的"[①]。这段话完全可以用来分析奥尼尔的表现主义剧作，他的表现主义戏剧中鲜明地表现了上述浪漫主义特征。

《泉》是奥尼尔极富浪漫主义特色的剧作，剧本描写从西班牙来到美洲的堂凡已至暮年，却要寻找青春之泉的故事，结果一切都是徒劳，反而被土著印第安人打死。死前，美貌少女比特丽丝和他的侄儿双双来到他身边，至此堂凡才悟出：人的老化是不可逆转的自然规律，世上不存在青春之泉，人类只能从少年到老年一代一代循环延续。《泉》和早期短剧一样，浪漫的情调中蕴含着一种哀愁和伤感，但又不像早期剧作只是渲染一种气氛，而是演示着一种无可奈何的人生哲理。

《悲悼》是奥尼尔篇幅最长、声誉最高、影响最大的剧作。全剧3部（《归家》、《猎》、《崇》）13场，描写孟南家族三代人互相之间的仇恨和残杀。剧本套用古希腊悲剧《俄瑞斯忒斯》的框架，用现代心理学、社会学的观念代替古希腊悲剧中的命运和神祇的观念，从人物的心理深层揭示人物行为的动机，写成一部动人心魄的"现代心理剧"。弗洛伊德的精神分析学给剧本以深刻影响。从剧中可以看到孟南家老一代为争夺美女玛丽亚而展开的角逐，母亲克莉斯丁为了情人卜兰特而毒杀亲夫，处于恋父情结中的女儿莱维尼亚逼死了母亲，处于恋母情结中的儿子奥林杀死了母亲的情人，也憎恨姐姐莱维尼亚，设法阻止她获得幸福，莱维尼亚为了和意中人结合，逼迫弟弟自杀。剧中人物都遵循"唯乐原则"——尽量满足本能愿望。然而，外在现实条件不允许本能和愿望的

[①] 劳逊：《戏剧与电影的剧作理论与技巧》，中国电影出版社1978年版，第154页。

满足。不仅如此,作为"良心"、"罪过"等社会公德标准也沉淀于意识深层,人格自身也处于剧烈的冲突当中。莱维尼亚最终还是没有得到幸福,死去的亡魂总是插在她和爱情、幸福中间,这时当然是一种负罪感在折磨她。剧作结局是她放弃追求、退出生活,把自己关在黑暗的孟南家大宅中,承受着比死亡更可怕的惩罚。《悲悼》是一出人性的悲剧;自然赋予人的本性,只能被窒息、被压抑,人们对此做出的努力和追求,只是一场互相的残杀而已。《悲悼》被认为是一部现实主义剧作,但从人物性格的极端,剧情充满了复仇、乱伦、谋杀、自残,"申纳杜"贯穿全剧造成的强烈效果,孟宅神秘气氛的渲染,花木颜色的象征寓意等,也能看到剧中的浪漫主义因素。

第三节　悲剧观及其美学思想

奥尼尔剧作中除了《啊,荒野》是一部即兴喜剧外,其余全是悲剧。他之所以选择创作悲剧为他的终身事业,这与他的悲剧观和美学思想有关。

奥尼尔生活在美国自由资本主义发展到垄断资本主义阶段,随着科学技术发达和物质财富的增长,人性被异化、扼杀,人成为片面性、从属性的简单机器,整个社会的精神追求日益庸俗堕落,尤其是第二次世界大战,给有良心的知识分子以极大的挫伤。时代社会投下的阴影笼罩着敏感的奥尼尔。加之奥尼尔本人早年生活的坎坷,婚姻、家庭生活的不幸,以及叔本华、尼采等现代非理性哲学的影响,使他认识到人生的可悲。他曾在给朋友的信中说:"我常常深切地意识到一种潜在的力量,你叫它命运也好,上帝也好,造成我们现状的推动生物人的发展的力量也好,总之是一种神秘的力量——同时也深切地意识到人的一个永恒的悲剧:人为了使这种力量表现自己,而不是像动物一样,成为表现这种力量的一个微不足道的事件,他进行着光荣的然而又是导致自我毁灭的悲剧"①。在奥尼尔看来，人生的悲剧是永恒的、无法改变的。永恒的悲剧来自多方面：自然的、社会的，而更主要的来自自身——本能的欲望。在他晚年的代表作《进入黑夜的漫长旅程》中，通过自传人物埃德蒙的口说："自己生而为人是个大错误，如果是一只海鸥或者是一条鱼就好了。既然生而为人，那他将永远是个不自在的陌生人，他既不需要别人，别人也永远不需要他，他永远无所归宿，却常常眷恋着死亡。"

但奥尼尔不是真正的悲观主义者。他承认这种悲观的现实，勇于面对这种惨淡的人生，认为不必为此而悲观、颓丧，还是要追求、幻想、奋斗，明知最终的结果是徒劳，是悲剧，但在追求的过程中感到了自我存在的价值，他的成就和幸福不在最后的结果里，而是在追求斗争的过程中。正是基于这样的社会思想和人生观，奥尼尔对"悲剧"有他的见解："我认为悲剧的意义就像希腊人所理解的那样，悲剧使他们变得高尚，使他们生活愈来愈充满生气。悲剧赋予他们对事物深刻的精神感受，摆脱日常生活琐碎的贪欲。当他们看到舞台上的悲剧时，他们感到仿佛是把自己毫无希望的希望体现在艺术中……"② 这里奥尼尔把古代亚里士多德悲剧艺术的"感情净化说"、现代弗洛伊德思想体系中艺术审美的"补偿说"以及他自己对人生的探索结合起来，赋予悲剧观念以新的意义。奥尼尔在创作中实践了上述观念，他笔下的悲剧主人公都有自己的幻想，都是一定程度上的理想主义者，都在追求自己的归宿、追求自身存在的价值。因而现实人生由清醒的现实主义者的奥尼尔，在艺术的世界中却表现出一个浪漫主义者的气质。这种浪漫主义者的气质，既表现在他笔下刻画的一系列为追求一线光明而勇敢地走向悲剧结局的人物，还表现在奥尼尔本人怀抱着幻想，孜孜不倦地探索生命的最后意义，用绚烂崇高的精神世界来代替残缺鄙俗的现实世界。

---

① 转引自阿·霍·库因尼：《美国戏剧史》（第 2 卷），纽约：爱帕顿出版公司 1936 年版，第 199 页。

② 刘保端等编译：《美国作家论文学》，三联书店 1984 年版，第 247 页。

在谈到戏剧创作时，奥尼尔经常谈到"真实"，"现实主义"这些美学范畴。他强调戏剧的真实性和现实主义创作方的运用。然而他强调的"真实"，是作家主体观念的真实，"现实主义"是"真正的现实主义"。他认为：现实主义这个词在舞台上用得太泛。其实大部分所谓现实主义的剧本反映的只是事物的表面，而真正的现实主义的作品应该反映的是人们的灵魂。这里的"人们的灵魂"，既指剧本表现对象的"灵魂"，也指创作主体的"灵魂"。奥尼尔早在1913年刚刚从事戏剧创作就颇有抱负地说："我将使用任何我能掌握的方法和技巧，用任何适合的方式来写天下的任何事物。我将不受其他考虑的影响，而只自问：这是不是我所认识的事物的真相——或者进一步——这是不是我感觉到的事物真相"。①可见奥尼尔强调的真实，不是像事实呈现出来的那样的真实，而是"感觉到的事物真相"——带上创作主体的主观色彩。

奥尼尔反对戏剧对生活作肤浅的、表面的反映。他曾说："我们曾经患有追求貌似真实的毛病，不过现在我们正在恢复健康……"② 他在一篇短文中写道："从未来美国文化的立场出发，最重要的是：我希望扩大观众想象的范围，一定给观众一个机会。据我所知，观众人数逐年增多，并且在精神上日益渴望参加对生活作出富于想象力的解释，而不仅把戏剧等同于忠实模仿生活的表面现象。"③ 这里奥尼尔提出了戏剧创作的"想象力"问题。在同一篇文章中，他甚至提出"建立非现实主义的、富于想象力的戏剧"。奥尼尔重视情感在戏剧中的地位，他曾说："我们的情感比起我们的思想是个更好的向导。……真谛通常是深刻的，因此它是通过情感传给人们的"④。他把握了艺术审美是情感活动的客观规律，

---

① B·H·克拉克：《尤金·奥尼尔和他的作品》，转引自刘海平《奥尼尔戏剧美学思想初探》，《南京大学学报》1987年第2期。

② 奥尼尔：《斯特林堡和我们的戏剧》，《外国文学》（复旦）1980年第1期。

③ 奥尼尔：《一个剧作家的笔记》，《外国现代剧作家论剧作》，中国戏剧出版社1984年版，第224页。

④ 转引自刘海平：《奥尼尔戏剧美学思想初探》，《南京大学学报》1987年第2期。

他的剧作极力表现出人物情感的深度。奥尼尔对戏剧的功用有过独特的见解:"戏剧最崇高和唯一有意义的功能便是对生活作诗的解释和富有象征的赞美"①。

从上述奥尼尔有关戏剧的论述看,奥尼尔提出的"真正的现实主义"实质是"非现实主义",由上面对戏剧真实的主观性、戏剧的想象力、感情和诗意解释的阐述看,不如称之为"浪漫主义"更为恰当。

奥尼尔生前不太满意别人称他为"某某主义"。1925年当有人送给他各种"主义"称号时,他说:"我过去和现在都企图做一个容纳这一切方法的熔炉那样的东西。我在这些方法的每一种里都或多或少地看到我所需要的长处,如果在我身上还有足够的热度,我便要把他们都熔化到我个人的技巧中去。"② 的确,奥尼尔是个勇于探索、敢于实验的剧作家,在他整个创作过程中,实践了现实主义、浪漫主义、表现主义、象征主义、意识流等各种方法,互相交织、互相渗透,但奥尼尔注重对现实生活作主观的表现,有火热的批判精神和变革取向,他怀有自己的执著追求,属于情感型作家。从本质上说,他是一个浪漫主义者。

---

① 转引自刘海平:《奥尼尔戏剧美学思想初探》,《南京大学学报》1987年第2期。
② 刘保端等编译:《美国作家论文学》,三联书店1984年版,第247—248页。

第八章 艾略特:诗化的理性与理性的诗化

托马斯·史特恩斯·艾略特(1888—1965),现代诗坛巨擘,也是著名的文学评论家。他的文论和诗作对20世纪文学产生巨大影响。1948年他获得诺贝尔文学奖,授奖辞充分肯定他对20世纪文学的贡献:"在他那个时期,他是一位杰出的问题提出者,无论是在诗歌语言中还是在捍卫某些观点的文论中,他都能以其卓越的天赋找到恰当的词汇",他"以钻石般的锋利切入我们这代人的意识中。"[①]

第一节 作为文学评论家的艾略特

艾略特出生于美国密苏里州圣路易市的一个殷实且富于文化修养的家庭,祖父创办华盛顿大学并任校长,父亲经商,母亲是位小诗人。他们祖籍新英格兰,家庭一直保持着加尔文教派的传统。1906年开始,艾略特在哈佛大学专修哲学。他兴趣广泛,精力充沛,除专业学习外,学习了法文、德文、希腊文、拉丁文,对比较文学、中世纪历史、东方哲学都有广泛的涉猎。1910年,他到巴黎大学深入钻研哲学和文学,师从柏格森,受到其直觉主义、生命哲学的影响。年余后返回哈佛,研习印度哲学和梵文。1914年留学德国和英国,在牛津大学撰写博士论文,因

[①] 王逢振主编:《诺贝尔文学奖词典》,漓江出版社1997年版,第430页。

第一次世界大战交通受阻，无法返美答辩，转而发展他的业余爱好——写诗。早在中学时期他就练习写诗，从1909年开始发表诗作，而他的第一篇重要诗作是经当时的大诗人庞德推荐，于1915年发表的《杰·阿尔弗瑞德·普鲁弗洛克的情歌》。1915—1925年，艾略特在英国担任中学教职两年，银行职员八年，同时参加文学杂志的编辑工作，创作诗歌，写作评论。1922年《荒原》发表，使他名声大振，成为英美诗坛领袖。从1925年起直到逝世，他担任费柏出版公司董事。1927年加入英国国籍，信仰英国国教，有时到美国做学术访问和讲演。30年代艾略特诗名日高，1948年因《四个四重奏》获诺贝尔文学奖。50年代主要精力用于创作诗剧和评论。1965年病逝于伦敦。

艾略特知识渊博，感受敏锐。生前他的诗作影响了欧美的一代诗风；死后他的文学理论产生巨大影响。作为一个评论家，虽然艾略特没有形成系统完整的体系，甚至存在不少自相矛盾的地方，但他却对文学批评和创作的许多重要方面都有阐述，在他的哲学、人类学、心理学、神话宗教学、比较文学的广博学识基础上，常常不乏真知灼见。综观他的文学理论文章，对下面几个问题的论述比较深入：

第一，文学传统和作家创新的关系。对于这一问题的论述，艾略特表现出系统论的思维特征（尽管系统论后来才盛行）。他认为一个民族的文学，甚至欧洲文学，是一个有机整体，它不等于所有作家作品的总和，是一个无法分解的整体。这个整体以"传统"来表现。某一时代的某一作家的创作，不由自主地受到传统的约束、规范，难以摆脱其影响。然而一部新作的出现，又会给整体带来某种变化，从而新作成为传统的一个部分。他说："任何诗人，任何艺术家，都不能单独有他自己的完全意义。他的意义，他的评价，就是对他与已故的诗人艺术家的关系的评价。……现存的不朽巨著在它们彼此之间构成了一种观念性的秩序，一旦在它们中引进了新的（真正新的）艺术作品时，就会引起相应的变化。在新的作品出现之前，现存的体系是完整的，在添加了新的作品后，也要维持其体系绵延不绝，整个现存的体系必须有所改变，哪怕是很微小的改变；因此，每一件艺术作品对于整体的关系、比例评价都必须重新调整，这就是旧与新的适应。"① 艾略特的论述，无疑充满了辩证思想。

第二，作家创作的"非个人化"。作家的创作离不开传统，而是趋同传统，也就不是以表现个性为目的。他说："存在着某种独立于艺术家的东西，因为只有这样他才能获得个人独特的艺术上的意义。大家共同的遗产和大家共同的使命使艺术家统一起来，不管他们是否意识到这一点"②。在《传统与个人才能》中说得更加明白："诗并不是放纵情绪，而是避却情绪；诗并不是表达个性，而是避却个性。"③ "非个人化"观念是艾略特理论中的一个重要思想。这一观念，就文艺领域讲，是对强调表现自我的传统浪漫主义的反动；就更为广阔的文化背景而言，"艾略特实际攻击的是整个中层阶级自由主义的意识状态，即工业资本主义社会的官方统治意识。"英国评论家伊格尔顿接着分析："自由主义、浪漫主义、新教主义、经济个人主义——所有这些都是那些遭到有机社会乐园放逐者的反常信条；他们因为别无长物，只能求助于自己那渺小的才智。"④ 从创作过程看，艾略特认为创作主体要自己获得的具体经验经过"筛选、组织、剔除、改动、试验——综合成型"，升华为具有普遍意义的、获得艺术色泽的经验，这无疑也揭示了文学创作的某些内在规律。正是由于艾略特强调由具体经验上升为艺术过程中技巧的意义和艺术作品独立于创作主体的意义，所以他被"新批评派"尊崇为"导师"。

第三，寻找"客观对应物"。作家要逃避情感，避却个性，也就是说不能直接倾泻其思想情感。又怎样来表现作品的内涵？艾略特在《哈姆

---

① 艾略特：《传统与个人才能》，《西方文艺理论名著选编》（下卷），北京大学出版社1987年版，第40页。
② 艾略特：《批评的功能》，《美国作家论文学》，三联书店1984年版，第169页。
③ 艾略特：《传统与个人才能》，《西方文艺理论明珠选编》（下卷），北京大学出版社1987年版，第41页。
④ 伊格尔顿：《二十世纪西方文艺理论》，陕西师大出版社1987年版，第44页。

莱特与其他问题》中说："艺术形式中唯一表达情绪的方式就是找到一种'客观对应物'，换句话说，就是一系列物体、一种情景、一连串事件。""客观对应物"成为作家"避却情绪"的途径。以一些感性的具象来表达作家、诗人的感受，使之客观化，避免直抒胸臆和强烈的自我表白，以达到"非个人化"而升华为感染人的艺术品。

从上述观点的表面看，艾略特似乎与传统浪漫主义文学观点截然相反。的确，艾略特对传统浪漫主义不太满意，对弥尔顿、拜伦、雪莱等大诗人，他的评论都是颇含微词。他推崇的是英国17世纪玄学派诗人。他在《〈纪念兰斯洛特·安德鲁斯〉序》中明确宣称他是"文学上的古典主义者"。但我们透过他理论中的一些表面现象，结合他的创作实践来把握、分析，还是能看到他与浪漫主义的亲缘关系，他只是对传统浪漫主义作了某些扬弃，有些新的变化。

艾略特理论中的"传统"，不是像17世纪古典主义理论中认为的那样：把前人的杰作当作不可超越的典范。他的"传统"观念，内涵更为深厚，他解释"传统"："如果传统，这种传诸后世的唯一形式，只是追随上一代的方式，盲目或怯懦地抱住上一代人的成就不放，那就应该断然抛弃'传统'。我们已经看到过许多类似的简单的潮流立刻就消失于沙滩中；新奇的东西总比反复出现好。传统是一种更有广泛意义的东西。"① 这样的论述，与其说接近古典主义，不如说与浪漫主义有更多知音。在创作实践中，艾略特以他诗作中新奇的意象、散文化的风格和无韵自由诗的形式，改变了长期统治欧美诗坛的甜美、感伤、抒情的一代浪漫诗风，这是对一般意义的"传统"的突破，体现了艾略特大胆的创新精神。当然艾略特的诗作又很快为后代诗人学习模仿，"传统"做出了新的调整，艾略特本身又成为传统的一部分。艾略特虽然在一些理论文章中主

---

① 艾略特：《传统与个人才能》，《西方文艺理论明珠选编》（下卷），北京大学出版社1987年版，第40页。

张"避却情绪"、"避却个性",但他对文学主情的特点是有清醒的认识,"他认为诗歌(文学)是通过情感来表达思想的,思想必须同情感融合,而诗歌(文学)首先是感情的产物"①。只是他反对传统浪漫主义的直抒胸臆、表现强烈的自我意识。他提出避却情感和个性,并不是否定创作中的情感和自我,而是针对传统浪漫主义,尤其是后期浪漫主义创作中的过分宣泄、无病呻吟而主张"避却"。正是因为他认识到创作中情感和个性的意义,而又反对过分的追求,建立新的价值观念,才提出"避却"。作为"避却"的手段——"客观对应物",其实是一种假相的"客观",它是一种主观向客观转化的意象,是主体转化的媒介,其客观意象是主体情感的载体。"客观对应物"的实质是在主体情感的作用下,主客体融合的统一体。艾略特的诗作采用高度集中、新颖奇特的意象,通过象征、暗示等方法,刺激读者的联想,唤起他们的激情,在这一切的背后,隐藏着一个真实的诗人的"自我"。

由上述分析可以结论:艾略特反对传统浪漫主义,是对它作了某些取舍,他的创新精神、对文学主要特征的认识和客观化的主观性的运用等,与浪漫主义文学仍是一脉相承。只是他将传统浪漫主义的直露、热烈、外在改变为隐晦、冷峻、内在。

第二节 前期诗作:现代世界的感知

艾略特不是学院派评论家,他是把评论当作创作的"副产品"的诗人。他的理论往往是自己创作实践的阐发,或把理论当作创作实验的依据。艾略特的诗歌创作总体上分为前后两个阶段,其间以1930年为分界。前期主要抒写对现代世界的感受和认识;后期则重点抒写对现代世界的拯救和希望。

---

① 杨周翰:《爱略特与文艺批评》,《攻玉集》,北京大学出版社1983年版,第139页。

干枯的"荒原"和情欲的"大海"是艾略特前期诗作的两个主要意象。人们在"荒原"中徘徊悲叹,在欲海中浮游、溺毙。危机四伏、沉沦没落、污秽丑陋、人性丧失,这是艾略特笔下的一幅幅现代世界的图画。在这个世界里,诗人看到的是"一张张扭曲的脸",连微笑也是"空洞的"(《窗前晨景》);是狂风卷起的"一摊摊肮脏的枯叶/和从空地吹来的旧报纸"(《序曲》);是"紫藤的枝条一丛又一丛/圈出一副金黄的狞笑"(《维斯尼在夜莺群中》);是"像被麻醉的病人躺在手术台上"的暮色(《普鲁弗洛克的情歌》)。

《杰龙兴》(又译《小老头》,1920)是前期的重要作品。诗作以一个在"行将倾圮的屋子中"已届暮年的老人的口吻,抒发对现代世界的感受:

> 我想到
> 历史有许多诡秘的甬道、曲折的走廊、
> 和出口,她用鬼祟低语的野心欺骗我们,
> 用虚荣诱惑我们。
> ……想一想吧,
> 无论恐惧和勇气都救不了我们。
> 我们的罪孽,靠我们的英雄主义培育。
> 而我们厚颜的劣迹,
> 却给我们把美德加强。这些眼泪,
> 都是从长着情愫之果的树上摇下来的。

这首诗首次强烈地表达了诗人绝望的情怀。诗人中的老人在干旱的季节里等待着滋润大地的雨水(生命的象征),然而最终无望,他的自白,只是"干旱季节里干枯的头脑的思考"。

艾略特对现代世界的失望情绪,最为集中地表现在长诗《荒原》中。《荒原》共433行,在远古神话的框架中交织着现代大都市生活的片断和

前人创作的诗句,采用一系列新奇突兀的象征性意象,组成一个疏散中显出严谨、零乱中有内在秩序的艺术整体。全诗5章。第一章《死者的葬礼》由对"荒原"富于暗示性的景物描写起笔,引出"荒原"的记忆和欲望。以意念中过去的"自由自在"和美,对比现代"干石没有流水声音"的荒原,以巫女的预言和徒劳的努力来展示"荒原"人的悲惨处境和命运。再摄取伦敦桥人流的特写镜头,突出"缥缈的城"的具象,鲜明地刻画行尸走肉般的荒原人群像。这里——现代"荒原",无论是回忆,还是预言,或是现实,都是惨淡的,痛苦的,因为"荒原"人虽生犹死,他们精神幻灭,空虚无聊,"死者葬礼"不仅为了死者,还为了他们——活着的现代荒原人。第二章《奕棋》引用大量的文学掌故,结合非实似实的现实场景描写,表现现代荒原人的空虚灵魂。该章的主体是两个场面:一位贵妇人在华贵的卧室里自言自语,她不知道活着还是死了,"头脑里空无一物",也不知道"到底要干什么",然而这个干枯僵死的心灵里;欲望却未泯灭,在等待着淫乐的"敲门声"。另一场面是酒店里两个女人在大谈私情,谈论着装假牙、打胎和如何对付退役归来的丈夫。第三章《火的布道》展现的是"荒原"上欲火炎炎的情景。昔日仙女飘忽、歌声缭绕、水流轻轻的泰晤士河,如今两岸商人充斥、人欲横流、驼铃哀鸣。在这样的背景里占据画幅中心地位的画面是女打字员和店小伙有欲无情的交往。第四章《水中的死亡》以"漂亮高大"的腓尼基水手为例,象征地表现:情欲的海洋吞没了无数的荒原人。第五章《雷霆所说的》把荒原的干涸惨状、神话传说中拯救、复活的意蕴(基督去埃司摩途中、武士寻找圣杯)和现实中的社会活动("至少东欧的一半正在走向通往混乱的道上")交织描写,运用"岩石堆成的没有水的群山"、"群山中蜿蜒而上的沙路"、"死去的山口"、"干枯的雷霆"、"阴沉通红的脸庞"、"泥缝干裂的房门"等新奇醒目的意象,着力刻画枯死、衰败的"荒原"形象。由神话引出"得救"的意念,以"带来了雨"的雷霆的话,象征全能的上帝的教诲:舍予、同情、克制。但是否真能得救？诗人的失望多于希望；身后还是一片混乱、痛苦、暴力、谋杀，"伦敦桥塌下来了，塌下，塌下"。

《荒原》被称为欧美"现代诗歌的里程碑"，它是一篇内容丰富、意蕴深厚、具有强烈冲击力的诗作。诗作的表层意义比较清楚，凭阅读诗作的直感也能把握住诗人表现的是一种强烈的幻灭感和绝望感，这是对第一次世界大战后西方知识分子普遍心理状态的概括。《荒原》还有深沉的内在意义，即生死互换的主题。诗作中以系列矛盾统一的意象，表明生意味着死（"荒原人"虽生犹死的含义正是由此衍化的），死也孕育生。"死者的葬礼"，实际上、是生者的葬礼；水是生命之源，却又有"水中的死亡"；火能焚烧摧毁，也能净化涅槃。艾略特在人类文化的海洋中畅游，通过神话和前人作品的中介，把远古直至现实都连接起来，使作品的表层现实意义和深层哲理主题都获得一种历史厚度。

《荒原》之后的《空心人》（1925），标志艾略特达到失望的顶点。诗作通过意象表明：现代人都成了"空心人"，他们居住的土地是"死亡的土地"，是只有仙人掌生长的荒漠，在这里所有美好的东西都已消失。这里已经没有"眼睛"，人们都是"摸到了一起"。整个世界就这样逝去了，而且没有任何英雄色彩："不是轰然一响，而是呜咽一声。"

早期的艾略特在创作中以鲜明、生动的意象，表现了第一次世界大战后西方知识分子普遍的空虚、苦闷直至绝望的精神状态。体现了时代的特点。西方评论常把他当作"迷惘的一代"诗人加以评论。艺术上形成独特风格，用"客观对应物"来表达内心的丰富和敏感；引用前人的诗句或典籍中典故，剪辑拼凑成有机整体；通过暗示触发联想，揭示深层意蕴。前期诗作还表现出嘲讽特色，这种嘲讽大多表现为一种无可奈何的自嘲，但也有如下面的尖锐社会讽刺："河马会脚软，会闪跌，/当它要争取物质目的，/而真正教会不必动弹，/就可以坐收红利债息"（《河马》）。

《爱丽尔组诗》（包括《三贤哲的旅行》，1927；《西面之歌》，1928；

《阿尼慕拉》，1929；《玛丽娜》，1930 等 4 首）开始了前期向后期的过渡。组诗以痛苦后的复活得救为主题，具有浓郁的宗教色彩，或者直接取材宗教传说，或者借用现存故事，隐喻宗教旨义。如《玛丽娜》来源于莎士比亚的《泰尔亲王佩力克斯》，以剧中父女失散，多年后又重逢的情节，寓意诗人在失去人生支柱后在宗教中找到了真正的意义。宗教，是艾略特后期创作的基本母题，也是他精神寄托和用来拯救"荒原"世界的武器。

第三节 后期诗作：现代世界的拯救

1930 年发表的《圣灰星期三》是步入后期创作的标志，诗中宣称：现实生活令人痛苦，而宗教信仰的谦卑、顺从中可以获得安定。在《圣灰星期三》中，"以往那种嘲笑的语调、野蛮的自我折磨和绝望都不见了"[①]，代之以对宗教的虔诚，对上帝的祈祷和得救的希望。

从 30 年代后期开始，艾略特创作了一些与宗教紧密联系的诗剧。如为伦敦 50 个教堂募款而写的《岩石》（1934）、为庆祝坎特伯雷大教堂节日创作的《大教堂凶杀案》（1935）以及具有宗教意识的《全家团聚》（1939）、《鸡尾酒会》（1950），《机要秘书》（1954）、《政界元老》（1959）等。但作为艾略特后期创作的最高成就是冥想诗《四首四重奏》（1936—1942）。

《四首四重奏》是艾略特作为一个学识渊博、感受敏锐的诗人一生探索的艺术总结，对一系列重大问题作出了具有哲学意义的思考：人生、社会、历史、语言、艺术直至永恒和宇宙。全诗由《焚毁的诺顿》（1936）、《东科克》（1940）、《干燥的萨尔维吉斯》（1941）和《小吉丁》（1942）组成"四重奏"。四个标题（也是诗歌主题展开的背景）是

---

① 威德勒·普索：《二十世纪美国文学》，北京师范大学出版社 1983 年版，第 223 页。

四个地名，它们都和诗人的祖先或诗人的生活有过联系，在诗人的心理时间和空间有着特别的意义。"诺顿"是一个烧毁了的英国乡间别墅的玫瑰园遗址，1934年诗人访问了该地，面对荒芜萧条、瓦砾遍地的旧址，触发诗人"运动与静止、时间与永恒"的意念，他想象着当年玫瑰园的生机，探寻玫瑰园（当然是美好与生命的象征）和眼前瓦砾的联系，由此形而上，探索到兴与衰、生与死、瞬间与永恒等问题。这是"四重奏"之一的《焚毁的诺顿》的基本思想，也是组诗的基础。"东科克"是诗人的远祖居住英格兰的美丽山村，直到1669年艾略特的祖辈才由此迁往美洲，1937年艾略特曾到该地寻访。祖先离开英国，艾略特又定居英国，这一事实本身就包含着"循环往复"的哲学寓理。在《东科克》中，诗人借题发挥，进一步探索始与终、失望与希望、目的和手段之间的关系，咏叹时光流逝、万物不居、历史发展的不可抗拒。"萨尔维吉斯"是美国东部新英格兰大西洋中的一群岩礁，艾略特从小熟悉它。在《干燥的萨尔维吉斯》中，诗人把海与河（密西西比河，艾略特出生于该河流域的密苏里州）联系起来，赋予海、河以象征意义，海浪、河流的运动，是生活的节律，也是大地跳动的脉搏，正是在这里，看到了无始无终与时间的交叉点。"小吉丁"是英国神学家尼古拉斯·斐拉（1592—1637）建立的圣公会教民村社的地址，该村社建立于1625年，22年后毁于英国内战。小吉丁存留时间虽然短，却以其虔诚的信念闻名而长存于世。《小吉丁》由描述诗人在仲冬季节寻访小吉丁开始，进而沉思英国的过去和现在，人类的痛苦和解脱。最后在认同现实（同时又是永恒）、超越现实的宗教氛围中领悟到："一切终将安然无恙／世间万物也将安然无恙／当火舌最后为绳索交缠成结／烈火与玫瑰化为一体的时候。"

在《四首四重奏》中，艾略特从"时间"这一特定角度来展现冥想的内容。任何事物都离不开时间，人世活动在时间里展开，万物在时间中兴衰盛亡。时间本身又在流转不息。但它在流逝，却又永无穷期。逝去意味着新生，新生也就是死亡。这种哲学意义上的时间观念是组诗主题表达的基础，诗作中复杂、纷繁、深沉的内容统摄于"时间"这个既简单又复杂的概念。命定生活于时间里的人类，熙熙攘攘：战乱、痛苦、竞争、创造、希望，这又能怎样？能阻止宇宙和时间的运动？

> 我对我的灵魂说，别作声，耐心等待
> 　但不要寄予希望，
> 因为希望会变成对虚妄的希望，耐心
> 　等待但不要怀有爱恋，
> 因为爱恋会变成对虚妄的爱恋；纵然
> 　有信心，
> 但是信心、爱和希望都在等待之中。
> 耐心等待但不要思索，因为你也没有
> 　准备好思索：
> 这样黑暗必将变成光明，静止也将变
> 　成舞蹈。
>
> 　　　　　　　　　　《东科克》第三章

重要的是"等待"。"荒原"中生存是痛苦的，但为此而愤怒、忧伤、甚至抗争都不能"得救"。领悟痛苦与幸福（即烈火与玫瑰）本为一体的真谛，超越痛苦，把痛苦当作涤罪净化的过程，就能达到平和新生的境界。联系艾略特的整个创作看，"得救"是《四首四重奏》的真正主题。这是他为荒原人设计的得救方案。这一方案对整个社会的拯救而言，可能于世无补，甚至有反作用。但对个体的灵魂拯救而言，无疑具有重要意义，对于20世纪那些干枯、荒漠般的心田，无异于一股滋润的山泉，一丝凉爽的清风。艾略特的"拯救"，是灵魂的拯救。

艺术上，《四首四重奏》是艾略特的圆熟精当之作。组诗仿照贝多芬晚年制作的"四重奏"，每篇为五个"乐章"，而且以宇宙四种元素（气、土、水、火）和春夏秋冬四季之一作为咏叹抒写的基调。"拯救"

的主题在对位变奏中和"时间"的旋律里,反复呈现、展开、深化,四篇诗作既浑然一体,又可以独立吟赏。诗风也较早期诗作有较大变化,放弃假面具和戏剧性独白,表现的是诗人自我的声音;看不到早期诗作中的拼凑痕迹,即使引用前人的诗句或资料,也经过完全的融化;抒情色彩浓烈,画面明净恬淡。艾略特认为《四首四重奏》是他一生最优秀的作品,评论界也肯定它是诗人"创作生涯中最高的成就",艾略特因此而"无愧为英语的伟大诗人"[①]。

艾略特是现代欧美的大诗人,他的理论和实践对西方20世纪文学产生巨大影响。同时,艾略特在诗歌创作中开辟的许多新途径,诸如零散片断的组装和拼贴,神话与现实的糅合,超越时空的奇特想象,新颖突兀、直感强烈的象征性意象等,为后现代主义文学的产生和发展作出新了探索,具有重要的意义。

[①] Hugh Kenner, ed, *T. S. Eliot: A Collection of Critical Essays*, p.124.

第九章　福克纳：双重意义的悲剧与主观性表达

威廉·福克纳（1897—1962）是美国现代著名小说家，"南方文学"的代表。他一生的主要精力在创作以故乡为原型的虚构的约克纳帕塔法县的故事，文学史上称为"约克纳帕塔法世系"，讲述19世纪到第二次世界大战150余年里不同社会阶层的若干个家族的几代人的故事，表现美国新、旧南方的冲突，具有厚重的历史文化内涵。在艺术上，他的小说叙述视角灵活多变，大量运用意识流技巧、象征隐喻和神话原型模式，将美国南方的历史和现实景象纳入他所创造的当代神话的小说中。

第一节　精心构筑"约克纳帕塔法世系"

福克纳出生在美国南方密西西比州的奥克斯福近郊的一个小镇，家族在当地颇有名望，镇上的最高建筑就是他曾祖父的塑像。曾祖父是南北战争时期的英雄，亲自招兵买马组建一支武装参战，当过州议员，还是一位很有远见的实业家和小有名气的通俗小说作家。但到福克纳的父辈，家道中落。家族的兴旺和南方的勇敢豪放的传统已经成为过去，只流下一些令人眷恋的传说，少年福克纳在这种传说的熏陶下长大。中学尚未毕业，福克纳辍学谋职，在银行和武器公司当职员，同时练习诗歌写作。是时正逢第一次世界大战，福克纳向往军队生活，多方设法终于被英国皇家空军吸收入伍，赴加拿大接受飞行训练。遗憾的是刚刚受训完毕、获得军官资格,战争却已结束。福克纳悻悻地回到故乡,作诗绘画,以"艺术家"自诩,往返于南方的几大城市,参加一些青年艺术家的聚会,生活逍遥豪放,不久后就读于密西西比大学,一年后又退学。之后他曾任书店职员和大学邮政所长,大量阅读文学名著,以至因此延误公务而被控告,只好辞职。在著名作家舍伍德·安德森的劝说影响下,福克纳尝试小说创作。1926年出版小说处女作《士兵的报酬》,开始小说作家的生涯,30年代写出一系列重要作品,但在美国文名落寞,倒是首先在法国备受推崇。40年代美国文坛才确认福克纳的地位,1949年获诺贝尔文学奖后,声誉日高,被授予各种美国的"文学奖",到各大学演说,出国访问,但更多时间是在故乡奥克斯福从事创作、骑马散步。1962年堕马受伤,心脏病发作而逝世。

福克纳一生创作了19部长篇小说、75篇中、短篇小说和几部诗集。其创作经历了三个阶段。从早年开始写诗到1929年是他的习作阶段。17岁开始,福克纳以年轻人的热情,写作了大量的诗歌,不少在报刊杂志发表,20年代初出版了诗集,如《春之幻景》(1921),《大理石牧神》(1924),但诗作有着模仿英国诗人的明显痕迹。20年代后期转向小说创作,继《士兵的报酬》之后,又出版了《群蚊》(1927),1929年出版的长篇小说《沙多里斯》,"透露出福克纳日后的重要作品中将要运用的主调、题材、风格与艺术手法"① 结束了习作阶段的创作。从《喧哗与骚动》(1929)出版到1948年是福克纳创作的繁荣阶段。20年中他创作了一生最主要的作品:《喧哗与骚动》、《我弥留之际》(1930)、《圣殿》(1931)、《八月之光》(1932)、《押沙龙,押沙龙!》(1936)、《野棕榈》(1939)、《村子》(1949)等享有盛誉的长篇,中短篇小说集《这十三篇》(1931)、《马丁诺医生》(1934)、《不屈的人们》(1933)、《去吧,摩西》(1942),也不乏名篇。这一时期不仅创作数量众多,而且在虚构

---

① 董衡巽等著:《美国文学简史》,人民文学出版社1986年版,第265页。

的"约克纳帕塔法"县里,虽然主观却又比较真实地描述了美国南方200多年的变迁,融凝了作家对现实和人生的敏锐感受,艺术上形成自己的独特风格,代表了福克纳创作思想和艺术的最高成就。之后直到1962年逝世是福克纳创作的暮年阶段。晚年的福克纳笔耕不息,创作数量也不少,计有6部长篇和一些短篇小说,内容也大都继续"约克纳帕塔法"县的故事,然而缺乏前一阶段创作中的敏锐、激情和力度。马尔科姆·考利谈到这一阶段的创作时说:"弥漫在早期作品中的那种绝望感与愤怒感已被对人类的怜悯所取代。甚至对最恶劣的敌人,也被他在接受诺贝尔文学奖金演说辞中所表达的坚定信念所取代(人类不但会苟且地生存下去,他们还能蓬勃发展),而且在这一切之上,还增添了不止一点点旧式的感伤情调。"① 福克纳这一时期最重要的作品是与《村子》合称为"斯诺普斯三部曲"的《小镇》(1957)和《大宅》(1959)。

福克纳的主要精力用于构造他的"约克纳帕塔法世系"。他有15部长篇和数十个短篇小说描写的背景是约克纳帕塔法县。这是福克纳笔下位于密西西比州北部的一个县,作家的艺术巨笔以县城杰弗逊为中心,向周围的农村拓展,描绘了不同社会阶层的几个世家几代人的生活和命运,涉及的时间从1800年直到第二次世界大战。其中出现有名有姓的人物达600多,他们在各部作品中交替穿插出现,把独立成篇的作品联结成为一个整体,组成一个美国南方的万千世界。福克纳说:"约克纳帕塔法世系是一部编年史,它几乎是一个地区的缩影,只要堆积在一起,综合起来,也就成了整个南方。"②

把自己的创作当作一个整体来构思,这不是福克纳的首创,福克纳肯定受到前辈作家的影响。巴尔扎克的《人间喜剧》和左拉的《卢贡·马卡尔家族》都是具有整体规模的鸿篇巨制。但福克纳不像巴尔扎克那

---

① 李文俊编:《福克纳评论集》,中国社会科学出版社1980年版,第48—49页。
② 李文俊编:《福克纳评论集》,中国社会科学出版社1980年版,第48页。

样展开广阔的场面，涉及法国社会的各个方面；也不同于左拉，以一个世族为中心向各方面延伸。福克纳更接近哈代以道塞特郡为中心的"威塞克斯系列小说"，然而哈代的规模不大，缺乏纵向的历史追溯。福克纳在回答《巴黎评论》记者提问时谈到"世系"的构思："……不仅每部作品得有个构思布局，一位艺术家的全部作品也得有个整体规划。我写《士兵的报酬》和《群蚊》这两本书时是为写作而写作，因为觉得写作是一种乐趣。打从《沙多里斯》开始，我发现我的家乡的那块邮票大小的地方倒值得一写，只怕我一生一世也写不完。"福克纳笔下的"世系"的特点，就是地域性，把杰弗逊及周围村镇当作南方的缩影，具有浓郁的地方色彩和乡土气息，但又是"一部编年史"，表现出强烈的历史感。

  在"约克纳帕塔法世系"中，福克纳经过主观的折射，透视出面临资本主义文明侵入的南方社会现实。南北战争以南方失败告终，战后南方的传统价值观念崩溃。传统以它的惯性在南方社会中还继续产生它的影响，福克纳受到南方传统的熏陶，在关于祖先的勇敢、荣誉、怜悯、骄傲、正义、自由的种种传说中长大，对家族的自豪和故土的热爱，从小就在心灵深处播下了种子。然而南方的迅速崩灭，第一次世界大战的冲击和战后美国社会的"迷惘"思潮蔓延，促使他对传统作出反思，面对现实作出新的思考，揭去南方精神遗产的美丽外衣，看到了旧南方奴隶制的罪恶，种植园主的腐败、残酷、非人性的一面。这种认识对于眷恋家园的福克纳来说，无疑是非常痛苦的。但他没有回避这种痛苦，而是以艺术家的敏锐看清了这些——甘愿成为精神上"流浪汉"。而且他又无法在由北方带来的工业文明中找到寄托，他目睹在资本主义发展中南方人民的痛苦，在新南方，淳朴的人际关系为金钱取代，平静和睦的生活为混乱热闹的都市生活破坏，人都丧失了个性，成为操纵别人或被人操纵的机器。因而又不由自主地转向旧南方的生活方式，但马上又惶恐地记起历史的负罪感，他痛苦、困惑、茫然。福克纳是以一种如此复杂感受来描绘南方社会，构思他的艺术世界。

第二节 基于人性的双重否定

福克纳的艺术世界里,有白人、黑人、印第安土著,而主要着笔的是白人中几种类型的人物。

第一类是贵族世家。在"约克纳帕塔法世系"中,主要写了三个贵族世家:沙多里斯家族、麦卡斯林家族和康普生家族。长篇小说《沙多里斯》和"插曲式小说"(由数篇内容、人物有关联但又独立成篇的中、短篇小说组成的一本小说)《不屈的人们》都写了沙多里斯家族。这一家族的祖父约翰·沙多里斯在南北战争中出生入死、敢作敢为,珍视荣誉和情感,表现出英雄气概。但他的后裔一代不如一代,其曾孙贝亚德·沙多里斯面对现代资本主义社会不知如何适从,明明胆小怕事又硬撑面子,故意做一些莽撞冒险的事情,最后死于飞机失事。麦克斯林家族的故事主要在《去吧,摩西》中。这也是一组内容相连的"插曲式小说",其中的中篇《熊》声誉甚高。主人公艾克·麦克斯林从小出入森林狩猎,向淳朴的印第安人身上学到了优秀品质,也感到原始森林的平和纯净。他无意中发现他继承的产业充满了血污和罪孽,他祖父曾和一个女黑奴生下一个女儿,女儿后来又成为祖父的情人,女黑奴愤而投河自尽。艾克为摆脱罪恶,自愿放弃遗产继承权,到森林中寻求宁静。《喧哗与骚动》生动地描写了康普生家族的命运。昔日的名门望族,如今只能出卖最后一块草地供儿子上学。康普生家后代四人,长子昆丁面对传统价值的跌落,无力挽回而自杀。女儿凯蒂堕落,以皮肉生意维持生计。儿子杰生完全为现代文明腐蚀,沦为心狠手辣之徒。幺子班吉是个只有简单本能、满脑空虚的白痴。这些家族都有过繁荣的过去,而如今都已败落,在福克纳看来,败落的原因大致有三:奴隶制种下的祸根、末代子孙智力和意志蜕化、"新南方"的兴起。

第二类是穷白人。穷白人中又有两种,一种穷而奋起,努力挤进贵族行列;另一种穷而满足于现状,昏昏度日。前者以托马斯·塞德潘为代表;后者以本德伦一家为例证。《押沙龙,押沙龙!》通过人物的转述和追思,勾画了塞德潘的兴衰史。他小时候因贫穷而受到屈辱,决心成为富豪,到西印度群岛寻找发财的机会,做了海地一个法国种植园主的监工。一次因平息黑奴暴乱有功而成为种植园主的女婿,继承了种植园的产业。塞德潘和妻子生下儿子查尔斯后,发现她有黑人血统,愤而抛妻别子来到杰弗逊。他买了一块地,用带来的20个黑奴和一位法国建筑师,奇迹般地盖起了镇上最大的建筑——塞德潘百里园。他又很快和一个商人女儿结婚,生下一儿一女,成为杰弗逊的名家富户。但原来的妻子没有放过他,她安排查尔斯和塞德潘后妻的儿子在同一所大学学习,经常出入塞德播家,与其女儿订婚。塞德潘洞悉原委,反对女儿婚事,并怂恿兄弟相残。小儿子杀死异母兄长,自己潜逃在外。家庭由盛及衰,加上战乱,大片土地丧失。塞德潘仍然雄心不灭,希望大展宏图,唯一担忧的是缺乏家世继承人。他与一位年老白人的外孙女同居,但生下女儿后又将其遗弃。老白人气愤之下砍死塞德潘。最后塞德潘百里园也毁于烈火,只剩下塞德潘的一个混血白痴后裔在熊熊大火旁嚎叫。塞德潘由穷白人到庄园主,是依靠当时的社会价值法则而发家的:依靠黑奴的力量,榨取他们的血汗,这为他的结局埋下了罪恶的种子,而他观念上看不起黑人,又是导致家庭毁灭的关键。福克纳通过白人塞德潘的历史,表现了南方奴隶制的罪恶及其灭亡的必然性。不过,在福克纳笔下塞德潘表现出一定的悲剧色彩,他毕竟是奋斗者,有自己的追求。而像《弥留之际》中的本德伦一家则更多喜剧意味。他们拮据艰难,但却不思改变自己的境遇,显得猥琐无能。安斯的妻子死去了,按亡人遗嘱,尸体要安葬在杰弗逊娘家的墓地,小说描述本德伦全家送葬的旅程,途中遇到许多的困难,经过了水与火的考验,好不容易才到达目的地。作家讲述的这场现代人的"出埃及记",却没有《圣经》在摩西领导下走出埃及的那种崇高、庄严,那是为了拯救希伯来民族而进行的艰苦跋涉;而这里只有滑稽、私欲和浑噩,"看见的只是一群无能的半文盲拖着一具腐尸在密西西比州偏僻道路上彳亍而行"①。全家为死人送葬,却各有自己的目的和想法,丈夫想的是能得到新假牙和新妻子,儿子为能骑马而高兴,女儿计划在途中堕胎。而真正关心这次旅程目的的却被送进疯人院。福克纳对本德伦一家有谴责,也有怜悯;有嘲笑,也有同情。

第三类是适应"新南方"的发迹者。这类人物中最著名的是《喧哗与骚动》中的杰生和"斯诺普斯三部曲"中的弗莱姆·斯诺普斯。福克纳称杰生是"从我想象里产生出来的形象中最最邪恶的一个。"他们顺应了新南方金钱信条的新秩序。除了钱,他什么也不爱。他利用姐姐有私生女的把柄,控制姐姐,使她在外游荡不能返回杰弗逊,侵吞寄来赡养外甥女的费用。他虐待外甥女、戏弄黑仆人,贪图便宜、投机钻营,为了金钱而丧失了人性。他由杂货铺小伙计成为经营棉花的店老板,发迹了。杰生来自贵族世家,是背离昔日传统而顺应新的"潮流"。而弗莱姆·斯诺普斯则是来自穷人,他是凭借他的心机和冷酷而发迹的。他给乡村财主凡纳当账房时,就放高利贷,经营牲口买卖,开铁匠铺,扩大财源。他的婚姻也是交易的结果,他明知纳凡的女儿未嫁怀孕,却为丰厚的嫁妆而娶她为妻。弗莱姆还运用各种手段,发财致富,把捕捉到的野马充作驯马卖给村民,在地里埋下几个金币制造假象,出卖地皮获取高价。以后进城开拓前程,用妻子的色相作为上升阶梯,由发电厂厂长,步步上升为银行经理、教会副主祭和德斯班大宅的主人。他似一个冷血动物,不声不响地瞄准对象,击败一个个对手,逼死一个个亲人,鲸吞一份份财产,终于成为名高位重、家产殷实的暴发户。斯诺普斯和杰生

---

① 兰·乌斯彼:《美国小说五十讲》,四川人民出版社1985年版,第343页。

一样，心狠手辣、利欲熏心、人性泯灭，在美国文学史上，成为"新南方"的象征。"斯诺普斯主义"被广泛引用，当作资本主义的代名词。

《喧哗与骚动》是福克纳最心爱的作品，他曾说："这是我感到最呕心沥血的一本书。我无法舍弃它，也永远无法把这个故事讲好，虽然我再三努力，并且愿意再次努力。"① 这是福克纳一生的代表作。它集中地表现了作家创作的一贯主题。

小说通过康普生一家人物命运的展示，不仅表现了在北方资本主义冲击下南方贵族世家的衰亡，弹奏了一曲"夕阳西下"的挽歌，而且在凯蒂的堕落、昆丁的自杀和杰生的发迹中蕴含着巨大的历史内涵。凯蒂作为一位"南方淑女"，面对庄园经济基础上的南方传统和价值观念已经崩溃的现实，清楚地看到昔日的天堂已经逝去，无视现实、锁闭于闺室已不是出路，但又无力去开拓新的世界，只好随波逐流，听任本能、环境的驱使，她被诱骗，婚后被遗弃，最后成为德国军官的情妇。她失去的不只是贞操，还有人格、尊严、亲人和所有的一切。福克纳对她是充满同情的，作为思想家的福克纳描写了凯蒂命运的历史必然性；作为艺术家的福克纳，又表现了她作为历史前进中可怜的牺牲品的悲剧性。昆丁作为南方传统的继承者，看到了不可扭转的历史趋势，最后以死来捍卫他心目中的传统。然而他的死、死前的痛苦、焦虑，却有着复杂的历史时代内容，既有南方没落贵族的落后意识，也有着开明的南方人士的迷惘，甚至还融汇着人类对未来精神的祈望。南北战争以北方获胜，从历史进程来说，值得庆贺，但它破坏了南方自然经济，改变了南方的历史进程，随之而来的痛苦不仅为贵族所有。昆丁的"传统"渗透进福克纳的主观意识，是一种理想化的传统。美国评论家沃伦在分析有人说福克纳是南方传统的保守者时说："作品中的回答很清楚，旧制度并不满足

---

① 威勒德·索普：《二十世纪美国文学》北京师大出版社1984年版，第289页。

人们的需要，南方的旧制度或任何其他的旧制度都一样，因为不是建筑在正义的基础上，'注定要得厄运'的，是在它本身里而包含着它自己毁灭的种子的。可是有别于新制度（以新制度等于斯诺普斯主义而言）的旧制度，即使作为厄运，也容许传统的人通过树立准则、道德、观念、义务，并承担失去人性的危险，给自己下着是人的定义。在传统的制度之中有一种真理的观念，即使人在事物变迁之中并没有能认识这真理"[①]。杰生则是资本主义发展的产物。他的发迹，尽管福克纳讨厌，但他还是发迹了，这是历史的趋势。

对福克纳创作的总体观照或对其代表作的具体剖析中我们可以看到：描写"旧南方"和"新南方"的冲突是他创作的中心主题。在这一主题的表现中，体现出福克纳思想家的深邃和艺术家的敏锐。他一方面站在南方民族的立场上反对资本主义，同时又意识到南方传统的罪恶，表现了旧传统衰落的必然性；另一方面，他谴责斯诺普斯们，但又意识到这是一种不可阻挡的历史潮流。所以他的创作是对新旧南方的双重否定，又是具有双重意义的悲剧。

福克纳否定过去，也否定现在，那他立足何处？怀抱着怎样的未来？他是站在人性的基石上来展望未来。他在理想化的南方传统中注入了人性的血液，跳动着人性的心律。福克纳在小说中赞美的荣誉、自豪、慈悲、公正、勇敢、自由、爱情是人类美好而善良的情感。如果说福克纳没有在南方贵族中找到这种人性的东西，但在下层人物身上找到了。《喧哗与骚动》中的黑人女佣迪尔西，"她勇敢、大胆、豪爽、温存、诚实"，作家声明"迪尔西是我自己最喜爱的人物之一"。还有那位在许多长短篇小说中出现的缝纫机推销员拉特里夫。福克纳坚信人的力量，他曾与人谈及他的创作主题："我没有主题，或者可能有——你可以认为它是对人

---

① 李文俊编：《福克纳评论集》，中国社会科学出版社1980年版，第55页。

类的一种确定不移的信心,相信人类有经受和战胜客观环境和自身命运的能力"①。他的这种"确定不移的信心",使得他的"双重意义的悲剧"获得悲剧性平衡,也正是在罪恶的历史和悲惨的现实中显示出真实的人性,赋予人性以深沉的意蕴和魅力。人性在福克纳的创作中闪光,它洞烛每一个现代读者幽深的心灵,也照亮人类前面的路径。

第三节 表现性文学:艺术表现的探索

福克纳对历史的反思、社会的观察和人性的思考充满着理性的现实精神,在艺术表现上,却是丰富多姿、具有极大的探索性,既有现实主义的描述(如《八月之光》),也有现代主义的技巧(如"意识流"的运用)。

福克纳由诗歌创作迈步文坛,考利则认为与其说福克纳是小说家,不如说他"是个散文体的史诗诗人或行吟诗人,是个神话的创造者,他把这些神话编成一部关于南方的传说"②。欧美评论家往往用"神话"、"传奇"、"传说"来指称福克纳的小说,作家被视为"一代人的真实的神话——迷路的现代人的神话——的发明者"③。欧美学者用"神话"概括福克纳的创作,其意大概是指它的哲理寓言性、虚构的想象力和表现的神奇色彩。

福克纳小说中大量出现哥特式小说的描写。阴森的背景,恐慌的氛围,杀人纵火、强奸乱伦的恐怖事件,各种形式的暴力屡见不鲜。小说题材往往是些非常事件,形象也是各种畸形、极端的人物。小说中出现大批纯白痴、低能儿、色情狂、偏执狂、自杀者、各种各样的无赖、疯

---

① 李文俊编:《福克纳评论集》,中国社会科学出版社1980年版,第147—148页。
② 李文俊编:《福克纳评论集》,中国社会科学出版社1980年版,第230页。
③ 李文俊编:《福克纳评论集》,中国社会科学出版社1980年版,第253页。

子和狂人。福克纳曾因此受到批评家的指责,认为他的作品充斥暴力和色情,说他作品中的人物是"性格特征古怪","几乎毫无例外地偏离了常轨"[①]。马克斯韦尔·盖斯马甚至认为福克纳的作品是一种"文化精神病态"的"极端的幻觉"[②]《圣殿》是作家最为畅销的小说,中心情节是描写波普叶强奸和腐蚀天真烂漫的女大学生坦普尔,其中不乏暴力、恐怖和性变态的场面。波普叶被刻画成一个阴险邪恶、精神变态的虐待狂和杀人凶手。坦普尔则是个寻求刺激、对自己的堕落放纵毫无反感的姑娘。小说中有波普叶丧失性能力,用玉米棒芯施加暴行的描写,还有谋杀、诬陷、误判、乡镇的妓院、歹徒的葬礼的描写。《押沙龙,押沙龙!》中"塞德潘百里园"的兴建和焚毁,始终显得非常神秘。福克纳小说中的这些哥特式描写,作为艺术创造来看,有为了达到商业目的的一面,也有更好地表现主题、强化艺术效果之意。而且,"对恶的发现",也是福克纳对人性的否定性的肯定,要战胜恶,首先要认识恶。

"神话模式"的引进,也是福克纳创作的突出特征。在创作构思和表现上,福克纳有意把小说内容与某一人所共知的神话联系在一起。福克纳小说的"神话引进",大体上起到了下列作用:增强作品的神奇色彩;引导读者对比过去和现实,产生反讽意义;由对作品的具象描写,上升到人类的原型意义,获得一种普遍性、抽象性的哲理寓言性质。《喧哗与骚动》的各章中人物意识活动的时日与基督受难时间的一致,读者阅读小说中康普生一家的庸碌、颓丧、沉沦、自私的种种的同时,自然联想到基督为拯救人类自我牺牲的高尚行为。《八月之光》中的主人公裘·克里斯默斯,字首的J·C与基督的缩写相同,小说描写他从小被疑心有黑人血统而遭遗弃,带着不明身份四处流浪,备受种种苦难的经历。他因

[①] 约瑟夫·沃伦·毕奇:《美国小说:1920—1940》,纽约:兰登出版公司1972年版,第148页。

[②] 李文俊编:《福克纳评论集》,中国社会科学出版社1980年版,第55页。

犯杀人罪而被处刑，处死的那天是星期五，即基督的受难日，福克纳又把基督的"爱人"与现代世界的歧视、仇恨对比起来。《我弥留之际》中本德伦一家的送葬旅程，作家有意把它写成现代人的"出埃及记"。

"意识流"手法在福克纳创作中广泛运用，我国评论界把福克纳当作意识流小说家。福克纳继乔依斯之后，对意识流手法作了进一步发展。福克纳的几部名著（《喧哗与骚动》、《押沙龙，押沙龙！》、《我弥留之际》、《熊》等）都是用意识流方法创作的。意识流是描写人物内在的意识活动、心路历程，它不善于外在环境或人物外在行动的描写，给作家的主体意识渗透留下更大的空间。当然，人物意识的流动，必须服从人物性格的内在逻辑，受到人物经历、气质、智能的限制。一般地说，深入人物的内在世界，是一种更深层次的真实，但又的确是一种渗透着主观意识的真实。意识流是创作主体的主观性和创作对象的客观性的高度统一，它统一于看不见、摸不着的人物深层意识活动。班吉的白痴意识，昆丁自杀前的心理混乱，都是作家福克纳的主观意念和他们的客观意识的统一体。

从福克纳创作中的哥特式描写，"神话模式"的引进和"意识流"手法的运用等特征看，他的创作是主观性很强的表现性文学。哥特式描写，选取非常的题材、刻画异常的人物，表现了作家选材的主观意识；"神话模式"的引进，其意是突出作家的某一观念，表达某种哲理；而"意识流"的运用，在人物心理空间的拓展上，呈现出作家的主观性（当然，成功的"意识流"表现是主客观的统一）。文学创作的主观性，在20世纪的福克纳笔下，又有了新的表现形式。

附录:"西方文学"部分书目

为了读者学习、研究西方文学的便利,分类整理手头部分相关的中文书目,以助大家查找利用。

(一) 教材与综论性著作

1. 杨周翰等主编:《欧洲文学史》(上、下),人民文学出版社1964年版。

2. 李赋宁总主编:《欧洲文学史》(第一、二、三卷),商务印书馆出版1999年版。

3. 郑克鲁主编:《外国文学史》(上、下),高等教育出版社1999年版。

4. 徐葆耕著:《西方文学:心灵的历史》,清华大学出版社1990年版。

5. 朱维之等著:《外国文学史》(欧美卷),南开大学出版社2004年版。

6. 王立新主编:《外国文学史》(西方卷),高等教育出版社2013年版。

7. 王忠祥等主编:《外国文学教程》(上、中、下),湖南教育出版社1985年版。

8. 聂珍钊主编:《外国文学史》(1—4),华中师范大学出版社2010年版。

9. 陈建华主编：《外国文学史新编》，高等教育出版社 2013 年版。

10. 李明滨主编：《世界文学简史》，北京大学出版社 2002 年版。

11. 蒋承勇主编：《世界文学史纲》，复旦大学出版社 2000 年版。

12. 张铁夫等主编：《外国文学史》，湖南教育出版社 2005 年版。

13. 陶德臻主编：《外国文学史纲》，北京出版社 1990 年版。

14. 匡兴等主编：《外国文学》（上、下），北京大学出版社 1987 年版。

15. 吴文辉等著：《外国文学》（上、下），广西人民出版社 1985 年版。

16. 陈应祥主编：《外国文学》（上、下），高等教育出版社 1991 年版。

17. 刘文孝著：《外国文学的艺术发展史》，云南人民出版社 1998 年版。

18. 王雨海主编：《外国文学史》，中国人民公安大学出版社 2000 年版。

19. 郭定匡主编：《外国文学名著五十篇》（上、下），百花文艺出版社 1986 年版。

20. 李梦雄等著：《外国文学五十五讲》（上、下），贵州人民出版社 1980 年版。

21. 李锡禧等编：《新编外国文学教程》（上、下），湖南师范大学出版社 1990 年版。

22. 王石波等主编：《简明外国文学教程》，湖南大学出版社 1986 年版。

23. 唐燧主编：《外国文学史》，中南大学出版社 2003 年版。

24. 刘念兹等著：《欧美文学简编》，山东教育出版社 1982 年版。

25. 张立明等主编：《外国文学史纲》（上、下），南海出版公司 1995 年版。

26. 金云浦等主编：《外国文学史》，华东师范大学出版社 2000 年版。

27. 张良村等主编：《世界文学历程》，国际文化出版公司 1997 年版。

28. 蔡茂松等主编：《世界文学发展纲要》，广东高等教育出版社 1991 年版。

29. 马跃等著：《世界文学史》，中国戏剧出版社 2001 年版。

30. 谭绍凯著：《外国文学新编》，重庆出版社 1990 年版。

31. 二十四所高等院校编：《外国文学史》，吉林人民出版社 1982 年版。

32. 林亚光主编：《简明外国文学史》，重庆出版社 1983 年版。

33. 胡正学等编：《外国文学简明教程》，江西人民出版社 1982 年版。

34. 亢西民、李家宝主编：《新编外国文学教程》，北京师范大学出版社 2013 年版。

35. 吕健忠、李奭学编译：《西方文学史》，浙江大学出版社 2013 年版。

36. 耿波主编：《西方文学史简明教程》，中国传媒大学出版社 2014 年版。

37. 匡兴主编：《外国文学史》（西方卷），北京师范大学出版社 2010 年版。

38. 陈惇等著：《西方文学史》（一、二、三），四川人民出版社 2003 年版。

39. 唐建清等编著：《欧美文学研究导引》，南京大学出版社 2006 年版。

40. 任子峰、王立新主编：《欧美文学史传》（上、中、下），山西教育出版社 2011 年版。

41．刘莉主编：《简明欧美文学史》，首都经济贸易大学出版社 2008 年版。

42．卢锦明主编：《欧美文学导读》，北京大学出版社 2009 年版。

43．吴春兰、陈雅谦著：《欧美古典文学教程》，厦门大学出版社 2009 年版。

44．李去峰等主编：《外国文学专题》，中州古籍出版社 1994 年版。

45．王忠祥等著：《外国文学专题选讲》北京大学出版社出版 1987 年版。

46．孙凤城等著：《现代欧美文学》，北京师范大学出版社 1981 年版。

47．亢西民主编：《20 世纪西方文学》，高等教育出版社 2010 年版。

48．戴安康主编：《当代外国文学概论》，华中理工大学出版社 1989 年版。

49．杭州大学等编：《外国文学教学参考资料》（一、二、三、四、五），福建人民出版社 1982 年版。

50．郑树森著：《文学地球村》，上海三联书店 1999 年版。

51．温祖荫著：《外国著名长诗介绍与欣赏》，福建教育出版社 1985 年版。

52．温祖荫著：《世界名剧介绍与欣赏》，福建教育出版社 1983 年版。

53．温祖荫著：《欧美文学名著介绍与欣赏》，福建教育出版社 1981 年版。

54．朱雯主编：《外国短篇小说欣赏辞典》，安徽文艺出版社 1991 年版。

55．金元浦主编：《外国文学阅读与欣赏》，首都师范大学出版社 1999 年版。

56．张健主编：《陈惇自选集》，山东文艺出版社 2007 年版。

57．何云波等著：《对话：文化视野中的文学》，安徽文艺出版社2003年版。

58．张伟著：《"多余人"论纲》，东方出版社1998年版。

59．蒋承勇著：《西方文学"两希"传统的文化阐释：从古希腊到18世纪》，中国社会科学出版社2003年版。

60．麦永雄著：《多维视野中的东西方文学》，广西师范大学出版社2001年版。

61．肖四新著：《西方文学的精神突围》，中央编译出版社2003年版。

62．【美】阿尔伯特·梅西著：《文学史纲》，孙青玥译，陕西师范大学出版社2006年版。

63．【美】J. 梅西等著：《文学的故事》，熊建译，中国档案出版社2001年版。

64．黄铁池著：《与巨人对话——中外名著导读》，学林出版社2005年版。

65．王太丰著：《外国文学女性长廊》，河北教育出版社1990年版。

66．孙席珍著：《外国文学论集》，福建人民出版社1984年版。

67．张月超著：《欧洲文学论集》，江苏人民出版社1981年版。

68．曹让庭著：《欧洲近代文学论评》，台湾商务印书馆1996年版。

69．吴锡民著：《欧美文学论稿》，广西教育出版社2008年版。

70．朱红素著：《多元文化语境下的世界文学研究》，高等教育出版社2011年版。

71．傅旋琮主编：《西方文学研究》，福建人民出版社2005年版。

72．张介明著：《边缘视野中的欧美文学》，四川民族出版社2002年版。

73．高尔泰等著：《评论的评论》，浙江文艺出版社1988年版。

74. 林骧华主编：《西方文学批评术语辞典》，上海社会科学院出版1989年版。

75. 外国文学手册编写组著：《外国文学手册》（上、下），北京出版社1984年。

76. 易漱泉等编：《外国文学评论选》（上、下），湖南人民出版社1982年版。

77. 柳无忌著：《西洋文学研究》，中国友谊出版公司1985年版。

78. 方壁等著：《西洋文学讲座》，世界书局1935年版。

79. 贺祥麟等主编：《世纪末的反思》，广西师范大学出版社1996年版。

80. 赖干坚主编：《外国文学人文精神论集》，厦门大学出版社1999年版。

81. 吴锡民著：《沟通的探索》，广西师范大学出版社1996年版。

82. 杨慧林等著：《欧洲中世纪文学史》，译林出版社2001年版。

83. ［意］约翰·赫伊津哈著：《中世纪的衰落》，中国美术学院出版社1997年版。

84. 卢多维科·加托著：《帝国时代中世纪》，夏方林译，四川人民出版社2000年版。

85. ［意］桑德拉·苏阿托妮著：《从神性走向人性》，四川人民出版社2000年版。

86. ［德］汉斯—维尔纳·格茨著：《欧洲中世纪生活》，东方出版社2002年版。

87. ［法］雅克·勒戈夫：《中世纪知识分子》，张弘译，商务印书馆1996年版。

88. ［法］埃德蒙·波尼翁著：《公元1000年的欧洲》，席继权译，山东艺术出版社2005年版。

89. 蒋承勇等著：《20世纪西方文学主题研究》中国社会科学出版社

2013年版。

90. 李明滨主编：《二十世纪欧美文学简史》，北京大学出版社2000年版。

91. 蒋承勇、项晓敏、李家宝主编：《20世纪欧美文学史》，武汉大学出版社2007年版。

92. 郑克鲁著：《20世纪欧美文学史》，北京大学出版社2014年版。

93. 杨传鑫著：《二十世纪世界文学论》，中国地质大学出版社1993年版。

94. 聂珍钊主编：《20世纪西方文学》，北京师范大学出版社2012年版。

95. ［英］特雷·伊格尔顿著：《二十世纪西方文学理论》，伍晓明译，陕西师范大学出版社1987年版。

96. ［苏］阿尔泰莫诺夫·萨马林等著：《十七世纪外国文学史》，田培明等译，上海译文出版社1981年版。

97. ［苏］乌尔诺夫等著：《关于二十世纪文学的论争》，外国文学出版社1991年版。

98. ［苏］兹·特·格拉日丹斯卡娅等著：《二十世纪外国文学史》，四川人民出版社1984年版。

99. 赵继阜著：《外国文学新论》，四川人民出版社1990年版。

100. ［美］亨利·托马斯等著：《外国名作家传》，黄鹂译，陕西人民出版社1983年版。

101. ［美］罗德·霍顿等著：《欧洲文学背景》，房炜等译，人民文学出版社1992年版。

102. 董小燕著：《西方文明：精神与制度的变迁》，学林出版社2003年版。

103. 陆人豪等主编：《外国文化与文学》，苏州大学出版社1996年版。

104. 雷海宗著：《西洋文化史纲要》，上海古籍出版社 2001 年版。

105. 徐新著：《西方文化史》，北京大学出版社 2002 年版。

106. 徐新著：《西方文化史续编》，北京大学出版社 2003 年版。

107. 陈乐民著：《欧洲文明十五讲》，北京大学出版社 2004 年版。

108. 河北教育学院等编：《外国文学研究论文资料索引》，上海社会科学院出版社 1986 年版。

109. ［苏］莫伊谢依·萨莫伊洛维奇·卡冈著：《美学和系统方法》，中国文联出版公司 1985 年版。

110. 中国版本图书馆编：《外国文学著作目录和提要》，重庆出版社 1989 年版。

111. 麦永雄著：《文学领域的思想游牧：文学理论与批评实践》，中国社会科学出版社 2002 年版。

112. 信德等著：《诺贝尔文学奖金获奖作家传》，江西人民出版社 1984 年版。

113. 苏永旭等著：《诺贝尔文学奖西方获奖群研究》，中州古籍出版社 2006 年版。

114. 孟宪忠著：《20 世纪文学轨迹——诺贝尔文学现象研究》，时代文艺出版社 1992 年版。

115. 孟宪忠著：《20 世纪文学大师的追求——诺贝尔文学奖札记》，山西教育出版社 1992 年版。

116. 王逢振主编：《诺贝尔文学奖辞典》，漓江出版社 1997 年版。

117. 毛信德主编：《诺贝尔文学奖获奖作家传》，百花洲文艺出版社 1993 年版。

118. 毛信德等著：《诺贝尔文学奖获奖演说集》，百花洲文艺出版社 1995 年版。

119. 《外国文学研究》编辑部编：《多维视阈中的外国文学》，华中师范大学出版社 2011 年版。

120. 王忠祥著：《建构文学史新范式与外国文学名作重读》，华中师范大学出版社2009年版。

121. 徐葆耕著：《西方文学十五讲》，北京大学出版社2003年版。

122. 蒋承勇著：《西方文学"人"的母题研究》，人民出版社2005年版。

123. 田崇雪著：《文学与感伤》，中国社会科学出版社2006年版。

124. 陈召荣著：《流浪母题与西方文学经典阐释》，中国社会科学出版社2006年版。

125. 王向远主编：《比较世界文学史纲》（上、中、下），江西教育出版社2004年版。

126. 方平著：《欧美文学研究十论》，复旦大学出版社2005年版。

127. 王禹翰编著：《西方文学一本通》，万卷出版公司2011年版。

128. ［美］卡罗里德斯、鲍尔德、索瓦编著：《西方历史上的100部禁书：世界文学史上的书报审查制度》，张秀琴、音正权译，中信出版社2006年版。

129. 张永义著：《沉睡之书：西方文学掠影》，文化艺术出版社2010年版。

130. 张永义著：《生死欲念：西方文学"永恒的主题"》，文化艺术出版社2010年版。

131. 郭建著：《非常读法：趣谈西方文学名著中的法文化》，复旦大学出版社2011年版。

132. 刘建军著：《基督教文化与西方文学传统》，北京大学出版社2005年版。

133. ［德］奥尔巴赫著：《摹仿论：西方文学中现实的再现》，吴麟绶等译，商务印书馆2014年版。

134. 张德明著：《西方文学与现代性的展开》，中国社会科学出版社2009年版。

135．熊哲宏主编：《我爱故我在——西方文学大师的爱情与爱情心理学》，北京大学出版社2011年版。

136．雷体沛著：《西方文学的人文印象》，广东人民出版社2008年版。

137．梁旭东著：《遭遇边缘情境：西方文学经典的另类阐释——重读经典》，北京大学出版社2004年版。

138．张冰月著：《溯源与综观：西方文学的沉思》，中国社会科学出版社2012年版。

139．段怀清著：《苍茫谁尽东西界——论东西方文学与文化》，浙江大学出版社2012年版。

140．蒋承勇著：《人性探微：蒋承勇教授讲西方文学与人文传统》，中央编译出版社2014年版。

141．刘建军著：《圣俗相依：刘建军教授讲基督教文化与西方文学》，中央编译出版社2014年版。

142．褚蓓娟著：《多维视域中的西方文学》，中央编译出版社2010年版。

143．龚翰熊著：《西方文学研究》，福建人民出版社2005年版。

144．克冰著：《欧美文学论稿》，中国社会科学出版社2012年版。

145．徐丹著：《倾空的器皿——成年仪式与欧美文学中的成长主题》，上海三联书店2013年版。

146．刘文荣著：《欧美情色文学史》，文汇出版社2009年版。

147．李志斌著：《漂泊与追寻：欧美流浪汉小说研究》，中国社会科学出版社2008年版。

148．王诺著：《欧美生态文学》（修订版），北京大学出版社2011年版。

（二）文学思潮流派论著

149．卢铁澎著：《文学思潮论》，青岛出版社2000年版。

150．张玉能著：《西方文论思潮》，武汉出版社 1999 年版。

151．王秋荣、陈伯通主编：《西方文学思潮概观》，海峡文艺出版社 1988 年版。

152．欧洲近代文学思潮简编组：《欧洲近代文学思潮简编》，安徽人民出版社 1980 版。

153．龚翰熊著：《现代西方文学思潮》，四川大学出版社 1987 版。

154．杨思聪、邓阿宁著：《二十世纪西方文学思潮》，四川人民出版社 2004 版。

155．马晓华著：《20 世纪西方文学思潮》，内蒙古人民出版社 2002 版。

156．［英］阿伦.布洛克著：《西方人文主义传统》，董乐山译，三联书店出版 1997 年版。

157．［英］佩特著：《文艺复兴》，张岩冰译，广西师范大学出版社 2002 年版。

158．保罗·约翰逊：《时代的印记：文艺复兴三百年》，谭钟瑜译，安徽人民出版社 2013 年版。

159．蒋百里：《欧洲文艺复兴史》，岳麓书社 2010 年版。

160．保·奥·克里斯特勒：《文艺复兴时期的思想与艺术》，东方出版社 2008 年版。

161．E.H.贡布里希、李本正、范景中：《文艺复兴：西方艺术的伟大时代》，中国美术学院出版社 2000 年版。

162．弗雷德里克·诺德著：《巴洛克时期》，广西师范大学出版社 2013 年版。

163．罗尔夫·托曼著：《巴洛克艺术》，北京美术摄影出版社 2013 年版。

164．［意］弗拉维奥·孔蒂著：《巴罗克艺术鉴赏》，北京大学出版社 1992 年版。

165. 邵亮编著：《巴罗克艺术》，河北教育出版社 2003 年版。

166. 杨超编著：《巴洛克与洛可可的浮华时代》，陕西师范大学出版社 2010 年版。

167. 张石森、岳鑫主编：《巴洛克与洛可可艺术》，远方出版社 2006 年版。

168. 多米尼克·塞克里坦著：《古典主义》，艾晓明译，昆仑出版社 1989 年版。

169. 范九生著：《理性的呼唤——古典主义文学》，海南出版社 1996 年版。

170. 王田葵著：《浪漫派导论》，武汉大学出版社 1993 年版。

171. 刘念兹等编：《外国浪漫主义文学三十讲》，贵州人民出版社 1986 年版。

172. ［丹麦］勃兰兑斯著：《十九世纪文学主流》（1—6），徐式谷等译，人民文学出版社 1984 年版。

173. ［英］玛里琳·巴特勒著：《浪漫派叛逆者及反动派》，黄梅等译，辽宁教育出版社 1998 年版。

174. ［法］安娜·马丁—菲吉耶著：《浪漫主义者的生活》，杭零译，山东艺术出版社 2005 年版。

175. 杨江柱、胡正学主编：《西方浪漫主义文学史》，武汉出版社 1994 年版。

176. 邹纯芝著：《想象力世界——浪漫主义文学》，海南出版社 1993 年版。

177. 外国文学研究所等编：《欧美古典作家论现实主义和浪漫主义》（一、二），中国社会科学出版社 1980 版。

178. 蒋承勇著：《十九世纪现实主义文学的现代阐释》，高等教育出版社 1996 年版。

179. 柳鸣九主编：《自然主义》，中国社会科学出版社 1988 年版。

180. 陈燊主编：《文学中的自然主义》，上海文艺出版社1992年版。

181. 蒋承勇著：《欧美自然主义文学的现代阐释》，复旦大学出版社2002年版。

182. 高建为著：《自然主义诗学及其在世界各国的传播和影响》，江西教育出版社2004年版。

183. 柳鸣九主编：《西方文艺思潮论丛：自然主义》，中国社会科学出版社1987年版。

184. 赵澧等主编：《唯美主义》，中国人民大学出版社1988年版。

185. 薛家宝著：《唯美主义研究》，天津社会科学院出版社1999年版。

186. 周小仪著：《唯美主义与消费文化》，北京大学出版社2002年版。

187. 杜吉刚著：《世俗化与文学乌托邦：西方唯美主义诗学研究》，中国社会科学出版社2009年版。

188. 朱立华著：《拉斐尔前派诗歌的唯美主义诗学特征研究》，南开大学出版社2013年版。

189. 查德威克著：《象征主义》，昆仑出版社1989年版。

190. 黄晋凯、张秉真主编：《象征主义·意象派》，中国人民大学出版社1989年版。

191. ［法］查尔斯·查德维克著：《象征主义》，肖津译，北岳文艺出版社1989年版。

192. 潘翠菁著：《西方现代主义文学思潮》，高等教育出版社1995版。

193. 柳鸣九主编：《西方文艺思潮论丛：二十世纪文学中的荒诞》，中国社会科学出版社1987版。

194. 袁可嘉著：《欧美现代派文学概论》，广西师范大学出版社2003年版。

195．李维屏著：《英美现代主义文学概观》，上海外语教育出版社1998年版。

196．杨国华著：《现代派文学概说》，华东师范大学出版社1989年版。

197．曾艳兵著：《西方现代派文学研究》，天津人民出版社1993年版。

198．曾艳兵著：《西方现代主义文学概论》，北京大学出版社2006的版。

199．曾艳兵著：《西方后现代主义研究》，中国社会科学出版社2006年版。

200．何志平著：《西方现代派文学研究》，新世纪出版社1993年版。

201．廖星桥著：《外国现代派文学导论》，北京出版社1988年版。

202．陆建德主编：《现代主义之后：写实与实验》，中国社会科学出版社1997年版。

203．王岳川等编：《后现代主义文化与美学》，北京大学出版社1992年版。

204．弗·杰姆逊著：《后现代主义与文化理论》，唐小兵译，陕西师范大学出版社1987年版。

205．王燕著：《现代主义与后现代主义》，中国国际广播出版社2006年版。

206．柳鸣九主编：《从现代主义到后现代主义》，中国社会科学出版社1994年版。

207．[美]查尔士·B.哈里斯著：《文学传统的背叛者》，高原等译，陕西人民出版社出版1987年版。

208．[英]西·康诺利等著：《现代主义代表作100种，现代小说佳作99种提要》，李文俊译，漓江出版社1988年版。

209．吴忠诚著：《现代派诗歌精神与方法》，东方出版社出版1999

年版。

210．赵晓丽等著：《反危机的文学》，华岳文艺出版社 1988 年版。

211．［加］琳达·哈琴著：《后现代主义诗学：历史·理论·小说》，李杨等译，南京大学出版社 2009 年版。

212．［法］亨利·贝阿尔、米歇尔·卡拉苏著：《达达》，陈圣生译，广西师范大学出版社出版 2003 年版。

213．柳鸣九主编：《西方文艺思潮论丛：意识流》，中国社会科学出版社 1987 版。

214．石昭贤等编：《当代外国现实主义文学四十讲》，贵州人民出版社 1984 年版。

215．赵稀方著：《后殖民理论》，北京大学出版社 2009 年版。

216．罗伯特·扬著：《后殖民主义与世界格局》，容新芳译，译林出版社 2013 年版。

217．佳亚特里·斯皮瓦克著：《后殖民理性批判：正在消失的当下的历史》，蓓雯译，译林出版社 2014 年版。

218．王宁、生安锋著：《又见东方：后殖民主义理论与思潮》，重庆大学出版社 2011 年版。

219．肖丽华著：《后殖民女性主义文学批评研究》，浙江大学出版社 2013 年版。

220．阿里夫·德里克著：《跨国资本时代的后殖民批评》，王宁译，北京大学出版社 2004 年版。

221．马广利著：《文化霸权：后殖民批评策略》，光明日报出版社 2011 年版。

222．王岳川著：《后殖民主义与新历史主义文论》，山东教育出版社 1999 年版。

223．罗钢，刘象愚主编：《后殖民主义文化理论》，中国社会科学出版社 1999 年版。

224．张进著：《新历史主义与历史诗学》，中国社会科学出版社 2004 年版。

225．吴玉杰著：《新历史主义与历史剧的艺术建构》，中国社会科学出版社 2005 年版。

（三）文体分论著作

226．王秋荣等著：《西方诗苑览胜》，语文出版社 1986 年版。

227．[俄] E. M. 梅列金斯基著：《英雄史诗的起源》，商务印书馆出版社 2007 年版。

228．[美] 伊恩·P. 瓦特著：《小说的兴起》，高原等译，三联书店出版社 1992 年版。

229．马振方著：《小说艺术论》，北京大学出版社 1999 年版。

230．张杰著：《复调小说理论研究》，漓江出版社 1992 年版。

231．胡尹强著：《小说艺术：品性和历史》，上海文艺出版社 1993 年版。

232．[捷] 米兰·昆德拉著：《小说的艺术》，作家出版社 1992 年版。

233．日本自由国民社编：《世界推理小说大观》，冯朝阳等译，群众出版社 1990 年版。

234．曹正文著：《世界侦探小说史略》，上海译文出版社 1998 年版。

235．[美] 杰拉德·吉列斯比著：《欧洲小说的演化》，胡家峦等译，三联书店 1987 年版。

236．龚翰熊主编：《欧洲小说史》，四川大学出版社 1997 年版。

237．蹇昌槐著：《欧洲小说史》，武汉大学出版社 1995 年版。

238．[英] 乔·艾略特等著：《小说的艺术》，张玲等译，社会科学出版社 1999 年版。

239．雅克·里纳尔著：《小说的政治阅读》，杨令飞等译，湖南文艺出版社 2000 年版。

240．周春生著：《悲剧精神与欧洲思想文化史论》，上海人民出版社1999年版。

241．程孟辉著：《西方悲剧学说史》，中国人民大学出版社1994年版。

242．程孟辉著：《西方悲喜剧艺术的美学历程》，东北师范大学出版社1997年版。

243．谢柏梁著：《世界悲剧文学史》，上海文艺出版社1995年版。

244．［美］乔治·贝克著：《戏剧技巧》，余上沅译，中国戏剧出版社1985年版。

245．谭霈生著：《论戏剧性》，北京大学出版社1981年版。

246．廖可兑著：《西欧戏剧史》，中国戏剧出版社1981年版。

247．胡志毅著：《神话与仪式：戏剧的原型阐释》，学林出版社2001年版。

248．苏永旭主编：《戏剧叙事学研究》，中国戏剧出版社2004年版。

249．谭霈生著：《世界名剧欣赏》，湖南人民出版社1983年版。

250．刘彦君著：《东西方戏剧进程》，文化艺术出版社1997年版。

251．［英］威廉·阿契尔著：《剧作法》，聂文杞等译，中国戏剧出版社1964年版。

252．陈世雄著：《西方现代剧作戏剧性研究》，中国戏剧出版社1983年版。

253．孙惠柱著：《话剧结构新探》，中国戏剧出版社1983年版。

254．［美］约翰·霍华德·劳逊著：《戏剧与电影的剧作理论与技巧》，齐宙等译，中国电影出版社1978年版。

255．余秋雨著：《戏剧理论史稿》，上海文艺出版社1983年版。

256．［英］阿·尼柯尔著：《西欧戏剧理论》，徐士瑚译，中国戏剧出版社1985年版。

257．朱栋霖著：《戏剧美学》，江苏文艺出版社1992年版。

(四) 希腊、罗马文学

258. [英] 吉尔伯特．默雷著：《古希腊文学史》，孙席珍等译，上海译文出版社。

259. [德] E. 策勒尔著：《古希腊哲学史纲》，山东人民出版社1992年版。

260. 曹淑芬等著：《希腊神话和英雄传说》，北京出版社1986年版。

261. 宋洁人著：《亚里士多德与古希腊早期自然哲学》，人民出版社1995年版。

262. 陈中梅著：《柏拉图诗学和艺术思想研究》，商务印书馆1999年版。

263. 陈洪文著：《荷马和〈荷马史诗〉》北京出版社1983年版。

264. 罗念生著：《论古希腊戏剧》，中国戏剧出版社1985年版。

265. [英] 凯瑟琳·勒维著：《古希腊喜剧艺术》，傅正明译，北京大学出版社1988年版。

266. 孟昭毅著：《古希腊戏剧与中国》，吉林人民出版社2001年版。

267. 依迪丝·汉密尔顿著：《希腊精神》，葛海滨译，辽宁教育出版社2005年版。

268. 华章著：《欧洲文明的起源——希腊艺术》，中国电影出版社2005年版。

269. 吕新雨著：《神话·悲剧·诗学》，复旦大学出版社1995年版。

270. [英] 基托著：《希腊人》，徐卫翔译，上海人民出版社1998年版。

271. R. H. 巴洛著：《罗马人》，黄韬翻译，上海人民出版社2000年版。

272. [英] 詹姆斯·布赖斯著：《神圣罗马帝国》，谢德风等译，商务印书馆出版1998年版。

273. 阎国忠著：《古希腊罗马美学》，北京大学出版社1983年版。

274. 蒋培坤等著:《古希腊罗马美学与诗学》,山西人民出版社 1987 年版。

275. 赵怀俊著:《走向神坛之路》,中国社会科学出版社 2010 年版。

276. 马小朝著:《宙斯的霹雳与基督的十字架》,学林出版社 1999 年版。

277. 刘文明著:《文化变迁中的罗马女性》,湖南人民出版社 2001 年版。

278. 王焕生著:《古罗马文艺批评史纲》,译林出版社 1998 年版。

279. 刘文孝主编:《罗马文学史》,云南人民出版社 2003 年版。

(五)意大利文学

280. [意]加林著:《意大利人文主义》,李玉成译,三联书店出版 1998 年版。

281. 王军等编:《意大利文学史》,外语教学与研究出版社 1997 年版。

282. 王焕宝著:《意大利近代文学史》,外语教学与研究出版社 1997 年版。

283. 沈萼梅等著:《意大利当代文学史》,外语教学与研究出版社 1996 年版。

284. 张世华著:《意大利文艺复兴研究》,上海外语教育出版社 2003 年版。

285. 梅列日科夫斯基著:《但丁传》,汪晓春译,团结出版社 2008 年版。

286. [意]马里奥·托比诺著:《但丁传》,刘黎亭译,上海译文出版社 1984 年版。

287. 薄伽丘、布鲁尼著:《但丁传》,广西师范大学出版社 2008 年版。

288. 梅列日科夫斯基著:《但丁传》,刁绍华译,辽宁教育出版社

2000年版。

289. 娄林著：《经典与解释：古今之间的但丁》，华夏出版社2013年版。

290. 霍金斯著：《但丁的圣约书：圣经式想象论集》，华夏出版社2011年版。

291. 弗里切罗著：《但丁：皈依的诗学》，华夏出版社2014年版。

292. 阿尔诺·德拉朗德著：《但丁的陷阱》，高镇宇、王晓乐译，中信出版社2007年版。

293. 姜岳斌：《伦理的诗学：但丁诗学思想研究》，浙江大学出版社2007年版。

294. 邓艳艳：《从批评到诗歌：艾略特与但丁的关系研究》，中国社会科学出版社2009年版。

295. 李新宽：《但丁：意大利民族诗人之冠》，吉林人民出版社2011年版。

296. 蔡红燕、张山著：《风中的翅羽：屈原、但丁思想创作论》，云南大学出版社2008年版。

297. 曾洪伟著：《哈罗德. 布鲁姆》，四川大学出版社2010年版。

298. ［意］安伯托·艾柯著：《误读》，吴燕莛译，新星出版社出版2006年版。

299. ［意］安伯托·艾柯著：《开放的作品》，刘儒庭译，新星出版社出版2005年版。

（六）西班牙文学

300. 孟复著：《西班牙文学简史》，四川人民出版社1982年版。

301. 陈众议著：《西班牙文学黄金世纪研究》，译林出版社2007年版。

302. 沈石岩著：《西班牙文学史》，北京大学出版社2006年版。

303. 陈众议、王留栓著：《西班牙文学简史》，上海外语教育出版社

2006年版。

304. 陈众议著：《西班牙文学大花园》，湖北教育出版社2007年版。

305. 董燕生著：《西班牙文学》，外语教学与研究出版社1998年版。

306. 黄乐平著：《西班牙文学纵览》，北京旅游教育出版社2014年版。

307. 张绪华著：《20世纪西班牙文学》，上海外语教育出版社1997年版。

308. ［德］弗兰克著：《生命的二次方：塞万提斯传》，湖南文艺出版社1993年版。

309. 陈众议：《塞万提斯学术史研究》，译林出版社2011年版。

310. 罗文敏：《我是小丑：塞万提斯〈堂吉诃德〉研究》，甘肃人民美术出版社2007年版。

311. 文美惠著：《塞万提斯和〈堂吉．诃德〉》，北京出版社1981年版。

312. 杨中秋著：《塞拉传》，时代文艺出版社2012年版。

（七）法国文学

313. 罗芃等著：《法国文化史》，北京大学出版社1997年版。

314. 郭华榕著：《法兰西文化的魅力》，上海三联书店出版社1992年版。

315. 柳鸣九等著：《法国文学史》（上、中、下），人民文学出版社1979年版。

316. 郑克鲁著：《法国文学纵横谈》，上海文艺出版社2006年版。

317. 郑克鲁著：《繁花似锦》，武汉大学出版社1986年版。

318. ［法］M. 雅洪托娃等著：《法国文学简史》，郭家申译，辽宁教育出版社1986年版。

319. 吴岳添著：《法国文学流派的变迁》，北京大学出版社1995年版。

320. 陈振尧主编：《法国文学史》，外语教学与研究出版社 1989 年版。

321. ［法］J. 贝尔沙尼·M. 奥特兰著：《法国现代文学史》，孙恒等译，1989 年 7 月版。

322. 吴岳添著：《法国小说发展史》，浙江大学出版社 2004 年版。

323. ［法］米歇尔·莱蒙著：《法国现代小说史》，徐知免译，上海译文出版社 1995 年版。

324. ［法］罗杰·法约尔著：《法国文学评论史》，四川文艺出版社 1992 年版。

325. ［法］让·絮佩维尔著：《法国诗学概论》，洪涛译，四川文艺出版社 1990 年版。

326. 吴岳添著：《法国文学散论》，东方出版社 2002 年版。

327. 艾珉著：《法国文学理性批判精神》，北京大学出版社 1991 年版。

328. 孔繁云著：《法国文学与作家》，台湾志文出版社 1973 年版。

329. 穆木天著：《法国文学史》，世界书局 1935 年版。

330. 张彤著：《法国文学简史》，上海外语教育出版社 2000 年版。

331. 莫渝著：《法国文学笔记》，上海文艺出版社 2000 年版。

332. 冯汉津著：《当代法国文学词典》，江苏人民出版社 1983 年版。

333. 罗芃、冯棠著：《法国文学史》，北京大学出版社 1997 年版。

334. 刘扳盛著：《法国文学名家》，黑龙江人民出版社 1983 年版。

335. 郑克鲁编著：《法国文学史》（上、下册），上海外语教育出版社 2003 年版。

336. 柳鸣九主编：《法国文学史》（修订本，全三卷），人民文学出版社 2007 年版。

337. 秦海鹰主编：《法国文学与宗教》，人民文学出版社 2011 年版。

338. 郑克鲁著：《法国文学论集》，漓江出版社 1982 年版。

339．陈惇著：《莫里哀》，北京出版社1981年版。

340．［法］皮埃尔·加克索特著：《莫里哀传》，朱延生译，中国戏剧出版社1986年版。

341．［法］乔治·蒙格雷迪安著：《莫里哀时代演员的生活》，山东艺术出版社2005年版。

342．刘绍学著：《重读伏尔泰》，四川人民出版社1997年版。

343．吴岳添著：《卢梭》，华夏出版社2002年版。

344．肖雪慧著：《理性人格》，长江文艺出版社1996年版。

345．侯鸿勋著：《孟德斯鸠及其启蒙思想》，人民出版社1992年版。

346．［法］亨利·勒费弗尔著：《狄德罗的思想和著作》，商务印书馆1985年版。

347．［法］安德烈·比利著：《狄德罗传》商务印书馆1982年版。

348．罗国祥著：《雨果学术史研究》，译林出版社2013年版。

349．葛丽娟著：《雨果传：法兰西诗神》（上、下册），河北人民出版社2012年版。

350．［法］莫洛亚著：《雨果传：奥林匹欧或雨果的一生》，程曾厚、程干泽译，浙江大学出版社2014年版。

351．［法］巴雷尔著：《雨果传》，程曾厚译，上海人民出版社2007年版。

352．柳鸣九等著：《雨果创作评论集》，漓江出版社1983年版。

353．［法］莫洛阿著：《雨果传》，沈宝基等译，湖南人民出版社1983年版。

354．［法］雨果夫人著：《雨果夫人回忆录》，鲍文蔚译，上海译文出版社1985年版。

355．［法］德拉克鲁瓦著：《乔治·桑自传》，梅斌译，浙江文艺出版社1985年版。

356．［法］安德烈·莫洛阿著：《风月情浓女作家——乔治·桑传》，郎维忠译，湖南人民出版社 1986 年版。

357．[法] 安·莫洛亚著：《大仲马传》，秦关根译，浙江文艺出版社 1983 年版

358．蓝梦著：《梅里美》，辽宁人民出版社 1985 年版。

359．赵隆勷著：《司汤达和〈红与黑〉》，北京出版社 1983 年版。

360．[美] 马修·约瑟夫森著：《司汤达传》，百花洲文艺出版社 1990 年版。

361．[法] 司汤达著：《拉辛与莎士亚》，王道乾译，上海译文出版社 1979 年版。

362．黄晋凯著：《巴尔扎克和〈人间喜剧〉》，北京出版社 1981 年版。

363．李清安著：《巴尔扎克》，北京师范大学出版社 1983 年版。

364．童一秋编著：《巴尔扎克》，吉林文史出版社 2011 年版。

365．高立来编著：《巴尔扎克》，中国社会出版社 2012 年版。

366．熊玉鹏：《巴尔扎克》，海天出版社 1997 年版。

367．菲利普·贝尔捷著：《巴尔扎克〈人间喜剧〉中的生活》，章晖、周凡译，上海人民出版社 2007 年版。

368．亨利·特罗亚著：《巴尔扎克传》，胡尧步译，商务印书馆 2013 年版。

369．斯蒂芬·茨威格：《巴尔扎克》，米尚志、谭渊译，安徽文艺出版社 2013 年版。

370．安德烈·莫洛亚著：《巴尔扎克传：普罗米修斯或巴尔扎克的一生》，艾珉译，浙江大学出版社；2014 年版。

371．阿尔贝·凯姆、路易·吕梅著：《巴尔扎克传》，江西教育出版社 2014 年版。

372．艾珉著：《巴尔扎克：一个伟大的寻梦者》，人民文学出版社 2005 年版。

373．张洪生著：《法国现实主义文学巨匠：巴尔扎克》，吉林人民出版社 2011 年版。

374．郑克鲁主编：《巴尔扎克名作欣赏》，中国和平出版社 1996 年版。

375．叶兆言著：《想起了老巴尔扎克》，华东师范大学出版社 2005 年版。

376．黄晋凯选编：《巴尔扎克论文艺》，人民文学出版社 2003 年版。

377．王秋荣著：《巴尔扎克论文学》，中国社会科学出版社 1986 年版。

378．王艳凤编著：《巴尔扎克研究》，内蒙古大学出版社 1997 年版。

379．［苏］德·奥勃洛米耶夫斯基著：《巴尔扎克评传》，中国社会科学出版社 1983 年版。

380．司蒂芬·支魏格著：《巴尔扎克传》，吴小如等译，上海译文出版社 1983 年版。

381．李赐林著：《人间喜剧》，作家出版社 2008 年版。

382．李健吾著：《福楼拜评传》，湖南人民出版社 1980 年版。

383．［法］阿尔芒·拉努著：《左拉》，马中林译，黄河文艺出版社 1985 年版。

384．［法］塔·莫蒂列娃著：《罗曼·罗兰的创作》，卢龙等译，上海译文出版社 1989 年版。

385．陈周方著：《罗曼·罗兰》，辽宁人民出版社 1985 年版。

386．罗大冈著：《论罗曼·罗兰》，上海文艺出版社 1984 年版。

387．［法］让·伊夫·塔迪埃著：《普鲁斯特和小说》，桂裕芳等译，上海译文出版社 1992 年版。

388．［美］A.C. 丹图著：《萨特》，安延明译，工人出版社 1986 年版。

389．吴岳添著：《萨特传》，新世界出版社 2003 年版。

390．［法］保罗·萨特著：《萨特自述》，苏斌等译，河北人民出版社 1988 年版。

391．［法］高宣扬著：《萨特传》，作家出版社 1988 年版。

392．［美］阿·马德森著：《萨特和波伏瓦的共同道路》，刘阳等译，华岳文艺出版社 1983 年版。

393．［法］西蒙·波娃著：《第二性——女人》，桑竹影、南珊译，湖南文艺出版社 1986 年版。

394．江龙著：《解读存在》，湖南大学出版社 2001 年版。

（八）英国文学

395．［英］艾弗·埃文斯著：《英国文学简史》，蔡文显译，人民文学出版社 1984 年版。

396．［英］宋德鲁·桑德斯著：《牛津简明英国文学史》（上、下），谷启楠等译，人民文学出版社 2000 年版。

397．苏联社会科学院高尔基世界文学研究所编：《英国文学史 1789—1832》，人民文学出版社 1984 年版。

398．苏联社会科学院高尔基世界文学研究所编：《英国文学史 1870—1955》（上、下），人民文学出版社 1983 年版。

399．［美］安妮特·T. 鲁宾斯坦著：《英国文学的伟大传统》（上、中、下），陈安全等译，上海译文出版社 1998 年版。

400．梁实秋著：《英国文学史》（全 3 册），新星出版社 2011 年版。

401．刘意青、刘阳阳著：《插图本英国文学史》，北京大学出版社 2011 年版。

402．［英］史蒂文森著：《牛津英国文学史：英国的没落》（1960—2000），外语教学与研究出版社 2007 年版。

403．［英］菲利普·戴维斯著：《牛津英国文学史：维多利亚人》，外语教学与研究出版社 2007 年版。

404．［英］鲍尔迪克著：《牛津英国文学史：现代运动（1910—

1940）》，外语教学与研究出版社 2007 年版。

405．李赋宁、何其莘著：《英国中古时期文学史》，外语教学与研究出版社 2006 年版。

406．王佐良、何其莘著：《英国文艺复兴时期文学史》，外语教学与研究出版社 1998 年版。

407．吴景荣、刘意青著：《英国十八世纪文学史》，外语教学与研究出版社 2000 年版。

408．钱青著：《英国 19 世纪文学史》，外语教学与研究出版社 2006 年版。

409．王佐良等著：《英国二十世纪文学史》，外语教学与研究出版社 1994 年版。

410．金东雷、叶隽著：《英国文学史纲》，吉林出版集团有限责任公司 2010 年版。

411．索金梅著：《英国文学史》，南开大学出版社 2009 年版。

412．王松林著：《英国文学史》，华中师范大学出版社 2010 年版。

413．阮炜、徐文博、曹亚军著：《20 世纪英国文学史》，青岛出版社 2014 年版。

414．王守仁著：《20 世纪英国文学史》，北京大学出版社 2006 年版。

415．王佐良著：《英国诗史》，译林出版社 1997 年版。

416．杨周翰著：《十七世纪英国文学》，北京大学出版社 1985 年版。

417．侯维瑞著：《现代英国小说史》，上海外语教育出版社 1985 年版。

418．聂珍钊著：《英语诗歌形式导论》，中国社会科学出版社 2007 年版。

419．王佐良著：《英诗的境界》，三联书店出版社 1988 年版。

420．张中载著：《当代英国文学论文集》，外语教学与研究出版社

1996年版。

421. 范存忠著：《英国文学论集》，外国文学出版社1981年版。

422. 李赋宁著：《英国文学论述文集》，外语教学与研究出版社1997年版。

423. 王春元等编：《英国作家论文学》，汪培基等译，三联书店出版1985年版。

424. 聂珍钊等著：《英国文学的伦理学批评》，华中师范大学出版社2007年版。

425. 姜德福著：《社会变迁中的贵族》，商务印书馆2004年版。

426. 施咸荣著：《莎士比亚和他的戏剧》，北京出版社1981年版。

427. 孙家琇编：《莎士比亚辞典》，河北人民出版社1992年版。

428. ［英］彼得·阿克罗伊德著：《莎士比亚传》，北京师范大学出版社2014年版。

429. ［英］彼得·艾克洛德著：《莎士比亚传》，国际文化出版公司2010年版。

430. ［苏］M·莫洛佐夫著：《莎士比亚传》，许海燕译，湖南人民出版社19864版。

431. ［美］斯蒂芬·格林布拉特著：《俗世威尔》，邵雪萍等译，北京大学出版社2007年版。

432. 克里斯滕·麦克德莫特著：《传奇日志·莎士比亚：戏剧人生》，安徽少年儿童出版社2013年版。

433. 彼得·霍兰著：《莎士比亚》，上海译文出版社2008年版。

434. ［英］弗兰克·克蒙德著：《莎士比亚：时代的灵魂》，安徽人民出版社2014年版。

435. 杨青芝著：《莎士比亚传》，中国社会出版社2011年版。

436. 周姚萍著：《莎士比亚》，陕西人民出版社2014年版。

437. 张丽著：《莎士比亚戏剧分类研究》，中国社会科学出版社2009

年版。

438. 杨俊峰著：《莎士比亚词汇研究 110 例》，外语教学与研究出版社 2007 年版。

439. 李艳梅著：《莎士比亚历史剧研究》，中国社会科学出版社 2009 年版。

440. 王维昌著：《莎士比亚研究》，安徽大学出版社 1999 年版。

441. 刘立滨著：《莎士比亚戏剧研究》，文化艺术出版社 2010 年版。

442. 王晓凌著：《莎士比亚圣经文学研究》，安徽大学出版社 2010 年版。

443. 白利兵著：《走上神坛的莎士比亚：柯勒律治莎评研究》，中国电影出版社 2014 年版。

444. 张冲、张琼著：《视觉时代的莎士比亚：莎士比亚电影研究》，北京大学出版社 2009 年版。

445. 陆谷孙著：《莎士比亚研究十讲》，复旦大学出版社 2005 年版。

446. ［英］哈姆利著：《风云际会：莎士比亚》，外语教学与研究出版社 2006 年版。

447. 李春江著：《译不尽的莎士比亚：莎剧汉译研究》，天津社会科学院出版社 2013 年版。

448. 张冲著：《莎士比亚专题研究》，上海外语教育出版社 2004 年版。

449. 郑土生著：《莎士比亚：研究和考证》，江苏教育出版社 2005 年版。

450. 华泉坤、洪增流、田朝著：《莎士比亚新论：新世纪，新莎士比亚》，上海外语教育出版社 2007 年版。

451. 李伟民著：《中西文化语境里的莎士比亚》，上海外语教育出版社 2009 年版。

452. 黄国彬编著：《解读〈哈姆雷特〉：莎士比亚原著汉译及详注》

（上下），清华大学出版社2013年版。

453．[英] 杰曼·格里尔著：《思想家莎士比亚》，外语教学与研究出版社2007年版。

454．朱廷波著：《莎士比亚诗歌研究》（上、下册），世界图书出版公司2013年版。

455．外国文学名家名作鉴赏辞典编纂中心编著：《莎士比亚作品鉴赏辞典》，上海辞书出版社2014年版。

456．梁工编：《莎士比亚与圣经》（上、下），商务印书馆2006年版。

457．[英] 查尔斯·兰姆著：《莎士比亚戏剧故事集》，肖乾译，中国青年出版社1956年版。

458．海涅著：《莎士比亚笔下的女角》，上海译文出版社1981年版。

459．[美] 伯纳德·派里斯著：《与命运的交易》，叶兴国译，上海文艺出版社1997年版。

460．[美] S.钱德拉塞卡著：《莎士比亚、牛顿和贝多芬不同的创造模式》，杨建邺等译，湖南科学技术出版社1997年版。

461．华泉坤等著：《莎士比亚新论》，上海外语教育出版社2007年版。

462．张泗洋等著：《莎士比亚引论》（上、下），中国戏剧出版社1989年版。

463．[英] 威廉·莎士比亚著：《莎士比亚全集》（上、下）梁实秋译，内蒙古文化出版社1995年版。

464．杨周翰选编：《莎士比亚评论汇编》，（上、下）中国社会科学出版社1979年版。

465．贺祥麟等著：《莎士比亚研究文集》，陕西人民出版社1982年版。

466．[法] 维克多·雨果著：《威廉.莎士比亚》，丁世忠译，团结出版社 2001 年版。

467. 尤·什维多夫著：《莎士比亚历史剧》，上海译文出版社 1994 年版。

468. 王忠祥等著：《莎士比亚戏剧精缩与鉴赏》，华中师范大学出版社 2009 年版。

469. 萧乾著：《菲尔丁》，上海译文出版社 1984 年版。

470. ［英］托马斯·卡莱尔著：《卡莱尔文学史演讲集》，广西师范大学出版社 2005 年版。

471. 倪正芳著：《拜伦研究》，中国广播电视出版社 2005 年版。

472. ［法］安·莫洛亚著：《拜伦传》，裘小龙等译，浙江文艺出版社 1985 年版。

473. ［日］鹤见祐辅著：《拜伦传》，陈秋帆译，湖南人民出版社 1981 年版。

474. ［法］安·莫洛亚著：《雪莱传》，上海文艺出版社 1981 年版。

475. 张玲著：《英国伟大的小说家—狄更斯》，北京出版社 1983 年版。

476. ［英］赫·皮尔逊著：《狄更斯传》，谢天振等译，浙江文艺出版社 1985 年版。

477. 罗经国选编：《狄更斯评论集》，上海译文出版社 1981 年版。

478. 赵炎秋著：《狄更斯长篇小说研究》，社会科学文献出版社 1996 年版。

479. ［苏］伊瓦肖娃著：《狄更斯评传》，蔡文显等译，广东人民出版社 1983 年版。

480. 范岳著：《勃朗特姐妹》，辽宁人民出版社 1983 年版。

481. 张介明著：《唯美叙事：王尔德新论》，上海社会科学出版社 2005 年版。

482. 李元著：《唯美主义的浪荡子：奥斯卡·王尔德研究》，外语教学与研究出版社 2008 年版。

483．[爱尔兰] 弗兰克·哈里斯著：《奥斯卡·王尔德传》，蔡新乐译，河南人民出版社 1996 年版。

484．劳伦斯著：《审判〈查泰莱夫人的情人〉》，花城出版社 1996 年版。

485．冯季庆著：《劳伦斯评传》，上海文艺出版社 1995 年版。

486．伍厚恺著：《寻找彩虹的人：劳伦斯》，四川人民出版社 1998 年版。

487．蒋家国著：《重建人类的伊甸园》，湖南大学出版社 2003 年版。

488．罗婷著：《劳伦斯研究》，湖南文艺出版社 1996 年版。

489．克默德著：《劳伦斯》，胡缨译，三联书店出版社 1986 年版。

490．[英] 理查德·奥尔丁顿著：《劳伦斯传》，俞宝发译，东方出版中心 1999 年版。

491．陶家俊著：《文化身份的嬗变》，中国社会科学出版社 2003 年版。

492．袁德成著：《詹姆斯·乔依斯》，四川人民出版社 1999 年版。

493．[英] 彼得·寇斯提罗著：《乔伊斯传》，林玉珍译，海南出版社 1999 年版。

494．陈恕著：《尤利西斯》，译林出版社 1994 年版。

495．伍厚恺著：《弗吉尼亚．伍尔夫》，四川人民出版社 1999 年版。

496．弗吉尼亚·伍尔夫著：《论小说与小说家》，瞿世镜译，上海译文出版社 1986 年版。

（九）德国文学

497．杜美著：《德国文化史》，北京大学出版社 1990 年版。

498．李长之著：《德国的古典精神》，东方书社 1943 年版。

499．[德] 贝恩特·巴尔译著：《联邦德国文学史》，范大灿等译，北京大学出版社 1991 年版。

500. 苏联科学院：《德国近代文学史》（上、下），项星耀等译，人民文学出版社1984版。

501. 余匡复著：《德国文学史》，上海外语教学出版社1991版。

502. ［德］吴涵志著：《德国文学简史》，外语教学与研究出版社2008年版。

503. 安书祉著：《德国文学史》（第1卷），译林出版社2006年版。

504. 范大灿著：《德国文学史》（第2卷），译林出版社2006年版。

505. 任卫东、刘慧儒、范大灿著：《德国文学史》（第3卷），译林出版社2007年版。

506. 韩耀成著：《德国文学史》（第4卷），译林出版社2008年版。

507. 李昌珂著：《德国文学史》（第5卷），译林出版社2008年版。

508. 余匡复著：《德国文学史》（上、下），上海外语教育出版社2013年版。

509. 高中甫、宁瑛著：《20世纪德国文学史》，青岛出版社2014年版。

510. J. M. 里奇著：《纳粹德国文学史》，文汇出版社2006年版。

511. ［德］吕迪格尔·萨弗兰斯基著：《荣耀与丑闻——反思德国浪漫主义》，卫茂平译，上海人民出版社2014年版。

512. ［法］菲利普·拉库—拉巴尔特、让—吕克·南希著：《文学的绝对：德国浪漫派文学理论》，译林出版社2012年版。

513. 刘文杰著：《德国浪漫主义时期童话研究》，北京理工大学出版社2009年版。

514. 叶隽著：《文史田野与俾斯麦时代：德国文学、思想与政治的互动史研究》，中国社会科学出版社2013年版。

515. 叶廷芳编：《一本书搞懂德国文学》，北京理工大学出版社2012年版。

516. 方维规著：《20世纪德国文学思想论稿》，北京大学出版社

2014年版。

517．［德］莱辛著：《汉堡剧评》，张黎译，上海译文出版社1981年版。

518．［德］弗里德利希·席勒著：《秀美与尊严》，张玉能译，文化艺术出版社1996年版。

519．［苏］阿·符·古留加著：《赫尔德》，候鸿勋译，上海人民出版社1985年版。

520．黄绍芳著：《歌德：爱与灵》，圆神出版社有限公司2005年版。

521．汉斯—尤尔根·格尔茨著：《歌德传》，伊德等译，商务印书馆出版1982年版。

522．高中甫著：《德国伟大的诗人——歌德》，北京出版社1981年版。

523．［德］汉斯·尤尔根·格尔茨著：《歌德传》，商务印书馆1997年版。

524．顾正祥著：《歌德汉译与研究总目》（1878—2008），中央编译出版社2009年版。

525．上海辞书出版社文学鉴赏辞典编纂中心编著：《歌德作品鉴赏辞典》，上海辞书出版社2014年版。

526．杨武能：《走近歌德》，上海社会科学院出版社2012年版。

527．叶隽：《歌德思想之形成》，中央编译出版社2010年版。

528．叶隽著：《外国文学学术史研究：歌德学术史研究》，译林出版社2013年版。

529．叶隽著：《歌德研究文集》，译林出版社2014年版。

530．贺骥著：《歌德谈话录与歌德文艺美学》，中国社会科学出版社2014年版。

531．董问樵著：《席勒》，复旦大学出版社1984年版。

532．周国平著：《尼采在世纪的转折点上》，上海人民出版社1986

年版。

(十) 俄苏文学

533. [俄] 高尔基著:《俄国文学史》,上海译文出版社 1979 年版。

534. [俄] 德·斯·米奇斯基著:《俄国文学史》(上、下),人民出版社 2013 年版。

535. 曹靖华主编:《俄国文学史》,人民文学出版社 1989 年版。

536. 郑振铎著:《俄国文学史略》,岳麓书社 2010 年版。

537. 刘文飞编著:《插图本俄国文学史》,北京大学出版社 2010 年版。

538. 任子峰著:《俄国小说史》,北京大学出版社 2010 年版。

539. 任光宣主编:《俄罗斯文学简史》,北京大学出版社 2006 年版。

540. 智量:《19 世纪俄国文学史讲稿》,华东师范大学出版社 2013 年版。

541. 智量著:《论 19 世纪俄罗斯文学》,复旦大学出版社 2009 年版。

542. 李辉凡著:《20 世纪俄罗斯文学史》,青岛出版社 2014 年版。

543. 张建华、王宗琥主编:《20 世纪俄罗斯文学:思潮与流派》,外语教学与研究出版社 2012

544. [俄] 阿格诺索夫著:《俄罗斯侨民文学史》,刘文飞、陈方译,人民文学出版社 2004 年版。

545. [苏联] 季莫菲耶夫著:《苏联文学史》,水夫译,作家出版社 1956 年版。

546. [苏联] 叶尔绍夫著:《苏联文学史》,北京师范大学 1987 年版。

547. [苏联] 科瓦廖夫著:《苏联文学史》,天津人民出版社 1982 年版。

548. 雷成德、陈孝英、陈奇祥著:《苏联文学史》,辽宁人民出版社

1988年版。

549. ［苏］斯·舍舒科夫著：《苏联二十年代文学斗争史实》，上海译文出版社1994年版。

550. 森华编：《当代俄罗斯文学·多元、多样、多变》，外语教学与研究出版社2010年版。

551. 李毓榛著：《俄国文学十六讲》，中国青年出版社2010年版。

552. 李辉凡著：《俄国"白银时代"文学概观》，中国社会科学出版社2008年版。

553. 谷羽、王亚民编译：《俄罗斯白银时代文学史》，敦煌文艺出版社2006年版。

554. 倪蕊琴著：《俄国文学魅力》，上海文艺出版社2011年版。

555. 高莽主编：《一本书搞懂俄罗斯文学》，北京理工大学出版社2011年版。

556. 梁坤著：《末世与救赎——20世纪俄罗斯文学主题的宗教文化阐释》，中国人民大学出版社2007年版。

557. 戴卓萌等著：《俄罗斯文学之存在主义传统》，中央编译出版社2014年版。

558. 李新梅著：《俄罗斯后现代主义文学中的文化思潮》，中国社会科学出版社2012年版。

559. 黎皓智著：《拾取思想的片断——回眸俄罗斯文学艺术》，江西人民出版社2011年版。

560. 任光宣等著：《俄罗斯文学的神性传统：20世纪俄罗斯文学与基督教》，北京大学出版社2010年版。

561. 孙超著：《当代俄罗斯文学视野下的乌利茨卡娅小说创作：主题与诗学》，黑龙江大学出版社有限责任公司2012年版。

562. 恽律主编：《俄罗斯文学：传统与当代》，北京大学出版社2012年版。

563．徐葆耕著：《俄罗斯文学启示录：叩问生命的神性》，广西师范大学出版社2009年版。

564．朱宪生著：《走近紫罗兰：俄罗斯文学文体研究》，上海文艺出版社2006年版。

565．郑体武主编：《俄罗斯文学辞典作家与作品》，复旦大学出版社2013年版。

566．张敏著：《白银时代：俄罗斯现代主义作家群论》，黑龙江大学出版社有限责任公司2007年版。

567．朱宪生著：《天鹅的歌唱：论俄罗斯作家》，陕西人民教育出版社1998年版。

568．［美］埃娃·汤普逊著：《帝国意识：俄国文学与殖民主义》，杨德友译，北京大学出版社2009年版。

569．邱运华等著：《19—20世纪之交俄国马克思主义文学思想史论》，北京大学出版社2006年版。

570．陆人豪著：《回眸：俄苏文学论集》，苏州大学出版社2010年版。

571．易漱泉等编：《俄国文学史》，湖南文艺出版社1986年版。

572．王志耕著：《圣愚之维：俄罗斯文学经典的一种文化阐释》，北京大学出版社2013年版。

573．黎皓智著：《俄罗斯小说文体论》，百花洲文艺出版社2001年版。

574．邱运华著：《俄苏文论十八题》，安徽教育出版社2009年版。

575．白晓红著：《俄国斯拉夫主义》，商务印书馆2006年版。

576．谢南斗著：《自然研究派》，湖南师范大学出版社2001年版

577．曾思艺著：《俄国白银时代现代主义诗歌研究》，湖南人民出版社2004年版

578．学习杂志编辑部编译：《苏联文学艺术论文集》，学习杂志编辑

部 1954 年版。

579. [俄] 尼·别尔嘉耶夫著：《俄罗斯思想》，雷永生等译，三联书店出版社 1995 年版。

580. 张秋华等编：《"拉普"资料汇编》，中国社会科学出版社 1981 年版。

581. 白嗣宏编：《无产阶级文化派资料选编》，中国社会科学出版社 1983 年版。

582. 何云波著：《回眸苏联文学》，湖南人民出版社 2003 年版。

583. [美] 马克·斯洛宁著：《苏维埃俄罗斯文学》，浦立民译，上海译文出版社 1983 年版。

584. 马家骏等主编：《当代苏联文学》（上、下），河南大学出版社 1989 年版。

585. [苏] 华西里·诺维科夫著：《现阶段的苏联文学》，北大俄语系 1980 年。

586. [俄] 索洛维约夫著：《俄罗斯与欧洲》，徐风林译，河北教育出版社 2002 年版。

587. 薛君智主编：《欧美学者论苏俄文学》，社会科学文献出版社 1996 年版。

588. 马龙潜等著：《俄苏文学》，山东大学内刊。

589. 凌继尧著：《苏联当代美学》，黑龙江人民出版社 1986 年版。

590. 张铁夫等著：《普希金：经典的传播与阐释》，湘潭大学出版社 2009 年版

591. 张铁夫等著：《普希金的生活与创作》，北京燕山出版社 1997 年版。

592. 张铁夫等著：《普希金新论——文化视域中的俄罗斯诗圣》，中国社会科学出版社 2004 年版。

593. 张铁夫等著：《普希金的生活与创作》修订本，中国社会科学

出版社2004年版。

594．张铁夫等编译：《普希金论文学》，漓江出版社1983年版。

595．张铁夫著：《普希金与中国》，岳麓书社出版社2000年版。

596．刘保瑞著：《俄罗斯的人民诗人——莱蒙托夫》，北京出版社1986年版。

597．[俄]尼科列娃著：《决斗的流刑犯——莱蒙托夫传》，湖南文艺出版社1993年版。

598．胡湛珍著：《果戈理和他的创作》，北京出版社1982年版。

599．[苏] E. 波古萨耶夫著：《车尔尼雪夫斯基》，钟道译，天津人民出版社1982年版。

600．[苏]涅·纳·纳乌莫娃著：《屠格涅夫传》，刘石丘译，天津人民出版社1982年版。

601．张宪周著：《屠格涅夫》，北京出版社1981年版。

602．[苏]鲍戈斯洛夫斯基著：《屠格涅夫传》，曹世文译，湖南人民出版社1983的版。

603．刁绍华著：《陀思妥耶夫斯基》，辽宁人民出版社1982年版。

604．[美]马克·斯洛尼姆著：《灵与肉的炼狱》，吴兴勇译，湖南人民出版社1988年版。

605．[苏]叶尔米洛夫著：《陀思妥耶夫斯基论》，满涛译，上海译文出版社1985年版。

606．何云波著：《陀思妥耶夫斯基与俄罗斯文化精神》，湖南教育出版社1997年版。

607．赵桂莲著：《漂泊的灵魂》，北京大学出版社2002年版。

608．[俄]切尼科夫著：《欣悦的灵魂》，曹世文等译，湖南文艺出版社1993年版。

609．[苏]亚·波波夫京著：《列·尼·托尔斯泰传略》，翁义钦译，山西人民出版社1984年版。

610. 匡兴著：《托尔斯泰和他的创作》，北京出版社 1982 年版。

611. 秦得儒著：《托尔斯泰的宗教学说》，内部资料。

612. 陈燊编：《欧美作家论列夫．托尔斯泰》，中国社会科学出版社 1983 年版。

613. 王景生著：《洞烛心灵—列夫．托尔斯泰心理描写艺术新论》，中央编译出版社 1996 年版。

614. 叶乃方等编：《托尔斯泰论集》，浙江人民出版社 1982 年版。

615. 柯怀宏著：《道德．上帝与人》，新华出版社 1999 年版。

616. ［俄］尼·尼·古谢夫著：《托尔斯泰艺术才华的顶峰》，秦得儒译，湖北人民出版社 2000 年版。

617. 戈宝权等编：《托尔斯泰研究论文集》，上海译文出版社 1983 年版。

618. 朱逸森著：《短篇小说家契诃夫》，华东师范大学出版社 1984 年版。

619. ［苏］安·屠尔科夫著：《安·巴契诃夫和他的时代》，朱逸森译，中国社会科学出版社 1984 年版。

620. 曾思艺著：《丘特切夫诗歌》，人民出版社出版 2012 年版。

621. 曾思艺著：《丘特切夫诗歌美学》，人民出版社 2009 年版。

622. 曾思艺著：《丘特切夫诗歌研究》，湖南文艺出版社 2000 年版。

623. 谭得伶著：《高尔基及其创作》，北京出版社 1982 年版。

624. ［苏］维·阿·扎哈罗娃著：《论高尔基的写作技巧》，江西人民出版社 1981 年版。

625. 韦建国著：《高尔基再认识论》，陕西师范大学出版社 1999 年版。

626. 王远泽著：《高尔基研究》，湖南教育出版社 1983 年版。

627. ［俄］瓦季姆·巴拉诺夫著：《高尔基传》，张金长等译，漓江出版社 1998 年版。

628. 王守仁著：《天国之门—叶赛宁传》，湖南文艺出版社 1995 年版。

629. 顾蕴璞等编：《叶赛宁研究论文集》，北京大学出版社 1987 年版。

630. 何云波著：《20 世纪文学泰斗肖洛霍夫》，四川人民出版社 2000 年版。

631. ［苏］艾特玛托夫著：《对文学与艺术的思考》，陈学迅译，新疆大学出版社 1987 年版。

（十一）美国文学

632. ［美］伯科维奇主编：《剑桥美国文学史》（全八卷），杨仁敬等译，中央编译出版社 2008 年版。

633. 董衡巽等著：《美国文学简史》（上、下），人民文学出版社 1986 年版。

634. 郭继海等编译：《当代美国文学词典》，江苏人民出版社 1987 年版。

635. ［美］伊哈布·哈桑著：《当代美国文学》，陆凡译，山东人民出版社 1982 年版。

636. 王长荣著：《现代美国小说史》，上海外语教育出版社 1992 年版。

637. 常耀信著：《美国文学史》（上、下），南开大学出版社 1998 年版。

638. 常耀信著：《美国文学简史》（第三版），南开大学出版社 2008 年版。

639. 王长荣著：《现代美国小说史》，上海外语教育出版社 1992 版。

640. ［美］里奇著：《20 世纪 30 年代至 80 年代的美国文学批评》，王顺珠译，北京大学出版社 2013 年版。

641. 董衡巽著：《一本书搞懂美国文学》，北京理工大学出版社 2012

年版。

642. 甘文平编著：《美国文学教程：欣赏与评析》，武汉大学出版社2012年版。

643. 张立新编著：《二十世纪美国文学导读》，辽宁人民出版社2002年版。

644. 庞好农著：《非裔美国文学史》，中央编译出版社2013年版。

645. 杨仁敬著：《20世纪美国文学史》，青岛出版社2014年版。

646. 江宁康著：《美国文学经典与民族文化创新》，人民出版社2014年版。

647. 季峥著：《美国文学经典的建构与修正》，中国社会科学出版社2014年版。

648. 刘建波等编著：《美国文学经典作品重读》，北京理工大学出版社/2013年版。

649. 程虹著：《美国自然文学三十讲》，外语教学与研究出版社2013年版。

650. ［美］戴尔班科著：《撒旦之死：美国人如何丧失了罪恶感》，陈红、郑杰、罗爽郑昭梅译，上海外语教育出版社2013年版。

651. 乔国强著：《美国犹太文学》，商务印书馆2008年版。

652. 史惠风等著：《诗与感觉的命运》，上海外语教育出版社2013年版。

653. ［英］史密斯著：《美国哥特派小说》，上海外语教育出版社2009年版。

654. ［美］兰·乌斯比著：《美国小说五十讲》，李郏等译，四川人民出版社1985年版。

655. ［美］丹尼尔·霍夫曼主编：《美国当代文学》（上、下），中国文联出版公司1984年版。

656. ［美］EDMUND WILSON著：《爱国者之血》，夏平等译，上海外语教育出版社 1993 年版。

657．［美］ROBERT E. SPILER 著：《美国文学的周期》，王长荣译，上海外语教育出版社 1990 年版。

658．莫·缅杰利松著：《当代美国文学探索》，傅仲选译，上海译文出版社 1994 年版。

659．杨仁敬等著：《美国后现代派小说论》，青岛出版社 2004 年版。

660．刘建华著：《危机与探索：后现代美国小说研究》，北京大学出版社 2010 年版。

661．［苏］门德松著：《马克．吐温传》冀刚译，浙江文艺出版社 1986 年版。

662．阮温凌著：《走进迷宫》，中国社会科学出版社 1997 年版。

663．漆以凯著：《杰克．伦敦和他的小说》，北京出版社 1981 年版。

664．［美］贝克著：《迷惘者的一生——海明威传》（上、下），林基海译，湖南人民出版社 1987 年版。

665．董洪川著：《"荒原"之风：T. S. 艾略特在中国》，北京大学出版社 2004 年版。

666．蒋洪新著：《走向〈四个四重奏〉》，湖南人民出版社 1998 年版。

667．冯亦代著：《美国文艺书话》，中国社会科学出版社 1998 年版。

668．李斯著：《垮掉的一代》，海南出版社 1996 年版。

669．罗光汉著：《海明威：一个现代神话》，漓江出版社 1993 年版。

670．杨仁敬著：《海明威：美国文学批评八十年》，上海外语教育出版社 2012 年版。

671．［美］库尔特·辛格著：《海明威传》，浙江文艺出版社 1983 年版。

672．［美］弗吉尼亚·弗洛伊德著：《尤金．奥尼尔的剧本》，上海译文出版社 1993 年版。

673. ［美］詹姆斯·罗宾森著：《尤金.奥尼尔和东方思想》，辽宁教育出版社1997年版。

674. ［美］弗·埃·卡彭特著：《尤金.奥尼尔》，赵岑等译，春风文艺出版社1990年版。

675. ［美］戴维·明特著：《骚动的一生——福克纳传》，顾连理译，知识出版社1994年版。

676. ［美］埃里克·桑德奎斯特著：《福克纳：破裂之屋》，上海外语教育出版社2013年版。

677. 宋德发著：《厄普代克中产阶级小说的宗教之维》，湘潭大学出版社2009年版。

（十二）其他国家地区文学

678. ［加］威廉·赫伯特·纽著：《加拿大文学史》，吴持哲等译，人民文学出版社1994年版。

679. 虞建华著：《新西兰文学史》，上海外语教学出版社1994年版。

680. ［瑞典］雅·阿尔文等著：《瑞典文学史》，李之义译，外国文学出版社1985年出版。

681. ［捷］巴拉伊卡、吉希、帕莱尼切克著：《捷克斯洛伐克文学简史》，星灿译，外国文学出版社1984年版。

682. ［荷］R.P迈耶著：《低地国家文学史》，李路译，广西师范大学出版社1995年版。

683. 张华文著：《芬兰文学简史》，经济管理出版社1996年版。

684. 赵德明等著：《拉丁美洲文学史》，北京大学出版社1989年版。

685. 孙席珍等编：《东欧文学史简编》，湖南人民出版社1985年版。

686. 林洪亮主编：《东欧当代文学史》，中央编译出版社1998年版。

687. 高中甫编：《易卜生评论集》，外语教学与研究出版社1982年版。

688. 茅于美著：《易卜生和他的戏剧》，北京出版社1981年版。

689. ［美］哈罗德·克勒曼著：《戏剧大师易卜生》，蒋嘉等译，湖南人民出版社 1985 年版。

690. 邹建军主编：《易卜生诗剧研究》，世界图书出版公司 2012 年版。

691. ［挪威］弗洛德·赫兰德著：《跨文化的易卜生》，复旦大学出版社 2012 年版。

692. 袁艺林著：《易卜生诗歌译介与研究》，世界图书出版公司 2013 年版。

693. 邹建军、胡朝霞编：《文学地理学视野下的易卜生诗歌研究》，世界图书出版公司 2013 年版。

694. 陈惇、刘洪涛、陈思和著：《现实主义批判——易卜生在中国》，江西高校出版社 2009 年版。

695. 何成洲著：《对话北欧经典：易卜生、斯特林堡与哈姆生》，北京大学出版社 2009 年版。

696. 王宁，孙建著：《易卜生与中国：走向一种美学建构》，天津人民出版社 2004 年版。

697. ［挪威］海默尔著：《易卜生——艺术家之路》，石琴娥译，商务印书馆 2007 年版。

698. 李兵著：《现代戏剧之父易卜生心理现实主义剧作研究》，四川大学出版社 2009 年版。

699. ［苏］伊·穆拉维约娃著：《安徒生传》，冯昌仪译，上海文艺出版社 1981 年版。

700. ［美］大卫·赞恩·霍洛维茨著：《卡夫卡》，当代中国出版社 2014 版。

701. 尼尔斯·博克霍夫著：《卡夫卡的画笔：曾是伟大画家的弗兰茨·卡夫卡》，生活·读书·新知三联书店 2010 年版。

702. 林苑中著：《婚后的卡夫卡》，清华大学出版社 2014 年版。

703. ［英］里奇·罗伯逊著：《牛津通识读本：卡夫卡是谁》，译林出版社 2013 年版。

704. ［美］桑德尔·L. 吉尔曼著：《卡夫卡》，北京大学出版社 2010 年版。

705. 曾艳兵著：《卡夫卡研究》，商务印书馆 2009 年版。

706. 曾艳兵著：《卡夫卡的眼睛》，商务印书馆 2012 年版。

707. 吴玉龙、吴涛著：《历史的丰碑·现代艺术的殉道者：卡夫卡》，吉林人民出版社 2011 年版。

708. ［美］恩斯特·帕维尔著：《理性的梦魇：弗兰茨·卡夫卡传》，法律出版社 2013 年版。

709. 张玉娟著：《卡夫卡艺术世界的图式》，浙江大学出版社 2009 年版。

710. ［法］雅克琳娜·拉乌·杜瓦尔著：《恋爱中的卡夫卡》，海天出版社 2014 年版。

711. 胡志明著：《卡夫卡现象学》，文化艺术出版社 2007 年版。

712. 李忠敏著：《宗教文化视域中的卡夫卡诗学》，中国社会科学出版社 2012 年版。

713. ［奥］布罗德著：《灰色的寒鸦——卡夫卡传》，张荣昌译，北京十月文艺出版社 2010 年版。

714. 李军著：《出生前的踌躇：卡夫卡新解》，北京大学出版社 2011 年版。

715. ［英］罗伯逊、胡宝平著：《牛津通识读本：卡夫卡是谁》，译林出版社 2013 年版。

716. 谢春平、黄莉、王树文著：《卡夫卡文学世界中的罪罚与拯救主题研究》，四川大学出版社 2012 年版。

717. 周双宁著：《看不见的城堡：卡夫卡与布拉格》，华东师范大学出版社 2008 年版。

718．［日］三野大木著：《卡夫卡传》，耿晏平译，中国文联出版社1987年版。

719．李凤亮、李艳著：《对话的灵光：米兰·昆德拉研究资料辑要》，中国友谊出版公司1999年版。

720．李凤亮著：《诗·思·史：冲突与融合——米兰·昆德拉小说诗学引论》，商务印书馆2006年版。

721．彭少健著：《米兰·昆德拉小说：探索生命存在的艺术哲学》，东方出版中心2009年版。

722．彭少健著：《诗意的冥思——米兰·昆德拉小说解读》，西泠印社2003年版。

723．张红翠著：《"流亡"与"回归"——论米兰·昆德拉小说叙事的内在结构与精神走向》，北京师范大学出版社2011年版。

724．蔡俊著：《米兰·昆德拉在中国的传播与变异》，江西人民出版社2012年版。

725．仵从巨主编：《叩问存在——米兰·昆德拉的世界》，华夏出版社2005年版。

后 记

书中的文字不是一气呵成,写于不同时期。尽管整理成书稿时作了某些调整和修改,但各章节对一些问题理解的深浅、文字表达的风格差异的痕迹依然存在。不过,全书在两个方面是基本统一的:

第一,文化批评的视角。在上个世纪80年代中期"文化热"的冲击和激励下,反感当时盛行的"阶级分析法",思考文学与文化的关系,以文化的眼光看待文学问题。在90年代初,提出"文学的文化批评模式",先后发表了《文学的文化批评刍议》(《跨世纪者的思考》,湖南科技出版社1993年10月出版)、《比较文学研究的文化视界》(《多元文化语境中的文学》湖南文艺出版社1994年6月出版)、《制约与超越:文学与文化关系的考察》(《上海师大学报》1995年第1期)等几篇论文。自此在教学和研究中,一直运用文学的文化批评模式,以人类文化学的视野理解文学现象,在文学的文化还原中深入探讨文学的文化内涵。这一点从各章节的学理思路中不难体会到。

第二,艺术美的把握。文学作为人类认识世界的独特方式,就在于它的艺术美:具象的美、情感的美、感性的美、形式的美。文学批评或文学研究,艺术美的把握当然应该加以突显。尤其是文学触发的以情感为中心的生命体验,应该成为文学批评的重要驱力。体悟作品中的情感,解析饱含情感的形象和具象,揭示情感表达有效的手段和方式,成为我做文学批评的自觉追求。书中的一些章节,是我阅读作品后受到情感的震撼而共鸣，产生写作评论的冲动，再以理性思维去考察这种情感的表达形式和艺术技巧。这一方面在莎士比亚的《奥瑟罗》、笛福的《摩尔·弗兰德斯》、梅里美的《阿尔赛娜·吉约》、布宁的《乡村》等作品相关的章节中能够看到。

在书稿整理、出版过程中，得到不少人的帮助。杜冰卉同学仔细校核文稿，标示出不少需要修改的地方，付出了辛劳和精力。比较文学研究所的同仁也多方敦促、鼓励我，给我加油鼓劲。中央编译出版社的邓彤女士，为书稿编辑尽心费力，付出了心血。在此一并表示诚挚的谢意！

近些年来我的科研方向主要是东方文学和比较文学，西方文学于我是"客串"。但西方文学的人性深度和悲剧张力却常常令我流连。有时间和精力时还是"常去那儿遛遛弯"，感受不同于东方明溪疏柳、和风细雨的异样风光。毕竟是"遛弯观景"，没有"登高望远，一览众山"的境界。希望以后能攀得高些、看得远些……

黎跃进

2014 年 11 月 20 日于津西